Eines Morgens liegt der Schäfer George Glenn tot im Gras, von einem Spaten an den Boden genagelt. Georges Schafe stehen vor einem Rätsel: Wer kann den alten Schäfer umgebracht haben? Miss Maple, das klügste Schaf der Herde, beginnt zu ermitteln. Aber wie findet man einen Mörder? Glücklicherweise hat George den Schafen an guten Tagen vorgelesen, und so trifft sie das kriminalistische Problem nicht ganz unvorbereitet. Trotz vieler Missverständnisse kommen sie den Rätseln der Menschenwelt mit ihrer Schafslogik nach und nach auf die Schliche und lernen dabei eine Menge Neues über das scheinbar so friedliche irische Dorf Glennkill und seine Bewohner. Zwischen Weide und Dorfkirche, Steilklippe und Schäferwagen erwarten Miss Maple und die anderen Schafe der Herde ungeahnte Abenteuer: Nächtliche Diskussionen im Heuschuppen, heimliche Expeditionen ins Dorf, weiche Knie, verzweifelter Mut und eine Menge Weiden und Wiederkäuen sind nötig, bis sie endlich auf der richtigen Fährte sind und es ihnen gelingt, den mysteriösen Tod ihres Schäfers aufzuklären …

Autorin

Leonie Swann wurde 1975 in der Nähe von München geboren. Sie studierte Philosophie, Psychologie und Englische Literaturwissenschaft in München. »Glennkill« ist ihr erster Roman, der auf Anhieb im deutschsprachigen Bereich wie auch international für Furore sorgte und bisher in 23 Länder verkauft wurde. Leonie Swann lebt heute in Berlin.

Leonie Swann

Glennkill

Roman

GOLDMANN

Der Verlag dankt Wiebke Rossa und Richard Igel
für die Erstellung des Daumenkinos.

FSC
Mix
Produktgruppe aus vorbildlich
bewirtschafteten Wäldern und
anderen kontrollierten Herkünften

Zert.-Nr. SGS-COC-1940
www.fsc.org
© 1996 Forest Stewardship Council

Verlagsgruppe Random House FSC-0100
Das FSC-zertifizierte Papier *München Super* für Taschenbücher
aus dem Goldmann Verlag liefert Mochenwangen Papier.

1. Auflage
Taschenbuchausgabe Juni 2007
Copyright © 2005 by Leonie Swann
Copyright dieser Ausgabe 2005
by Wilhelm Goldmann Verlag, München,
in der Verlagsgruppe Random House GmbH
Umschlaggestaltung: Design Team München
CN · Herstellung: Str.
Druck und Bindung: GGP Media GmbH, Pößneck
Printed in Germany
ISBN: 978-3-442-46415-9

www.goldmann-verlag.de

Für M.,
ohne den es nie herausgekommen wäre.

Dramatis Oves
in der Reihenfolge ihres Auftretens

MAUDE ——————— kann gut riechen und ist stolz darauf.

SIR RITCHFIELD —— der Leitwidder – nicht mehr der Jüngste, mit nachlassendem Gehör und schlechtem Gedächtnis, aber noch guten Augen.

MISS MAPLE——— ist das klügste Schaf der Herde, vielleicht das klügste Schaf von Glennkill und möglicherweise sogar das klügste Schaf der Welt. Neugierig, hartnäckig, fühlt sich manchmal verantwortlich.

HEIDE ——————— ist ein lebhaftes Jungschaf, das nicht immer nachdenkt, bevor es redet.

CLOUD——————— ist das wolligste Schaf der Herde.

MOPPLE THE WHALE ist das Gedächtnisschaf: Was er sich einmal gemerkt hat, vergisst er nie. Ein sehr dicker Merinowidder mit runden, geschneckten Hörnern, der praktisch immer Hunger hat.

OTHELLO——————— ein schwarzer Hebridean-Vierhornwidder mit geheimnisvoller Vergangenheit.

ZORA	ist ein abgründiges, schwarzköpfiges Schaf und in Georges Herde das einzige weibliche Schaf mit Hörnern.
RAMSES	ein junger Widder mit noch ziemlich kurzen Hörnern.
LANE	ist das schnellste Schaf der Herde und denkt praktisch.
SARA	ein Mutterschaf.
EIN LAMM	hat etwas gesehen.
MELMOTH	Ritchfields Zwillingsbruder, ein legendärer verschwundener Widder.
CORDELIA	mag merkwürdige Wörter.
MAISIE	ein naives Jungschaf.
DAS WINTERLAMM	ein schwieriger Unruhestifter.
WILLOW	ist das zweitschweigsamste Schaf der Herde, und niemand bedauert das.
GABRIELS WIDDER	ist ein sehr seltsames Schaf.
FOSCO	hält sich für klug, und das mit Recht.

The trail wound here and there
as the sheep had willed in the making of it.

Stephen Crane, *Tales of Adventure*

1

Gestern war er noch gesund«, sagte Maude. Ihre Ohren zuckten nervös.

»Das sagt gar nichts«, entgegnete Sir Ritchfield, der älteste Widder der Herde, »er ist ja nicht an einer Krankheit gestorben. Spaten sind keine Krankheit.«

Der Schäfer lag neben dem Heuschuppen unweit des Feldweges im grünen irischen Gras und rührte sich nicht. Eine einzelne Krähe hatte sich auf seinem wollenen Norwegerpullover niedergelassen und äugte mit professionellem Interesse in sein Innenleben. Neben ihm saß ein sehr zufriedenes Kaninchen. Etwas entfernter, nahe der Steilküste, tagte die Konferenz der Schafe.

Sie hatten Ruhe bewahrt, als sie ihren Schäfer an diesem Morgen so ungewohnt kalt und leblos vorgefunden hatten, und sie waren sehr stolz darauf. Natürlich hatte es im ersten Schrecken ein paar unüberlegte Rufe gegeben: »Wer bringt uns jetzt Heu?« etwa, oder »Ein Wolf! Ein Wolf!« Aber Miss Maple hatte schnell dafür gesorgt, dass keine Panik ausbrach. Sie erklärte, dass mitten im Sommer auf der grünsten und fettesten Weide Irlands sowieso nur Dummköpfe Heu fressen würden und dass selbst die raffiniertesten Wölfe ihren Opfern keinen Spaten durch den Leib jagten. Und ein solches Gerät ragte ganz zweifellos aus den morgenfeuchten Innereien des Schäfers.

Miss Maple war das klügste Schaf von ganz Glennkill. Manche behaupteten sogar, sie sei das klügste Schaf der Welt. Doch niemand konnte das nachweisen. Es gab zwar einen jährlichen Smartest-Sheep-of-Glennkill-Contest, doch Maples außerordentliche Intelligenz erwies sich gerade darin, dass sie an solchen Wettbewerben nicht teilnahm. Der Gewinner verbrachte nach seiner Krönung mit einem Kranz aus Klee (den er anschließend fressen durfte) mehrere Tage auf einer Tournee durch die Pubs der angrenzenden Orte. Dort musste er immer wieder das Kunststück aufführen, das ihm irrtümlich seinen Titel eingebracht hatte, blinzelte in den Tabaksqualm, bis ihm die Augen tränten, und wurde von den Menschen so lange mit Guinness abgefüllt, bis er nicht mehr richtig stehen konnte. Außerdem machte ihn von da an sein Schäfer für jeden Schabernack verantwortlich, der auf der Weide geschah: Der Schlauste war immer der Hauptverdächtige.

George Glenn würde nie wieder ein Schaf für etwas verantwortlich machen. Er lag aufgepfählt nahe des Feldwegs, und seine Schafe beratschlagten, was nun zu tun sei. Sie standen zwischen dem wasserblauen Himmel und dem himmelblauen Meer an der Steilküste, wo man das Blut nicht riechen konnte, und fühlten sich verantwortlich.

»Er war kein besonders guter Schäfer«, sagte Heide, die noch fast ein Lamm war und die nicht vergessen konnte, dass George nach dem Winter ihren stattlichen Lämmerschwanz kupiert hatte.

»Genau!« Das war Cloud, das wolligste und prächtigste Schaf, das man sich vorstellen konnte. »Er hat unsere Arbeit nicht geschätzt. Die norwegischen Schafe machen es besser! Die norwe-

gischen Schafe haben mehr Wolle! Er hat sich Pullover von fremden Schafen aus Norwegen schicken lassen – eine Schande, welcher andere Schäfer hätte seine Herde so gekränkt!«

Es entspann sich eine längere Diskussion zwischen Heide,
Cloud und Mopple the Whale. Mopple the Whale bestand darauf, dass die Güte eines Schäfers sich schließlich an Futtermenge
und -qualität erweisen würde und dass es hier nichts, aber auch
gar nichts gegen George Glenn zu sagen gäbe. Schließlich einigte
man sich darauf, dass der ein guter Schäfer sei, der niemals den
Lämmern die Schwänze kupiert, keinen Schäferhund einstellt,
Futter in Hülle und Fülle verabreicht, vor allem Brot und Zucker, aber auch gesunde Sachen wie Kräuter, Kraftfutter und
Rüben (ja, sie waren alle sehr vernünftig), und sich ganz und gar
in die Produkte seiner eigenen Herde kleidet, etwa mit einem
Ganzkörperfell aus gesponnener Schafswolle. Das würde dann
sehr schön aussehen, beinahe so, als sei er auch ein Schaf. Natürlich war allen klar, dass ein solch vollkommenes Wesen auf der
ganzen Welt nicht zu finden war. Aber ein schöner Gedanke war
es trotzdem. Man seufzte ein bisschen und wollte dann wieder
auseinander gehen, hochzufrieden damit, alle offenen Fragen ge-
klärt zu haben.

Doch bisher hatte sich Miss Maple noch nicht an der Diskussion beteiligt. Jetzt sagte sie: »Wollt ihr denn gar nicht wissen,
woran er gestorben ist?«

Sir Ritchfield sah sie erstaunt an. »Er ist an dem Spaten gestorben. Du hättest das auch nicht überlebt, so ein schweres Eisending
mitten durch den Leib. Kein Wunder, dass er tot ist.« Ritchfield
schauderte ein bisschen.

»Und woher der Spaten?«

»Jemand hat ihn hineingesteckt.« Für Sir Ritchfield war die
Sache damit erledigt, aber Othello, das einzige schwarze Schaf der

Herde, begann auf einmal, sich für das Problem zu interessieren.

»Nur ein Mensch kommt in Frage – oder ein sehr großer Affe.« Othello hatte eine bewegte Jugend im Zoo von Dublin verbracht und versäumte es nie, bei Gelegenheit darauf anzuspielen.

»Ein Mensch.« Maple nickte zufrieden. Die Zahl der Verdächtigen ging rapide zurück. »Ich denke, wir sollten herausfinden, was das für ein Mensch war. Das sind wir dem alten George schuldig. Wenn ein wilder Hund eines unserer Lämmer gerissen hatte, versuchte er auch immer, den Schuldigen zu finden. Außerdem gehörte er uns. Er war unser Schäfer. Keiner hatte das Recht, einen Spaten in ihn zu stecken. Das ist Wolferei, das ist Mord!«

Jetzt waren die Schafe doch erschrocken. Auch der Wind hatte gedreht, und der frische Blutgeruch zog in feinen, aber deutlich wahrnehmbaren Witterungsfäden Richtung Meer.

»Und wenn wir den Spatenstecker gefunden haben?«, fragte Heide nervös. »Was dann?«

»Gerechtigkeit!«, blökte Othello.

»Gerechtigkeit!«, blökten die anderen Schafe. Damit war es beschlossene Sache, dass die Schafe von George Glenn den gemeinen Mord an ihrem einzigen Schäfer aufklären würden.

*

Zuerst ging Miss Maple die Leiche besichtigen. Gerne tat sie es nicht. In der irischen Sommersonne hatte George schon begonnen, einen Verwesungsgeruch auszuströmen, der ausreichte, um jedem Schaf einen Schauer über den Rücken zu jagen.

Anfangs umkreiste sie den Schäfer in respektvollem Abstand.

Die Krähe krächzte missbilligend und flatterte auf schwarzen Flügeln davon. Maple wagte sich näher heran, betrachtete den Spaten, schnupperte an Kleidern und Gesicht. Schließlich – die in sicherer Entfernung zusammengeballte Herde hielt den Atem an – steckte sie sogar ihre Schnauze in die Wunde und wühlte darin herum. Zumindest sah es von weitem danach aus. Mit blutiger Nase kehrte sie zu den anderen zurück.

»Und?«, fragte Mopple, der die Spannung nicht mehr aushielt. Mopple hielt Spannung nie besonders lange aus.

»Er ist tot«, antwortete Miss Maple. Mehr schien sie im Augenblick nicht sagen zu wollen. Dann blickte sie in Richtung Feldweg.

»Wir müssen bereit sein. Früher oder später werden Menschen hierher kommen. Wir müssen beobachten, was sie tun, aufpassen, was sie erzählen. Und wir sollten nicht so verdächtig herumstehen, alle auf einem Haufen. Wir sollten uns natürlich benehmen.«

»Aber wir benehmen uns doch natürlich«, wandte Maude ein. »George ist tot und ermordet. Sollen wir etwa in seiner Nähe weiden, dort, wo das Gras noch mit Blut besprizt ist?«

»Ja. Genau das sollten wir tun.« Othello trat schwarz und entschlossen zwischen ihnen hervor. Er verengte die Nüstern, als er die entsetzten Gesichter der anderen sah. »Keine Angst, ich werde es tun. Ich habe meine Jugend neben dem Raubtiergehege verbracht, ein bisschen mehr Blut wird mich nicht umbringen.« In diesem Augenblick dachte Heide, dass Othello ein ganz besonders verwegener Widder sei, und beschloss, zukünftig häufiger in seiner Nähe zu grasen – selbstverständlich erst, wenn George verschwunden war und ein frischer Sommerregen die Wiese reingewaschen hatte.

Miss Maple verteilte die Wachen. Sir Ritchfield, der trotz seines Alters noch gute Augen hatte, postierte sie auf dem Hügel.

15

Von dort konnte man über die Hecken hinweg bis zur Asphaltstraße sehen. Mopple the Whale hatte schlechte Augen, aber ein gutes Gedächtnis. Er stand neben Ritchfield und sollte sich alles merken, was dieser beobachtete. Heide und Cloud überwachten den Fußpfad, der quer über ihre Wiese führte: Heide bezog Posten am Tor Richtung Dorf, Cloud dort, wo der Weg in einer Senke verschwand. Zora, ein schwarzköpfiges Schaf ohne Höhenangst, stellte sich auf einen schmalen Felsvorsprung an den Steilklippen und beobachtete von dort aus den Strand. Zora behauptete, dass es unter ihren Vorfahren ein wildes Bergschaf gegeben hatte, und wenn man sah, wie sorglos sie sich über dem Abgrund bewegte, konnte man es beinahe glauben.

Othello verschwand im Schatten des Dolmengrabes unweit der Stelle, wo der Spaten George auf den Boden pinnte. Von dort konnte er bei Bedarf jederzeit unauffällig hervorweiden. Miss Maple nahm nicht an der Beobachtung teil. Sie blieb am Wassertrog stehen und versuchte, sich die Blutspuren von der Nase zu waschen.

Der Rest verhielt sich natürlich.

*

Wenig später kam Tom O'Malley, nicht mehr ganz nüchtern, den Fußweg von Golagh nach Glennkill entlang, um auch dem hiesigen Pub einen Besuch abzustatten. Die frische Luft tat ihm gut, das Grün, das Blau. Möwen jagten sich kreischend ihre Beute ab, so schnell, dass ihm davon schwindlig wurde. Georges Schafe grasten friedlich vor der herrlichen Aussicht. Malerisch. Wie aus einem Prospekt. Ein Schaf hatte sich besonders weit vorgewagt und thronte wie ein kleiner weißer Löwe direkt am Abhang. Wie war es da wohl hingekommen?

»He, Schäfchen«, sagte Tom, »fall da bloß nicht runter. Wäre doch schade, wenn so ein Hübsches wie du abstürzen würde.«

Das Schaf sah ihn verächtlich an, und auf einmal kam er sich blöd vor. Blöd und besoffen. Aber damit war jetzt Schluss. Er würde es zu etwas bringen. In der Tourismusbranche. Im Tourismus lag die Zukunft von Glennkill. Er musste das gleich mit den Jungs im Pub besprechen.

Vorher wollte er sich nur noch schnell den prächtigen schwarzen Widder näher ansehen. Vier Hörner. Wirklich ungewöhnlich. Georges Schafe waren schon etwas Besonderes.

Der Schwarze ließ ihn aber nicht nahe genug herankommen, sondern wich mühelos seiner Hand aus, ohne sich dabei viel zu bewegen.

Dann sah Tom den Spaten.

Ein guter Spaten. So einen hätte er auch gebrauchen können. Und niemand da, dem er zu gehören schien. Er beschloss, ihn zukünftig als seinen Spaten zu betrachten. Jetzt wollte er ihn unter dem Dolmen verstecken, und nachts würde er wiederkommen und ihn holen. Der Gedanke, nachts an den Dolmen zu gehen, gefiel ihm nicht besonders. Man erzählte sich Geschichten. Aber er war ein moderner Mensch, und das war ein ausgezeichneter Spaten. Als er seine Hand um den Griff legte, stieß sein Fuß gegen etwas Weiches.

An diesem Nachmittag hörte man Tom O'Malley im *Mad Boar* zum ersten Mal seit langer Zeit wieder aufmerksam zu.

*

Bald darauf sah Heide ein kleines Grüppchen Menschen im Laufschritt den Weg aus dem Dorf heraufkommen. Sie blökte kurz, lang, nochmals kurz, und Othello tauchte etwas unwillig unter dem Dolmengrab auf.

Voran ging ein spinnendünner Mann, den die Schafe nicht kannten. Sie betrachteten ihn aufmerksam. Der Anführer ist immer wichtig.

Hinter ihm kam der Metzger. Die Schafe hielten den Atem an. Der Metzger war fürchterlich. Allein sein Geruch reichte aus, um jedem Schaf die Knie zittrig zu machen. Der Metzger roch nach qualvollem Tod. Nach Schreien, Schmerz und Blut. Sogar die Hunde hatten Angst vor ihm.

Die Schafe hassten den Metzger. Und sie liebten Gabriel, der dicht hinter ihm ging, ein kleiner Mann mit struppigem Bart und Schlapphut, der seine Schritte schnell setzte, um von dem Fleischberg vor ihm nicht abgehängt zu werden. Sie wussten, warum sie den Metzger hassten. Warum sie Gabriel liebten, wussten sie nicht. Er war einfach unwiderstehlich. Seine Hunde führten die phantastischsten Kunststücke auf. Jedes Jahr gewann er den großen Hütewettbewerb in Gorey. Die Menschen hatten großen Respekt vor ihm. Es hieß, er könne mit den Tieren sprechen, doch das stimmte nicht. Die Schafe zumindest verstanden nichts von Gabriels gälischem Gemurmel. Aber sie fühlten sich berührt, geschmeichelt und zuletzt verführt und trabten vertrauensvoll in seine Nähe, wenn er auf dem Feldweg an ihrer Weide vorbeilief.

Jetzt hatten die Menschen die Leiche fast erreicht. Die mutigeren unter den Schafen vergaßen für einen Augenblick, natürlich auszusehen, und reckten gespannt die Hälse. Einige Lämmersprünge vor George blieb der dünne Anführer wie angewurzelt stehen. Seine lange Gestalt schwankte einen Moment wie ein Zweig im Wind, doch seine Augen waren starr wie Nadeln auf den Punkt geheftet, an dem der Spaten Georges Eingeweide verließ.

Auch Gabriel und der Metzger blieben in einiger Entfernung von der Leiche stehen. Der Metzger blickte einen Moment lang zu Boden. Gabriel nahm die Hände aus den Hosentaschen. Nun riss der Dürre seine Augen von George los und fischte sich mit einer halbherzigen Geste die Mütze vom Kopf. Der Metzger sagte etwas. Seine fleischigen Hände waren zu Fäusten geballt.

Othello weidete kühn vorbei.

Dann hatte es, schnaufend und prustend, mit knallrotem Gesicht und wirren roten Haaren, auch Lilly den Fußpfad hinaufgeschafft, und mit ihr eine Wolke von künstlichem Fliederduft. Als sie George sah, stieß sie einen kleinen, spitzen Schrei aus. Die Schafe sahen ihr gelassen zu. Lilly kam manchmal in den Dämmerungsstunden auf die Weide und stieß bei jeder Gelegenheit ihre kleinen, spitzen Schreie aus. Wenn sie in ein Häufchen Schafsköttel getreten war. Wenn ihr Rock an einer Hecke hängenblieb. Wenn George etwas sagte, was ihr nicht gefiel. Die Schafe hatten sich daran gewöhnt. Sobald George und Lilly dann für kurze Zeit im Schäferwagen verschwanden, kehrte wieder Ruhe ein. Lillys seltsame Schreie machten ihnen keine Angst mehr.

Doch dann wehte der Wind plötzlich einen jämmerlichen, lang gezogenen Laut über die Weide. Mopple und Cloud verloren die Nerven und galoppierten auf den Hügel, wo sie sich verschämt darum bemühten, wieder natürlich auszusehen.

Lilly war direkt neben der Leiche auf die Knie gefallen, ohne sich um das nachtregenfeuchte Gras zu kümmern, und stieß diese schrecklichen Töne aus. Ihre Hände wanderten wie zwei verwirrte Insekten über den Norwegerpulli und Georges Jacke und zerrten an seinem Kragen.

Dann war auf einmal der Metzger bei ihr und riss sie grob am Arm zurück. Die Schafe hielten den Atem an. Der Metzger hatte

sich schnell wie eine Katze bewegt. Jetzt sagte er etwas. Lilly sah ihn an, als sei sie gerade aus einem tiefen Schlaf gerüttelt worden. In ihren Augen schwammen Tränen. Sie bewegte die Lippen, aber kein Laut wehte über die Weide. Der Metzger antwortete etwas. Dann packte er Lilly am Ärmel und zog sie auf die Seite, ein gutes Stück von den beiden anderen Männern weg. Der Dürre begann sofort, auf Gabriel einzureden.

Othello blickte sich Hilfe suchend um: Wenn der Widder bei Gabriel blieb, verpasste er das, was sich zwischen dem Metzger und Lilly abspielte – und umgekehrt. Die meisten Schafe erkannten das Problem, aber keiner hatte Lust, sich der Leiche oder dem Metzger zu nähern, die beide nach Tod rochen. Sie konzentrierten sich lieber auf ihre Aufgabe, natürlich auszusehen.

Da kam Miss Maple vom Wassertrog getrabt und übernahm die Beobachtung des Metzgers. Auf ihrer Nase saß noch immer ein verdächtiger rötlicher Fleck, aber sie hatte sich im Schlamm gewälzt und sah jetzt einfach nur wie ein sehr schmutziges Schaf aus.

»...widerlich«, sagte der Metzger gerade zu Lilly. »Dein Theater kannst du dir jedenfalls sparen. Glaub mir, du hast jetzt ganz andere Sorgen, Schätzchen.« Er hatte sie mit seinen wurstigen Fingern am Kinn gefasst und hob ihren Kopf ein wenig an, so dass sie ihm direkt in die Augen blicken musste. Lilly lächelte besänftigend.

»Warum sollte mich jemand verdächtigen?«, fragte sie und versuchte, den Kopf freizubekommen. »George und ich sind doch immer gut miteinander ausgekommen.«

Der Metzger hielt sie unbeirrt am Kinn fest. »Gut miteinander ausgekommen. Genau. Das genügt denen schon. Wer ist denn sonst gut mit George ausgekommen? Warte nur auf das Testament, dann wird man sehen, wie gut ihr miteinander ausgekommen seid. Du hast nicht besonders viel Geld, was? Der Kosmetik-kram wirft nicht gerade ein Vermögen ab, und mit dem Gehure kommt man in unserem Nest auch nicht weit. Aber komm nur zu Ham, dann brauchst du dir um diese Schweinerei hier keine Sorgen mehr zu machen.«

Gabriel rief etwas. Ham drehte sich abrupt um und stapfte zurück zu den anderen. Lilly ließ er stehen. Das Lächeln fiel von ihrem Gesicht. Sie zog ihren Schal enger um die Schultern und schüttelte sich. Einen Augenblick sah es aus, als würde sie weinen. Maple konnte sie gut verstehen. Vom Metzger angefasst zu werden – das musste sein, als hätte einen der Tod am Ohr gezupft.

Wieder flogen Worte zwischen den vier Menschen hin und her, doch die Schafe waren zu weit entfernt, um etwas davon zu verstehen. Dann folgte ein lautes, verlegenes Schweigen. Gabriel drehte sich um und schlenderte zurück Richtung Dorf, den Dünnen dicht auf den Fersen. Lilly schien einen Augenblick zu überlegen, dann hastete sie hinter den beiden Männern her.

Ham beachtete die anderen nicht. Er war direkt vor George hingetreten. Eine seiner Metzgerspranken hob sich langsam, bis sie wie eine fette Fleischfliege direkt über der Leiche schwebte. Dann malten die Finger des Metzgers zwei Linien über George in die Luft. Eine lange, die von Georges Kopf bis zu seinem Bauch führte, und eine kürzere von Schulter zu Schulter, so dass sich beide Linien kreuzten. Erst als Gabriel nochmals nach ihm rief, trottete auch der Metzger Richtung Dorf.

※

Später kamen drei Polizisten und machten Fotos. Sie brachten eine parfümierte Journalistin mit, die auch Fotos machte, sehr viel mehr als die Polizisten. Sie ging sogar bis an die Klippen und fotografierte Zora auf ihrer Felsnase, später Ritchfield und Mopple, die vor dem Dolmen weideten. Die Schafe waren zwar die gelegentliche Aufmerksamkeit von Rucksacktouristen gewohnt, aber das Interesse der Presse wurde ihnen schnell unangenehm. Mopple verlor als Erster die Nerven und floh laut blökend auf den Hügel. Die anderen ließen sich von der Panik anstecken und folgten, selbst Miss Maple und Othello. In wenigen Augenblicken hatten sie sich alle auf dem Hügel zusammengeballt und schämten sich ein bisschen.

Die Polizisten beachteten die Schafe nicht. Sie zogen den Spaten aus George, verpackten beide in große Plastiktüten, krochen noch ein wenig auf dem Boden herum und verschwanden dann in einem weißen Auto, das davonfuhr. Kurz darauf begann es zu regnen. Bald sah die Weide aus, als sei nie etwas geschehen.

Die Schafe beschlossen, sich in den Heuschuppen zurückzuziehen. Sie gingen alle gemeinsam, denn jetzt, so kurz nach Georges Tod, kam ihnen der Schuppen ein wenig düster und unheimlich vor. Nur Miss Maple blieb etwas länger draußen im Regen stehen und ließ sich den Schlamm und endlich auch den Blutfleck abwaschen.

Als sie in den Schuppen trat, hatten sich die Schafe um Othello zusammengedrängt. Sie bestürmten ihn mit Fragen, aber der Widder wartete ab. Heide blökte aufgeregt:

»Wie hast du es nur ausgehalten, so dicht neben dem Metzger. Ich wäre gestorben vor Angst, ich bin auch so fast vor Angst gestorben, als ich ihn nur den Fußpfad heraufkommen sah!«

Miss Maple verdrehte die Augen. Aber man musste dem schwarzen Widder zugute halten, dass er der uneingeschränkten Bewunderung seiner Herde herzlich unbeeindruckt gegenüberstand. Sehr sachlich wandte er sich an Miss Maple.

»Der Metzger hat zuerst gesprochen. ›Schweine!‹, hat er gesagt.«

Die Schafe sahen sich erstaunt an. Noch nie waren Schweine auf ihrer Weide gewesen. Zum Glück! Die Worte des Metzgers machten keinen Sinn. Aber Othello war sich seiner Sache sehr sicher.

»Er roch sehr wütend. Und erschrocken. Aber vor allem wütend. Der Dünne hat Angst vor ihm bekommen. Gabriel nicht.« Othello schien einen Moment lang über Gabriels Furchtlosigkeit nachzudenken. Dann fuhr er fort.

»Lilly hat eigentlich gar nichts Vernünftiges gesagt. Nur ›George‹ und ›Ach, George‹, ›Warum gerade jetzt‹ und ›Warum tust du mir das an‹. Sie hat mit George geredet. Vielleicht hat sie nicht verstanden, dass er tot ist. Der Metzger hat sie dann am Arm zurückgerissen. ›Keiner fasst ihn an‹, hat er gesagt. Und sie, ganz leise, mehr zu den anderen als zu dem Metzger: ›Bitte, ich möchte nur einen Moment lang mit ihm allein sein.‹ Aber von den anderen hat keiner geantwortet, nur der Metzger hat geredet. ›Wenn jemand das Recht hätte, dann Kate‹, hat er gesagt. Es klang sehr feindselig, und dann hat er sie weggezogen.«

Die Schafe nickten zustimmend. Das hatten sie selbst aus der Entfernung gut beobachten können. Der Verdacht richtete sich sofort gegen den Metzger, einfach deshalb, weil jedes Schaf der Herde ihm zutraute, ein lebendes Wesen mit einem Spaten zu durchbohren. Doch Miss Maple schüttelte ungeduldig den Kopf, und Othello fuhr fort.

»Sobald der Metzger weit genug weg war, hat der Dürre angefangen, auf Gabriel einzureden. Er roch seltsam, nach Whiskey und Guinness, aber nicht so, als hätte er das getrunken. Mehr am Körper und an der Kleidung. Vor allem an den Händen.«

»Er war's!«, blökte Ramses, ein sehr junger Widder mit lebhafter Phantasie. »Er hat sich Whiskey über die Hände gegossen, weil er den Blutgeruch nicht mehr ausgehalten hat!«

23

»Vielleicht«, sagte Miss Maple zögernd.

Maude, die von allen Schafen der Herde den besten Geruchssinn hatte, schüttelte den Kopf. »Die Menschen riechen das Blut nicht wie wir. Sie können nicht richtig riechen.«

»Wir wissen nicht, ob der Mörder blutige Hände hatte«, sagte Miss Maple. »Wir wissen fast gar nichts.« Sie blickte Othello fragend an.

»Er hatte noch viel vor, George, den Kopf voller verrückter Pläne‹, sagte der Dünne dann ganz leise zu Gabriel. ›Aber damit wird es ja jetzt wohl nichts mehr werden, oder?‹ Sehr schnell hat er gesprochen, so schnell, dass ich mir nicht alles auf einmal merken konnte. Die ganze Zeit sprach er von Georges Plänen. Ich glaube, er wollte etwas aus Gabriel herausbekommen. Aber Gabriel hat nichts gesagt.«

Othello legte nachdenklich den Kopf schief. »Ich würde sagen, der Dürre hat ihn geärgert. Deshalb hat Gabriel den Metzger zurückgerufen. Als der Metzger näher gekommen ist, hat der Dünne sofort mit dem Reden aufgehört. Dann haben sie alle gleichzeitig gesprochen. Lilly sagte: ›Man sollte es seiner Frau sagen‹, Gabriel: ›Man sollte die Polizei holen‹, der Metzger: ›Ich werde solange bei ihm bleiben.‹ Dann sagte der Dünne schnell: ›Keiner bleibt allein hier.‹ Die Männer haben den Metzger angestarrt, ein bisschen drohend vielleicht, so wie sich Widder vor dem Duell anstarren. Der Metzger hat ein sehr rotes Gesicht bekommen. Aber dann hat er genickt.«

*

Anschließend sammelte Miss Maple Fragen. Jedes Schaf sollte sagen, was es nicht verstand, was es gerne wissen wollte. Miss Maple stand in der Mitte, neben ihr Mopple the Whale. Wenn

24

ihr eine Frage bemerkenswert vorkam, gab sie Mopple mit den Augen einen Wink, und der dicke Widder merkte sich die Frage. Was sich Mopple einmal gemerkt hatte, vergaß er nie.

»Warum haben sie uns fotografiert?«, fragte Maude.

»Warum hat es geregnet?«, fragte Cloud.

»Warum ist George nachts auf die Weide gekommen?«, fragte Heide. Maple nickte Mopple zu. Heide sah stolz zu Othello hinüber.

»Warum ist der Metzger hierher gekommen?«, fragte Maude.

»Was will der Metzger von Lilly?«, fragte Othello. Miss Maple nickte.

»Was ist ein Testament?«, fragte Lane. Miss Maple nickte.

»Werden sie George wiederbringen?«, fragte Heide.

»Wann wird man wieder da weiden können, wo George gelegen hat?«, fragte Cloud.

»Werden sie Schweine auf unsere Weide treiben?«, fragte Maude.

»Warum mit einem Spaten? Man hätte ihn von den Klippen stoßen können«, sagte Zora. Miss Maple nickte.

»Was ist mit dem Wolf?«, fragte Sara. »Ist er gefährlich für die Lämmer – oder für uns?« Miss Maple zögerte einen Augenblick, aber sie gab Mopple kein Zeichen.

»Warum bringt niemand den Metzger um?«, fragte Cloud. Einige Schafe blökten zustimmend, aber Miss Maple nickte nicht.

»Seit wann lag er auf der Wiese?«, fragte Mopple the Whale. Miss Maple nickte ihm zu, und Mopple strahlte.

Ein Lamm trat vor. Es hatte noch nicht einmal einen Namen. Die Schafe bekamen erst Namen, wenn sie ihren ersten Winter überstanden hatten. »Wird Georges Geist wiederkommen?«, fragte es schüchtern. Cloud beugte sich beruhigend zu ihm herunter und ließ es sich in ihre üppige Wolle schmiegen. »Nein,

Kleines, Georges Geist wird nicht kommen. Menschen haben keine Seele. Keine Seele, kein Geist. So einfach ist das.«

»Wie kannst du so etwas sagen?«, protestierte Mopple. »Wir wissen doch gar nicht, ob Menschen auch eine Seele haben. Es ist vielleicht nicht wahrscheinlich, aber möglich ist es.«

»Jedes Lamm weiß, dass die Seele im Geruchssinn liegt. Und die Menschen können nicht gut riechen.« Maude selbst hatte einen ausgezeichneten Geruchssinn und schon öfter über dieses »Nase-Seele-Problem« nachgedacht.

»Dann wirst du also nur einen sehr kleinen Geist sehen. Vor dem musst du dich nicht fürchten.« Othello beugte sich ein wenig belustigt zu dem Lamm herunter.

»Aber ich habe ihn schon gesehen!«, blökte das Lamm. »Er war entsetzlich. Sehr groß war er, viel größer als ich, und ich kann gut riechen. Groß und zottig, und er tanzte. Ich dachte zuerst, es sei ein Wolfsgeist, aber jetzt weiß ich, dass George tot ist, dann muss es wohl sein Geist gewesen sein. Ich hatte solche Angst, dass ich heute Morgen gedacht habe, ich hätte geträumt.«

Miss Maple sah das Lamm scharf an. »Woher weißt du, dass George schon tot war?«

»Ich habe ihn gesehen.«

»Du hast George tot gesehen und uns nichts gesagt?«

»Nein, so war es nicht.« Das Lamm schniefte. »Ich habe den Spaten gesehen, nur den Spaten. Aber George muss doch daruntergelegen haben, nicht wahr?« Es sah nachdenklich aus. »Oder glaubst du, er ist später von oben auf den Spaten gefallen?«

Mehr war aus dem Lamm nicht herauszubekommen. Es war nachts aus dem Schuppen geschlichen, warum, konnte es nicht sagen; es hatte im Mondlicht den Spaten gesehen und den zottigen Wolfsgeist, den es nicht näher beschreiben konnte; es war entsetzt zurückgelaufen und vor Schreck sofort eingeschlafen.

Jetzt herrschte Schweigen. Die Schafe drängten sich dichter zusammen. Das Lamm steckte seinen Kopf tief in Clouds Wolle, die anderen starrten betreten auf den Boden. Miss Maple seufzte.

»Eine neue Frage für Mopple: Wer ist der Wolfsgeist? Und wo ist Tess?«

Die Schafe sahen sich an. Wo war Tessy, Georges alte Schäferhündin, seine treuste Begleiterin, seine einzige Freundin, der sanftmütigste Schäferhund, von dem sie je gehütet worden waren?

*

Als die anderen eingeschlafen waren, fügte Miss Maple im Stillen noch eine weitere Frage hinzu. Sie hatte zu Ramses gesagt, dass sie nicht wusste, ob der Mörder blutige Hände hatte. Die Wahrheit war, dass sie nicht einmal wusste, ob er überhaupt Hände hatte. Sie hatte Georges Gesicht friedlich gefunden, etwas nach Guinness duftend und nach Tee, die Kleider rauchig, ein paar Blumen zwischen den Fingern. Es war ihr ein wenig seltsam vorgekommen, weil George sich für Blumen eigentlich nicht sonderlich interessiert hatte. Mehr für Gemüse.

Aber sie hatte noch etwas gefunden, etwas, das sie bewog, mit ihrer Nase den blutigen Norwegerpulli ein wenig hochzuschieben. Dort, auf Georges bleichem Bauch, etwas oberhalb des Spateneinstichs, zeigte sich der Abdruck eines Schafshufes – ein einziger Abdruck und nicht mehr.

2

Am nächsten Tag entdeckten die Schafe eine neue Welt, eine Welt ohne Schäfer und Schäferhund. Sie zögerten lange, bevor sie sich entschlossen, den Schuppen zu verlassen. Endlich wagten sie sich doch ins Freie, angeführt von Mopple the Whale, der Hunger hatte. Es war ein wunderschöner Morgen. Nachts waren Feen über das Gras getanzt und hatten Tausende von Wasserperlen zurückgelassen. Das Meer sah aus wie frisch geleckt, blau, klar und glatt, und am Himmel zeigten sich einige wollige Wölkchen. Der Legende nach waren diese Wolken Schafe, die eines Tages einfach über die Klippe hinausgewandert waren, auserwählte Schafe, die am Himmel weiterweideten und niemals geschoren wurden. In jedem Fall waren sie ein gutes Zeichen.

Plötzlich ergriff die Schafe ein ungeheurer Übermut. Gestern hatten sie lange gestanden, mit vor Anspannung schmerzenden Sehnen, heute tobten sie wie Märzlämmer über die Wiese, galoppierten auf die Steilküste zu, stoppten kurz vor dem Abhang und jagten dann zurück zum Heuschuppen. Bald waren sie alle außer Atem.

Dann hatte Mopple the Whale die Idee mit dem Gemüsegarten. Hinter dem Heuschuppen stand der Schäferwagen, ein holpriges Gefährt, mit dem George Glenn früher über Land gefahren war, mit einer anderen Schafherde. Heute bewahrte er dort einige Sachen auf. Manchmal verbrachte er auch die Nacht hier. Hinter dem Schäferwagen lag ein kleiner Gemüsegarten, den George angelegt hatte, mit Kopfsalat, Erbsen, Rettichwurzeln, Kresse, Tomaten, Endivien, Ranunkeln und ein bisschen Schnittlauch.

Er hatte einen Zaun darum gezogen. Der Gemüsegarten lag zwar auf der Weide, aber er war den Schafen verboten. Dieses Verbot war hart für sie, vor allem deshalb, weil der Zaun allein kein wirkliches Problem darstellte. Aber der Zaun, das Verbot und Georges Wachsamkeit hatten bisher verhindert, dass sie das Gemüseparadies auf Schafsart abernteten. Jetzt war George gefallen und mit ihm das Verbot. Lane öffnete mit ihrer geschickten Schnauze den Riegel, Maude machte sich über die Ranunkeln her, Cloud über die Erbsen und Heide über die Tomaten. Nach wenigen Minuten war von den sauber angelegten Beeten nichts mehr übrig.

Nach und nach wurde es still. Die Schafe blickten auf und schämten sich. Eines nach dem anderen trotteten sie zurück auf die Weide. Am Tor stand Othello, der sich an ihrem Überfall als Einziger nicht beteiligt hatte. Er gab Miss Maple ein Zeichen. Sie folgte ihm zur Rückseite des Schäferwagens, wo normalerweise der Spaten lehnte, mit dem George im Gemüsegarten für Ordnung sorgte. Doch heute gab es dort nur eine weiß getünchte Wand zu sehen und ein paar Fliegen, die sich sonnten. Othello blickte Miss Maple forschend an.

Miss Maple blickte nachdenklich zurück.

Den restlichen Vormittag verbrachten die Schafe damit, zu bereuen. Mopple hatte mit dem Salat so viele Schnecken gefressen, dass ihm schlecht war; ein Lamm hatte sich ein spitzes Holzstück in den Huf getreten und hinkte. Sie dachten an George.

»Er wäre sehr böse geworden«, sagte Ritchfield.

»Er könnte den Huf heilen«, sagte Cloud.

»Er hat uns Geschichten vorgelesen«, sagte Cordelia.

Das war wahr. George verbrachte viel Zeit auf der Weide. Frühmorgens tauchte er auf, wenn sie noch ihren dicht gedrängten Schafsschlaf schliefen. Tess, die selbst noch schlaftrunken war, musste sie auseinander treiben. George lachte dann. »Faules Viehzeug!«, rief er. »An die Arbeit!« Jeden Morgen waren sie deshalb ein bisschen beleidigt. Sie grasten, und George verschwand mit Tess hinter seinem Wagen, werkte im Gemüsegarten oder brachte irgendwelche Sachen in Ordnung.

Nachmittags war ihr Ärger abgeklungen. Dann versammelten sie sich manchmal vor den Stufen des Schäferwagens, und George las ihnen vor. Einmal ein Feenmärchen, aus dem sie erfuhren, wie der Tau auf die Wiesen kommt, einmal aus einem Buch über Schafskrankheiten, das ihnen Angst gemacht hatte, einmal einen Krimi, den sie nicht verstanden. George hatte ihn wohl auch nicht verstanden, denn er warf das Buch nach der Hälfte weg, und sie erfuhren nie, wer der Mörder war.

Meistens aber las der alte George Glenn Liebesromane, dünne Heftchen aus grauem Papier, in denen alle Frauen Pamela hießen und rothaarig waren »wie ein Sonnenuntergang in der Südsee«. George las diese Hefte nicht, weil er ein romantischer Typ war, auch nicht, weil er einen schlechten literarischen Geschmack hatte (was zweifellos zutraf, das Buch über Schafskrankheiten war wirklich eine Zumutung gewesen), sondern er las sie, um sich darüber zu ärgern. Er las, wie die rothaarigen Pamelas irgendwelche arglosen Seeräuber, Ärzte oder Barone in ihre Gewalt brachten, und ärgerte sich maßlos, schimpfte über alle rothaarigen Weibsstücke dieser Welt, vor allem aber über seine eigene Frau.

Die Schafe hörten staunend zu, wenn George häusliche Details preisgab. Die schönste Frau im Ort war sie gewesen, seine persönliche Pamela, und anfangs hatte er sein Glück kaum fassen können. Aber kaum waren sie verheiratet, begann Pam (die in Wahrheit Kate hieß), saftige Apfelkuchen zu backen und dick zu werden. George blieb dünn und wurde immer trockener. Er hatte davon geträumt, mit einer Schafherde quer durch Europa zu ziehen, und Apfelkuchen war dafür kein Ersatz. An dieser Stelle senkten die Schafe meistens betreten die Köpfe. Sie wären gerne nach Europa gereist, das sie sich als eine große Wiese voller Apfelbäume vorstellten.

»Wir werden nie nach Europa reisen«, sagte Zora nun.

»Wir werden nie wieder auf die andere Weide gehen«, sagte Heide.

»Heute wäre es wieder Zeit für unsere Tablette.« Nur Lane bedauerte, dass George nicht hier war, um ihnen ihre wöchentliche Kalziumtablette in den Mund zu zwingen. Sie liebte den Geschmack. Die anderen schüttelten sich.

Mopple war ergriffen. »Wir sollten ihn nicht vergessen«, meinte er. »Und wir hätten das Gemüse nicht fressen dürfen. Wir sollten es wiedergutmachen.«

Zora starrte in Richtung Meer. »Warum nicht?«, sagte sie beiläufig. Mopple begann heftig auf seinem letzten Salatblatt herumzukauen. Wenn Zora beiläufig etwas sagte, war er immer wie vom Donner gerührt.

»Wie willst du das wiedergutmachen?«, fragte Cloud.

Sie beschlossen, George zu Ehren auf ein bisschen von ihrer Weide zu verzichten. Nicht auf den Gemüsegarten, der war sowieso nicht mehr zu retten. Doch am Fuße des Hügels fanden sie eine Stelle mit vielen beliebten Kräutern, wo künftig kein Schaf mehr weiden sollte. Sie nannten sie *George's Place*. Auf einmal fühlten sie sich erleichtert.

31

Miss Maple beobachtete von ferne, wie ihre Herde *George's Place* gründete. Sie dachte an George, daran, dass er ihnen Geschichten vorgelesen hatte, aber auch daran, dass das in letzter Zeit immer seltener vorgekommen war. Oft kam George gar nicht mehr zu ihnen auf die Weide, sondern fuhr nur kurz mit seinem stinkenden Auto vorbei. Tess sprang vom Beifahrersitz und scheuchte sie am Morgen auf, abends kamen die beiden nochmals, um die Schafe zu zählen. Den ganzen Tag über waren sie verschwunden. Anfangs hatte George versucht, Tessy beizubringen, in seiner Abwesenheit auf die Schafe aufzupassen, aber das war schiefgegangen. Die Schäferhündin war davon überzeugt, dass es in erster Linie George war, den sie hüten musste. Um die Schafe kümmerte sie sich nur, um ihm einen Gefallen zu tun.

Miss Maple dachte daran, dass Tess fort war. War sie weggelaufen? Wenn ja, dann musste es etwas sehr Schreckliches sein, das George umgebracht hatte. Die Hündin war treu wie ein Mutterschaf und konnte mutig sein, wenn es nötig war. Für George hätte sie alles getan. Aber George war tot, und Tess war verschwunden.

Auf einmal löste sich Mopple mit ungewohnt schnellen Bewegungen aus der Gruppe, die *George's Place* bewunderte und schon langsam begann, Appetit auf genau die Kräuter zu bekommen, die dort wuchsen. Er trabte auf Miss Maple zu. Dann stand auf einmal Sir Ritchfield in seinem Weg. Miss Maple konnte nicht sagen, wo er auf einmal hergekommen war. Ritchfield blickte den jüngeren Widder drohend an, und Mopple trottete davon, nicht zurück zu *George's Place*, sondern an die Klippen. Er starrte nachdenklich zum Strand hinunter.

Ritchfield gesellte sich zu Maple.

»Man muss den Jungen manchmal Respekt einflößen«, sagte er. »Sonst enden sie wie Melmoth.«

Miss Maple erwiderte nichts. Kein Schaf war Melmoth weniger ähnlich als Mopple.

Allmählich flaute die Begeisterung für *George's Place* wieder ab. Die Schafe begannen ihrer üblichen Beschäftigung, dem Grasen, nachzugehen. Miss Maple sah ihnen zu. Es war gut, dass sie sich beruhigt hatten. Wenn sie satt waren und weniger aufgeregt, würden sie wieder neugierig werden und weiter nach dem Mörder fahnden, auf Schafsart, unterbrochen von Fressen und Fürchten, aber unerbittlich. Maple kannte sie alle; die jüngeren hatte sie groß werden sehen, mit den älteren war sie selbst aufgewachsen. Ritchfield und Melmoth hatten die Herde mit ihren Eskapaden in Atem gehalten, als sie noch ein Lamm war. Ritchfield hatte so lange nicht mehr von seinem Zwilling gesprochen, dass Maple beinahe gedacht hatte, er hätte ihn vergessen. Nun fühlte sie sich beunruhigt. Die Luft war makellos, ein kühler Wind wehte vom Meer, und die Weide duftete. Trotzdem roch es auf einmal überall nach Tod, nach frischem und nach altem, nach fast vergessenem Tod. Maple begann zu grasen.

*

Am Nachmittag hatte die Herde schon wieder menschlichen Besuch. Vom Dorf her kamen eine rundliche Frau und ein schwarz gekleideter Mann mit steifem Kragen und auffällig langer Nase. Die Frau war ebenfalls schwarz angezogen, aber mit ihren feuerroten Haaren, blauen Augen und rosigen Wangen kam sie den Schafen dennoch bunt vor. Sie duftete nach Äpfeln, so gut, dass sich diesmal gleich fünf Beobachter fanden, die die beiden belauschten: Miss Maple, Othello, Heide, ein Jungschaf namens Maisie und Mopple the Whale.

Die Menschen blieben vor dem Dolmengrab stehen.

»Hier war's?«, fragte die Frau. Der Mann nickte. Die Bunte starrte auf den Boden. Der Regen hatte den Spateneinstich verwaschen, und so starrte sie auf die falsche Stelle.

»Das ist so schrecklich«, sagte sie mit dünner Stimme. »Wer tut so etwas, wer?« Die Schafe horchten auf. Vielleicht würde der große schwarze Mann jetzt gleich die Antwort liefern. Doch der schwieg.

»Ich hatte es nicht immer einfach mit ihm«, fügte die Frau hinzu.

»Niemand hatte es einfach mit George«, sagte der Langnasige. »Er war eine verlorene Seele, ein entlaufenes Lamm, aber der Herr hat ihn in seiner unendlichen Güte wieder bei sich aufgenommen.«

Die Schafe sahen sich erstaunt an. Cloud blökte verwirrt.

»Ich hätte gerne ein bisschen mehr von ihm gewusst«, fuhr die Frau fort. »In der letzten Zeit war er so merkwürdig. Ich dachte, das wäre das Alter. Er fuhr mit dem Auto weg, er bekam Post, die ich nicht öffnen durfte. Und«, sie streckte sich ein wenig, um dem Großen ins Ohr zu tuscheln, aber die Schafe hörten sie trotzdem, »ich habe entdeckt, dass er heimlich Romane liest, Liebesromane, Sie wissen schon.« Sie wurde rot. Es stand ihr gut. Der Mann blickte sie interessiert an.

»Wirklich?«, fragte er.

Sie bewegten sich langsam auf den Schäferwagen zu. Die Schafe wurden nervös. Gleich würde man entdecken, was sie mit Georges Gemüsegarten angestellt hatten.

Die Augen der Frau wanderten über den Schäferwagen, über abgefressene Kräuterbeete und zerrupfte Tomatensträucher.

»Es ist schön hier«, seufzte sie.

Die Schafe trauten ihren Ohren nicht.

»Vielleicht hätte ich manchmal hier zu ihm heraufkommen

sollen. Aber das wollte er ja nicht. Nie hat er mich hier herauf-
gelassen. Ich hätte ihm einen Kuchen bringen können. Aber dafür ist es jetzt zu spät.« Sie hatte Tränen in den Augen. »Ich habe
mich nie für das Viehzeug interessiert. George brachte die Wolle,
um die hab ich mich dann gekümmert. Wunderbare weiche
Wolle…« Sie schluchzte.

»Was wird mit der Herde, Kate?«, fragte der Langnasige. »Das
ist ein schönes Stück Land, und jemand muss sich auch um die
Tiere kümmern.«

Kate sah sich um. »Sie sehen nicht so aus, als müsste man sich
um sie kümmern. Sie sehen zufrieden aus.«

Der Mann klang säuerlich. »Eine Herde braucht einen Hirten.
Ham würde sie dir sicher abkaufen, wenn du weiter keinen Ärger
mit ihnen willst.«

Die Schafe standen starr vor Entsetzen, aber die Frau zuckte
mit den Achseln.

»Ham ist kaum ein Schäfer«, sagte sie. »Er würde sich nicht
kümmern.«

»Es gibt verschiedene Arten, für jemanden zu sorgen. Mit
Liebe und mit Strenge, mit dem Wort und mit dem Schwert.
Der Herr hat uns das gelehrt. Wichtig ist die Ordnung.« Die
große Nase des Schwarzgekleideten starrte der Frau vorwurfsvoll
ins Gesicht. »Wenn du nicht selbst mit Ham sprechen willst, kann
ich das für dich tun«, fügte er dann hinzu.

Die Frau schüttelte den Kopf, und die Schafe atmeten auf.
»Nein, das mit Ham ist lange vorbei. Aber ich weiß nicht einmal,
ob das alles überhaupt mir gehört. Es gibt ein Testament. George
hat es bei einem Anwalt in der Stadt gemacht. Es muss ein sehr
ungewöhnliches Testament sein, er hat lange gesucht, bis er den
richtigen Anwalt dafür gefunden hat. Darin steht, wem das alles
gehört. Ich will es nicht. Ich hoffe nur, er hat *ihr* nichts vermacht.«

35

Plötzlich schien sie die Weide nicht mehr schön zu finden. »Gehen wir?«

Der Mann nickte. »Nur Mut, mein Kind. Der Herr ist mein Hirte, mir wird nichts mangeln.« Sie stapften davon, mitten durch *George's Place*, wo sie einige frische Triebe niedertrampelten.

✳

Othello knirschte mit den Zähnen. »Ich bin verdammt froh, dass *der* Herr nicht mein Hirte ist.« Die anderen nickten.

»Bevor sie uns an den Metzger verkaufen, hau ich ab«, blökte Mopple. Sie staunten. Mopple war eigentlich nicht gerade kühn. Aber er hatte Recht.

»Und ich laufe über die Klippen«, erklärte Zora. Die anderen wussten, dass Zora insgeheim hoffte, zu den auserwählten Wolkenschafen zu gehören.

»Ihr bleibt hier«, sagte Miss Maple sanft. »Immerhin wissen wir jetzt, was ein Testament ist. Es bestimmt, wem Georges Sachen und Schafe von nun an gehören.«

»Ja! Es liegt in einem Wald in der Stadt!«, fügte Heide hinzu. »Und es wird dem Langnasigen sagen, dass George uns niemals an den Metzger verkauft hätte!«

Sie waren wirklich erleichtert.

»Hoffentlich finden sie es bald!«, fügte Lane hinzu.

»George war kein Lamm«, sagte Heide.

»Die Frau war zu alt, um sein Kind zu sein«, sagte Mopple.

»Er hat gelogen«, sagte Othello. »Der Große mochte George nicht, kein bisschen. Und ich mag *ihn* nicht. Und den anderen Herrn, von dem er gesprochen hat, mag ich auch nicht.«

»Dieser Herr war es!«, platzte Heide auf einmal hervor. »Er hat George bei sich aufgenommen. Dann ist es passiert. Sie haben sich gestritten, erst mit Worten, dann mit dem Schwert. Nur war gerade kein Schwert da, drum hat er den Spaten genommen. Der Langnasige hat es ja fast zugegeben!«

Mopple stimmte ihr zu. »Wahrscheinlich haben sie sich über Ordnung gestritten. George war nicht sehr ordentlich, außer im Gemüsegarten.« Er blickte verschämt Richtung *George's Place*. »Wir müssen als Nächstes herausfinden, wer dieser Herr ist.«

Maple sah ihn skeptisch an.

Cloud hatte bis dahin geschwiegen. »Der Herr ist ein Lamm«, sagte sie jetzt.

Die anderen starrten sie verblüfft an. Auch Cloud selbst sah überrascht aus.

»Er ist ein Hirte«, widersprach Heide. »Ein sehr schlechter Hirte, viel schlechter als George.«

Cloud schüttelte den Kopf. »Nein, nein. Es ist anders. Wenn ich mich doch nur besser erinnern könnte ...« Cloud starrte auf ein Grasbüschel vor ihren Hufen, aber die Schafe merkten, dass sie an etwas ganz anderes dachte.

»Der Mann ... ich kenne ihn. Er war schon einmal auf unserer Weide, vor langer Zeit. Ich war noch ein Lamm. George hielt mich auf dem Arm, er hatte mir gerade die Hufe geschnitten. Alles roch nach ... nach Erde und Sonne ... wie ein Sommerregen. Ein so schöner Geruch und dann ... etwas Bitteres. Ich konnte sofort riechen, dass George den Mann nicht mochte. Der Mann wollte George zu etwas einladen, aber seine Stimme war unfreundlich. Er wollte das Vieh segnen. Ich wusste nicht, was segnen bedeutet, aber es klang wie sengen. Ich wusste, dass ich das Vieh war – das hatte George gerade vorher gesagt, als ich nicht stillhielt. Ich bekam Angst. George lachte. ›Wenn du Ham meinst, den segnest du doch jeden Sonntag‹, sagte er. Der andere wurde sehr wütend. Ich weiß nicht mehr, was er sagte, aber er

37

sprach viel von dem Herrn, und davon, dass er die Schafe von den Böcken trennen würde.« Die Schafe blökten entrüstet.

Cloud starrte nachdenklich auf ihr Grasbüschel. Erst als Zora sie sanft mit der Nase in die Flanke stupste, sprach sie weiter, leise und zögernd. »Irgendwann wurde auch George wütend. Er nahm mich und drückte mich dem Langnasigen in die Arme. ›Segne dieses Vieh‹, sagte er. Der andere roch schlecht, und es machte mir Angst. Er wusste nicht, wie er mich anfassen sollte, aber er nahm mich mit. Sein Haus war das größte im Ort, groß und spitz wie er selbst. Er sperrte mich in seinen Garten. Ganz allein. Da war ein Apfelbaum, aber er hatte ihn eingezäunt, und die Äpfel sind einfach am Boden verfault.«

Einige Schafe blökten empört. Cloud schauderte.

»Dann strömten auf einmal viele Menschen in das Haus. Sie brachten Hunde mit, fremde Schafe und ein Schwein. Ich musste auch hinein. Es war ein schrecklicher Lärm, aber der Langnasige sprach mit lauter Stimme, und jeder konnte ihn hören. ›Willkommen im Haus Gottes!‹ Das hat er gesagt. Das und andere Dinge.« Sie machte eine Pause und sah nachdenklich aus.

»›Gott‹ heißt er also«, sagte Sir Ritchfield.

Othello machte ein seltsames Gesicht. »Gott?«

»Vielleicht«, sagte Cloud unsicher. »Aber nach und nach fand ich heraus, dass sie ein Lamm verehrten. Das schien mir ein schöner Gedanke. Alle diese Menschen verehrten ein Lamm, aber ein besonderes Lamm. Sie nannten es ›den Herrn‹. Dann kam Musik, wie aus dem Radio, nur … schiefer. Ich sah mich ein bisschen um und erschrak furchtbar. An der Wand hing ein Mensch, ein nackter Mensch, und obwohl er aus vielen Wunden blutete, konnte man das Blut nicht riechen.« Sie wollte nicht weitererzählen.

»Und in ihm steckte ein Spaten, stimmt's?«, fragte Sir Ritchfield triumphierend.

»Dieser ›Gott‹ scheint mir ziemlich verdächtig«, sagte Mopple. »Er hat anscheinend schon mehrere Leute auf dem Gewissen. Das mit dem Lamm ist wahrscheinlich nur ein Vorwand. Du hast ja gemerkt, dass er mit Lämmern nicht umgehen kann.«

»Er ist sehr mächtig«, ergänzte Cloud, die sich ein wenig gefangen hatte. »Alle Leute sind vor ihm auf die Knie gefallen. Und er hat gesagt, dass er alles weiß.«

Maude kaute nachdenklich auf einem Büschel Gras herum. »Ich erinnere mich«, sagte sie. »Cloud war verschwunden, einen ganzen Tag lang. Ihre Mutter hat sie gesucht wie… wie ihre Mutter eben.«

»Warum hast du uns nie etwas davon erzählt?«, fragte Zora.

»Ich habe es nicht verstanden«, sagte Cloud leise. Sie sah ein wenig verträumt aus und begann verlegen die Nase an einem ihrer Vorderbeine zu reiben.

Die Schafe dachten weiter über Gott nach.

»Er weiß nicht alles«, blökte Othello. »Er wusste nicht, dass George Pamela-Romane liest.«

»Las«, sagte Sir Ritchfield trocken.

»Der Mörder kehrt immer an den Tatort zurück«, sagte Mopple the Whale. »Und der Langnasige *ist* an den Tatort zurückgekehrt.« Mopple sah sich stolz um. Es war das einzige Hilfreiche, das sie aus Georges Krimi gelernt hatten. Mopple hatte es sich natürlich gemerkt.

»Was meinst du?«, fragte er Miss Maple.

»Er ist verdächtig«, nickte sie. »Er mochte George nicht, und George mochte ihn nicht. Er interessiert sich dafür, was mit uns und mit der Weide passiert. Und als sie vor dem Dolmengrab standen, hat er auf die richtige Stelle geblickt, genau dahin, wo George lag.«

Die Schafe schwiegen beeindruckt. Maple fuhr fort. »Das

kann aber auch Zufall sein. Sein Blick war ja die ganze Zeit am Boden. Es gibt zu viele Fragen. Was ist vorbei mit Ham? Wer ist *sie*, der George hoffentlich nichts vermacht hat? Was ist mit Lilly und Ham und George?«

»Es ist nicht einfach, die Menschen zu verstehen«, sagte Maude.

*

Die Schafe senkten die Köpfe. Sie grasten ein bisschen und dachten ein bisschen nach.

Mopple dachte daran, dass er sogar George nicht immer verstanden hatte, obwohl George einfach zu verstehen war – für einen Menschen. Er interessierte sich für den Gemüsegarten und las seinen Schafen Pamela-Romane vor. Für Apfelkuchen interessierte er sich nicht. Aber in letzter Zeit tat auch George manchmal etwas Seltsames. Manchmal holte er die Scheibe.

Wenn George in Gummistiefeln mit der bunt bemalten runden Scheibe über die Weide marschierte, drängte es Mopple an einen sicheren Ort. Der einzige sichere Ort, an dem man die Scheibe nicht sehen konnte, lag hinter dem Schäferwagen, in unmittelbarer Nähe des Gemüsegartens. Dort fand ihn George, wenn er mit seiner glänzenden Pistole zum zweiten Mal aus dem Wagen stieg. Er legte das schreckliche Ding auf Mopple an und brüllte: »In flagranti, in flagranti, Hände hoch!« Mopple floh jedes Mal entsetzt im Zickzack über die Weide, und George lachte. Dann schritt er die Stufen hinunter. Wenig später begann die Scheibe zu zittern, und Mopple zitterte im Takt mit.

Früher war auch der Lärm unerträglich gewesen, aber seitdem George einen Schalldämpfer gekauft hatte, hörte man nur noch ein leises Schmatzen, so als würde ein Schaf in einen Apfel beißen. Dieses Geräusch war neben Mopples Angst das einzige erkennbare

Ergebnis von Georges Schießeifer. Es war sinnlos. Mopple hätte liebend gerne das gleiche Geräusch produziert, mit echten Äpfeln, aber George konnte auf seine Scheibe nicht verzichten.

Miss Maple dachte daran, wie Lillys Hände über Georges Jacke gewandert waren, suchend wie Insekten.

Zora dachte darüber nach, wie wenig Höhe die Menschen vertragen konnten. Sobald sie mit ihren unsicheren Menschenschritten zu nahe an die Klippen herangewankt waren, erbleichten sie, und ihre Bewegungen wurden noch unbeholfener. An den Klippen war ein Schaf jedem Menschen haushoch überlegen. Selbst George konnte nichts unternehmen, wenn Zora sich auf ihrem bevorzugten Felsvorsprung niedergelassen hatte. Er blieb in sicherem Abstand stehen, und da er wusste, dass er seine Zeit nicht mit Schmeicheleien zu verschwenden brauchte, schimpfte er ein bisschen. Dann begann er, sie zu bewerfen, erst mit schmutzigen Grasbüscheln, dann mit trockenem Schafsdung.

Manchmal brachte der Wind als Antwort einen zarten, dünn gezerrten Fluch aus der Tiefe empor. Das verbesserte Georges Laune schlagartig. Er ließ sich auf alle Viere nieder, kroch auf die Klippen zu und spähte über den Rand. Er sah dann Touristen oder Dörfler, die seine Schmutzgeschosse überraschend am Kopf getroffen hatten. Zora sah sie natürlich auch. Dann blickten sie sich an, der Schäfer, der auf dem Bauch lag und grinste, und Zora, die in Bergziegenmanier auf ihrem Vorsprung thronte. In diesen Augenblicken verstanden sie sich gut.

Zora dachte, dass die Menschen viel gewinnen würden, wenn sie sich nur entschließen könnten, sich auf vier Beinen fortzubewegen.

Ramses dachte an die Geschichte vom ausgebrochenen Tiger, die Othello manchmal einer staunenden Lämmerherde erzählte.

Heide dachte an den Weg zur anderen Weide. An das Summen der Insekten, das Brummen der Autos, die stinkend an ihnen vorbeizogen, und an die blanke Oberfläche des Sees. Im Frühling roch die Luft nach feuchter Erde, im Sommer wehten Schwärme von Sperlingen durch die Getreidefelder wie Laub, im Herbst prasselten Eicheln auf die Schafe herab, wenn der Wind die Bäume schüttelte. Im Winter malte der Raureif seltsame Muster auf den Asphalt. Jedes Mal war es herrlich gewesen, bis sie zu der Stelle kamen, wo ihnen die grünen Männer auflauerten. Die grünen Männer hatten Mützen und Schießeisen und führten nichts Gutes im Schilde. Wenn sie zu den Grünen kamen, wurde sogar George nervös. Trotzdem redete er freundlich auf sie ein und passte auf, dass ihre Hunde den Schafen nicht zu nahe kamen. Ohne George hätten sie es nie an den Männern vorbeigeschafft. Heide fragte sich, ob sie die andere Weide je wiedersehen würden.

Cordelia dachte daran, dass Menschen Worte erfinden können, erfundene Worte aneinander reihen, aneinander gereihte Worte aufschreiben. Es war Zauberei. Und selbst das konnte Cordelia nur wissen, weil George ihnen erklärt hatte, was Zauberei ist. Wenn George beim Vorlesen auf ein Wort stieß, von dem er glaubte, dass die Schafe es nicht verstehen konnten, erklärte er es ihnen. Manchmal erklärte er Worte, die ohnehin schon jedes Schaf kannte, Worte wie »Prophylaxe« oder »Antibiotikum«. Prophylaxe gab es vor der Krankheit, Antibiotikum gab es währenddessen. Beide schmeckten bitter. George schien sich auf diesem Gebiet nicht so gut auszukennen. Er verstrickte sich in eine abstruse Erklärung, in der sehr kleine Tiere die Hauptrolle spielten. Schließlich gab er fluchend auf.

Mit anderen Erklärungen war er hochzufrieden, ohne dass die Schafe irgendetwas verstanden hatten. In diesen Fällen gaben sie sich Mühe, George nichts von ihrer Ahnungslosigkeit spüren zu lassen, was meistens ganz gut gelang.

Aber manchmal brachte er ihnen wirklich etwas Neues bei. Cordelia liebte seine Erklärungen. Sie liebte es, Worte zu kennen, die zu Dingen gehörten, die sie noch nie gesehen hatte, oder sogar zu Dingen, die man gar nicht sehen konnte. Diese Worte merkte sie sich sehr genau.

»Zauberei«, hatte George gesagt, »ist etwas Unnatürliches, etwas, was es eigentlich gar nicht gibt. Wenn ich mit dem Finger schnippe und Othello plötzlich weiß wird, ist das Zauberei. Wenn ich einen Eimer Farbe hole und ihn anmale, ist es keine Zauberei.« Er lachte, und einen Moment sah es aus, als hätte er Lust bekommen, mit dem Finger zu schnippen oder den Eimer zu holen. Dann fuhr er fort: »Alles, was aussieht wie Zauberei, ist in Wirklichkeit ein Trick. Es gibt keine Zauberei.« Cordelia graste genüsslich. Es war ihr Lieblingswort, ein Wort für etwas, das es überhaupt nicht gab. Dann dachte sie an Georges Tod. Das war wie Zauberei. Jemand hatte dem Schäfer auf ihrer Weide einen Spaten durch den Leib gestochen. George musste entsetzlich geschrien haben, aber keines seiner Schafe im nahen Heuschuppen hatte etwas gehört, und ein Lamm hatte einen Geist gesehen, einen Geist, der lautlos tanzte. Cordelia schüttelte den Kopf. »Es ist ein Trick!«, flüsterte sie.

Othello dachte an den grausamen Clown.

Lane dachte an die seltsamen Menschen, die George von Zeit zu Zeit besucht hatten. Sie kamen immer nachts. Lane hatte einen leichten Schlaf und hörte das Knirschen der Autoreifen, wenn sie von der Asphaltstraße auf den Feldweg bogen. Dann versteckte sie sich manchmal im Schatten des Dolmengrabes und sah zu. Es war schön anzusehen, ein Schauspiel, das ihr allein gehörte. Die Scheinwerfer der Autos schnitten blitzende Schneisen in die Dunkelheit oder verfingen sich im Nebel und bildeten eine glimmende weiße Wolke. Es waren große Autos mit schnur-

43

renden Motoren, die den Feldweg heraufkamen, und sie stanken lange nicht so wie Georges Auto, das er selber den »Antichrist« nannte. Dann gingen die Lichter aus, und ein oder zwei Schatten in langen dunklen Mänteln näherten sich dem Schäferwagen. Sie gingen vorsichtig und bemühten sich, in der Dunkelheit nicht in frischen Schafsdung zu treten. Eine Hand klopfte auf Holz. Einmal, zweimal, noch einmal. Die Tür des Schäferwagens sprang auf und schnitt eine rötlich glimmende Öffnung in die Dunkelheit. Die Fremden traten schnell hinein. Für einen Augenblick standen sie wie riesige scharf gezeichnete Raben in der Tür. Niemals hatte Lane ihre Gesichter gesehen. Und doch waren sie ihr mittlerweile fast vertraut…

*

Plötzlich bewegte sich etwas Dunkles über den Feldweg auf die Weide zu. Schnell. Es gab eine kleine Panik unter den Schafen. Sie galoppierten alle auf den Hügel und ließen den Eindringling nicht aus den Augen. Gott war zurückgekehrt. Wie ein Jagdhund hetzte er auf der Weide hin und her, seine lange Nase zielte auf den Boden.

Zuerst umkreiste er das Dolmengrab, dann folgte er dem Fußpfad bis zu den Klippen. Fast wäre er einfach über die Böschung gerannt, aber im letzten Augenblick schnellte die Nase nach oben, sah das große Blau vor sich, und der lange schwarze Körper kam abrupt zum Stehen. Ein Seufzer ging durch die Herde. Man hatte die Bewegungen von Nase und Gott mit Spannung verfolgt, seit beide auf die Klippen zugesteuert waren.

Der Schwarzgekleidete blickte kurz zu ihnen herüber. Othello senkte drohend die Hörner, doch Gott hatte schon den Fußpfad Richtung Dorf eingeschlagen. Nach drei oder vier Schritten hörte er etwas. Er erstarrte, lauschte, drehte sich dann brüsk um und floh mit bleichem, ärgerlichem Gesicht auf die offene Heide.

Die Schafe hörten es nun auch – ein summendes, raschelndes Geräusch. Es klang ein bisschen wie das Geräusch, das sie produziert hatten, als sie über Georges Gemüsegarten hergefallen waren. Es kam näher. Jetzt hörte man auch Hundegebell und Menschenstimmen. Dann sahen die Schafe, wovor der Langnasige geflohen war. Eine Herde wälzte sich auf die Weide, eine Herde, wie sie die Schafe noch nie gesehen hatten.

George hatte die Menschen nicht gemocht. Nur sehr selten kam jemand auf der Weide vorbei, ein Bauer oder ein altes Weib in Tratschlaune. Dann ärgerte sich George. Er steckte eine sehr laute Kassette in sein graues Abspielgerät und verkroch sich im Gemüsegarten, wo er sich einer möglichst schmutzigen Arbeit widmete, bis der Besucher wieder abgezogen war.

Sie hatten die Menschen noch nie als Herde gesehen, und sie waren zu überrascht, um erneut in Panik auszubrechen. Mopple behauptete später, sieben Menschen gesehen zu haben, aber Mopple war kurzsichtig. Zora zählte 20, Miss Maple 45 und Sir Ritchfield sehr viele, mehr jedenfalls, als er zählen konnte. Doch Ritchfields Gedächtnis war miserabel, vor allem dann, wenn er sich aufregte. Er vergaß ständig, wen er schon gezählt hatte, und zählte alles und jeden doppelt und dreifach. Außerdem zählte er die Hunde mit.

Mopple starrte kurzsichtig und ein wenig verdrießlich zu den Menschen hinüber. Die Theorie vom Mörder, der an den Ort des Verbrechens zurückkehrt, konnten sie jetzt natürlich vergessen. Sie waren *alle* an den Ort der Tat zurückgekehrt, der Mörder sicher versteckt unter ihnen. Neugierig beobachteten die Schafe, wie sich die Menschenherde fortbewegte. Sie wurde weder vom Stärksten noch vom Klügsten angeführt, sondern von Tom O'Malley. Dann kamen die Kinder, dann die Frauen und zuletzt die Männer, etwas zurückbleibend, die Hände verschämt in den Hosentaschen. Weit hinter ihnen bewegten sich noch einige sehr alte Menschen, die nur langsam und zitternd vorwärtskamen.

Tom hatte einen Spaten mitgebracht, einen traurigen, rostigen, alten Spaten. Er rammte ihn in die Erde, mindestens zehn Schritte von der Stelle entfernt, an der George gelegen hatte. Die Menschen, die bisher wie jede gute Herde hinter ihrem Anführer hergetrabt waren, wichen zurück, als hätte Tom sie mit kaltem Wasser bespritzt, und bildeten in respektvollem Abstand einen Kreis.

»Hier war es!«, brüllte Tom. »Genau hier! Das Blut ist bis hierher gespritzt«, er machte zwei lange Schritte Richtung Dolmengrab, »und hier« – wieder drei Schritte in eine andere Richtung – »stand ich. Habe sofort gesehen, dass es mit dem alten George zu Ende ist. Überall Blut. Sein Gesicht, ganz verzerrt, entsetzlich, und seine Zunge hing blau heraus.«

Nichts davon stimmte. Miss Maple fiel auf, wie merkwürdig das war. Eigentlich hätte es so aussehen müssen, wie Tom sagte. Viel Blut und starre Schmerzen im Gesicht vom Kampf mit dem Spaten. Aber George hatte auf der Wiese gelegen, als hätte er sich nur zum Schlafen hingelegt.

Die Menschenherde wich noch ein wenig weiter zurück und gab einen seltsamen gehauchten Laut von sich, irgendwo zwischen Entsetzen und Entzücken. Tom schrie weiter. »Aber euer Tom hat die Nerven behalten. Ist sofort in den *Mad Boar*, um die Polizei zu holen…«

Eine schnarrende Stimme unterbrach ihn. »Ja, den Weg ins Wirtshaus findet unser Tom in allen Lebenslagen!« Die Leute lachten. Toms Kopf sank nach unten. Er begann wieder zu sprechen,

47

diesmal so leise, dass die Schafe ihn von ihrem Hügel aus nicht länger verstanden. Was immer an spärlicher Ordnung in der Menschenherde existiert hatte, brach dann zusammen. Überall rannten Kinder herum, die Erwachsenen ballten sich in ständig wechselnden Grüppchen zusammen und blökten ununterbrochen. Der Wind wehte Wortfetzen zum Hügel herüber.

»Koboldkönig! Koboldkönig! Koboldkönig!«, sangen die Kinder.

»…hat wahrscheinlich alles der Kirche vermacht!«, sagte ein rotgesichtiger Bauer.

»Lilly hat einen Nervenzusammenbruch gekriegt, als sie ihn gefunden haben!«, zwitscherte eine pausbäckige junge Frau. Der Mann, der neben ihr stand, hielt ihre Hand und lächelte.

Ein kleiner Mann zuckte mit den Schultern. »Er war ein Sünder, was erwartet ihr?«

»Du bist auch ein Sünder, Harry«, grinste ein altes Weib mit Zahnlücke, »ich sag nur *Lonely Heart Inn*. Deine liebe Tante kann sich wirklich glücklich schätzen, dass sie so einen aufmerksamen Neffen hat.« Der Mann wurde blass und schwieg.

»Ein Vermögen hat er zusammengerafft. Dunkle Geschäfte!«, sagte ein Mann mit spitzem Bauch.

»George hatte Schulden, jeder weiß das«, sagte ein anderer.

»…hat sich ein bisschen zu sehr zu seinen Schafen hingezogen gefühlt«, erzählte ein sehr junger Mensch zwei anderen. »Ihr wisst schon wie!« Er machte eine Bewegung mit den Händen. Die beiden anderen lachten. »Eifersuchtsmord unter Schafen, klar!«, schrie der Dünnste von ihnen, so laut, dass sich ein paar Frauen umdrehten. Wieder lachten alle drei ihr unangenehmes Lachen.

»Es muss ihn überrascht haben«, sagte ein Mann, der ausgeprägt nach Schweiß roch, »und George war verdammt schwer zu überraschen.«

»Katastrophe für den Tourismus«, sagte ein anderer mit hoher Stimme, »George weiß wirklich, wie er einem einen Strich durch die Rechnung machen kann.«

»… wollte alles an Ham verkaufen, die Schafe, das Land, alles!«, sagte eine Frau ohne Hals.

»Der Satan war's«, raunte eine mausgesichtige Frau zwei kleinen blonden Kindern zu.

»Gott sei ihm gnädig!«, sagte eine andere mit zitternder Stimme. Die Schafe kannten sie. George hatte sie »die barmherzige Beth« genannt. Beth tauchte regelmäßig vor dem Schäferwagen auf, um George zu irgendwelchen »guten Werken« zu überreden. Die Schafe wussten nicht genau, was gute Werke waren, dachten aber, dass George wohl in irgendeinem Gemüsegarten arbeiten sollte. George hatte aber seinen eigenen Garten. Die Schafe verstanden, dass er sich gegen die Frau wehrte. Die Frau verstand es offenbar nicht. Für jede Absage drückte sie George einen Stapel dünner Heftchen in die Hand, um seine sündige Seele zur Umkehr zu bewegen. Was mit Georges Seele geschah (wenn er überhaupt eine hatte), konnte man nicht erkennen. Aber die Heftchen freuten ihn sehr, obwohl er niemals darin las. Am folgenden Abend gab es dann jedes Mal Kartoffeln, die George über einem kleinen, flackernden Feuer röstete.

*

Plötzlich sprang der Feind unter die Schafe — der uralte Feind, vor dem man nur davonrennen konnte. Bis vor kurzem waren es nur ein paar gewesen, die auf der Weide herumgeschnüffelt hatten, ab und zu von ihren Herren zurückgepfiffen wurden, sich hinlegen mussten und bei nächster Gelegenheit wieder das Weite suchten. Nichts Ungewöhnliches. Aber je näher die tuschelnden Grüppchen am Dolmen zusammenrückten, desto weiter wurden die Erkundungsgänge der Hunde. Niemand kümmerte sich mehr um sie. Jetzt hatten sie sich zu einer kleinen Meute zusammengeschlossen, drei Schäferhunde und ein anderer. Die Augen der Schäferhunde glänzten. Ihr gescheckutes Fell flackerte über die Weide. Geduckt schlichen sie sich an den Hügel heran. Die Schafe blökten aufgeregt. Jetzt würden sie gleich gehütet werden, kreuz und quer, auseinander und zusammen, getrieben von den raubtierhaften Bewegungen der Schäferhunde, denen kein Schaf widerstehen kann. Sie hatten nicht wirklich Angst, sie waren schon tausendmal gehütet worden, aber das alte Unbehagen hatte sie gepackt.

Dann sahen sie, wie sich der andere Hund bewegte, und ihre Nervosität schlug in Furcht um. Scheinbar tat der graue Wolfshund das, was die Schäferhunde auch taten: Er duckte sich, wartete, kam näher. Aber irgendetwas war verkehrt. Er bellte nicht, er zögerte nicht. Es war, als würde er den Tanz der Schäferhunde nur imitieren, ein Spiel, an dem er teilnahm, ohne mitzuspielen. Einen Moment lang hielt die ganze Herde den Atem an: Zum ersten Mal in ihrem Leben wurden sie gejagt. Der Hund rannte los.

Jetzt brach ungezügelte Panik aus. Die Herde spritzte in alle Richtungen auseinander und riss die verdutzten Schäferhunde mit sich fort. Mopple rannte mitten durch die Menschenmenge und warf den Sünder Harry um. Zora rettete sich auf ihre Felsnase. Von dort aus konnte sie als einziges Schaf beobachten, was passierte.

Der Hügel war leer. An seinem Fuße, nahe bei *George's Place*, lagen zwei dunkle Körper, Othello und der Hund. Beide waren gerade dabei, wieder auf die Beine zu kommen. Othello hatte es als Erster geschafft und griff an. Zora hatte noch nie ein Schaf angreifen sehen. Othello hätte fliehen sollen. Othello hätte fliehen *müssen.* Der Hund zögerte. Es dauerte einen Augenblick, bis er in dem heranfliegenden schwarzen Othello seine Beute erkannte. Dann spurtete er los. Kurz vor dem Zusammenprall wurde er unsicher, bremste und wich im letzten Moment zur Seite. Othello änderte sofort die Richtung und galoppierte in einem kleinen Bogen wieder auf den Hund zu. Zora starrte ungläubig zum Hügel. Ihr wurde klar, dass Othello schneller war als der Hund. Der Hund hatte das anscheinend auch verstanden. Er kauerte sich mit gebleckten Zähnen auf den Boden, um den Widder von unten anzuspringen.

*

Zora schloss schnell die Augen und dachte an etwas anderes. Es war ihr Gedanke für die schlechten Momente des Lebens. Sie dachte an den Tag, an dem sie ihr erstes Lamm zur Welt gebracht hatte, an die Schmerzen und an den Ärger danach. Erdbraun war es gewesen, selbst nachdem sie ihm lange und sorgfältig das Blut aus dem Fell geleckt hatte. Erdbraun mit einem schwarzen Gesicht. Später wurde aus dem Braun ein wolliges Weiß, aber das konnte Zora damals noch nicht wissen. Sie hatte sich gewundert, warum von allen Schafen auf der Weide nur sie kein weißes Lamm zur Welt gebracht hatte. Doch dann hatte es geblökt, klein und erdbraun, mit einer Stimme, schöner als die aller anderen Lämmer. Es hatte gut gerochen, besser als alle Dinge, die man essen konnte. Und Zora wusste, dass sie es verteidigen würde, gegen die ganze Welt, erdbraun oder nicht. Noch am selben Tag hatte sie es zu den Klippen geführt und ihm die Möwen und das Meer gezeigt.

Zora entspannte sich. Drei Lämmer hatte sie bisher gesäugt, und es waren die mutigsten und trittsichersten Schafe, die man sich vorstellen konnte. Dieses Jahr hatte sie kein Lamm zur Welt gebracht, und auch von den anderen Schafen war kaum eines trächtig geworden. Zora wurde klar, warum sie in letzter Zeit so schlecht auf ihrem Felsen meditieren konnte, warum sie weiter davon entfernt war denn je, ein Wolkenschaf zu werden. Es waren die Lämmer, die ihr schon den ganzen Sommer über gefehlt hatten. Nur zwei unerfahrene junge Schafe hatten aufgeregt und ungeschickt ihre Jungen auf die Welt geworfen, und George hatte bei jedem Einzelnen geflucht. Und dann gab es natürlich noch das Winterlamm... Zora weitete verächtlich die Nüstern. Sie lauschte. Gerne hätte sie jetzt ein bisschen Jungvolk blöken gehört, aber alles war beunruhigend still, bis auf die Schreie der Möwen, auf die Zora schon lange nicht mehr achtete. Die Menschen summten in der Ferne wie ein Insektenvolk.

※

Dann hörte Zora einen Furcht erregenden Schrei. Ihre Augen öffneten sich, obwohl sie versuchte, sie geschlossen zu halten. Unwillkürlich blickte sie wieder zum Hügel hinüber. Ein dunkler Körper lag am Boden. Füße zuckten in der Luft, als wollten sie weiterfliehen. Zora schauderte. Der Hund hatte Othello erwischt. Erst einen Moment später sah sie, dass es der Wolfshund war, der am Boden lag. Von Othello fehlte jede Spur.

Der zottige Wolfshund bemühte sich vergeblich aufzustehen. Sein Herr kam heran, einer der Burschen mit dem unangenehmen Lachen. Er war blass und trat seinen Hund mit dem Fuß. Ein Bauer musste das Tier hochheben und wegtragen.

Die Menschen summten aufgeregt. Keiner konnte sich erklären, was so plötzlich in diesen schönen, kräftigen Hund gefahren war. Als sie das blutige Bauchfell sahen, schrien einige Frauen. Die Worte »Satan« und »Koboldkönig« waren wieder zu vernehmen. Frauen blökten ihre Kinder zu sich. Männer schwitzten und wackelten mit den Köpfen.

Verletzte Hunde schienen unter Menschen ähnliche Panik auszulösen wie gesunde unter Schafen. Hastig entfernte sich die menschliche Herde, so plötzlich, wie sie gekommen war.

Zurück blieb nur der Spaten.

*

Zora saß unbeweglich auf ihrem Felsvorsprung und dachte darüber nach, ob sie vielleicht nur geträumt hatte. So musste es gewesen sein. Das Gras um sie herum war weich wie eine Schafsschnauze, außerdem wuchsen hier Kräuter, die niemand sonst rupfen konnte. »Kräuter des Abgrunds« nannte Zora sie, und sie schmeckten ihr besser als alles, was es auf der Weide zu fressen gab. Die Frische des Meeres wehte in tangigen, kühlen Böen herauf, und unter ihr kreisten die Möwen. Es war ein gutes Gefühl, diese weißen Schreier unter sich zu haben, es war gut, allein zu sein. Keiner konnte ihr bis hierher folgen.

Sie hatte beobachtet, wie sich die Herde langsam wieder beruhigte und zu grasen begann. Othello weidete mitten unter ihnen. Kein Schaf schien ihn besonders zu beachten. Zora dachte darüber nach, wie wenig sie eigentlich über Othello wussten.

George brachte manchmal neue Schafe mit. Meistens waren es frisch entwöhnte Lämmer, und die Herde nahm sie auf, als seien sie schon immer dabei gewesen. Solange Zora sich erinnern konnte, waren nur zwei erwachsene Schafe aus der Fremde gekommen: Othello und Mopple the Whale. Mopple war vor zwei Wintern in Georges lautem Auto zu ihnen gebracht worden. George transportierte einzelne Schafe einfach auf dem Rücksitz. Dort hatten sie ihn zum ersten Mal gesehen, einen plumpen jungen Widder, der verwirrt aus dem Autofenster starrte und auf Georges Straßenkarte herumkaute. George hatte ihn vor sie hingestellt und eine kleine Rede gehalten. Mopple war »eine Fleischrasse«, aber sie sollten keine Angst haben, hier käme niemand »unter das Messer«, es ginge nur um »ein bisschen Blutauffrischung«. Die Schafe hatten es nicht verstanden und sich anfangs ein wenig vor Mopple gefürchtet. Aber der junge Widder war freundlich und immer etwas verlegen, und als Sir Ritchfield ihn zum Duell herausforderte, stellte sich endgültig heraus, dass von Mopple keine Gefahr ausging.

Othello war von Ritchfield nie zum Duell gefordert worden. Kein Schaf hatte sich je darüber gewundert. Seltsamer war schon, dass auch Othello Ritchfield nicht gefordert hatte. Irgendetwas an Sir Ritchfield schien Othello Respekt einzuflößen, und je schwerhöriger und vergesslicher Ritchfield wurde, desto weniger konnten die anderen Schafe das verstehen.

Kein Schaf hatte Othello kommen sehen. Er war einfach eines Morgens da gewesen, ein voll ausgewachsener Widder mit vier gefährlich gebogenen Hörnern. *Vier Hörner!* Sie hatten noch nie zuvor ein Schaf mit vier Hörnern gesehen. Die Mutterschafe waren beeindruckt und die Widder heimlich etwas neidisch. Zora konnte sich gut daran erinnern, es war noch nicht allzu lange her. George stellte Othello nicht vor. George sang, pfiff und tanzte. Sie hatten ihn noch nie so aufgeregt gesehen. George sang in fremden Sprachen, die kein Schaf verstand, und schmierte die gefürchtete Brenn-Salbe in eine schmale, aber dennoch beeindruckende Wunde, die sich quer über Othellos Stirn zog. Die Schafe schüttelten sich. Othello hielt ganz still. George sprang von einem Bein auf das andere, so lange, bis er seinen Wollpullover ausziehen musste.

Zora beschloss, zurück zu den anderen Schafen zu traben. Sie wollte sie fragen, ob Othello wirklich gerade einen großen grauen Hund besiegt hatte. Es kam ihr unwahrscheinlich vor, aber irgendetwas Unbegreifliches war gerade vorgefallen. Sie traf Maude, die bei *George's Place* graste, so nah, dass sich Zora eine beiläufige Bemerkung verkneifen musste.

Maude kaute gedankenverloren.

»Maude«, sagte Zora, »hast du gesehen, wie Othello gegen den Hund gekämpft hat?« Maude starrte sie verständnislos an.

»Othello ist ein Schaf«, sagte sie. »Das Gras hier ist vorzüglich«, fügte sie dann einladend hinzu. Zora drehte sich um. Sie wollte Maple fragen, oder noch besser Mopple. Wenn ein Schaf sich an seltsame Dinge erinnern konnte, dann Mopple the Whale.

Als sie den Kopf hob und nach Mopple witterte, bemerkte sie Othello, der zwischen den anderen Schafen aufgetaucht war und in ihrer Nähe weidete. Er sah aus wie immer. Zora ließ den Kopf wieder sinken und begann ebenfalls zu grasen. Unmögliche und verwirrende Dinge sollte ein Schaf am besten so schnell wie möglich vergessen, bevor ihm die Welt unter den Hufen durcheinander geriet.

*

Schafe sind normalerweise kein geschwätziges Volk. Das liegt daran, dass sie oft den Mund voll Gras haben. Es liegt auch daran, dass sie manchmal nur Gras im Kopf haben. Aber alle Schafe schätzen gute Geschichten. Am liebsten hören sie nur zu und staunen – auch deshalb, weil man gleichzeitig zuhören und kauen kann. Seit George ihnen keine Geschichten mehr vorlas, fehlte etwas in ihrem Leben. Deswegen kam es manchmal vor, dass ein Schaf den anderen eine Geschichte erzählte. Dieses Schaf war sehr oft Mopple the Whale, ab und zu Othello und selten eines der Mutterschafe.

Die Mutterschafe sprachen meistens von ihrem Nachwuchs, und es interessierte die anderen nicht wirklich. Natürlich gab es legendäre Lämmer, wie Ritchfield eines gewesen war, aber deren Mutterschafe hielten wohlweislich den Mund.

Wenn Othello erzählte, interessierten sich alle Schafe dafür, aber sie konnten ihn nicht wirklich verstehen. Othello erzählte von Löwen und Tigern und Giraffen, seltsamen Tieren aus brennend heißen Ländern. Häufig gab es Streit, weil sich jedes Schaf diese Tiere anders vorstellte. Rochen Giraffen wie faules Obst, hatten sie buschige Ohren, hatten sie wenigstens ein bisschen Wolle? Othello kam meistens über bloße Beschreibungen nicht hinaus, und selbst diese genügten, um den Schafen ein mulmiges Gefühl in der Nackengegend einzuflößen. Über Menschen sprach Othello nie.

Wenn Mopple erzählte, ging es fast immer um Menschen. Mopple erzählte die Geschichten, die George ihnen vorgelesen hatte. Er hatte sich alles gemerkt, und seine Geschichten konnten fast so schön sein wie Georges Vorlesestunden vor dem Schäferwagen. Sie waren nur nicht so lang. Irgendwann bekam Mopple Hunger, und dann war die Geschichte aus. Je schöner die Geschichte, also je mehr Wiesen, Weiden und Futter in ihr vorkamen, desto schneller war sie auch zu Ende. Die eigentliche Spannung lag oft nicht mehr in den Geschichten selbst, sondern in der Frage, wie weit sie dieses Mal kommen würden.

Heute sah es schlecht aus. Mopple erzählte das Feenmärchen. Nirgendwo sonst kamen so viele Wiesen, so viel Gras und so viel Obst vor. Mopple erzählte vom nächtlichen Feenball auf der Froschwiese, und seine Augen glänzten. Er erzählte, wie neidische Kobolde die Feen bei ihren Festivitäten mit Äpfeln bewarfen, und seine Augen wurden feucht. Er erzählte, wie der Koboldkönig im hohen Gras auftauchte. Der Koboldkönig, der die Toten aus ihren Gräbern holen und auf die Lebenden hetzen konnte. Da geschah etwas Ungewöhnliches. Mopple wurde unterbrochen.

»Ob es wirklich der Koboldkönig war?«, fragte Cordelia zaghaft. Alle Schafe wussten, dass sie von Georges Tod sprach. Mopple rupfte blitzschnell ein Büschel Gras.

»Oder Satan?«, ergänzte Lane.

»Unsinn«, schnaubte Ramses nervös. »Satan würde so etwas nie tun.«

Einige Schafe blökten zustimmend. Keines von ihnen traute Satan so eine Tat zu. Satan war ein betagter Esel, der manchmal auf der Nachbarwiese weidete und gelegentlich markerschütternde Schreie ausstieß. Seine Stimme war wirklich schrecklich, aber sonst war er ihnen immer harmlos vorgekommen.

»Ich glaube noch immer, dass dieser ›Gott‹ ihn umgebracht hat«, sagte Mopple mit vollem Mund. »Beth hat das auch gemeint.« Die Schafe hatten einen gewissen Respekt vor Beth, weil sie immer so viel Mühe in ein so zweifelhaftes Ding wie Georges Seele gesteckt hatte.

»Warum sollte er so etwas tun?«, fragte Maude.

»Gottes Wege sind unergründlich«, erklärte Cloud. Die anderen sahen sie erstaunt an. Cloud wurde klar, dass sie etwas Seltsames gesagt hatte. »Er sagt das selbst«, fügte sie hinzu.

»Dann lügt er!« Othello sah wütend aus. Die Augen der Mutterschafe glänzten bewundernd. Nur Miss Maple ließ sich nicht beeindrucken.

»In der Nacht, in der George gestorben ist, hatten wir da Flut oder Ebbe?«, fragte sie plötzlich. Eine Sekunde lang waren alle still. Sie dachten nach.

»Flut!«, blökten dann Mopple und Zora wie aus einem Munde.

»Wieso?«, fragte Maude.

Maple begann konzentriert auf und ab zu laufen. »Wenn man

57

Georges Leiche über die Klippen geworfen hätte, hätte nie wieder jemand etwas von ihm gehört. Es hätte ihn davongespült, vielleicht bis nach Europa. Das wäre unergründlich gewesen. So aber konnte ihn jeder finden, es war sogar überhaupt nicht möglich, ihn *nicht* zu finden. Der Mörder wollte, dass George gefunden wird. Warum? Warum will man, dass etwas gefunden wird?«

Die Schafe dachten lange und angestrengt nach.

»Weil man jemandem eine Freude machen will?«, fragte Mopple zögernd.

»Weil man jemanden warnen will«, sagte Othello.

»Weil man jemanden an etwas erinnern will«, sagte Sir Richfield.

»Genau!« Miss Maple klang zufrieden. »Jetzt müssen wir herausfinden, wer sich freut, wer gewarnt ist und wer sich erinnert. Und an was man sich erinnert.«

»Das können wir nicht herausfinden«, seufzte Heide.

»Vielleicht doch«, sagte Miss Maple.

Ohne ein weiteres Wort begann sie zu grasen. Einen Moment lang schwiegen alle Schafe und dachten ein wenig ehrfürchtig an die große Aufgabe, die ihnen bevorstand.

Da blökte plötzlich ein Lamm vor Schreck und Empörung laut auf. Sara, seine Mutter, stimmte mit ihrem eigenen aufgeregten Blöken ein. Die Schafe sahen zu den beiden hinüber. Sara wand sich hin und her, als wollte sie sich ein lästiges Insekt aus dem Pelz schütteln. Neben ihr stand ihr Lamm und machte ein weinerliches Gesicht. Dann huschte etwas Kleines, Struppiges unter Saras Beinen hervor und sauste im Zickzack davon.

Der Halbling. Der Milchdieb. Das Winterlamm.

Es hatte den Moment allgemeinen Nachdenkens genutzt, um Saras Milch zu stehlen. Einige Mutterschafe blökten entrüstet.

Jedes Schaf weiß, dass ein Winterlamm für die Herde nichts

Gutes bedeuten kann. Außerhalb der Zeit werden Winterlämmer in die Kälte hineingeboren, mit verdrehtem Charakter und einer boshaften kleinen Seele. Unglücksraben, die in der mageren Zeit die Räuber dazu verleiten, um frierende Schafsherden zu streichen. Gierig, rücksichtslos und kalt wie der Tag, an dem sie das spärliche Licht dieser Welt erblickten. Und nie hatte es ein schlimmeres Winterlamm gegeben als jenes, das seit vergangenem Jahr durch ihre Herde spukte. In der dunkelsten Nacht war es geboren. In der dunkelsten Nacht war seine Mutter gestorben. Sie hatten erwartet, dass dieses Lamm auch sterben würde. Aber es stolperte quäkend hinter der Herde her, die ihm unwillig auswich. Das ging zwei Tage so. Am dritten Tag hatten sie darauf gewartet, dass es endlich starb. Aber George machte ihnen mit einer Flasche Milch einen Strich durch die Rechnung. Als sie ihn vorwurfsvoll anblökten, murmelte er etwas von »tapfer« und zog das Lamm wider alle Vernunft groß: einen rücksichtslosen Milchdieb, unproportioniert wie eine Ziege, viel zu klein für ein Lamm seines Alters, aber zäh und raffiniert. Sie versuchten es zu ignorieren, so gut es eben ging.

Deshalb gab es auch jetzt nur wenig Aufregung unter den Schafen. Nachdem sie sich überzeugt hatten, dass das Winterlamm wirklich bis an den Rand der Weide geflohen war und sich unter dem Krähenbaum herumdrückte, taten sie, als wäre nichts geschehen.

Den Rest des Tages verbrachten sie so, wie es sich für Schafe gehört. Sie fraßen lange (nur nicht auf *George's Place*), sie verdauten gemütlich in der Abenddämmerung, sie trabten alle zusammen zum Heuschuppen, nachdem Cloud verkündet hatte, dass es eine regnerische Nacht werden würde.

Dort drängten sie sich eng zusammen, die Lämmer in der Mitte, die Alten um sie herum, die erwachsenen Widder ganz außen, und schliefen sofort ein.

Miss Maple träumte einen dunklen Traum, einen Traum, in dem man kaum das Gras vor der eigenen Schafsnase sehen konnte.

Vor ihr lag der Dolmen, größer und flacher als in der wirklichen Welt. Auf ihm standen drei Schattengestalten. Es waren Menschen, sehr viel mehr verriet die Witterung nicht. Maple spürte ihre Blicke auf sich ruhen. Diese Menschen konnten in der Dunkelheit sehen.

Plötzlich bewegte sich einer von ihnen auf Maple zu. Seine schemenhaften Konturen nahmen die Form des Metzgers an.

Maple drehte sich um und floh. Der Spaten, den sie anscheinend irgendwie in einem Vorderhuf gehalten hatte, traf mit einem dumpfen Pochen auf dem Boden auf.

Hinter sich hörte sie die Stimme des Metzgers. »Eine Herde braucht einen Hirten«, flüsterte er. Maple wusste jetzt, dass sie keinen Hirten brauchte, sondern eine Herde. Sie blökte, und aus der Dunkelheit antworteten andere Schafe. Sie stolperte vorwärts, fand die Herde und drängte sich hinein, tiefer und tiefer in das sichere, wollige Knäuel.

Aber etwas machte sie misstrauisch. Es war ihre Herde, ganz zweifellos, aber sie roch falsch – warum, das konnte Maple nicht sagen. Sie hörte den Metzger näher kommen und erstarrte, und um sie herum erstarrte die Herde. Dann kam ein Wind auf und blies die Dunkelheit wie Nebel fort. In dem fahlen Licht konnte Miss Maple sehen, dass alle Schafe ihrer Herde schwarz waren. Sie stand als einziges weißes Schaf unter ihnen. Der Metzger steuerte direkt auf sie zu. In den Händen hielt er einen Apfelkuchen.

Plötzlich war es wieder dunkel um sie herum. Miss Maple war aufgewacht. Erleichtert wollte sie sich an Cloud schmiegen, ihre favorisierte Nachbarin für die Nacht. Aber etwas stimmte nicht. Es war der Geruch. Die Schafe um sie herum rochen wie ihre Herde und doch wieder nicht. Sie konnte einzelne Schafe wittern: Mopple, der noch immer leicht nach Salat roch, Zora mit ihrem frischen Meerduft, Othellos harzigen Widdergeruch. Aber es war so, als hätten sich andere Schafe unter sie gemischt, Schafe mit widersprüchlichen Duftmarkierungen, Schafe, die nichts von ihrer Persönlichkeit preisgaben, halbe Schafe sozusagen. Miss Maple spähte verwirrt und müde umher, aber im Heuschuppen war es mindestens ebenso dunkel wie in ihrem Traum. Sie wusste nicht, was sie denken sollte. Draußen rauschte der Regen, andere Geräusche hörte man nicht. Trotzdem war sich Maple plötzlich sicher, dass sie am Scheunentor eine Bewegung wahrgenommen hatte. Sie drängte Cloud zur Seite. Cloud begann leise im Schlaf zu blöken, andere Schafe schlossen sich ihr an. In der blökenden Schafswolke verlor Miss Maple für kurze Zeit die Orientierung. Sie hielt inne. Nach einigen Augenblicken ebbte das Blöken ab, und sie hörte den Regen wieder. Mühsam setzte sie ihren Weg zum Ausgang fort.

Draußen war die Nacht mit Regenfäden zugehängt. Maple versank bis zu den Knien im Schlamm. Ihre Wolle saugte sich mit Wasser voll, und bald kam sie sich doppelt so schwer vor wie gewohnt. Sie dachte an das Lamm und wollte schaudernd den Weg zum Dolmen einschlagen, als sie ein klingendes, klackendes Geräusch hörte, so als würde Stein auf Stein prallen. Es kam von den Klippen. Maple seufzte. Die Klippen waren sicherlich nicht der Ort, an dem sie in einer pechschwarzen Regennacht mit einem Wolfsgeist zusammentreffen wollte. Trotzdem setzte sie sich in Bewegung.

An den Klippen war es weniger dunkel als befürchtet. Das Meer reflektierte etwas Licht, und man konnte die Küstenlinie sehen, schemenhaft, aber unverwechselbar. Und man konnte sehen, dass dort niemand war. Wer immer das Geräusch verursacht hatte, musste von den Klippen gestürzt sein. Maple tastete sich vorsichtig mit nassen Hufen an die glitschige Böschung heran und spähte nach unten. Natürlich sah sie nichts, sah nicht einmal, wie tief es hinunterging. Sie wollte zurückweichen und merkte, dass das nicht einfach sein würde. Das Gras war nass und schleimig, der Boden darunter aufgeweicht. Man hatte ihr eine Falle gestellt, und sie, Miss Maple, das klügste Schaf Glennkills und vielleicht der Welt, war arglos hineingetappt. Maple dachte darüber nach, dass Klugheit nicht viel weiterhilft, wenn man schlecht geträumt hat, und wartete auf eine Hand oder eine Nase, die sie mit einem sanften, aber entscheidenden Schubs in den Abgrund befördern würde.

Sie wartete lange und vergebens. Als sie merkte, dass niemand hinter ihr war, wurde sie ärgerlich. Mit einem wütenden Rückwärtssprung brachte sie sich wieder auf halbwegs verlässlichen Untergrund und trottete zurück zum Heuschuppen. Am Tor hielt sie inne und sog die Luft ein. Es roch nach ihrer Herde und nach sonst nichts. Maple schnaufte erleichtert und merkte, dass ihre Beine zitterten. Sie begann nach Cloud zu suchen, die irgendwo in der Dunkelheit noch immer leise blökte, in einem Traum ohne Metzger und Apfelkuchen, in dem wahrscheinlich ein großes grünes Kleefeld die Hauptrolle spielte.

Plötzlich trat ihr noch immer zitternder Huf in eine warme Flüssigkeit, eine Flüssigkeit, die von Sir Ritchfield herabtropfte. Der alte Widder stand bewegungslos mit geschlossenen Augen wie in tiefem Schlaf. Er war nass wie ein Schaf, das man sehr lange unter Wasser getaucht hatte. Miss Maple legte ihren Kopf auf Clouds wolligen Rücken und dachte nach.

4

Am nächsten Tag wehte kein Wind, und die Möwen schwiegen. Dicker grauer Nebel kroch auf der Weide hin und her. Niemand konnte mehr als zwei Schafslängen weit sehen. Sie blieben sehr lange im Heuschuppen, wo es trocken und gemütlich war. Seit Tess und George sie nicht mehr im Morgengrauen aufscheuchten, waren sie anspruchsvoller geworden.

»Es ist feucht«, sagte Maude.

»Es ist kalt«, sagte Sara.

»Es ist eine Frechheit«, sagte Sir Ritchfield. Damit war die Sache entschieden. Der alte Widder hasste den Nebel. Im Nebel nützten Ritchfield seine guten Augen gar nichts. Er merkte, dass er nicht mehr gut hören konnte, und er vergaß sehr schnell, aus welcher Richtung er gekommen war.

Aber es gab noch einen anderen Grund für das allgemeine Zaudern. Der Nebel war ihnen heute unheimlich. Es war, als würden sich hinter seinem weißen Atem seltsame Schatten bewegen.

Also blieben sie im Schuppen, den ganzen Vormittag. Langeweile kam auf, schlechtes Gewissen und zuletzt Hunger. Aber sie dachten daran, wie sehr sie sich an solchen Tagen immer über George und Tess geärgert hatten, und blieben stur. Eine Front von

weißen nachdenklichen Schafsköpfen starrte kurzsichtig in die Schwaden, während Mopple sich durch ein Loch in der Rückwand der Scheune ins Freie presste.

*

Die Holzsplitter der morschen Bretter verfingen sich in seiner Wolle und piksten in die zarte Schafhaut. Mopple ächzte. Als er sich etwa bis zur Hälfte vorgearbeitet hatte, begann er zu zweifeln, ob die Idee mit dem Loch wirklich eine gute Idee gewesen war.

»Wenn der Kopf durchpasst, dann passt der Rest auch durch«, hatte George immer gesagt. Erst jetzt fiel Mopple ein, dass er damit die Ratten gemeint hatte, die irgendwie in den Schäferwagen eindrangen und sich über durchgerostete Konservendosen hermachten.

Mopple hatte noch nie eine Ratte aus der Nähe gesehen, aber auf einmal war er sich nicht mehr so sicher, ob sie wirklich aussahen wie kleine Schafe. Mopples Mutter hatte ihm das erzählt, als er noch ein wohlgenährtes Milchlamm war und sich vor den huschenden Bewegungen und den sanften, flüchtigen Berührungen der Stallratten fürchtete. Sie hatte ihm erzählt, dass es sehr kleine und sehr wollige Schafe seien, die in Herden durch die Ställe zogen, um den großen Schafen die Träume zu bringen. Und vor kleinen wolligen Schafen konnte sich nicht einmal Mopple fürchten.

Als erwachsener Widder hatte er sich manchmal gewundert, warum andere Schafe nach den kleinen Rattenschafen keilten. Er kam zu der Einsicht, dass das wahrscheinlich Schafe waren, die schlecht geträumt hatten. Mopple konnte sich über seine Träume nicht beklagen. Sie waren nicht sehr abwechslungsreich, aber sie waren friedlich.

Jetzt dachte Mopple zum ersten Mal darüber nach, wie Schafe aussahen. Zora zum Beispiel: elegante Nase und ein samtschwarzes Gesicht, graziös gebogene Hörner (Zora war in Georges Herde das einzige weibliche Schaf mit Hörnern, und sie standen ihr ausgezeichnet), großer wolliger Körper und vier lange gerade Beine mit zierlichen Füßen. Der Kopf war vielleicht das schönste, aber bestimmt nicht das größte Körperteil eines Schafs.

Mopple wand sich unbehaglich hin und her, fest entschlossen, nicht in Panik zu geraten – jedenfalls nicht sofort. War es richtig, sich einfach so durch ein Loch davonzumachen, heimlich und hinter dem Rücken aller anderen Schafe? Er hatte zwar seine Gründe – aber waren es gute Gründe? Einmal bekam er früher und öfter Hunger als die anderen. Kein schlechter Grund. Mopple streckte den Hals, bekam ein Büschel Gras zwischen die Zähne und beruhigte sich etwas.

Der andere Grund war komplizierter. Der andere Grund war Sir Ritchfield oder Mopples Gedächtnis oder Miss Maple oder vielmehr: alle drei zusammen. Ein Indiz. In Georges Krimi hatte es viele Indizien gegeben, doch George hatte das Buch weggeworfen. Aber Miss Maple würde wissen, was mit einem Indiz zu tun war. Und Ritchfield versuchte zu verhindern, dass Mopple es Maple verriet. Also musste Mopple durch das Loch. Um es Miss Maple heimlich zu sagen. Sie war nicht im Heuschuppen, also musste sie irgendwo dort draußen sein. Oder etwa nicht?

Vorher war ihm alles ganz einfach vorgekommen, aber jetzt stach ihn ein spitzes Stück Holz in die Flanke, und Mopple hatte schreckliche Angst, sich zu verletzen und auszulaufen wie Sir Ritchfield. Die Schafe waren sich einig, dass Sir Ritchfield irgendwo ein Loch haben musste, aus dem seine Erinnerungen ins Nichts versickerten. Sie wagten es aber nur zu sagen, wenn

Ritchfield außer Hörweite war. Mittlerweile war es nicht mehr schwer, außer Hörweite von Sir Ritchfield zu sein.

Mopple versuchte, sich dünner zu machen. Das Stechen ließ nach. Er atmete auf, und sofort bohrte sich die Spitze wieder in seine Seite. Jetzt war die Panik ganz nah. Mopple spürte sie in seinem Nacken wie ein Raubtier, und dass er sich nicht nach ihr umdrehen konnte, machte die Sache nur schlimmer. Er würde auslaufen, schlimmer als Sir Ritchfield, er würde alles vergessen, sogar, dass er aus diesem Loch herauswollte. Und dann würde er ewig hier festsitzen und erbärmlich verhungern. Verhungern – er, Mopple the Whale!

Mopple machte sich so dünn, dass Sterne vor seinen Augen tanzten, und strampelte panisch mit den Hinterbeinen.

*

Othello hatte die halbe Nacht draußen auf der Weide verbracht, triefnass und in fiebriger Aufregung. Würde *er* zurückkommen? Von dem Moment an, als Othello Sir Ritchfield gesehen hatte, hatte er es heimlich gehofft. Und gefürchtet. Jetzt war es passiert. Die Erinnerung einer Witterung hing noch immer in Othellos Nüstern, verwirrend, unverkennbar. Gedanken kreisten wie Nebelwirbel durch seine Hörner. Freude, Ärger, Wut, tausend Fragen und eine kribbelnde Verlegenheit.

Aber Othello hatte gelernt, die Wirbel im Kopf zurückzudrängen. Durch die Nebelfeuchtigkeit witterte er Richtung Heuschuppen: schweißige Nervosität und ein säuerlicher Verwirrungsgeruch. Unruhe hatte die Herde ergriffen. Und das zu Recht: Selbst Othello kam der Nebel heute nicht geheuer vor.

Ritchfield ließ seine Schafe noch immer nicht aus dem Trockenen. Umso besser. Othello fragte sich, was sich der Leitwidder davon erhoffte. Wusste Ritchfield, wer letzte Nacht auf ihre Weide gekommen war? Versuchte er es vor den anderen Schafen zu verbergen? Warum?

Der schwarze Widder dachte kurz darüber nach, welche Richtung er einschlagen sollte. Die unwahrscheinlichste Richtung natürlich. Er trabte zu den Klippen. Hier hatten der nächtliche Regen und die nebelige Luft alle Witterungen weggewaschen. Othello hielt seinen Kopf etwas schräg und suchte mit den Augen nach Spuren, wie es vielleicht ein Mensch getan hätte. Er schämte sich ein bisschen deswegen.

Fast taub und fast ohne Geruch, hörte er die bekannte, immer ein wenig spöttische Stimme tief in seinem Kopf sagen. Eine Stimme aus der Erinnerung, begleitet vom Rauschen schwarzer Krähenflügel. *Wenn du wissen willst, was die Zweibeiner wissen, musst du dir überlegen, was sie nicht wissen. Für sie zählt nur das, was das Auge sieht. Sie wissen nicht mehr als wir, sie wissen weniger, und deswegen sind sie so schwer zu verstehen, aber…* Othello schüttelte den Kopf, um die Stimme zu verscheuchen. Gute Ratschläge, zweifellos, unschätzbare Ratschläge, aber die Stimme neigte zu konfusen Vorträgen, und er musste sich jetzt konzentrieren.

An einer Stelle war der Boden nicht nur matschig, sondern regelrecht aufgewühlt. Miss Maple wahrscheinlich. *Er* würde kein solches Durcheinander hinterlassen haben. Othello suchte nach einem diskreteren Hinweis. Etwas weiter sah er eine verkrüppelte Kiefer, die einzige Kiefer weit und breit. *Immergrüne Baumfreunde, Geheimnishüter, Wurzelweise.* Die Kiefer zog Othello an.

Er umkreiste das armselige Bäumchen, so lange, bis es sich unter seinen Blicken verschämt zur Seite zu neigen schien. Nichts Ungewöhnliches. Außer dem Loch natürlich, aber Othello gab nichts auf die Geschichten, die man sich von dem Loch erzählte. Das Loch war direkt neben dem Wurzelwerk der Kiefer und zog sich schräg durch den Fels. Tag und Nacht rauschte das Meer hindurch, gurgelte und gluckste, ein spöttisches Lachen aus der Tiefe. Es hieß, dass ihm bei Vollmond Meerwesen entkrochen kamen, um mit glitschigen Fingern um den Heuschuppen zu streichen. Doch Othello wusste, dass die schillernden Linien, die man am nächsten Morgen an den Holzwänden des Heuschuppens entdecken konnte, in Wirklichkeit die Schleimspuren der Nachtschnecken waren. Im Grunde wussten die anderen Schafe es auch. Sie mochten nur gerne Geschichten. An manchen Tagen konnte man drei oder vier besonders verwegene Jungschafe um die Kiefer versammelt sehen, die in das Loch hineinlauschten und sich angenehm gruselten.

Jetzt spähte auch Othello dort hinunter, zum ersten Mal mit einigem Interesse. Steil, zweifellos, aber nicht zu steil für einen Menschen, der seine Hände zu benutzen wusste, und nicht zu steil für ein sehr mutiges Schaf. Othello zögerte. *Was beim ersten Kauen nicht schmeckt, schmeckt beim zehnten Kauen nicht besser!*, spottete die Stimme. *Warten füttert die Angst*, fügte sie dann etwas ungeduldig hinzu, als sich der Widder noch immer nicht rührte. Doch Othello hörte nicht auf die Stimme. Er starrte wie gebannt auf etwas Dunkles, Glänzendes zu seinen Füßen. Eine schimmernde Feder, schwarz und still wie die Nacht. Othello schnaubte. Er drehte noch einmal den Kopf in Richtung Heuschuppen, dann verschwand er in dem Loch.

*

Auf einmal stand Mopple schwer atmend und zitternd im Freien. Seine Flanken fühlten sich wund an, und an einer Stelle saß ein spitzer, pickender Schmerz. Zur Beruhigung sagte Mopple das Schwierigste auf, was er je gelernt hatte: »Operation Polyphem«.

George hatte das manchmal gesagt, und kein Schaf hatte es je verstanden. Mopple war eines der wenigen Schafe, die sich auch die Sachen merken konnten, die sie nicht verstanden. Danach fühlte er sich etwas mutiger und sogar ein bisschen entschlossen.

Mopple wandte den Kopf, um nicht ohne Stolz die kleine Lücke zu bestaunen, durch die er, Mopple the Whale, gerade gekrochen war. Doch die Holzwand des Heuschuppens war schon im Nebel verschwunden. Es war ein besonders dichter Nebel, so dick und zäh, dass sich Mopple fast versucht fühlte, hineinzubeißen. Er beherrschte sich und rupfte stattdessen lieber ein bisschen Gras.

Für Mopple war Nebel kein großes Problem. Man sah schlechter bei Nebel, das war schon wahr, aber Mopple sah ohnehin schlecht. Etwas mehr störte ihn, dass man nicht ordentlich wittern konnte, wenn sich kühle grasige Wasserperlen in die Nüstern gesetzt hatten. Aber im Allgemeinen fühlte er sich im Nebel geborgen. Er stellte sich vor, durch die federleichte Wolle eines riesigen Schafs zu marschieren, und das war ein schöner Gedanke. Unbekümmert graste er los. Jetzt war er sich sicher, dass zumindest sein erster Grund ein guter Grund war. Mopple liebte Nebelgras, das klar schmeckte wie Wasser und von dem alle störenden Gerüche abgewaschen waren. Miss Maple konnte er später suchen, vielleicht würde sie ja auch von seinen rupfenden Fressgeräuschen angelockt werden. Er wanderte im Trott hin und her, bis er sich nicht mehr ganz so ausgehungert vorkam.

Plötzlich stieß seine Nase auf etwas Hartes und Kaltes. Erschrocken sprang Mopple einen Satz zurück, mit allen vier Füßen gleichzeitig. Jetzt konnte er allerdings nicht mehr sehen, was ihn erschreckt hatte. Mopple zögerte. Schließlich siegte die Neugier. Er trat einen Schritt vor und äugte auf den Boden. Dort lag der Spaten, um den Tom O'Malley die Menschenherde versammelt hatte. Er war nicht tief genug in den Boden gerammt worden, hatte sich zur Seite geneigt und war endlich umgefallen. Mopple starrte den Spaten böse an. Menschengerät gehörte in den Geräteschuppen und nicht auf die Weide. Dieser Spaten roch allerdings gar nicht so, wie Menschengerät normalerweise riecht, nach Handschweiß, Ärger und stechenden Dingen. An diesem Spaten hing nur noch eine zarte Erinnerung von Menschendunst, sonst roch er glatt und sauber wie ein feuchter Kieselstein.

Aber wenn man genau hinroch, konnte man feststellen, dass die Erinnerung langsam deutlicher wurde, an Schärfe gewann und Gestalt bekam. Seifenwasser, Whiskeydunst und Essigreiniger mischten sich darunter. Mopple roch einen kurzen, ranzigen Bart und ungewaschene Füße. Beinahe zu spät wurde ihm klar, dass es nicht mehr der Spaten war, den er roch, sondern ein echter Mensch, der sich in unmittelbarer Nähe durch den Nebel bewegte. Er warf den Kopf hoch und sah eine Gestalt, besser gesagt, den weißen Nebelschatten einer Gestalt, die sich krabbenhaft seitlich auf ihn zubewegte. Es sah gruselig aus. Mopple dachte an den Wolfsgeist, den Spaten und den Dolmen, die Schändung des Gemüsegartens und daran, dass George auch manchmal ungewaschene Füße gehabt hatte. Er verlor die Nerven und preschte durch den Nebel davon.

Es ist nicht klug, durch den Nebel zu rennen. Mopple the Whale wusste das. Aber er wusste auch, dass er nicht einfach stehen bleiben konnte. Seine Beine, die ihn sonst widerstandslos und ein wenig behäbig zu Wildkräutern und duftenden Grasteppichen trugen, hatten auf einmal eigene Ideen. Aller Nebel dieser Welt schien sich in Mopples Kopf zusammengefunden zu haben, und am liebsten hätte er ihn einfach vergessen, wäre ganz Beine geworden und allem davongerannt: George, dem Wolfsgeist, Miss Maple, bösen Hunden, Sir Ritchfield, seiner Erinnerung und vor allem dem Tod. Aber einer seiner Hufe schmerzte von der ungewohnten Kraft, mit der seine Beine auf den Boden hämmerten, und das half ihm, den Kopfnebel etwas zurückzudrängen. Er versuchte, einfach an irgendetwas zu denken, und prompt fiel ihm gleich das Unangenehmste ein: das, was jeden Moment passieren musste.

Er konnte nicht ewig so weiterrennen. Früher oder später würde er auf ein Hindernis stoßen. Dieses Hindernis konnten die Klippen sein. Oder der Heuschuppen. Oder die Hecken. Oder Georges Schäferwagen. »Bitte nicht der Schäferwagen«, dachte Mopple. Der Gedanke, am Gemüsegarten – dem Ort seines Verbrechens – mit einem wütenden Geistergeorge zusammenzutreffen, der einen abgefressenen Salatstrunk schwenkte, machte ihm am meisten Angst.

Dann prallte Mopple the Whale gegen etwas Großes, Weiches, Warmes. Es gab nach und kippte mit einem Grunzen nach vorne. Der Geruch war stechend, und noch bevor Mopple ihn zu Ende untersucht hatte, wurden seine Beine weich vor Angst. Er setzte sich auf sein Hinterteil und spähte benommen vom Aufprall mit weit aufgerissenen Augen in den Nebel. Aus dem Grunzen wurde ein Fluch, Worte, die Mopple noch nie in seinem Leben gehört hatte und die er trotzdem sofort verstand. Dann tauchte der Metzger aus dem Nebel auf, zuerst seine riesigen roten Hände, dann sein runder Bauch und schließlich die schrecklichen glitzernden Äuglein. Sie musterten Mopple ohne jede Eile, ja, sie schienen sich sogar über irgendetwas zu freuen. Ohne weitere Vorwarnung stürzte sich der Metzger auf Mopple. Er griff nicht, er schlug nicht, und er trat nicht, er warf einfach seinen ganzen Körper auf den dicken Widder, als wolle er ihn mit bloßer Fleischmasse zerquetschen.

Das Nächste, was Mopple merkte, war, dass es ihm irgendwie

71

gelungen sein musste, auszuweichen. Nicht nur einmal, sondern mehrmals. Der Metzger war wiederholt in den Matsch gefallen, seine Ellenbogen, sein Bauch, seine Knie und die Hälfte seines Gesichtes waren schwarz vor Schlamm. Auf seiner linken Wange klebten einige grüne Grashalme wie Barthaare, und durch Mopples kurzsichtige Augen sah der Metzger aus wie ein sehr böser fetter Tigerkater. Was von seinem Gesicht nicht schwarz war, vor allem die Stirn und die Augenhöhlen, war rot wie eine entzündete Schafszunge. Auch der Hals war rot und seltsam dick und aufgebläht. Mopple zitterte am ganzen Körper. Er war am Ende, zu erschöpft, um dem Metzger noch einmal auszuweichen.

Es herrschte vollkommene Stille. Auch der Metzger sah, dass Mopple nicht mehr konnte. Eine seiner Hände formte sich zu einer enormen Faust und schoss mit einem klatschenden Geräusch in die andere, halb geöffnete. Dann schloss sich die äußere Hand um die innere. Es sah aus, als würden die Arme des Metzgers in einer rohen Fleischkugel zusammenwachsen. Die Knöchel wurden weiß, und Mopple hörte ein sehr leises und sehr böses Geräusch, ein fernes Knacken, als würde ein Knochen tief im Inneren eines Körpers langsam zerbrochen. Hilflos starrte der Widder den Metzger an und kaute mechanisch auf seinem letzten Grasbüschel, das er in fernen und glücklichen Zeiten gerupft hatte. Es schmeckte nach nichts. Mopple konnte sich nicht daran erinnern, warum er gegrast hatte. Er wusste nicht mehr, warum überhaupt ein Schaf auf dieser Welt noch grasen sollte, solange es Metzger gab. Der Metzger trat einen kleinen Schritt zurück, zweifellos um etwas sehr Gemeines und Endgültiges zu tun. Dann war er auf einmal wie vom Erdboden verschluckt.

Mopple blieb einfach stehen und kaute weiter, er kaute, bis er keine einzige Faser Gras mehr im Maul hatte. Er dachte an nichts, nur daran, dass er weiterkauen musste. Solange er kaute, würde nichts passieren. Er kam sich ein wenig dumm dabei vor, mit leerem Maul zu kauen, aber er wagte es nicht, ein neues Büschel zu rupfen.

Ein paar Nebelfetzen wehten vorbei und dann – plötzlich – ein Stück klare Luft. Ein Fenster, durch das Mopple sehen konnte. Und er sah – nichts. Direkt vor Mopples Hufen hörte die Welt auf. Mopple stand am Abgrund, näher, als er sich je freiwillig herangetraut hätte. Er wunderte sich nicht mehr, wohin der Metzger verschwunden war. Mopple schauderte. Er trat einen vorsichtigen Schritt zurück. Dann noch einen. Dann drehte Mopple the Whale sich um und ließ sich wieder vom Nebel verschlucken.

Bisher hatte Mopple den Nebel immer gemocht. Als er noch ein Lamm war, hatte ihm der Schäfer eines Tages verboten, bei seiner Mutter zu saugen. Es war ein schlimmer Tag für Mopple gewesen. Er würde zu schnell zu fett, sagte der Schäfer. Von diesem Tag an saugte der Schäfer bei seiner Mutter, mit einem Gerät. Der Schäfer war auch fett, aber kein Schaf konnte ihm etwas verbieten. Mopple bekam dann ein Getränk aus Milch und Wasser. Er sah gerne zu, wie sich Milch und Wasser mischten, wartete dafür sogar ein bisschen, bevor er zu trinken begann. Das Weiß der Milch sponn im Wasser Fäden, bis ein zartes, dichtes Gewebe entstanden war. Dieses Gespinst war wie Nebel, der immer dichter wurde, und es war das Versprechen, dass Mopple satt werden würde und dass alles gut war. Aber seit heute wusste Mopple, dass der Nebel nicht die Wolle eines riesigen Schafes war, und wenn doch, dass dieses Schaf von fürchterlichem Ungeziefer befallen war, von Metzgern mit Händen aus rohem Fleisch, die alles, was sie berührten, ebenfalls in rohes Fleisch verwandelten.

Langsam begann er auch, sich über das brutale Gebrüll zu wundern, das aus irgendwelchen Tiefen aufzusteigen schien und

die Weide bedeckte wie ein massiger Körper. Es war ein Gebrüll, das Mopple bis in die Spitzen seiner rundlichen Widderhörner fühlen konnte, so wütend und verzweifelt, wie er es noch nie gehört hatte. Es verursachte ihm Schmerzen in Zähnen und Hufen, aber er versuchte nicht, davonzulaufen. Er wusste jetzt, dass man nicht so einfach davonlaufen konnte, auch nicht zu den anderen Schafen, die selbst nur eine andere Art von Nebel waren und sich genauso schnell in nichts auflösen konnten. Schon einmal hatte er sie verschwinden sehen, all seine Ziehbrüder, seine Saugkumpane, seine Milchlammfreunde, und zurückgekommen war nur der Schäfer, fett und kalt, als wäre nichts geschehen.

Mopple blickte auf den Boden und sah das Gras, das noch genauso grün war wie zuvor. Das Gras hatte ihn gerettet. Vielleicht musste man sich an das Gras halten. Ohne den Blick vom Boden zu wenden, begann Mopple, sich zu bewegen. Vorsichtig setzte er einen Huf vor den anderen und folgte dem Gras, wohin es ihn auch führen mochte.

*

Othello ärgerte sich. Das Loch war kein Problem gewesen, beinahe einfach, sobald man sich einmal hineingetraut hatte. Das sah ihm ähnlich. *Die Probleme stecken nicht in deinen Füßen, auch nicht in deinen Augen oder in deinem Maul. Die Probleme stecken immer im Kopf*, flüsterte die Stimme. Jetzt durchforstete Othello seinen Kopf so sorgfältig, wie es nur ein wiederkäuendes Schaf kann. Trotzdem wusste er nicht weiter. Er war schon ein Stück den Strand entlanggetrabt, ohne auch nur die geringste Spur zu entdecken. Der Sand bewegte sich angenehm weich, zugleich aber auch träge und tückisch unter seinen Füßen. Und jetzt kam noch dieses Gebrüll dazu.

Es war nicht nah genug, um Othello wirklich zu beunruhigen, aber es war laut und nervtötend. Wer oder was in aller Welt konnte so brüllen? Die Sache interessierte ihn. Unter allen anderen Umständen wäre er wohl umgekehrt, um sich den Brüller anzusehen. Aber was hier vielleicht vor ihm lag, interessierte ihn mehr. Er musste jetzt kurz vor dem Dorf sein. Othello wusste, dass es Zeit war, vom Strand zu verschwinden.

Der Widder spähte die Klippen empor. Sie waren hier flacher und an manchen Stellen sanft und sandig. Wo der Wind kleine Dünen angehäuft hatte, wuchs raublättriges Sandgras. Zum Fressen taugte es nicht viel, aber es bot den Füßen guten Halt. Othello kletterte die Böschung hinauf. Oben angekommen, sah er noch mehr von dem borstigen Sandgras und einen schmalen Menschenweg, der sich in unsinnigen Schlaufen im Staub entlangwand. Das Sandgras erstreckte sich gleich langweilig in alle Richtungen und verriet ihm nichts. *Wenn man nicht weiterweiß, gibt man auf oder lässt es bleiben*, spottete die Stimme, *das kommt dann nämlich auf dasselbe heraus*. Othello blieb stur stehen. Es gab hier eine Menge Wege, die ein Schaf hätte einschlagen können, aber es gab nur einen einzigen Weg, den mit Sicherheit kein einziges Schaf gewählt hätte. Nun – fast kein Schaf. Othello folgte dem Menschenpfad in Richtung Dorf.

Der Weg bog sich ein paar Mal unentschlossen hin und her, dann fand er eine Mauer aus rohen Steinen und lief gerade wie ein Schafsbein an ihr entlang. Die Mauer war so hoch, dass Othello, selbst wenn er sich auf die Hinterbeine aufrichtete, nicht über sie hinwegsehen konnte.

Das war schade, denn jenseits der Mauer gingen seltsame Dinge vor. Viele Stimmen murmelten dort merkwürdig klein und leise vor sich hin, und es war nicht nur der Nebel, der sie dämpfte. Othello spürte große Erregung und zugleich eine aufgezwun-

gene Stille. Selten genug bemühten sich die Menschen, still zu sein. Es hatte immer etwas zu bedeuten. Othello kam an eine kleine schmiedeeiserne Pforte. Er drückte mit einem seiner Vorderfüße die Klinke nach unten, und die Tür gab nach, schauerlich quietschend. Der schwarze Widder schlüpfte lautlos wie sein eigener Schatten hindurch und schob die Tür mit dem Kopf sorgfältig wieder zu. Nicht zum ersten Mal war er über die grässliche Zeit beim Zirkus froh.

Othello glaubte zuerst, in einem riesigen Gemüsegarten gelandet zu sein. Die Ordnung sprach dafür: gerade Wege und quadratische Parzellen, auch der Geruch nach frischer Erde und die unnatürliche Vegetation. Zweifellos hatte man hier etwas angepflanzt. Nur appetitlich roch es eigentlich nicht. Auf den Wegen bewegten sich mit kleinen Schritten menschliche Gestalten. Sie schienen von überall her zu kommen, aber ein Punkt zog sie magisch an. Von allen Seiten bewegten sie sich wispernd darauf zu.

Othello versteckte sich hinter einem aufrecht stehenden Stein. Er fühlte sich unruhig, aber nicht wegen der Menschen. Es war der Geruch. Othello wusste jetzt mit Sicherheit, dass er nicht in einem Gemüsegarten war. Vielleicht war es sogar das Gegenteil eines Gemüsegartens. Ein sehr alter Geruch trieb mit dem Nebel über die Kieswege, die Parzellen und die vielen Steine. Othello dachte an Sam. Sam war ein Mensch im Zoo gewesen, so dumm, dass sich sogar die Ziegen über ihn lustig machten. Aber Sam war von der Zooverwaltung zum Herrn über die Grube ernannt worden. Die Grube lag im Niemandsland hinter dem Elefantenhaus, und Othello konnte selbst als Lamm verstehen, warum die Lider der Elefanten immer so rot und schwer herabhingen. Jedes Tier im Zoo wusste von der Grube. Wenn Sam von der Grube kam, ließen ihn die Ziegen in Ruhe, und die

Augen der Aasfresser wurden schmal. Wenn Sam von der Grube kam, roch er nach altem Tod.

✢

Es war Othellos erste Beerdigung, doch der Widder verhielt sich vorbildlich. Er stand schwarz und ernst zwischen den Grabsteinen, rupfte ab und zu ein Stiefmütterchen und lauschte der Musik und den Stimmen der Leute mit großer Aufmerksamkeit. Er sah den braunen Kasten heranrollen und roch sofort, wer in diesem Kasten lag. Er roch auch Gott, schon bevor dieser feierlich schwankend aus dem Nebel auftauchte. Gott sprach von sich selbst, und die dicke Kate weinte dazu. Schwarz wie Kolkraben schlossen sich die anderen Menschen murmelnd um sie zusammen. An George, der in dem Kasten lag, dachte anscheinend niemand. Nur Othello.

Othello erinnerte sich an den Tag, an dem er George zum ersten Mal gesehen hatte, durch sehr viel Zigarettenqualm hindurch. In jenen Tagen war Othello an Zigarettenqualm gewöhnt. Von irgendwoher strömte Blut in seine Augen. Er war so erschöpft, dass seine Beine zitterten. Der Hund neben ihm war tot, aber das hatte nicht viel zu bedeuten. Es gab immer einen nächsten Hund. Othello konzentrierte sich darauf, auf den Beinen zu bleiben und die Augen offen zu halten. Es fiel ihm schwer – zu schwer. Er wollte nur das Blut aus seinen Augen blinzeln, aber als er sie einmal geschlossen hatte, blieben sie zu. Einige Augenblicke himmlische Schwärze, dann meldete sich die Stimme, reichlich spät. *Durch geschlossene Augen kommt der Tod*, sagte sie. Othello hatte nichts dagegen, tot zu sein; trotzdem hob er gehorsam die Lider und sah direkt in Georges grüne Augen. George schaute ihn mit so viel Aufmerksamkeit an, dass sich Othello an seinem

77

Blick festhalten konnte, so lange, bis seine Beine nicht mehr so zitterten. Dann drehte er sich um, zu der Tür, aus der die Hunde kamen, und senkte die Hörner.

Wenig später lag er in Georges altem Auto und blutete den Rücksitz voll. George saß auf dem Fahrersitz, aber das Auto stand still, und die Nacht drückte sich neugierig gegen die Fenster. Der alte Schäfer hatte sich zu ihm umgedreht, und in seinen Augen war jetzt nicht nur Aufmerksamkeit, sondern Triumph. »Wir fahren nach Europa«, verkündete er.

Aber George hatte sich geirrt. Sie waren nicht nach Europa gefahren. »Gerechtigkeit«, dachte Othello. »Gerechtigkeit.«

5

Die Schafe hatten einen scheußlichen Tag verbracht. Noch nie in ihrem Leben waren sie sich so unbehütet vorgekommen. Zuerst der Nebel, dann das ungute Gefühl, dass sich etwas Fremdes durch diesen Nebel bewegte, ferne schmatzende Geräusche, eine blasse Ahnung feindseliger Gerüche.

Das Winterlamm hatte die zwei anderen Lämmer unter einem Vorwand in eine dunkle Ecke des Heuschuppens gelockt und jagte ihnen dort solche Angst ein, dass sie vor Schreck gegen die Wand rannten und sich wehtaten. Eines am Kopf und eines am Vorderbein. Ritchfield sah nichts, hörte nichts und blieb stur. Dann begann das Gebrüll, und endlich musste auch der alte Leitwidder zugeben, dass irgendetwas nicht in Ordnung war. Er sah fast erleichtert aus, wahrscheinlich, weil er endlich auch etwas mitbekam.

Das Gebrüll war zu viel für die Schafe. Sie sprengten auf die Weide und trabten mit zuckenden Ohren durch den Nebel, zu nervös, um zu grasen. Endlich wurde es still, aber die Stille machte ihnen auf einmal noch viel mehr Angst. Sie drängten sich auf dem Hügel zusammen, Maude keilte nervös aus und traf Ramses an der Nase. Die Stimmung war schlecht, und alle warteten auf den Wind, der den Nebel forttreiben würde und mit ihm auch die Stille. Es geschah, was kein Schaf je für möglich gehalten hatte: Sie vermissten die Möwenschreie.

Der Wind kam gegen Mittag, die Möwen schrien wieder, und Zora trabte zu den Klippen. Dann blökte sie, und bald standen alle Schafe am Abgrund, so nahe, wie sie es eben wagten, und staunten in die Tiefe. Unten lag der Metzger, auf einem kleinen Flecken Sand inmitten von vielen Felsen. Er lag auf dem Rücken und sah erstaunlich flach aus und sehr breit. Ritchfield behauptete, einen roten Blutfaden in seinem Mundwinkel zu erkennen, aber sie waren heute nicht gut auf Ritchfield zu sprechen und glaubten ihm kein Wort. Der Metzger hatte die Augen geschlossen und bewegte sich nicht. Die Schafe genossen die Aussicht. Dann öffnete sich auf einmal das linke Auge des Metzgers, und die gute Stimmung war wie weggeblasen. Das blasse Metzgersauge sah sie an, jedes einzelne Schaf, und den Schafen zitterten selbst hoch auf ihrem Felsen die Knie. Das Auge suchte etwas, fand es nicht und schloss sich wieder. Vorsichtig wichen die Schafe von den Klippen zurück.

»Es wird ihn wegschwemmen«, meinte Maude optimistisch.

Die anderen waren sich nicht so sicher.

»Es kommt immer ein junger Mann mit seinem Hund am Strand vorbei«, seufzte Cordelia. Einige Schafe nickten. Das wussten sie aus den Pamela-Romanen.

»Der Hund findet den Menschen. Der junge Mann ist verzaubert und nimmt ihn mit«, ergänzte Cloud, die immer gut aufgepasst hatte. »Wenigstens ist er dann weg«, fügte sie hinzu. Aber die Schafe wussten, dass es nicht dasselbe war. »Das Meer gibt nichts zurück«, hatte George immer gesagt, wenn er nächtens bei Flut die Kisten aus seinem Schäferwagen über die Klippen warf. Die jungen Männer hingegen wurden ihrer Beute bald überdrüssig. Das war selbst bei duftenden Pamelas so, und man konnte sich ausrechnen, wie schnell es bei dem Metzger mit seinen Wurstfingern gehen würde.

»Mopple the Whale soll die Geschichte von Pamela und dem Fischer erzählen«, sagte Lane. Die anderen blökten zustimmend. Sie liebten die Geschichte mit dem Fischer, weil ein riesiger Heuhaufen darin die Hauptrolle spielte. Mopple konnte die Geschichte sehr schön erzählen, und wenn er fertig war, standen sie alle stumm da und stellten sich vor, was *sie* in dem Heuhaufen machen würden.

Aber Mopple war nicht da. Sie suchten zuerst im Gemüsegarten, dann auf *George's Place*. *George's Place* war unversehrt. Sie wurden etwas betreten, weil sie Mopple so etwas zugetraut hatten. Die Schafe schwiegen und wussten nicht weiter. Dann trabte Zora mit unruhig schwingendem Schwanz zu den Klippen zurück, um zu sehen, ob vielleicht auch ein runder weißer Wollfleck am Strand zu erkennen war. Glücklicherweise lag Mopple nicht dort unten. Dafür sah sie, dass die Schafe richtig vermutet hatten. Gleich drei junge Männer hoben den regungslosen Metzger auf eine Trage, um ihn mit nach Haus zu nehmen. Zora schüttelte den Kopf über so viel Unverstand. Sie blökte den anderen zu, aber niemand traute sich, die jungen Männer bei ihrem mühevollen Transport zu beobachten. Sie erinnerten sich an das Auge des Metzgers und gruselten sich.

Langsam wurde ihnen klar, dass Mopple wirklich nicht auf der Weide war. Sie verstanden die Welt nicht mehr.

»Vielleicht ist Mopple tot«, sagte Lane sehr leise.

Zora schüttelte energisch den Kopf. »Nur weil man tot ist, muss man nicht gleich verschwinden. George war tot, aber er war trotzdem da.« Irgendwie waren sie froh, dass der Fall bei Mopple anders lag.

»Er ist ein Wolkenschaf geworden«, blökte Ramses aufgeregt.

»Mopple hat es geschafft.« Die Köpfe der Schafe drehten sich nach oben, aber der Himmel war grau und glatt wie eine schmutzige Pfütze.

»Er kann nicht verschwunden sein«, sagte Cordelia. »Es ist, als ob die Welt ein Loch hätte. Es ist wie Zauberei.«

Heide kratzte sich mit einem Hinterbein am Ohr.

»Vielleicht ist er einfach weggegangen«, sagte Maude.

»Man kann nicht einfach weggehen«, widersprach Ramses. »Kein Schaf kann das.«

Sie schwiegen lange. Sie dachten alle das Gleiche.

»Melmoth ist weggegangen«, sagte Cloud endlich. Heide verlor das Gleichgewicht und kippte seitlich um. Die anderen Schafe sahen weg.

Sie alle kannten die Geschichte von Melmoth, obwohl sie kein Schaf gerne erzählte und kein Schaf gerne hörte. Die Geschichte wurde nicht öffentlich erzählt. Es war eine Geschichte, die die Mutterschafe ihren Lämmern zur Warnung ins Ohr raunten. Es war eine Geschichte ohne jeden Heuhaufen, eine unmögliche Geschichte, und sie machte allen Angst.

»Melmoth ist tot!«, schnaubte Sir Ritchfield plötzlich. Die Schafe zuckten zusammen. Sie hatten sehr leise gesprochen, und niemand hatte damit gerechnet, dass ausgerechnet Ritchfield etwas mitbekommen würde.

»Melmoth ist tot«, wiederholte er. »George hat ihn gesucht. Mit den Metzgershunden. George kam zurück und roch nach Tod. Ich habe auf ihn gewartet. Als Einziger bin ich am Schäferwagen geblieben, als die fünfte Nacht kam. Ich habe auf ihn gewartet, ich habe den Tod gerochen. Kein Schaf darf die Herde verlassen.«

Dem wagte niemand etwas zu entgegnen. Die Köpfe senkten sich, einer nach dem anderen, und sie begannen, mechanisch zu grasen. Es war eindeutig ein sehr schlechter Tag für sie.

Sie hätten gerne Miss Maple nach Mopple gefragt, aber Miss Maple war nicht da. Sie hätten gerne Othello gefragt, ob es jenseits der Weide etwas gab, wo man hingehen konnte, denn Othello kannte die Welt und den Zoo. Aber Othello war nicht da. Jetzt waren sie wirklich verwirrt. Sie überlegten, ob ein Räuber um die Herde schlich und sich an den Dicksten, Stärksten und Klügsten vergriff. Einer, den man nicht riechen konnte. Der Wolfsgeist vielleicht, oder der Koboldkönig, oder der Herr, wer auch immer das sein mochte. Es war kein angenehmer Gedanke.

Sir Ritchfield beschloss, die Schafe zu zählen. Es war eine langwierige Prozedur. Sir Ritchfield konnte nur bis zehn zählen, und auch das nicht immer. Die Schafe mussten sich also in kleinen Grüppchen zusammenstellen. Es gab Streitereien, weil Schafe behaupteten, noch nicht gezählt worden zu sein, während Ritchfield behauptete, er hätte sie schon gezählt. Alle Schafe hatten Angst davor, beim Zählen vergessen zu werden und dann vielleicht zu verschwinden. Manche versuchten, sich heimlich in andere Grüppchen zu stehlen, um doppelt gezählt zu werden. Sicher war sicher. Ritchfield blökte und schnaubte, und schließlich kamen sie zu dem Ergebnis, dass insgesamt 34 Schafe auf der Weide waren.

Dann sahen sie sich ratlos an. Erst jetzt wurde ihnen klar, dass sie überhaupt nicht wussten, wie viele Schafe eigentlich auf der Weide hätten sein müssen. Die mühsam gewonnene Zahl war völlig wertlos für sie.

Es war sehr enttäuschend. Sie hatten gehofft, dass sie sich nach dem Zählen sicherer fühlen würden. George war immer so zufrieden gewesen, wenn er sie fertig gezählt hatte. »Weiter so«, hatte er dann gesagt, manchmal aber auch nur »Aha«. In diesem Fall stapfte er entweder zu den Klippen, um Zora mit Dung zu bewerfen, oder zum Gemüsegarten, wo ein vorwitziges Lamm den

Hals durch das grobmaschige Gitternetz streckte und die Zunge lang machte.

Nach dem Zählen wusste George immer, was zu tun war. Sie wussten nichts.

Ramses rempelte Maude frustriert mit dem Kopf an. Maude blökte empört. Heide blökte ebenfalls. Zora kniff Heide in den Hintern. Seltsamerweise schwieg Heide darauf, dafür begannen Lane, Cordelia und die zwei jungen Mutterschafe gleichzeitig zu blöken. Ritchfields Beine scharrten Gras und Erde auf, Lane schubste Maisie, das naivste Schaf der Herde. Maisie kippte vor Überraschung fast um, dann biss sie Cloud leicht ins Ohr, Cloud keilte aus und traf Maude am Vorderbein. Alle Schafe waren beleidigt, und alle blökten. Dann verstummten sie wie auf ein geheimes Zeichen, alle bis auf Sir Ritchfield, der nach allen Seiten Knüffe austeilte und nach Ruhe und Ordnung brüllte.

In diesem Moment kam Othello den Fußpfad herunter. Er musterte sie mit mildem Erstaunen, dann trabte er an ihnen vorbei zu den Klippen. Die Schafe sahen sich an. Cloud leckte Maude besänftigend die Ohren, Ramses beknabberte Cordelias Kruppe. Der schwarze Widder blickte zum Strand hinab zu dem metzgerförmigen Abdruck im Sand. Er legte den Kopf schief. Eben noch hatten die Schafe viele Fragen gehabt, aber plötzlich hatte kein Schaf mehr Lust, Othello zu stören. Es genügte zu wissen, dass verschwundene Schafe zurückkommen können. Sie begannen wieder zu grasen, zum ersten Mal an diesem Tag mit einigem Genuss.

*

Drei Männer trafen sich unter der Linde. Der eine schwitzte, der andere roch nach Seife, der dritte atmete rasselnd. Um sie herum streifte mit glänzenden Augen die Angst.

»Wenn es Ham jetzt wirklich erwischt…«, sagte der Schwitzende, »dann sind wir *garantiert* dran.«

»Was für ein Wahnsinn«, keuchte der mit dem rasselnden Atem. »So ein Risiko. George – wer weiß? Aber Ham hat doch alles beim Anwalt. Der macht keine leeren Drohungen.«

Die Angst nickte dazu.

»Was war das nur für ein Idiot«, stöhnte der Schwitzende.

»Ham?« Ein seifiger Luftzug zeigte an, dass der zweite Mann eine heftige Bewegung gemacht hatte. »Du glaubst, das war kein Unfall?«

»Das glaube ich«, flüsterte der Schwitzende und schwitzte noch heftiger.

»Unfall?« Die rasselnde Stimme lachte. »Warum soll Ham von den Klippen fallen? Ein trittsicherer Kerl wie Ham! Warum soll der da überhaupt herumspazieren? O nein! Da hat ihn einer hinbestellt, ein bisschen Veilchenduft auf einem Brief, und Ham, das blöde Vieh, ist natürlich gekommen.«

»Aber tot ist er nicht«, sagte der Schwitzende. »Zäh wie ein Stier, schon immer gewesen. Gott sei Dank. Seine Chancen sind nicht so schlecht, sagen die Ärzte. Laufen wird er wahrscheinlich nicht mehr können. Aber Hauptsache, er lebt.«

»Vielleicht hat er es ja vergessen. Nach so einem Unfall…« Die Stimme des Seifigen klang beinahe optimistisch.

»Ham erinnert sich«, sagte der Schnarrende. »Vielleicht geht nicht viel in seinen Schädel, aber wenn mal etwas drin ist, geht es auch so schnell nicht wieder raus. Als Josh ihn abgefüllt hat, am Abend von Georges Hochzeit… Ihr wisst noch?« Vielleicht nickten die Männer. Vielleicht versuchten sie ein Grinsen. Natürlich wussten sie. Josh hatte einfach ein Glas nach dem anderen vor Ham hingestellt, und Ham, der sonst kaum etwas trank, hatte eines nach dem anderen heruntergekippt. Was hatten sie damals gelacht! »Er konnte seinen eigenen Namen nicht mehr sagen, und am Ende hat sich eine Fliege in sein Auge gesetzt, und er hat nicht mal geblinzelt.«

»Josh hat sein Geld gekriegt, für jedes einzelne Glas, und noch einiges mehr… So möchte ich jedenfalls nicht verdroschen werden.« Der Schwitzende kicherte. Er ging den anderen beiden auf die Nerven.

»Wenn Ham aufwacht, wird er sich erinnern«, sagte der mit dem rasselnden Atem. »Dann geht das Spielchen weiter!«

Sie schwiegen. Vielleicht nickten sie. Dann entfernten sie sich in drei Richtungen. Die Angst lächelte, sie drehte sich mit einer eleganten Bewegung, ihre Mähne wehte um den Stamm der alten Linde. Sie folgte allen dreien nach Hause.

Die Linde war sehr alt. Früher hatte sie in der Mitte des Dorfes gestanden, und die Menschen hatten sie umtanzt. Sie hatten ihr Blutopfer gebracht, und die Linde war gediehen. Sie hatte vielleicht noch Wölfe gesehen, mit Sicherheit aber Wolfshunde, mit denen die neuen Herren Wild und Vieh und Menschen jagten. Heute stand sie einsam, das Dorf war an ihr vorübergezogen. Sie gedieh noch immer. Ihr Stamm maß mehr als zwei Schafslängen. Hinter diesem Stamm stand Mopple the Whale. Er war hierher gekommen, weil er sich unter dem Baum sicher fühlte. Wie in einem Stall war es hier. Er war nicht geflohen, als die Männer kamen. Mopple wusste jetzt, dass Fliehen keinen Sinn hatte. Er war einfach ruhig stehen geblieben und hatte weitergekaut. Und er hatte sich jedes Wort gemerkt.

Mopple dachte nicht an die drei, auch nicht an den Metzger – bloß nicht an den Metzger! Mopple dachte an die Angst. Die Männer hatte er nicht gesehen, und er wusste nicht viel von ihnen, nur die Gerüche und Töne, die durch dichtes duftendes Laub bis zu ihm gekrochen waren. Aber Mopple hatte die Angst gesehen, jede ihrer sparsamen Bewegungen, so klar, als wäre der Stamm der alten Linde aus Wasser. Sie war größer als ein Schaf, und sie lief auf vier Beinen. Ein großes, starkes Raubtier mit seidigem Fell und klugen Augen. Mopple hatte sich nicht gefürchtet vor dieser Angst, es war ja nicht seine Angst gewesen.

Ein Vogel begann zu singen. Ein Nachtvogel. Es wurde langsam Abend. Mopple dachte an die anderen Schafe und hörte auf zu kauen. Er sehnte sich auf einmal nach seiner Herde, so sehr, dass die dichte Wolle hinter seinen Ohren zu jucken begann. Es wurde Zeit, dass ein anderes Schaf seinen Nacken benagte – das war wichtiger als fremde Tiere und brüllende Metzger. Natürlich erinnerte sich Mopple an den Weg, den er heute Morgen im Nebel genommen hatte, und seine Ohren wippten fröhlich auf und ab, als er nach Hause trabte.

✻

Mopple kam erst in der Abenddämmerung. Er schien nachdenklicher als gewöhnlich, und er kam ihnen dünner vor. Nicht so, dass man es sehen konnte, aber so, dass er sich anders bewegte. Einige Schafe liefen ihm freundlich blökend entgegen. Erst während seiner Abwesenheit war ihnen klar geworden, wie gern sie Mopple the Whale eigentlich hatten. Er roch ganz besonders gut, so wie nur ein rundum gesundes Schaf mit prächtiger Verdauung riechen kann, und er wusste die schönsten Geschichten. Sie bestürmten ihn mit Fragen, aber Mopple war so schweigsam, wie sie ihn noch nie erlebt hatten. Ein schrecklicher Verdacht lag in der Luft, der Verdacht, dass Mopple sich nicht richtig erinnerte. Aber niemand wagte, das auszusprechen. Mopple stellte sich dicht neben Zora, und Zora beknabberte gedankenverloren, aber nicht unfreundlich, seinen Nacken.

87

Es wurde dunkel. Trotzdem blieben die Schafe im Freien. Sie warteten auf Miss Maple. Aber Miss Maple kam nicht. Erst als ein runder Mond hoch am Himmel stand, näherte sich von der Heide her eine kleine Schafsgestalt. Ein langer dünner Mondschatten trabte ihr voran. Es war Maple. Sie sah erschöpft aus. Cloud leckte ihr freundschaftlich das Gesicht.

»In den Heuschuppen mit euch«, sagte Maple.

Im Schuppen drängelten sich alle Schafe um sie herum. Durch die schmalen Belüftungsluken fiel Mondlicht auf gespannte Schafsgesichter. Miss Maple lehnte sich an Cloud und machte es sich bequem.

»Wo warst du?«, fragte Heide ungeduldig.

»Ermittlungen«, sagte Miss Maple. Die Schafe wussten, was Ermittlungen waren, sie kannten das Wort aus dem Krimi. Bei Ermittlungen steckt der Detektiv seine Nase in fremde Dinge und gerät in Schwierigkeiten.

Miss Maple erzählte, wie sie ganz alleine den Weg zu Georges Haus getrabt war. Mitten durch das Dorf, wo ein Auto sie fast überfahren hatte und ein großer roter Hund hinter ihr hergehetzt war. Dann hatte sie sich unter dem Ginster vor Georges Haus versteckt und zugehört, was durch das offene Fenster gesprochen wurde. Die Schafe bestaunten Maples Mut.

»Hattest du denn gar keine Angst?«, fragte Heide.

»Doch«, gab Miss Maple zu. »Schreckliche Angst. Ich habe so lange gebraucht, weil ich mich nicht mehr aus dem Ginsterbusch herausgetraut habe. Aber ich habe vieles gehört.«

»Ich hätte keine Angst gehabt!«, erklärte Heide mit einem Seitenblick auf Othello. Die anderen Schafe interessierten sich mehr dafür, was Maple gehört hatte.

Miss Maple berichtete, wie ab Mittag viele Menschen zu Kate gekommen waren – nicht alle auf einmal, sondern in kleinen

Grüppchen oder alleine. Alle sagten das Gleiche. Dass es schrecklich sei. Ein furchtbares Unglück. Dass Kate jetzt stark sein müsse. Kate antwortete kaum, nur »ja« und »nein« und »ach« und heulte in ein großes Tuch. Aber dann – sehr spät am Abend – hatte es noch einmal geklopft, und Lilly stand vor der Tür. Da hatte Kate nicht geheult. »Du wagst es!«, sagte sie zu Lilly. »Ich wollte nur sagen, dass es mir leidtut«, flüsterte Lilly. »*Du* hast ihn wenigstens nicht bekommen«, fauchte Kate und knallte Lilly die Tür wieder vor der Nase zu. »Wie eine böse Katze«, sagte Miss Maple. »Genau wie eine böse Katze.«

Es überraschte die Schafe nicht wirklich. Auch die Pamelas in den Romanen hatten sich oft unverständlich und boshaft verhalten. Sie verloren schnell das Interesse an der kleinen Geschichte, die Miss Maple anscheinend so fasziniert hatte. Sie hatten schließlich andere Sorgen.

»Hattet ihr einen schönen Tag?«, fragte Maple seufzend, als sie merkte, dass sich niemand mehr für ihr Abenteuer interessierte. Die Schafe machten betretene Gesichter. Sie erzählten, was heute passiert war.

»Er hatte ein Auge offen«, sagte Lane.

»Der Metzger lag am Strand«, ergänzte Maude.

»Mopple hat uns keine Geschichte erzählt«, sagte Heide und sah böse zu Mopple hinüber.

»Er sah ganz flach aus«, sagte Sara.

»Wir haben uns gestritten«, sagte Cordelia.

»Sir Ritchfield hat uns gezählt«, sagte Ramses.

»Die jungen Männer haben ihn mitgenommen«, sagte Zora. Miss Maple seufzte. »Mopple soll erzählen«, sagte sie.

»Mopple war weg«, sagte Cordelia. Maple sah erstaunt aus.

»Othello war weg!«, seufzte Heide. Miss Maple sah Othello fragend an.

Othello erzählte von dem seltsamen Garten und von George, den sie in einer Kiste vergraben hatten. Ein Raunen ging durch die Herde.

»Sie haben keine Grube, aber die Toten verwesen auch nicht einfach. Es sieht eher aus wie ein Garten, kein Gemüsegarten, aber ein Garten und sehr ordentlich. Und wisst ihr, wie der Garten heißt?« Othello blickte mit funkelnden Augen in die Runde. »Der Garten heißt Gottes Acker!«

Die Schafe starrten sich entsetzt an. Ein Garten, in dem Tote gesät wurden!

»Er war's«, murmelte Ritchfield. Maple äugte zu dem Widder hinüber. Er sah alt aus, viel älter als sonst, und seine schraubenartig gewundenen Hörner schienen zu schwer für ihn.

»Sie waren nicht besonders traurig, die Menschen«, fuhr Othello fort, »aufgeregt, ja, sehr aufgeregt, aber nicht traurig. Nervös. Schwarz und geschwätzig wie die Raben, und wir wissen alle, was Raben fressen.« Die Schafe nickten mit ernsten Gesichtern. »Der Metzger war nicht da, darüber haben sie sich gewundert. Jetzt werden sie sich darüber nicht mehr wundern.«

Othello dachte nach. »Sonst waren alle da, Kate und Lilly und Gabriel, Tom, Beth und Gott und viele, die wir nicht kennen. Der dürre Mann, der mit den anderen dreien zuerst zu George gekommen ist, heißt Josh Baxter. Er ist der Wirt.«

Alle sahen Miss Maple an. Aber die kluge Schafsdame rieb nur nachdenklich ihre Nase an einem Vorderbein. Die Schafe waren enttäuscht. Sie hatten sich die Suche nach dem Mörder spannender vorgestellt, einfacher und vor allem schneller. Wie in den Pamela-Romanen, wo kurz nach jedem geheimnisvollen Todesfall ein ebenso geheimnisvoller Fremder aufzutauchen pflegte, mit hagerem, vernarbtem Gesicht oder unruhigen kalten Augen.

Meistens wollte er Pamela für sich haben, und spätestens nach zwei oder drei Seiten hatte ihn ein gut aussehender junger Mann im Duell erledigt. Doch hier schien es sich eher um einen Krimi zu handeln. George hatte das Buch bald weggeworfen. Damals waren sie enttäuscht gewesen, aber jetzt überlegten sie, ob das nicht klüger war, als sich jeden Tag nutzlos den Kopf zu zerbrechen.

»Wir müssen herausfinden, was für eine Art von Geschichte das ist«, sagte Cordelia. Die anderen blickten sie fragend an.

»In jeder Geschichte geht es um andere Dinge«, erklärte Cordelia geduldig. »In den Pamela-Romanen geht es um Leidenschaft und Pamelas. In den Märchen geht es um Zauberei. In dem Buch über Schafskrankheiten um Schafskrankheiten. In dem Krimi um Indizien. Wenn wir wissen, was für eine Art von Geschichte es ist, wissen wir, worauf wir achten müssen.«

Sie sahen sich etwas betreten an.

»Hoffentlich ist es keine Geschichte von Schafskrankheiten«, blökte Maude.

»Es ist ein Krimi«, sagte Miss Maple mit Bestimmtheit.

»Es ist eine Liebesgeschichte«, blökte Heide plötzlich. »Versteht ihr nicht? Lilly und Kate und George. Das ist *genau* wie bei Pamela. George mag nicht Kate, sondern Lilly. Aber Kate mag George. Und dann: Eifersucht und Tod. Es ist doch eigentlich alles ganz einfach!« Vor Begeisterung ließ sich Heide zu einem sehr lämmerhaften Sprung hinreißen.

»Ja«, sagte Miss Maple dann vorsichtig. »Nur müsste dann Lilly tot sein. Und nicht George. Es hätte ein Duell gegeben, und die Konkurrenten hätten versucht, sich gegenseitig umzubringen. Man bekämpft doch nicht das, was man haben will. Sondern den, der es einem wegnehmen will!«

»Aber«, fügte sie dann hinzu, als sie Heides enttäuschtes Gesicht sah, »ich habe darüber auch schon nachgedacht. Irgendwie riecht die Geschichte danach. Aber es macht natürlich keinen Sinn.«

»Es ist eine Liebesgeschichte«, wiederholte Heide störrisch.

»Und wenn George einer der Konkurrenten war?«, fragte Othello. »Um Lilly? Oder vielleicht hat er Kate verteidigt.«

Miss Maple legte nachdenklich den Kopf schief. Aber sie schien zu diesem Thema nichts mehr sagen zu wollen.

✱

Viel später, als die meisten Schafe schon schliefen, sah Mopple, der zum ersten Mal in seinem Leben nicht gut schlafen konnte, durch die offene Tür des Heuschuppens eine Schafsgestalt, die regungslos an den Klippen stand und auf das Meer hinausblickte: Maple. Mopple setzte sich in Bewegung. Zuerst standen sie eine Weile in freundschaftlichem Schweigen nebeneinander. Später erzählte Mopple von den Schrecknissen des Tages, und Maple schwieg.

»Es ist sehr weit«, sagte sie schließlich.

Mopple seufzte. »Manchmal macht es mir ein bisschen Angst. So lange auf das Meer hinauszusehen, ich meine, so lange wie Zora, das könnte ich nicht.«

»Ich meine nicht das Meer, Mopple«, sagte Maple sanft, »ich meine alles. So viele Sachen passieren. Früher ist kaum ein Mensch hier vorbeigekommen. Außer George natürlich, aber er war nicht wirklich ein Mensch, er war unser Schäfer. Das ist etwas anderes.«

Miss Maple dachte eine Weile nach.

»Und auf einmal kommen sie in Herden. Schleichen sogar morgens durch den Nebel. Der Metzger und ein anderer. Natürlich hat alles mit allem zu tun. Haben sie den Metzger wirklich hergelockt? Wer? Warum? Warum haben die Menschen unter der Linde Angst vor seinem Tod, obwohl sie ihn nicht mögen? Wir müssen auf alles achten, Mopple. Du musst dir alles merken.«

Mopple hob den Kopf. Er war stolz darauf, das Gedächtnisschaf zu sein. Dann fiel ihm wieder ein, warum er heute Morgen heimlich aus dem Heuschuppen gekrochen war.

»Ich habe mir schon etwas gemerkt«, sagte er. Mopple erzählte, wie er zusammen mit Ritchfield auf dem Hügel gestanden und sich alles gemerkt hatte, was Ritchfield beobachtete. Fast alles. Ritchfield hatte beobachtet, wie die vier wieder abgezogen waren – Gabriel, Josh, Lilly und der Metzger. Wie einer von ihnen kurz hinter den anderen zurückgeblieben war und sich bückte. Etwas aufhob? Etwas hinlegte? Oder etwas rupfte? Dann musste Ritchfield niesen. Fünfmal hintereinander. Und als er damit fertig war, hatte er vergessen, *wer* sich gebückt hatte und *was* er in der Hand gehalten hatte.

»Vergessen!«, schnaufte Mopple mitleidig. »Nach drei Atemzügen. Unglaublich! Aber dafür weiß er jetzt, *dass* er etwas vergessen hat, und versucht, mich einzuschüchtern, damit ich es nicht verrate.« Er legte den Kopf schief. »Ich hätte es auch nicht verraten. Ich mag Ritchfield. Er ist der Leitwidder. Aber ich glaube, es ist ein Indiz.« Er sah Maple fragend an. Sie blickte noch immer auf das nächtliche Meer.

»Ein Indiz«, sagte sie nachdenklich. »Aber für was? Es passt nicht zu Ritchfield, andere Schafe einzuschüchtern, wenn sie die Wahrheit sagen.« Sie schwieg.

»Das ist seltsam«, sagte sie nach einer Weile.

Sie dachte wieder nach. Dann schien sie zu einem Entschluss zu kommen.

»Kannst du schweigen, Mopple?«, fragte sie.

Mopple the Whale schwieg.

Maple erzählte ihm von dem Hufabdruck auf Georges Bauch. »Irgendein Schaf ist sehr fest auf Georges Bauch gestiegen«, sagte sie. »Oder hat ihn getreten. Das lässt sich schwer sagen. Die wichtige Frage ist: wann. Vor seinem Tod? Vielleicht. Aber nicht lange davor, dafür war der Abdruck zu deutlich. Das bedeutet…«

Mopple sah sie gespannt an.

»Das bedeutet, dass kurz vor oder nach seinem Tod ein Schaf bei George war. Oder *während* seines Todes. Ein kräftiges Schaf. Oder ein schweres.« Sie sah Mopple kurz an. »Aber warum sollte ein Schaf George treten? Hat es sich gegen ihn gewehrt? Wie bei der Kalziumtablette?«

Mopple dachte an die Kalziumtablette und schlackerte mit den Ohren.

»Aber das Seltsamste«, sagte Maple, »das Seltsamste ist, dass dieses Schaf uns nichts davon erzählt hat. Warum? Entweder es hat alles vergessen…«

»Ritchfield!«, blökte Mopple. Dann machte er ein verlegenes Gesicht. Schließlich hatte er versprochen zu schweigen. Aber Miss Maple war viel zu konzentriert, um darauf zu achten.

»…oder es will nichts erzählen.«

»Mopple«, sagte Maple. Sie sah Mopple ernst an. »Wir müssen darüber nachdenken, ob ein Schaf etwas mit Georges Tod zu tun haben könnte. Nicht nur die Menschen verhalten sich seltsam. Auch einige von uns. Sir Ritchfield. Othello. Er hat uns zwar von dem Todesgarten erzählt. Aber warum er sich dort herumgetrieben hat, wissen wir nicht. Wir wissen so wenig von Othello. Wir wissen nicht, was George mit ihm abends hinter dem Schäferwagen gemacht hat. Wir müssen über alles nachdenken, Mopple.«

Mopple schluckte. Er schwieg.

Als beide wenig später zurück in den Heuschuppen kamen, waren alle Schafe hellwach. Aufregung lag in der Luft.

»Was ist?«, fragte Miss Maple.

Die Schafe schwiegen lange. Dann trat Maude vor. Das Mondlicht zog ihre Schafsnase bedrohlich in die Länge.

»Heide hat ein Ding!«, sagte sie.

6

So begann die Nacht der vielen Ereignisse, die noch Monate später von den Schafen beblökt wurde. Sie begann damit, dass Heide in einer Ecke stand, stumm vor Scham, die Augen der ganzen Herde ungläubig auf sich gerichtet.

»Ein Ding?«, platzte Mopple heraus.

»Ein Ding?«, hauchte Cordelia.

»Was ist ein Ding?«, fragte ein Lamm. »Kann ich auch so ein Ding fressen? Tut es weh?« Seine Mutter schwieg verlegen. Wie konnte man einem so jungen Lamm erklären, was ein Ding ist?

»Es … es ist nicht wirklich ein Ding«, murmelte Heide. Sie hatte den Kopf gesenkt und sah ein wenig störrisch aus. »Es ist schön.«

»Kann man es essen?«, fragte Mopple. Wenn es um Dinge ging, konnte Mopple the Whale so streng sein wie jedes andere Schaf.

»Ich glaube nicht.« Heide ließ die Ohren hängen.

»Lebt es?«, fragte Zora.

»Ich … Vielleicht!« Man konnte Heide ansehen, dass ihr diese Möglichkeit gerade eben eingefallen war. »Ich wollte herausfinden, ob es lebt. Wenn das Licht darauf fällt, bewegt sich etwas. Es ist so schön. So schön wie Wasser. Ich wollte es nur immer wieder sehen können…«

»Heide!« Sir Ritchfield trat vor. Er trug den Kopf sehr hoch, und seine Hörner, die schon in ihre dritte Windung getreten waren, gossen einen vorwurfsvollen Mondlichtschatten vor Heides Füße. Othello sah ihn seltsam an. Man konnte auf einmal verstehen, warum Ritchfield noch immer der Leitwidder war.

»Alles, was wirklich schön ist, kannst du immer wieder sehen. Den Himmel. Das Gras. Die Wolkenschafe. Sonne auf der Wolle. Das sind die wichtigen Sachen. Haben kannst du sie nicht.« Ritchfield sprach jetzt, wie er zu einem sehr kleinen Lamm gesprochen hätte. Er sagte, was ohnehin alle wussten, aber die Schafe waren ergriffen.

»Haben kannst du nur das, was lebt. Ein Lamm, eine Herde. Wenn du etwas hast, hat es dich. Wenn es lebt und ein Schaf ist, ist das gut. Schafe sollen einander haben. Die Herde soll zusammenbleiben, Mutterschafe und Lämmer und Widder. Kein Schaf darf die Herde verlassen… Eine Dummheit, eine solche Dummheit… Ich hätte meinen Mund halten sollen, hätte ich bloß meinen Mund gehalten…« Jetzt hatte sich Ritchfield vergaloppiert. Er blickte an Heide vorbei und murmelte vor sich hin. Heide machte wieder ihr trotziges Jungschafsgesicht und wollte gerade unauffällig zwischen die anderen Schafe schlüpfen, als eine brüchige Stimme aus dem dunkelsten Winkel des Heuschuppens klang. Eine Stimme, morsch wie ein angeschwemmter Ast.

»Haben ist schlecht«, sagte die Stimme, »Dinge haben ist schlecht.« Alle drehten ihre Nasen zu Willow, die im Schatten hinter der leeren Futterraufe stand. Ihre alten Augen glitzerten wie zwei Tauperlen. Heides Kopf sank in ungeahnte Tiefen.

»Mama!«, murmelte sie.

Normalerweise halten Mutterschafe und Lämmer zusammen wie Sandboden und Hafergras. Ein Mutterschaf, das in aller Öffentlichkeit den eigenen Nachwuchs tadelt, ist etwas Unerhörtes. Aber Willow hatte nur deshalb bisher nichts gegen Heide gesagt, weil sie überhaupt nicht sprach. Zumindest behaupteten das die gewitzteren Schafe. Willow war das zweitschweigsamste Schaf der Herde. Das letzte Mal hatte sie kurz nach Heides Geburt gesprochen, eine nebensächliche und unverhältnismäßig pessimistische Bemerkung über das Wetter. Kein Schaf war traurig darüber, dass Willow nicht zu den gesprächigen Schafen gehörte. Es hieß, sie habe in ihrer Jugend ein ganzes Beet Sauerampfer abgegrast. Anders war ihre notorisch schlechte Laune nicht zu erklären. Aber diesmal hatte sie nicht übertrieben.

»Es ist beschämend«, sagte Cloud.

»Es ist skandalös«, sagte Zora und rupfte gelassen einen einzelnen Heuhalm aus der leeren Futterraufe.

»Es ist würdelos«, sagte Lane.

»Es ist dumm«, sagte Maude.

»Es ist menschlich«, sagte Ritchfield, der wieder sein strenges Leitwiddergesicht trug. Damit war alles gesagt. Heide sah aus, als würde sie sich jeden Moment in ein sehr kleines, geruchloses Tier verwandeln.

Miss Maple stellte neugierig die Ohren auf.

»Was ist das eigentlich für ein Ding?«, fragte sie.

»Es ist…« Heide hielt inne. Sie hatte »schön« sagen wollen, aber langsam wurde ihr klar, wie unpassend es war, so über Dinge zu sprechen. Sie überlegte, was es sonst noch Gutes über das Ding zu sagen gab. »Es hat kein Ende.«

»Alles hat ein Ende!«, seufzte Sara.

»Wenn etwas kein Ende hätte, gäbe es nichts anderes, kein Schaf auf der ganzen Welt«, sagte Zora, die sich auf ihrem Felsen oft mit solchen Fragen beschäftigte.

Die Schafe sahen sich melancholisch an.

Aber Heide blieb trotzig. »Es sind zwei Zeichen drauf, Zeichen wie in den Büchern. Vielleicht ist es ja kein Ding, sondern eine Geschichte. Und dann ist es ein bisschen wie eine Kette, wie die Kette von Tessy, nur kürzer und ohne Ende, man kann es stundenlang ansehen und sieht kein Ende.«

»Und du hast es stundenlang angestarrt«, blökte Maude. »Deine Nase riecht schon nach dem Menschending. Ich habe es gleich gerochen.«

Heide gestand alles. Sie hatte das Ding kurz nach Georges Tod auf der Weide gefunden und sich von ihm verzaubern lassen. Sie hatte einen Stein daraufgerollt, um es zu beschützen. Erst heute hatte sie es zwischen ihre Lippen genommen und unter dem Dolmen versteckt, während Ritchfield die Schafe zählte. Sie bereute. Sie wollte das Ding nie wieder sehen.

Die Schafe beschlossen, sofort eine Expedition zum Dolmen zu schicken, um das Ding ein für alle Mal aus ihrem Leben zu verbannen. Sie würden es lehren, wo sein Platz war: in der Dingwelt, auf dem Boden, fern von allen anständigen Schafen. Die Expedition war fraglos eine ehrenvolle Angelegenheit. Sie überlegten, wer mitgehen sollte. Cloud hatte plötzlich ihr altes Gelenkleiden, Sara musste ihr Lamm säugen, und Lane bekam einen Niesanfall. Es stellte sich überraschend heraus, dass Mopple nachtblind war.

Alle Schafe hatten Angst, nachts zum Dolmengrab zu gehen, kurz nachdem dort ein tanzender Wolfsgeist gesichtet worden war. Zuletzt bestand die Expedition aus Sir Ritchfield, Othello, Miss Maple, die ganz offensichtlich neugierig auf das Ding war, Maude, der nie rechtzeitig eine Ausrede einfiel, und Zora, die zu stolz war, um sich eine Ausrede auszudenken. Außerdem musste Mopple mit. Es half ihm nichts, dass er im Schuppen gegen einen Pfosten rannte, um die anderen von seiner Nachtblindheit zu überzeugen. Mopple war das Gedächtnisschaf. Mopple musste mit, wenn mit verräterischen Dingen kurzer Prozess gemacht wurde.

99

Draußen erwartete sie eine freundliche, warme Mondnacht. Man konnte vom Schäferwagen bis zu den Klippen sehen, dafür war die Witterung von den würzigen Nachtgerüchen getrübt. Angeführt von Ritchfield trabten sie zum Dolmen. Maude hielt Wache, um eventuell auftauchende Wolfsgeister mit ihrer feinen Nase sofort auszuwittern. Die übrigen Schafe streckten ihre Köpfe unter den Deckstein, Mopple und Zora von der einen Seite, die anderen ihnen gegenüber. Mit ein paar Huftritten hatte Othello die Erde aufgescharrt und das Ding ins Freie befördert. Da sie alle ihre Schatten auf das Grab warfen, sahen sie zuerst gar nichts. Beinahe zugedeckt von den Nachtdüften stieg ein Menschengeruch zu ihnen auf. Schwitzige Hand, Metall und ein scharfer nüsternkitzelnder Geruch, den die Schafe nicht kannten. Maple überredete Mopple, ein paar Schritte zurückzutreten, und als der dicke Widder sich etwas beleidigt zurückzog, fiel ein breiter Streifen Mondlicht auf das Ding.

Sie waren enttäuscht. Insgeheim hatten sie alle doch etwas ziemlich Schönes erwartet (so schön, wie ein Ding eben sein kann), aber was da vor ihnen im Staub lag, war nur eine Art dünne Kette mit einem Metallstück daran. Es hatte wirklich kein Ende, denn es bildete einen Kreis. Das war aber auch schon alles, was es mit seiner Unendlichkeit auf sich hatte. Sie starrten das Menschending verachtungsvoll an.

»Es sind tatsächlich Zeichen drauf«, sagte Sir Ritchfield, dem es peinlich war, dass er sich vorhin verzettelt hatte. Hier konnte er sich durch seine guten Augen wieder Respekt verschaffen.

»Das erste Zeichen ist spitz wie ein Vogelschnabel, der nach oben zeigt«, sagte er, »in der Mitte ist ein Strich. Und das andere Zeichen ist wie ein Bauch auf zwei Beinen. Das bedeutet, dass es für einen Zweibeiner steht. Ich glaube, es ist ein schlechtes Zeichen!« Ritchfield blickte forsch in die Runde.

Mopple wollte das Ding von den Klippen werfen.

Zora wollte es auf keinen Fall von den Klippen werfen. Sie meinte, die Klippen seien zu schade für das Ding.

Maude blökte überrascht, aber niemand beachtete sie.

Sir Ritchfield wollte das Ding vergraben, aber berühren wollte er es nicht.

Maude blökte wieder.

Mopple hätte nichts dagegen gehabt, das Ding zu berühren, aber es vergraben und später vielleicht einmal darüber grasen wollte er nicht.

Miss Maple überraschte sie alle.

»Wir behalten das Ding«, sagte sie. »Es ist ein Indiz. Es ist nach Georges Tod aufgetaucht. Der Mörder könnte es verloren haben. Wie Dung«, fügte sie hinzu, als Sir Ritchfield sie verständnislos anstarrte.

»Es riecht nicht wie Dung«, wandte Mopple ein.

Maude blökte alarmiert.

Maple schüttelte ungeduldig den Kopf. »Es ist mir vorhin im Stall eingefallen. Die Menschen hängen an den Dingen. Die Dinge hängen sich an die Menschen. Wir werden den Mörder finden, wenn wir die Dinge genau beobachten.«

In diesem Moment zwängte sich Maude zu ihnen unter den Dolmen, Sekunden später hetzte ein Lichtstrahl an ihnen vorbei. Drei Menschen waren ihm dicht auf den Fersen. Der Lichtstrahl fand Georges Schäferwagen und huschte die Wände empor. Vermutlich suchte er nach einem Versteck.

»Mach endlich die dämliche Taschenlampe aus«, sagte eine Stimme. »Es ist hell genug, um Weizenkörner zu zählen, und Tom O'Malley bringt eine Taschenlampe mit!« Der Lichtstrahl hatte offensichtlich einen Durchschlupf gefunden und verschwand plötzlich.

»Wenn du weiterhin unsere Namen durch die Gegend posaunst, weiß ich wirklich nicht, warum wir uns diese idiotischen Strümpfe übers Gesicht gezogen haben«, beschwerte sich eine andere Stimme. Die Schafe kannten diese Stimme noch vom Vortag. Harry der Sünder.

Tom O'Malley kicherte. Den Schafen fiel auf, dass er nicht nach Alkohol roch. So hätten sie ihn fast nicht erkannt. »Hey«, sagte er, »hey, nicht so nervös. Wir tun nichts Unrechtes. Wir tun, was getan werden muss – für Glennkill!«

»Für Glennkill«, murmelte Harry.

»Für unseren Arsch«, sagte die Stimme, die sie zuerst gehört hatten. Josh der Dünne. »Entweder wir singen jetzt ›Where Glennkill's Bonnie Hills So Bright‹, oder wir schließen endlich diese verdammte Kiste auf und suchen das Zeug.«

Niemand hatte Lust zu singen. Die Schafe waren erleichtert. Drei Schattengestalten stapften auf die Tür des Schäferwagens zu, zwei rundliche und eine sehr große, dünne. Der Lichtstrahl hatte sie nicht täuschen können. Metall blinkte im Mondlicht, und Schlüssel rasselten. Sie rasselten lange.

»Er passt nicht«, sagte Harry der Sünder.

Der Dünne trat dreimal gegen die Tür. »Fuck George! Das war's dann wohl.« Er drückte seine Nase an den zwei kleinen Glasfenstern des Schäferwagens platt. Er war so groß, dass er sich dafür nicht einmal auf die Zehenspitzen stellen musste.

»Was jetzt?«, fragte Tom.

»Wir brauchen das Gras«, sagte Harry. »Wir brechen die Tür auf.«

»Bist du verrückt?«, sagte Josh. »Das mache ich nicht. Das ist kriminell!«

»Aber Beweismaterial auf die Seite schaffen ist legal, was?«, höhnte Harry. »Wenn sie hier Rauschgift finden, ist es vorbei.

Kein Elfendolmen. Kein Ponyreiten. Kein Keltenkulturzentrum. Keine Whiskeyspezialitäten. Und dein Küstenhotel kannst du dir auch abschminken!«

»Vielleicht gibt es gar kein Rauschgift«, sagte Josh.

»Was sonst? Wie hat sich der alte George denn die ganze Zeit über Wasser gehalten? Mit seinen traurigen paar Schafen? Dass ich nicht lache! Ging es ihm schlecht? Wollte er vielleicht verkaufen? Er hat dir ins Gesicht gelacht, als du ankamst mit deinem Geld. Hat diese Aussicht lieber an seine Schafe verschwendet, und jetzt, wo er endlich tot ist, soll Glennkill als Rauschgiftnest in die Zeitung?«

Den Schafen zitterten vor Empörung die Knie.

»Harry hat Recht, Josh.« Tom schwankte aus Gewohnheit ein bisschen hin und her. »Er hat Touristen mit Mist beworfen, er hat niemanden hierher gelassen und sogar mit einer Pistole herumgeballert, um uns Angst zu machen. Warum, frage ich dich? Er hätte aus dem Land eine Goldgrube machen können. Weil das Land schon eine Goldgrube war, das ist die Antwort. Nachts Boote am Strand, dann das Zeug weiter in den Schäferwagen und am nächsten Tag mit seiner alten Kiste nach drüben.«

Josh schüttelte weiter den Kopf.

Aber Tom hatte sich in Eifer geredet und schrie über die nächtliche Wiese. »Glaubt bloß nicht, dass George ein Unschuldslamm war. Kinder haben ihn abends gesehen – mit einem schwarzen Widder. Pervers! Ich möchte nicht wissen, was wir da drin noch alles finden!«

Weiße Köpfe erschienen an der Tür des Heuschuppens. Jedes Schaf auf der Weide hörte jetzt gespannt zu. Und nicht nur die Schafe. Maude hatte schon längere Zeit unruhig die Luft eingesogen. Die bestrumpften Männer konnte sie von hier aus nicht riechen, die Gerüche der Nacht hatten sich gnädig über den

Nervositätsschweiß der Eindringlinge gelegt. Trotzdem glitt bei jedem Atemzug eine Ahnung von Menschengeruch an ihr vorbei, Verdauung von Gekochtem, kaum wahrgenommen und nur halb bewusst. Sie hatte die Schuld zuerst dem Ding gegeben. Aber das Ding lag am Boden. Der Menschengeruch hingegen sickerte von oben herab.

Sie streckte den Kopf in die Höhe und witterte. Jetzt war sie sich sicher. Jemand lag auf dem Dach des Dolmengrabes.

Ein Meisterjäger, das war Maude sofort klar. Ihr Nacken kribbelte, eine nie gelebte Erinnerung von engen felsigen Schluchten und kauernden Räubern stieg in ihr auf. »Wolf!«, dachte sie. »Wolf!«

Wenn ein Schaf »Wolf« denkt, sollte es eigentlich blöken und rennen, so schnell die Schafsbeine tragen. Aber Maude blieb stehen. Der Feind war zu nah, und jetzt, nachdem sie ihn erkannt hatte, umschloss sie sein Geruch von allen Seiten. Er kam nicht näher, er war schon da. Sie wusste nicht, was zu tun war. Wie hypnotisiert blieb sie stehen und sog weiter hilflos die Luft ein.

Es ist erstaunlich, wie mühelos die Angst von Schaf zu Schaf springen kann. Maude hatte sich nicht bewegt und keinen Laut von sich gegeben. Trotzdem wussten sofort alle fünf Schafe von dem Wolf. Maudes hastige Atemzüge sagten ihnen, wie nah der Feind war, Maudes Geruch war salzig geworden, seine bitteren Untertöne sprachen von Flucht und Hinterhalt. Ihre Herzen galoppierten pochend in alle Himmelsrichtungen. Doch weil Maude sich nicht bewegte, blieben auch die anderen Schafe reglos stehen. Maude war ihr Warnschaf, sie wusste am meisten von der Gefahr. Was sie tat, würden alle Schafe tun.

Maude war sich ihrer Verantwortung bewusst. In ihrer Unfähigkeit zu fliehen, versuchte sie wenigstens, den Jäger auf dem Dach so gut wie möglich auszuwittern: der Geruch von Rauch.

Ein Mensch, so viel war klar. Er hatte vor kurzem Zwiebeln gegessen. Nur dank der Zwiebeln war sie anfangs auf ihn aufmerksam geworden. Maude hörte, wie sich der Magen des Menschen um die verräterischen Zwiebeln zusammenzog.

Am Schäferwagen trat der Dünne wieder gegen die Tür. Es gab ein kleines, ängstliches Geräusch, vielleicht war es der Lichtstrahl, der im Inneren saß und sich fürchtete. Der Mann auf dem Dolmen spannte sich an. In diesem Moment wusste Maude, dass der Mensch nicht sie jagte, sondern die drei Männer am Schäferwagen. Maude verströmte einen Geruch der Erleichterung.

Am Schäferwagen war die interessante Diskussion über George und Othello inzwischen beendet.

»Haben sie den Wagen vielleicht durchsucht?«, fragte Tom. »Nichts haben sie getan, überhaupt nichts. Keine Ermittlungen, keine Fragen. Vertuschen, vergessen und begraben, das ist hier die Devise. Sie stecken alle unter einer Decke, die Polizei und die Rauschgiftmafia. Alle gekauft!« In Toms Stimme klang etwas Enttäuschung darüber mit, dass sich niemand die Mühe gemacht hatte, ihn zu kaufen.

»So!« Der Dünne klang ärgerlich. »Und warum müssen wir dann unbedingt hier einbrechen, wenn sich sowieso niemand für das Zeug interessiert?«

Sie schwiegen. Harry trat halbherzig gegen die Tür. Im Inneren blieb es still. Tom öffnete den Mund und schloss ihn wieder. Er wandte sich von den anderen beiden ab und wollte in Richtung Asphaltstraße davon. Dann erstarrte er.

»Ein Auto!«, fauchte Tom. Die Schafe hatten es schon längst gehört. Ein großes schnurrendes Auto ohne Lichter schlich sich die Asphaltstraße entlang. Es blieb stehen und hörte auf zu schnurren. Die drei Menschen brachen in Panik aus und rannten wie Hühner auseinander. Harry der Sünder schlug ein paar vor-

bildliche Haken, der Dürre hatte seine lange Figur eingeknickt, um besser rennen zu können. Die Schafe staunten. Bisher war ihnen nicht aufgefallen, wie schreckhaft Menschen sein konnten. Sie selbst waren stolz, weil sie trotz des Autos die Nerven behalten hatten. Dann entdeckten alle drei Männer gleichzeitig den Heuschuppen. Sie galoppierten darauf zu, stürzten sich hinein, an den verdutzten Schafen vorbei die Leiter hinauf auf den Heuboden.

Wie Milchtropfen spritzten die Schafe ins Freie, dem Menschen entgegen, der von der Asphaltstraße kam. Aber der Mensch beachtete sie nicht. Er schien sich auch nicht über das chaotische Kreuz-und-Quer verwirrt blökender Schafe zu wundern, das ihn auf der Weide erwartete. Ohne Eile ging er auf den Schäferwagen zu.

Nur sechs Schafe standen regungslos unterm Dolmen. Maude hatte der allgemeinen Katastrophenstimmung widerstanden. Sie blieb weiterhin auf den Wolf über ihren Köpfen konzentriert. Er hatte sich flach gegen den Stein gepresst. Die Zwiebeln in seinem Magen gurgelten wild. Er atmete hastig. Maude verstand, dass auch der Meisterjäger Angst hatte.

Der Mensch am Schäferwagen trat nicht gegen die Tür. Er klopfte. Einmal kurz, zweimal lang, einmal kurz. Wartete. Dann machte er sich fast geräuschlos am Schloss zu schaffen. Das Herz des Meisterjägers klopfte jetzt wie das eines Schafes, wenn es die Kalziumtablette schlucken muss. Aber er bewegte sich nicht. Er *wagte* es nicht, sich zu bewegen. Ein feines, metallisches Klicken zirpte über die Weide wie der Ruf einer Grille. Doch die Tür blieb zu. Schließlich drehte sich der Mensch um und schritt wieder zum Feldweg hinauf.

Ein Motor summte.

Stille.

7

Natürlich passierten in dieser Nacht noch andere Sachen, aber so spektakulär wie die Ereignisse am Schäferwagen waren sie nicht. Der Mann auf dem Dolmen verschwand lautlos, ohne mehr zurückzulassen als etwas Zwiebeldunst. Etwas später tauchten die drei anderen Männer verschüchtert aus dem Heuschuppen auf. Sie versuchten, leise zu sein, und waren laut. Schweigend machten sie sich zurück ins Dorf. Die Tür des Schäferwagens schien ihnen auf einmal egal.

Die Schafe beobachteten diese Vorgänge und blieben noch eine Weile wachsam. Irgendwann kehrte Ruhe ein. Sie standen wie verdutzte blaue Wolken wild über die Wiese verstreut. Othello gab eine schwarzblaue Gewitterwolke ab. Ein Luftzug fächelte behutsam ihre Angst fort. Trotzdem war an Schlaf nicht mehr zu denken. Sie bogen ihre Hälse und begannen zu grasen.

Im Dunkeln ließ es sich erstaunlich gut grasen. Nachtinsekten zirpten ihnen appetitanregend aus dem Gras entgegen, und alles duftete nach feuchten Kräutern. Warum hatten sie sich bisher dieses Vergnügen entgehen lassen? George war schuld. George hatte darauf bestanden, dass sie Nacht für Nacht in diesem langweiligen Heuschuppen zubrachten, während draußen die Welt ein so appetitliches Spektakel abgab. Er war ein schlechter Schä-

fer gewesen. Er hatte von der Kunst des Grasens nicht die geringste Ahnung gehabt.

Wenn jemand etwas vom Grasen verstand, dann waren sie
es. Natürlich gab es unzählige Kontroversen, aber das machte
die Sache nur interessanter. Miss Maple bevorzugte Süßklee und
Blumen, Cloud mochte Gräser mit trockenen, aber würzigen Ris-
pen. Maude war ganz versessen auf ein eher fades Kraut – Mauskraut nannten es die Schafe. Sie war davon überzeugt, dass es gut
für den Geruchssinn war. In Wirklichkeit war es andersherum: Nur
ein Schaf mit hervorragendem Geruchssinn konnte das unschein-
bare Mauskraut aus einem Duftteppich appetitlicher Kräuter
überhaupt herauswittern. Sir Ritchfield fraß vor allem die verlockend aussehenden, großblättrigen Kräuter, und wenn sich darunter der eine oder andere Sauerampfer befand, störte ihn das nicht
weiter. Sara graute es vor Sauerampfer. Lane liebte würzige Boden-
kräuter wie Schafsohr und Süßkraut, Cordelia, die sich nicht gerne
bückte, fraß zuerst die hohen Hafergräser. Mopple fraß alles ohne
Unterschied. Wenn sie nach längerer Abwesenheit wieder auf die
andere Weide kamen, ließ sich allein durch einen Blick auf die frischen Fressspuren ziemlich genau sagen, wer wo geweidet hatte.

Zora genoss das mitternächtliche Grasen im Mondlicht. Es
versetzte sie in eine angenehme Stimmung: angeregt und doch
philosophisch, meditativ und unternehmungslustig zugleich. Die
ideale Stimmung für Geschichten. Zora war das einzige Schaf, das
nicht nur gerne Geschichten hörte, sondern sich auch ab und
zu selbst welche ausdachte. Keine komplizierten Geschichten,
kaum mehr als ein oder zwei Gedanken aneinander gereiht. Es
ging auch nicht so sehr um das, was passierte, sondern darum,
wie man es betrachtete. Die Geschichten sollten Zora helfen zu
verstehen, wie die Welt um das Geschehen herumgaloppierte.
Es ging darum, alles möglichst genau mitzubekommen, jeden

Aspekt, jedes Detail. Zora war davon überzeugt, dass ihre Geschichten eine gute Übung zur Überwindung des Abgrunds waren. Außerdem machten sie ihr Spaß.

Zora erzählte sich eine Mopple-Geschichte. Geschichten mit Mopple the Whale gehörten eindeutig zu ihren Lieblingsgeschichten. »Mopple the Whale will die Kräuter des Abgrunds fressen, aber Mopple the Whale traut sich nicht«, dachte Zora. Es ist nicht ganz einfach, sich auf eine Geschichte zu konzentrieren, in der nur klar ist, was *nicht* passiert. Doch Zora hatte Übung. Mopple stand direkt an den Klippen, nur wenige Meter von Zoras Felsvorsprung. Natürlich tat er so, als würde ihn nur die Aussicht interessieren. Der Wind wehte vom Land, so dass Zora Mopples angenehmen Geruch wittern konnte. Zora konzentrierte sich auf den Wind: ein starker Wind, der sich in Mopples Wolle verfing und dort weiße Flammen zittern ließ, ihn mit sanften Fingern auf die Klippen zuschob und ihn nervös machte. Das Wetter war natürlich schön. Über das Wetter machte sich Zora nie länger Gedanken, denn sie fand jedes Wetter schön. Die Möwen schrien (natürlich, denn die Möwenschreie gehörten zum Abgrund wie Wind und Wasser). Es wurde langsam Abend. George saß auf den Stufen des Schäferwagens und rauchte Pfeife. Unbemerkt von ihm wanderten am Strand zwei Touristen vorbei, ächzend unter riesigen Rucksäcken. Einer von ihnen sah Zora auf ihrem Felsen und zeigte sie dem anderen. Die Touristen freuten sich. Mopple tat so, als fände er Rucksackträger auf einmal interessant, und trat noch einen winzigen Schritt auf den Abgrund zu. Der Rest der Herde graste in einiger Entfernung. Dann hörte Othello auf zu grasen. Er beobachtete Mopple, sichtlich amüsiert. »Othello ist schlau«, dachte die Zora in der Geschichte, »vielleicht nicht so klug wie Miss Maple, aber schlau. Othello ist sehr aufmerksam!« Das war Zoras Gedanke in der Geschichte. Was Othello dachte, konnte sie nicht entscheiden. Im Hintergrund grasten Lane und Cordelia. Und hinter Lane, weit im Hintergrund stand... Zora traute ihren Augen nicht. Dort, wo die Weide an die Asphaltstraße grenzte, stand der Metzger und roch nach nichts. In seinem Gesicht saß nur ein einziges Auge, mitten auf der Stirn, und dieses Auge war unerbittlich auf Mopple the Whale gerichtet.

Zora schüttelte den Kopf. Das war nicht die Art von Geschichte, die ein Schaf der Überwindung des Abgrunds näherbrachte. Was hatte der Metzger in ihrer kleinen, klaren Geschichte verloren?

Sie blickte auf und merkte, dass sie gerade zur rechten Zeit wieder aus ihren Gedanken aufgetaucht war. Sie stand am Rande von *George's Place*. Höchste Zeit, eine andere Richtung einzuschlagen. Zora betrachtete *George's Place* kritisch. Es kam ihr vor, als sei er kleiner geworden.

Gerade, als sie sich umdrehen wollte, bemerkte sie in der Dunkelheit ein Schaf, das auf der anderen Seite von *George's Place* stand und sie ansah. Normalerweise hätte Zora nicht weiter darauf geachtet. Beim Grasen war sie konsequent: Konzentration auf das Wichtige, sich nicht von jeder Kleinigkeit ablenken lassen. Aber irgendetwas an diesem Schaf kam ihr seltsam vor. Vielleicht sogar ein wenig bedrohlich. Zora hob witternd den Kopf, aber der Wind hatte gedreht und verriet ihr nichts. Sie sah genauer hin. Gewundene Hörner. Sir Ritchfield. Zora war erleichtert. Einen Augenblick lang hatte sie befürchtet... sie wusste nicht, was sie befürchtet hatte. Sie blökte freundlich zu Sir Ritchfield hinüber. Aber Ritchfield antwortete nicht. Zora erinnerte sich daran, wie schwerhörig Ritchfield in letzter Zeit geworden war, und blökte lauter.

Ritchfield drehte den Kopf und sah zum Dolmen hinüber.

»Er ist weg, was?«, flüsterte er. Zora war überrascht, wie sanft

Ritchfields Stimme klingen konnte, wenn er flüsterte. Normalerweise schnaubte und brüllte er, und je älter er wurde, desto schlimmer wurde es. Zora überlegte, wen er gemeint haben konnte. Den Meisterjäger? George? Auf einmal war sie sich sicher, dass er George gemeint haben musste.

»Er kommt nicht wieder, was?«, insistierte Ritchfield.

»Nein«, sagte Zora. »Er kommt nicht wieder.« Ihr war kalt in der Mondnacht. Sie wünschte sich nichts sehnlicher, als wieder im Heuschuppen zu sein, dicht zusammengedrängt mit vielen anderen Schafen.

»Und Ritchfield, der Narr, hat zugesehen«, sagte Ritchfield beinahe fröhlich. Zora starrte zu ihm hinüber. Sie hatte plötzlich das Gefühl, in einen Abgrund zu blicken, tiefer und wilder als der an den Klippen. Sie schloss kurz die Augen, um sich zu sammeln. Als sie sie wieder öffnete, war Ritchfield von seinem Platz verschwunden. Zora spähte umher. Zum Grasen hatte sie jetzt keine Lust mehr. Sie sah Ritchfield bei dem Dolmen wieder auftauchen und trabte hinter ihm her. Es war Zoras Natur, die Abgründe dieser Welt zu erkunden.

»Was meinst du mit ›zugesehen‹?«, flüsterte sie Ritchfield zu. Der sah sie erstaunt an.

»Was?«, blökte er.

»Was meinst du mit ›zugesehen‹?«, raunte Zora etwas lauter.

»Lauter!«, blökte Ritchfield.

Zora schüttelte den Kopf und trabte nachdenklich zu ihrem Felsen.

*

Wenig später kam Miss Maple beim Grasen ebenfalls an *George's Place* vorbei. Seit er verboten war, zog *George's Place* die Schafe auf eine geheimnisvolle Art an. Maple blickte auf und wollte gerade umdrehen, als sie etwas Ungeheuerliches sah.

»Mopple!«, schnaubte sie.

Mitten durch *George's Place* führte eine frische Fressspur, breit und schamlos. Auf den zweiten Blick sah Maple, dass sie Mopple Unrecht getan hatte. Denn nicht alle Kräuter waren abgefressen. Mitten in der Verwüstung standen hoch, schlank und süß duftend einige Nasenwohlblumen. Sie kitzelten beim Fressen angenehm in der Nase und gehörten zu den beliebtesten Kräutern überhaupt. Undenkbar, dass Mopple sie verschont hätte.

Maple überlegte, welches Schaf der Herde keine Nasenwohlblumen mochte. Es fiel ihr niemand ein. Doch, halt, einmal war es ihr schon aufgefallen. Sie versuchte, sich besser zu erinnern. Ohne Erfolg. Sie ärgerte sich, dass sie nicht Mopples Gedächtnis hatte. Wenn ein Schaf absichtlich auf *George's Place* gegrast hatte, war das eine ernste Sache. Es musste bedeuten, dass es nicht gerne an George zurückdachte. Es war wie eine Beleidigung.

Miss Maple spähte umher. Nichts Auffälliges. Die meisten Schafe rupften noch rhythmisch über den Boden, nur einige wenige hatten ihre Köpfe gehoben. Miss Maple hatte keinen Hunger mehr. Das ungewohnte Futter zu nächtlicher Zeit lag ihr komisch im Magen. Sie beschloss, sich noch genauer mit der Aufklärung des Mordes zu befassen. Aber zuerst gab es einige praktische Sachen zu erledigen. Sie trabte zum Dolmen.

Kurze Zeit später sahen die Schafe sie zum Heuschuppen gehen, das Ding im Maul. Sie sah zufrieden aus und ein bisschen übermütig.

»Was tust du da?«, fragte Cloud.

»Es wird langsam Zeit, darüber nachzudenken, was wir tun, wenn wir den Mörder gefunden haben«, sagte Miss Maple.

Sie lief weiter. Cloud folgte ihr bis zum Eingang des Heuschuppens. Dort blieb sie stehen. Maple verschwand im Dunkel. Als Miss Maple ohne das Ding wieder aus dem Heuschuppen kam, sah sie noch zufriedener aus. Ihre Augen glitzerten.

»Das hätten wir!«, sagte sie.

Die anderen Schafe schienen nicht besonders glücklich.

»Sie hat mein Ding!«, blökte Heide.

»Schlecht!«, sagte Willow, das zweitschweigsamste Schaf der Herde, in einem ungewöhnlichen Anfall von Gesprächigkeit.

Maple musterte ihre Herde. Alle Schafe sahen jetzt zu ihr herüber, und nur die wenigsten schienen freundlich gestimmt. Cloud sah schuldbewusst aus, Heide eifersüchtig, Maude besorgt, Ritchfield streng. Nur Mopple hatte nicht aufgehört zu grasen, und während er sich gedankenlos an ihnen vorbeifraß, strahlte er mehr wollige Freundlichkeit aus als der Rest der Herde zusammen.

Miss Maple seufzte. »Ich will das Ding nicht für mich. Es ist für die Menschen. Habt ihr euch schon einmal überlegt, was passiert, wenn wir den Mörder gefunden haben? Glaubt ihr, der Blitz erschlägt ihn? Wir brauchen Beweise!«

»Das ist kein Beweis«, blökte Maude. »Das ist ein Ding.«

»Aber vielleicht könnte es ein Beweis werden«, sagte Maple ungeduldig. Sie hatte selbst nur eine sehr vage Vorstellung davon, welche Rolle Dinge bei der Überführung des Mörders spielen konnten.

»Wir werden den Mörder nicht finden!«, seufzte Lane.

»Es genügt vollkommen, zu wissen, dass George an dem Spaten gestorben ist«, sagte Sir Ritchfield beschwichtigend.

»Genau!«, blökte Maude. Die Sache mit dem Spaten war ohnehin das Einzige an der Mordgeschichte, das sie wirklich verstanden hatte.

»Genau!«, blökten die anderen Schafe.

113

»Schluss mit den Ermittlungen!«

»Schluss mit dem Nachdenken!«

Miss Maple sah ihre Herde verständnislos an. »Aber es gibt so viele Fragen«, sagte sie. »Ihr habt sie selbst gesammelt – einige davon. Wo ist Tess? Wer ist der Wolfsgeist? Was hat Gott auf der Weide gesucht? Was ist mit Lilly und Kate? Warum war Ham hier? Was hat George mit Rauschgift zu tun? Was ist Rauschgift überhaupt? Wer ist der Meisterjäger? Warum war er hier? Ein Meisterjäger war auf unserer Weide, und ihr wollt nicht einmal wissen, wieso?«

»Genau!«, blökte Maude. »Hauptsache er kommt nicht wieder.« Einige Schafe blökten zustimmend. »Und wenn, werde ich ihn wieder wittern!«, fügte Maude nicht ohne Stolz hinzu.

Mopple graste wieder an ihnen vorbei, strahlend vor Zufriedenheit, ein lebender Beweis dafür, dass irdische Glückseligkeit existierte und mit einfachen Mitteln zu erreichen war. Die anderen Schafe sahen ihm ein wenig neidisch nach.

»Siehst du«, sagte Sir Ritchfield, »so sollten Schafe den Tag verbringen. Mit Grasen! Nicht mit Fragen! Wir können die Antworten doch nicht finden. Das war der Grund, warum George den Krimi weggeworfen hat. Er hat verstanden, dass man nicht alles herausfinden kann. Du solltest es auch verstehen, Maple!«

Miss Maple scharrte ungeduldig mit dem Huf Gras und Erde auf. »Aber es ist doch passiert«, sagte sie störrisch. »Es gibt ein Ende. Wenn George den Krimi fertig gelesen hätte, hätten wir es gewusst. Und ich will es wissen. Und ihr wollt es auch wissen. Ich weiß, dass ihr neugierig seid. Ihr wollt nur eure Schafsköpfe nicht anstrengen!«

»Es ist zu viel für uns«, sagte Cordelia betreten. »So viele Menschensachen, die wir nicht verstehen können. Und es gibt niemanden mehr, der uns die Worte erklärt.«

Die anderen sagten nichts. Manche beobachteten das Gras vor ihren Hufen, als wollten sie ihm beim Wachsen zusehen. Andere hielten nach nächtlichen Wolkenschafen Ausschau.

»Wir sollten es einfach vergessen«, sagte Cloud leise. »Es wird einfacher sein, wenn wir alles vergessen haben.« Wieder gab es zustimmendes Blöken. Vergessen war ein altbewährtes Rezept gegen Schafskummer. Je seltsamer und verstörender ein Erlebnis war, desto schneller sollte man es wieder vergessen. Warum waren sie bisher nicht auf diese Idee gekommen?

Maple sah sie ungläubig an.

»Aber wenn wir alles vergessen, gibt es keine Geschichten mehr«, sagte sie. »Es ist wie eine Geschichte, versteht ihr?«

Niemand antwortete.

»Ihr wollt nicht!«, sagte sie fassungslos.

Die anderen sahen sie beleidigt an.

»Wir wollen sehr wohl«, erklärte Cloud würdevoll. »Nur nicht dasselbe wie du.«

»Doch«, sagte Maple. »Ihr wisst es nur nicht! Es ist ganz einfach. Da draußen ist ein Wolf. Wir wissen nur nicht, wer es ist. Wie sollen wir uns vor ihm hüten, wenn wir ihn nicht erkennen können? Wir haben nicht einmal einen Schäfer, der auf uns aufpassen kann. Jemand hat unseren Schäfer gerissen, und ihr glaubt noch immer, dass die Welt in Ordnung ist!«

Noch nie hatten sie Miss Maple so wütend gesehen. Wenn sie recht darüber nachdachten, hatten sie Miss Maple überhaupt noch nie wütend gesehen.

»Ihr würdet es noch nicht einmal merken, wenn der Wolf sich in die Herde schleichen würde. Erinnert ihr euch an die Geschichte vom Wolf im Schafspelz?«

Es war die gruseligste Geschichte, die sie je von George gehört hatten. Sie jetzt mitten in der Nacht zu erwähnen, war unfair.

»Entweder ihr findet den Wolf, oder er findet euch. So einfach ist das! Alle Geschichten haben ein Ende! Es nützt nichts, das Buch in der Mitte wegzuwerfen, nur weil man etwas nicht versteht!« Maple schnaubte. »Wenn ihr es nicht herausfinden wollt, werde ich es eben alleine herausfinden!«

Cloud, die Meinungsverschiedenheiten schlecht vertragen konnte, sah sie mit feuchten Augen an. »Wir brauchen einen Schäfer«, flüsterte sie.

Aber Maple beachtete sie nicht. Sie schlackerte verächtlich mit dem Schwanz. Dann trabte sie los, unter den Krähenbaum, möglichst weit weg von den anderen Schafen. Dort starrte sie tiefsinnig ins Dunkel.

»Gerechtigkeit!«, blökte sie.

Nur Othello antwortete ihr.

»Gerechtigkeit!«, blökte er zurück.

Die anderen Schafe sahen sich betreten an. Dann begannen sie wieder zu grasen. Nur so. Aus Trotz. Sie wollten Miss Maple beweisen, wie wunderbar das einfache, unreflektierte Schafsleben sein konnte. Nur Othello blökte noch immer gedankenverloren vor sich hin. »Gerechtigkeit!«, blökte er leise. »Gerechtigkeit!«

»Was ist Gerechtigkeit?«

Plötzlich stand das Winterlamm vor Othello, mit seinem kleinen struppigen Körper, dem etwas zu groß geratenen Kopf und Augen, die funkelten.

»Was ist Gerechtigkeit?«

Othello überlegte. Eigentlich war es klüger, sich nicht mit dem Winterlamm einzulassen. Wenn es den Mund aufmachte, dann meist nur, um Unheil zu stiften.

»Was ist Gerechtigkeit?«

Und trotzdem. Manchmal mochte Othello das Winterlamm. Es war genau die Art Schaf, die den grausamen Clown beim

Zirkus aus dem Konzept gebracht hätte. Othello beschloss, das Risiko einzugehen.

»Gerechtigkeit ... «, sagte Othello. Die Augen des Lamms wurden groß. Noch nie hatte der Schwarze mit ihm gesprochen.

»Gerechtigkeit«, wiederholte der Widder. Was war Gerechtigkeit? Im Zoo waren von Zeit zu Zeit einige Schafe aus dem Gehege geholt worden. Für die Raubtiere, obwohl davon niemand sprach. Nicht die schwächsten, nicht die dümmsten. Irgendwelche. Das war nicht gerecht gewesen. Und dann hatte Lucifer Smithley Othello für seine Messerwerfernummer gekauft. Weil er genau der war, der er war, schwarz und gefährlich aussehend mit seinen vier Hörnern. Weil man das Blut im schwarzen Fell nicht sehen konnte, wenn Lucifer einmal nicht so teuflisch sicher traf, wie das Plakat ankündigte. Das war auch nicht gerecht gewesen. Dann hatte Smithley der Schlag getroffen. Das war gerecht gewesen, aber nun kam Othello zu dem grausamen Clown und seinen Tieren und musste in der Manege dumme Kunststücke aufführen. Nicht gerecht! Dann war Othello wütend geworden, und der miese Hund des Clowns hatte das nicht überlebt. *Das* war gerecht gewesen, aber der Clown hatte Othello an den Schlachter verkauft. Ungerecht! Und der Schlachter brachte ihn zu den Hundekämpfen. Ungerecht! Ungerecht! Ungerecht!

Othello schnaubte, und das Winterlamm sah ihn misstrauisch von unten an. *Denke an die Schleimspur der Schnecke im Gras, denke an die Zeit, die auf dich wartet*, mahnte die Stimme.

Der Widder nahm sich zusammen.

»Gerechtigkeit ist, wenn man traben kann, wo man will, und grasen, wo man will. Wenn man seinen Weg gehen kann. Wenn man um seinen Weg kämpfen darf. Wenn niemand einem den Weg stiehlt. Das ist Gerechtigkeit!« Auf einmal war sich Othello seiner Sache sehr sicher.

117

Das Winterlamm legte seinen zu groß geratenen Kopf schief. Um seine Nüstern spielte etwas, das Spott oder Ehrfurcht sein konnte.

»Und George haben sie den Weg gestohlen?«, fragte es.

Othello nickte. »Den Weg nach Europa.«

»Aber vielleicht wollte George jemand anderem den Weg wegnehmen, und sie haben gekämpft. Das wäre gerecht!«

Othello war überrascht, wie gut ihn das Winterlamm verstanden hatte. Er überlegte.

»George hätte nie jemandem den Weg gestohlen«, sagte er dann.

»Aber vielleicht doch«, sagte das Winterlamm. »Vielleicht konnte er nicht anders. Manchmal muss man stehlen, weil niemand freiwillig etwas hergibt. Wer ist schuld, dass niemand freiwillig etwas hergibt?«

»Gott!«, sagte Othello, ohne auch nur einen Moment nachzudenken.

»Der Langnasige?«, fragte das Winterlamm. »Wieso?«

Doch Othello war zurückgetrabt in die Vergangenheit und hörte es nicht. Othello sah durch Zäune und immer neue Zäune. Und dann: Schneeflocken. Othellos erster Schnee. Aber statt zu staunen musste er hinter dem Clown hertraben und versuchen, ihm ein Tuch aus der Tasche zu stehlen. Dann stolperte der Clown. Einfach so. Niemand konnte etwas dafür. Die Kinder in ihren warmen Mützen und Jacken lachten. Othello wusste, was der Clown davon hielt, ausgelacht zu werden.

Der Tritt, den ihm der Clown verpasste, als er endlich wieder auf die Beine kam, war nicht gespielt.

»Warum muss das Schaf an Weihnachten arbeiten?«, fragte eine Kinderstimme. »Es ist nicht gerecht!«

Eine Frau lachte. »Natürlich ist es gerecht. Gott hat die Tiere dazu bestimmt, den Menschen zu dienen. So ist das.«

Othello schnaubte wütend. So war das! Neben ihm schnaubte das Winterlamm, eine spöttische kleine Imitation seiner eigenen Wut. Dann keilte es frech aus und hoppelte in Bocksprüngen über die Weide davon. Othello sah sich um.

Der Horizont war rosig geworden wie die Schnauze eines Märzlamms. Auf einmal entdeckte Othello in Richtung des Dorfs die schwarze Silhouette eines Schafs gegen den Horizont. Er erstarrte. Ein paar Augenblicke später zeichneten sich noch andere Schafe vor dem Morgenhimmel ab. Und zwischen den Schafen ging hoch und klar eine schlapphütige Gestalt. Gabriel der Schäfer trieb seine Herde auf ihre Weide zu.

8

*E*in weißer Schmetterling, ein Milchtänzer, ein Stück Windseide tauchte auf. Seide wurde aus Raupen gemacht, kriecherischen Erdenwürmern in riesigen Herden. Man kochte sie und stahl ihre Haut, und Schafe wurden geschoren. Man kümmerte sich nicht darum, ob man Würmersaft oder Wolle auf die eigene nackte Haut zog, solange es nur weiß war, solange es nur wärmte. Alle wollten sie weiß wie die Lämmer sein und konnten es doch nicht ertragen und färbten und stanken. Doch die Nacktheit blieb, das war das Geheimnis, das nackte Geheimnis. Nackt vor den Dingen stehen die Menschen da, ausgeliefert den Dingen, verraten von den Dingen und die Dinge verratend.

Was war es diesmal gewesen? Ein Spaten, nicht wahr? Ein Spaten! Die Erinnerung schüttelte ihn. Vor Lachen. Trotzdem kroch eine klingende Traurigkeit an seinem linken Hinterhuf hinauf.

Es war ein schöner Tag, und er versank im Grün. Der weiße Flatterfetzen über ihm hatte keine Chance gegen das Grün. Es duftete über ihn her, es wehte um ihn hin, und der Luftsänger versank willig. Grün breitete sich bis zum Horizont und bis zum Himmel. Grün war der Gesang der Unvernunft. Wachsen, immer nur wachsen ohne Sinn und Verstand, und alle Kreaturen dazu anstiften, es ihm gleichzutun. Und sie taten es ihm gleich. Grün war das schönste Gebot der Welt.

Sachte, fast ohne dass er es bemerkt hätte, war plötzlich eine andere

Stimme am Horizont aufgetaucht: *Das kleine Rot sang sich durch die Raserei der Welt, eine wandernde Mohnblume, ein heißer Atemzug stapfte die Landstraße entlang, überlegt, entschlossen. Nur ein Narr hätte das kleine Rot ignoriert. Er richtete sich schnaufend auf und spähte durch das hohe Gras. Die Krähe auf seinem Rücken flatterte auf.*

Eine Frau kam die Landstraße herab. Ihr Gesicht war von einem Strohhut verdeckt, mit sehr breiter Krempe, die einen scharfen Schatten bis zum Hals warf, aber es musste eine junge Frau sein. Sie trug einen Koffer in der Hand, und sie trug ihn mühelos. Nur eine sehr junge Frau hätte es gewagt, ein so rotes Kleid zu tragen, herzblutrot von den Schultern bis zu den Waden. Ein frischer, kräftiger Geruch trabte ihr voran, gedunkelt von Erde und gesundem Schweiß. Ein Geruch zum Verlieben.

Die junge Frau blieb stehen. Mitten auf der Straße stellte sie ihren Koffer ab. Das war nicht klug. Aus dem grünen Nirgendwo konnte plötzlich ein Auto kommen und ihr Kleid auf den Asphalt gießen. Er selbst ging bei Straßen kein Risiko ein. Wegewüsten, Klangverschlucker. Der Frau schien das keine Sorgen zu machen. Aber natürlich war sie groß und ragte über das Grün hinaus. Vernunft und Feuer. Das Gras würde sich ihr beugen. Um ihr rechtes Handgelenk war ein Tuch gewunden. Sie fuhr sich damit über ihre Wangen. Dann blickte sie zum Himmel, und er konnte ihr Gesicht sehen. Nur einen Moment lang, dann stürzte sich der scharfe Schatten wieder über Augen und Nase Richtung Rot. Sie bückte sich und holte etwas aus ihrem Koffer. Eine Straßenkarte. Eine Fremde also, keine Heimkehrerin. Oder konnte man in die Fremde heimkehren? Konnte man überhaupt heimkehren? Sie gehörte hierher, als Herrin über das Grün, so viel war klar. Aber was würden die Bleichen sagen? Die Bleichen, die im Dorf saßen und Erinnerungen zerhackten?

Sie fluchte. Sehr hübsch fluchte sie, wie ein Viehtreiber. Dann lachte sie. Ein seltsamer Laut war das Lachen. Durchdringend wie ein Meckern und für niemanden bestimmt. Ein unnatürlicher Laut.

Die Frau hatte ihren Koffer wieder angehoben, schwungvoll, so dass

121

man wissen konnte, dass sie ihn nicht aus Ermüdung, sondern aus Über-
legung abgestellt hatte. Eine überlegte Frau. Sie verließ die Straße, über-
raschend.

Fast hätte sie ihn dadurch im hohen Gras ertappt. Den Asphalt zu
verlassen ohne Wimpernzittern und Augendrehen! Die meisten Men-
schen zögern, bevor sie ihre Wege verlassen. Misstrauisch sind sie und
zartpfotig, als wäre der Boden voller Stolperlöcher, und ihre ersten Schritte
sind wie im Schlamm. Die Frau hatte den Weg verlassen wie ein Schaf:
entschlossen, treu der Nase nach. Sie folgte ihrer Nase auch jetzt, als sie
klug wie ein Schaf auf das Dorf zusteuerte. Sie hatte sich nicht von der
Straße irremachen lassen, sie war eine kluge Frau. Sie würde die Bleichen
tanzen lassen, so viel war klar, immer im Kreis die Spaten schwingend.
Darauf durfte man sich freuen.

*

Die Schafe waren sich immer sicher gewesen, dass Gabriel ein ausgezeichneter Schäfer sein musste. Allein schon seine Kleidung.
Gabriel trug winters wie sommers einen Umhang aus ungefärbter
Schafwolle. Einige behaupteten sogar: aus ungewaschener Schafwolle. Geruchlich war Gabriel einem Schaf so ähnlich, wie ein
Mensch einem Schaf nur ähnlich sein kann. Besonders bei feuch-
tem Wetter.

Und Gabriel verstand es, einem Schaf Komplimente zu machen. Nicht mit Worten, wie George manchmal (viel zu selten),
sondern einfach, indem er es ansah mit seinen blauen Augen,
ohne ein einziges Mal zu blinzeln. So etwas kraulte einem Schaf
die Seele und machte ihm die Knie weich.

Die Schafe knüpften an Gabriels Schäferei große Erwartun-
gen.

Bisher war allerdings noch nicht viel passiert. Gabriels Hunde hatten sie kurz zusammengetrieben, und Gabriel hatte sie gezählt. Alles ohne einen einzigen Laut. Gabriels Hunde bellten nicht. Nie. Sie starrten die Schafe nur an. Das reichte, um ihnen kalte Wolfsfurcht über die Hufe ins Rückgrat zu jagen.

Hinterher kam es ihnen so vor, als wären sie überhaupt nicht gehütet worden. Ein kurzer Moment des Unbehagens, und schon hatten sie sich wie von Geisterhand vor Gabriel zusammengeballt. Ein kurzer Wink mit der Hand, und die Hunde verschwanden.

Gabriel stand vor dem Schäferwagen, regungslos und lautlos wie der Dolmen. Er sah sie mit seinen blauen Augen an, jedes Einzelne, eines nach dem anderen, so als wolle er etwas über sie herausfinden. Bei jedem Schaf nickte er einmal, fast unmerklich, mit dem Kopf.

Die meisten Schafe waren sich sicher, dass es ein anerkennendes Nicken gewesen war. Gabriel hatte sie geprüft und für gut befunden. Es war aufregend. Sie waren ein bisschen stolz – so lange, bis Othello die gute Stimmung zunichte machte.

»Er hat uns gezählt«, schnaubte er gereizt, »nur gezählt. Sonst nichts.«

Othello hatte sich nicht wie der Rest seiner Herde über den neuen Schäfer gefreut. Er hielt sich abseits und dachte dunkle Gedanken.

Ein Bändiger. In Othellos Augen funkelte eine alte Wut. Er hatte es sofort erkannt: dieselben sparsamen Gesten, dieselbe Langeweile in den Augen. Dieselbe Tücke hinter trügerischer Freundlichkeit. Auch der grausame Clown war ein Bändiger gewesen, mit Zucker und Hunger und schleichender Qual. Er hatte in Othello eine Wut großgezogen, und Othello war überrascht, diese Wut nach all der Zeit noch so neu und unversehrt in sich vorzufinden.

123

Aber er würde der Wut nicht so einfach nachgeben. Jetzt nicht mehr. Er dachte an den Tag, an dem er gelernt hatte, seiner Wut Geduld gegenüberzustellen.

Es war der Tag, an dem der Clown die Tür des Stalls nicht sofort zuschloss. Stattdessen beugte er sich über die Requisiten-kiste und drehte Othello das Hinterteil zu. Othello steckte hung-rig seine Nase ins Heu, aber seine Augen verließen das Hinter-teil des Clowns keinen Augenblick.

Er vergaß das Heu.

Er senkte die Hörner.

In diesem Moment hörte er zum ersten Mal die Stimme. Eine seltsam dunkle, sanfte Stimme, in der sich viele Dinge versteckt hielten.

»Vorsicht, Schwarzer«, sagte die Stimme hinter ihm, »deine Wut hat schon die Hörner gesenkt, rot vor den Augen, und wenn du nicht aufpasst, galoppiert sie dir davon.«

Othello drehte sich nicht einmal um. »Na und«, schnaubte er. »Na und? Warum nicht? Er verdient es.«

Draußen am Fenster flatterte eine Krähe.

»Du verdienst es nicht«, spottete die Stimme. »Was glaubst du, gegen wen deine Wut anrennt? Doch nicht gegen ihn, den Ängsteweider, den Furchttreiber. Gegen dich läuft deine Wut – so eine schimmernde Wut –, und du wirst ihr nicht standhalten, wenn sie erst einmal losrennt.«

Othello schnaubte nur.

Hielt seine Hörner gesenkt, die Augen auf den Clown ge-richtet.

Aber er rannte nicht los.

»Na und«, schnaubte er nochmals.

Die Stimme schwieg.

Othello drehte sich um. Hinter ihm stand ein grauer Widder

mit gewaltigen Hörnern. Ein Widder in den besten Jahren. Ein Leitwidder, Muskeln, Sehnen und Anmut unter zottigem Fell. Seine bernsteinfarbenen Augen funkelten in der Dunkelheit des Stalls mit einem koboldischen Licht. Othello sah verlegen zur Seite.

Der Clown tauchte wieder aus der Requisitenkiste auf, knallte die Stalltür zu und verschwand. Othello drehte sich vor Enttäuschung die Welt unter den Füßen. Plötzlich war der fremde Widder neben ihm und stupste ihn mit der Nase. Er roch seltsam, nach vielen Dingen, die Othello nicht verstehen konnte.

»Ach was«, raunte der Graue ihm ins Ohr, »der Kopf wie ein Tropfen am Zweig, wieso? Wäre deine Wut losgaloppiert, hätte er dich gekannt, über die Hörner in die Augen ins Herz. So weiß er nichts. Dein Vorteil. Alles, was er nicht weiß, ist dein Vorteil. *Schwachpunkte finden.* Das alte Spiel.« Auf einmal sah der Widder amüsiert aus.

Othello zuckte mit den Ohren, um die vielen Worte zu vertreiben, die ihn plötzlich im Dunkeln umschwirrten. Aber der Graue ließ ihm keine Zeit zum Luftholen.

»Vergiss die Wut«, sagte der Widder jetzt. »Denke an die Schleimspur der Schnecke im Gras, denke an die Zeit, die auf dich wartet.«

»Ich bin aber wütend!«, sagte Othello, um nur irgendetwas zu sagen.

»Kämpfe!«, sagte der Widder.

»Wie kann ich kämpfen, wenn er mich immer einsperrt?«, schnaubte Othello. Jetzt, wo die Sache begann, ihn zu interessieren, war der Graue auf einmal einsilbig wie ein schlecht gelauntes Mutterschaf. »Es hilft ja doch nichts!«

»*Denken hilft!*«, sagte der Widder.

125

»Ich denke«, sagte Othello. »Ich denke Tag und Nacht.« Es war nicht ganz wahr, denn nachts schlief er meistens erschöpft in einer Ecke des Stalls. Aber er wollte dem fremden Widder imponieren.

»Dann denkst du an das Falsche!«, sagte der Widder wenig beeindruckt. Othello schwieg.

»An was denkst du?«, fragte der Graue.

»Heu«, gab Othello kleinlaut zu.

Wie erwartet schüttelte der Widder missbilligend den Kopf. »Denke an den Schimmer im Maulwurfsfell, denke an den Ton, den der Wind im Gebüsch macht, und das Gefühl im Bauch, wenn du einen Hang hinuntertrabst. Denke daran, wie der Weg riecht, der vor dir liegt, denke an die Freiheit, die der Wind dir entgegenweht. Aber denke nie wieder an Heu.«

Othello sah den Grauen an. Sein Magen fühlte sich merkwürdig an, aber nicht vom Hunger.

»Wenn du es einfach haben willst«, sagte der Graue, »denke an mich!«

*

Othello dachte an den Grauen, und die Wut trollte sich zurück in seine vier Hörner, wo sie hingehörte. Er schüttelte den Kopf, um die alten Gedanken zu verscheuchen. Die Schafe seiner Herde sahen ihn noch immer erstaunt an.

»Er hat uns gezählt«, wiederholte er mürrisch. »Nur gezählt.«

Jetzt, wo Othello es sagte, kam es ihnen auch so vor. Sie waren enttäuscht. Aber ihre Laune wurde schnell wieder besser. Wenn bei Gabriel sogar das Gezählt-Werden so freundlich und geheimnisvoll war, konnte man sich denken, wie spannend die wirklich wichtigen Dinge wie das Futterraufe-Füllen, das Stroh-Ausstreuen oder das Rüben-Füttern ausfallen würden. Oder das Vorlesen. Die Schafe waren sehr gespannt darauf, was Gabriel ihnen vorlesen würde.

»Gedichte«, seufzte Cordelia. Sie wussten nicht genau, was Gedichte waren, aber sie mussten etwas sehr Schönes sein, denn Pamela in den Romanen bekam manchmal im Mondenschein Gedichte vorgelesen, von Männern; und George, der nie ein gutes Wort über Pamela verlor, hörte dann auf zu schimpfen und seufzte.

»Oder etwas über Klee«, sagte Mopple hoffnungsvoll.

»Über das Meer, den Himmel und die Furchtlosigkeit«, sagte Zora.

»Jedenfalls nichts über Schafskrankheiten«, sagte Heide. »Was meinst du, Othello?«

Othello schwieg.

»Er wird laut vorlesen, laut und deutlich, wie es sich gehört«, sagte Sir Ritchfield.

»Er wird uns viele neue Wörter erklären«, sagte Cordelia.

Sie wurden immer neugieriger. Was in aller Welt würde Gabriel ihnen vorlesen? Sie konnten die Nachmittagsstunden kaum noch erwarten.

»Warum fragen wir nicht sie?«, fragte Cloud. »Sie« waren die anderen Schafe, Gabriels eigene Herde. Gabriels Hunde hatten sie am Rande der Weide zusammengetrieben, und Gabriel war gerade damit beschäftigt, einen Drahtzaun um sie herumzubauen. Georges Schafe wussten nicht so recht, was sie davon halten sollten. Ihre Weide wurde dadurch jedenfalls um ein beträchtliches Stück kleiner.

»Ausgerechnet dort, wo das Mauskraut wächst«, murrte Maude. Die anderen waren nicht wegen des Mauskrauts böse. Ihnen ging es ums Prinzip.

Andererseits waren sie froh, dass Gabriels Schafe nicht einfach so zwischen ihnen herumlaufen würden. Sie kamen ihnen ein bisschen unheimlich vor. Kurzbeinig und langrumpfig, mit langen humorlosen Nasen, rastlosen Augen und einer merkwürdig bleichen Färbung. Sie rochen auch unangenehm. Nicht ungesund, aber nervös und stumpf. Das Seltsamste an ihnen war, dass sie praktisch keine Wolle hatten, nur einen krausen, dichten Flaum auf der Haut. Dabei konnte man sehen, dass sie nicht vor kurzem geschoren worden waren. Warum hatte Gabriel Schafe, die nicht wollten? Zu was waren sie gut? Gabriel musste sehr freundlich sein, wenn er sich mit so nutzlosen Schafen abgab.

Sie konnten sich vorstellen, wie froh Gabriel sein musste, endlich an eine so wollige Herde wie sie geraten zu sein. Bald würde er sich nicht mehr erklären können, was er je an den anderen Schafen gefunden hatte, und sie wegschicken. Bis dahin musste man eben mit ihnen auskommen. Sie waren sich einig, dass die beste Art, mit Gabriels Schafen auszukommen, darin bestand, sie zu ignorieren. Aber jetzt nagte die Neugier.

»Ich würde ja fragen, was er ihnen vorliest«, sagte Maude, »aber es juckt mich in den Nüstern, wenn ich ihnen zu nahe komme.«

Sie sahen Sir Ritchfield an. Als Leitwidder konnte man von ihm erwarten, dass er Kontakt mit der fremden Herde aufnehmen würde. Aber Ritchfield schüttelte den Kopf. »Geduld!«, schnaubte er gereizt.

Mopple traute sich nicht. Othello schien an literarischen Fragen auf einmal nicht interessiert zu sein, und die anderen Schafe waren zu stolz, um mit den Unbewollten zu sprechen.

Schließlich erklärte sich Zora bereit. Sie hatte auf ihrem Felsen eine Menge nachgedacht und war der Auffassung, dass Stolz, wie berechtigt er auch immer sein mochte, kein Schaf daran hindern durfte, so viel wie möglich über die Welt herauszufinden. Als

Gabriel gerade hinter dem Schäferwagen mit einer Rolle Drahtzaun beschäftigt war, trabte sie los.

Gabriels Schafe grasten. Das Erste, was Zora an ihnen auffiel, war, wie dicht sie zusammenblieben, eines neben dem anderen, Schulter an Schulter. Es musste unbequem sein, so eng zu grasen. Niemand beachtete Zora, obwohl ihre Witterung sie schon längst angekündigt haben musste. Zora machte am Rande der Herde halt und wartete höflich darauf, angesprochen zu werden. Nichts geschah. Manchmal hob das eine oder andere Schaf den Kopf und spähte nervös nach allen Seiten. Aber die Blicke gingen durch Zora hindurch, als wäre sie unsichtbar. Zora sah ihnen eine Weile zu, eher verwundert als ärgerlich. Dann verlor sie die Geduld und blökte die fremde Herde laut und unmissverständlich an.

Alle Mäuler hörten auf zu grasen. Alle Hälse hoben sich. Alle Köpfe drehten sich in ihre Richtung. Unzählige bleiche Augen starrten Zora an. Sie wartete. Sie hatte keine Angst. Es gab den Himmel, das Meer und vor allem den Felsen. Zora war es gewohnt, in einen Abgrund zu sehen. Sie stand vor ihnen wie in einem kalten Wind und hielt ihnen stand.

Vielleicht war es ein Test. Eine Mutprobe. Um die Lage zu entspannen, schlackerte Zora mutwillig mit den Ohren und rupfte spielerisch ein paar Grashalme. Nichts geschah.

Am anderen Rand der Herde senkten ein paar Schafe wieder ihre Köpfe, und ein monotones, mahlendes Geräusch zeigte an, dass sie wieder mit dem Grasen begonnen hatten. Doch die meisten Augen blieben weiterhin auf Zora gerichtet. Sie musste sich eingestehen, dass diese Augen sie beunruhigten. Ein flackerndes Licht war in ihnen, so wie es manchmal am Himmel spielte, an sehr schlechten Tagen. An solchen Tagen konnte ein Schaf kaum einen klaren Gedanken fassen.

129

Bald war ihr klar, dass von den anderen Schafen nichts kommen würde. Gar nichts. Wenn hier irgendetwas geschehen sollte, dann musste es durch sie, Zora, geschehen. Zora warf einen Blick zurück zu ihrer eigenen Herde. Auch hier waren Köpfe in ihre Richtung gedreht. Einen Moment kam es Zora so vor, als würden auch ihre eigenen Schafe sie seltsam ansehen. Aber dann merkte sie, dass das nicht stimmte. Sir Ritchfield stand auf dem Hügel und sah streng und aufmerksam aus. Cloud, Maude, Lane und Cordelia hatten sich zusammengedrängt und beobachteten sie gespannt. Ein Stück vor ihnen stand Mopple und blickte angestrengt in ihre Richtung. Zora wusste, dass er auf diese Entfernung von ihr nicht viel mehr sehen konnte als einen weißschwarzen Fleck. Sie war gerührt. Auf einmal kam es ihr nicht mehr schwer vor, diese fremden Schafe anzusprechen.

»Guten Tag«, sagte sie. Sie beschloss, es mit etwas Unverfänglichem zu versuchen.

»Schmeckt euch das Gras hier?«, fragte sie. Zu spät fiel ihr ein, dass es den anderen Schafen missgünstig vorkommen könnte, eine Anspielung darauf, dass sie sich hier über fremdes Futter hermachten. Darüber konnte man später diskutieren, wenn die Stimmung entspannter war.

»Das Wetter ist auch nicht schlecht«, sagte Zora. Bei diesem Thema konnte man kaum etwas falsch machen. Der Himmel war grau und warm, die Luft erfrischend feucht, und die Wiese duftete.

Die fremden Schafe schwiegen. Einige der Köpfe, die sich zum Grasen gesenkt hatten, hoben sich wieder. Noch mehr bleiche Augen in Zoras Richtung. Vielleicht waren sie ja nur sehr tiefsinnig. Vielleicht sprachen sie nicht gerne über Selbstverständlichkeiten. Wer konnte sagen, was für bedeutsame Sachen Gabriel ihnen schon vorgelesen hatte?

»Wir könnten darüber sprechen, wie man in den Himmel kommt«, schlug Zora vor. Gabriels Schafe schwiegen.

»Irgendwie muss es gehen«, sagte Zora. »Schließlich sehen wir die Wolkenschafe. Aber wie? Gibt es einen Ort, wo man einfach in den Himmel klettern kann? Oder geht es darum, in der Luft weiterzugrasen?« Zora sah die Schafe gespannt an. Nichts. Doch, eine leichte Veränderung. Es kam Zora so vor, als wäre das irritierende Flackern in den bleichen Schafsaugen stärker geworden.

Zora verlor die Geduld. »Es ist mir egal, was ihr darüber denkt. Ich bin mir ehrlich gesagt ziemlich sicher, dass es mit der Überwindung des Abgrunds zu tun hat. Aber ich bin bestimmt nicht hergekommen, um mit euch darüber zu sprechen!« Sie beschloss, ehrlich zu sein.

»Es geht um Gabriel. Er ist schon länger euer Schäfer. Wir wollen wissen, was er euch vorliest.«

Die Schafe starrten sie an. Verstanden sie nicht? Unmöglich! So dumm konnte ein Schaf nicht sein. Zora schnaubte.

»Der Schäfer! Versteht ihr? Gabriel! Gabriel!« Sie drehte ihren Kopf kurz in seine Richtung und sah, dass er beinahe damit fertig war, die nächste Rolle Drahtzaun vorzubereiten.

Zeit, zu verschwinden.

Sie wandte den Kopf wieder Gabriels Herde zu und stellte fest, dass sich noch immer nichts verändert hatte. Was genug war, war genug!

Zora direkt gegenüber, nur wenige Meter entfernt, stand ein fremder Widder. Zora warf ihm einen letzten wütenden Blick zu – und hielt inne. Hatte er eben auch schon da gestanden? Zora konnte sich nicht erinnern. Sie sah, dass die fremden Schafe gar nicht so klein waren. Etwas kurzbeiniger, das stimmte schon, dafür aber länglich und massiv. Der Widder ihr gegenüber machte einen sehr kräftigen Eindruck. Irgendetwas an ihm erinnerte Zora an

131

den Metzger. Es gefiel ihr ganz und gar nicht. Sie hatte zum Abschied etwas Spitzes und Verächtliches sagen wollen, aber jetzt schien es ihr besser, schnell zu verschwinden. Der Widder sah sie an, und auf einmal war es Zora, als wäre das seltsame Flackern aus seinen Augen verschwunden. Zum ersten Mal kam sie sich *angesehen* vor. Der Widder schüttelte langsam, fast unmerklich den Kopf.

Zora drehte sich um und galoppierte schnurstracks zu ihrem Felsen.

*

Gegen Mittag war Gabriel mit der Umzäunung fertig. Er setzte sich auf die Stufen des Schäferwagens, dorthin, wo George früher immer gesessen hatte, und rauchte eine Pfeife. Der feine Tabakrauch zog den Schafen seltsam durch die Nasen. Ein geheimnisvoller Geruch. Hinter dem Schleier aus Rauch verbarg sich der echte Gabriel, an einem Ort, an dem kein Schaf ihn auswittern konnte. Sogar Maude musste zugeben, dass sie von Gabriel selbst, unter seiner Schafswolle und dem Tabak, nur wenig erkennen konnte.

Der Mittag war friedlich wie schon lange nicht mehr. Sicher trug die milde, von Schleierwolken halbverhangene Sonne dazu bei, die verschwenderische Aussicht auf ein makellos blaues Meer und das Summen der Insekten. Aber das Besondere war die Erleichterung darüber, einen so kompetenten Schäfer auf den Stufen des Schäferwagens sitzen zu haben. Und die Vorfreude auf Gabriels Geschichten in den Dämmerungsstunden.

Als der Mann auf dem Fahrrad auf sie zuraste, war es mit dem Frieden jedoch schlagartig vorbei. Die Schafe misstrauten Fahrrädern. Zur Sicherheit zogen sie sich auf den Hügel zurück. Aber der Mann auf dem Fahrrad hatte es nicht auf sie abgesehen. Er steuerte direkt auf Gabriel zu.

In sicherer Entfernung beruhigten die Schafe sich etwas und drehten ihre Ohren dem Schäferwagen zu. Der Mann stieg ab und stellte sich direkt vor Gabriel. Jetzt erkannten sie ihn. Es war derselbe, der mit Lilly, Ham und Gabriel gekommen war, um als Erster Georges Leiche zu besichtigen, derselbe große Dünne, der in der vergangenen Nacht seine Nase gegen die Fenster des Schäferwagens gepresst hatte: Josh. Er roch nach Seifenwasser und ungewaschenen Füßen. Mopple versteckte sich hinter dem Dolmen und äugte ängstlich zwischen den Steinen hervor.

Mutigere Schafe wie Othello, Cloud und Zora trabten neugierig näher.

»Josh«, sagte Gabriel, ohne die Pfeife aus dem Mund zu nehmen. Seine blauen Augen fixierten den Dünnen. Die Schafe wussten, wie der sich jetzt fühlen musste. Geschmeichelt im Gesicht und etwas weich in den Knien.

Der Dünne kramte nervös in seiner Jackentasche herum. Er fand einen Schlüssel und hielt ihn Gabriel respektvoll hin.

»Von Kate. Hat ihn doch noch gefunden. In einer Schachtel Haferkekse. Das muss man sich mal vorstellen: Haferkekse!« Der Dünne lachte. Die Schafe wussten jetzt, warum er so nervös war. Wahrscheinlich hatte er die Haferkekse aufgefressen.

»Kate meint, es muss einfach im Schäferwagen sein«, sagte der Dünne. »Im Haus ist es sicher nicht.«

»Gut«, sagte Gabriel. Er nahm den Schlüssel und schnippte ihn achtlos neben sich auf die oberste Stufe.

»Gabriel?«, fragte der Dünne.

Schweigen. Eine Elster flog neugierig über das Dach des Schäferwagens.

»Was ist, wenn wir es nicht finden?«

»Solange es auch sonst niemand findet …«, sagte Gabriel. Seine blauen Augen suchten das blaue Meer. Rauchwolken zogen aus seinem Mund.

»Weißt du, was sie sagen, Gabriel?«

Gabriel sah so aus, als wüsste er es nicht und würde es auch nicht wissen wollen. Trotzdem sprach der Dünne weiter. »Sie sagen, es ist überhaupt nicht im Schäferwagen. Sie sagen, es steht alles im Testament.«

»Wenn das stimmt, dann werden wir es ja am Sonntag wissen«, sagte Gabriel.

Der Dünne gab einen kleinen, nervösen Laut von sich. Dann zog er den Kopf zwischen die Schultern und ging wieder zu dem Fahrrad hinüber. Als er etwa drei Schritte weit gekommen war, rief Gabriel ihn zurück.

»Ach, Josh?«

»Gabriel?«

»Es ist schon genug Unsinn hier passiert, ja? Du solltest dafür sorgen, dass damit endlich Schluss ist.«

»Unsinn? Wie meinst du das, Gabriel?« Josh klang erschrocken.

»Zum Beispiel nächtliche Ausflüge zu Georges Schäferwagen. Was soll das? Das macht nur die Schafe scheu.«

Cloud war gerührt. Sogar jetzt dachte Gabriel an sie.

Josh schien nicht über die vergangene Nacht sprechen zu wollen. »Was sind das überhaupt für Schafe?«, fragte er. Der Wirt blickte kritisch zu den Gabrielschafen hinüber und sprach sehr schnell. »Komisch sehen sie ja schon aus. Solche hab ich noch nie gesehen.«

»Eine neue Fleischrasse«, sagte Gabriel aus dem Mundwinkel. Er sah Josh mit blauen Augen an. Der Blick brachte Josh zum Schweigen. Sie schwiegen eine ganze Weile.

Josh seufzte. »Du weißt wirklich alles, was?«

Gabriel sagte etwas in seiner gälischen Sprache. Die Schafe

fragten sich, ob er für diese Sprache eine zweite Zunge im Mund hatte.

»Es ging nicht anders«, jammerte Josh. »Tom und Harry wären auf alle Fälle gegangen, die Idioten. Das Gras finden, den Skandal vermeiden, dem Tourismus nicht schaden, immer die alte Leier. Als ob es *darum* ginge ... Die haben ja keine Ahnung. Da dachte ich, ich bin lieber dabei als nicht, verstehst du? Ich hab ihnen einen falschen Schlüssel gegeben, damit sie kein Werkzeug mitbringen und garantiert nicht reinkommen.«

Gabriel nickte verständnisvoll. Josh war sichtlich erleichtert. Auf einmal schien ihm das Sprechen viel leichter zu fallen.

»Aber weißt du was?«, sagte er. »Wir waren nicht die Einzigen. Da war noch jemand. Ein Fremder. Einer von den Drogenleuten, wenn du mich fragst. Es ist also doch was dran. Wenn *die* es vor uns finden ...«

Wieder flog eine Elster über Gabriel und Josh. Ob es dieselbe war, konnte man natürlich nicht sagen. Sie drehte eine elegante Kurve und landete keckernd auf dem Dach des Schäferwagens.

»Die finden es nicht«, sagte Gabriel. »Die wissen überhaupt nichts von der Kassette. Denen geht es doch nur um ihren Stoff. Außerdem bin jetzt ich hier. Du solltest im Wirtshaus ein bisschen dafür sorgen, dass sich die Leute beruhigen.«

Josh nickte enthusiastisch. Die Schafe verstanden ihn gut. Es machte einfach Freude, Gabriel einen Gefallen zu tun.

»Gabriel?« Josh hatte sich wieder zum Gehen gewandt, drehte sich aber noch einmal um.

Gabriel schob seine Pfeife vom rechten in den linken Mundwinkel und sah Josh fragend an.

»Geschickt hast du das gemacht.« Josh machte eine weit ausladende Handbewegung, die Gabriel, den Schäferwagen, die Schafe und die ganze Weide einfing und in einem Punkt zusammenzog.

Gabriel nickte. »Die Schafe brauchen ein bisschen Aufsicht, zumindest so lange, bis das Testament draußen ist. Auf der Verwaltung waren sie mir richtig dankbar. Tierschutz. Hygieneverordnungen, der ganze Kram. Und für meine eigenen spar ich mir so das Futter.« Er lächelte ein gewinnendes Lächeln.

»Und natürlich kann ich hier« – er klopfte mit der Hand auf die Stufen des Schäferwagens – »so lange sitzen, wie ich will.«

Josh grinste erleichtert. Er nickte Gabriel zum Abschied zu, schwang sich auf sein Fahrrad und verschwand klappernd Richtung Dorf.

Kaum war Josh hinter der Biegung des Feldweges verschwunden, senkte sich Gabriels braune Hand auf die oberste Stufe des Schäferwagens. Aber sie tastete vergebens. Der Schlüssel lag nicht mehr da. Der Schlüssel klimperte und funkelte Gabriel von hoch oben auf dem Dach des Schäferwagens aus dem Schnabel einer Elster an.

*

Unter Gabriels Aufsicht waren die Schafe ehrgeizig wie lange nicht mehr. Sie weideten gewissenhaft mit langen, geraden Schritten, sie bogen graziös ihre Hälse nach oben, sie waren »gute Futterverwerter« und fraßen sogar mit Vergnügen das trockene, weniger schmackhafte Gras. Selbst wenn sie sich im Schatten des alten Heuschuppens ausruhten, hielten sie ihre Köpfe hoch und beobachteten Gabriel aus den Augenwinkeln. Gabriel beobachtete sie nicht. Gabriel sprang wie ein übermütiges Jungschaf hinter einer Elster her, von Busch zu Baum, von Baum zu Strauch, kreuz und quer über die Weide …

9

Zum Beispiel Glendalough«, sagte die fremde Frau. »Da zieht sich so ein Heiliger in die Einsamkeit zurück, und sobald die Leute dahinterkommen, kann er sich kaum noch vor Pilgern retten. Der größte Wallfahrtsort des Mittelalters, und warum? Menschen sind Herdentiere. Man muss sie glauben lassen, dass alle Welt hierher kommt, und wenn sie es glauben, dann kommt wirklich alle Welt. So einfach ist das.« Sie biss in ihr Butterscone und lächelte gleichzeitig. Ihr Kleid war rot wie Beeren im Herbst.

Vor ihr lag ein ganzer Korb Butterscones, gegen die Fliegen säuberlich mit einer Serviette bedeckt, aber die Schafe rochen sie trotzdem. Die Frau tunkte ihr Scone erst in halbflüssige Sahne, dann in rote Marmelade. Sie schenkte sich Tee aus einer Kanne in eine Plastiktasse, warf zwei Würfel braunen Zucker dazu und goss nochmals Sahne darauf. Scones, Marmelade, Tee, Zucker und Sahne waren auf einer riesigen bunt karierten Decke verteilt. Außerdem gab es dort eine Flasche Orangensaft, Butterkäse, Teegebäck, Toastbrot, ein Töpfchen Mayonnaise und einen Tomatensalat mit Petersilie. Die Decke selbst bedeckte ein kleines Stück Schafweide, nah bei den Klippen, glücklicherweise dort, wo die interessanten Kräuter schon abgeweidet waren. Die grellen Farben erschreckten die Schafe. Sie waren ohnehin nervös,

137

weil Gabriel sie nach seinem Sommertanz im Gefolge der Elster allein gelassen hatte.

Ungeahnte Düfte wehten über die Weide und umschmeichelten die Nüstern. Die Schafe hielten sich in sicherer Entfernung, aber sie spähten mit unverhohlener Gier auf den Korb mit den Scones und auf den Tomatensalat.

Am Rand der Decke saß die barmherzige Beth, ein schwarzer Haufen Unbehaglichkeit mit schmalen Handgelenken und makelloser Frisur, und bemühte sich, mit ihrem bauschigen Rock so wenig Platz wie möglich einzunehmen. Sie aß nichts, aber manchmal bewegte sie ihre Hand zur Brust und schloss sie dort um einen kleinen, glitzernden Gegenstand. Wenn sie dies tat, wackelte das Mayonnaisetöpfchen.

»Glaube«, seufzte sie jetzt. »Glaube ist nie einfach.«

»Der eigene Glaube nicht. Der Glaube der anderen – sehr.« Die fremde Frau lachte. Ein zweites Scone empfing die Sahnetaufe.

»Nehmen Sie doch!«, sagte die Frau.

Beth schüttelte stumm den Kopf. Ihre Augen wanderten zum Dolmen.

»Sie sollten essen«, sagte die Frau, »es ist gut. – Sie essen wohl auch sonst nicht viel«, fügte sie mit einem Blick auf Beths dürre, haarige Arme hinzu.

»Nein«, sagte Beth mit fester Stimme, »ich esse auch sonst nicht viel. Ich wohne neben einem Take-Away. Wenn man jeden Tag sieht, wie die Menschen sich sinnlos vollstopfen, statt sich um ihr Seelenheil zu kümmern, vergeht es einem.«

Die Frau blieb unbeeindruckt und biss herzhaft in ihr Scone.

»Wissen Sie, was wirklich seltsam ist?«, fuhr sie fort, ein bisschen undeutlich, weil sie ihr Scone noch nicht zu Ende gekaut hatte. »Wissen Sie, *wann* die Leute glauben, dass alle Welt hierher kommt? Man muss ihnen einreden, dass es einsam ist! Das überzeugt sie. Einsamkeit ist etwas, was sie alle suchen. Wenn etwas einsam ist, müssen einfach viele Leute kommen, um es zu genießen.«

Beth starrte verständnislos geradeaus. Das Mayonnaisetöpfchen wackelte. Maude dachte darüber nach, wie unangenehm Beth roch. Scharf und süßlich. Sie roch nach langem Hunger. Sie roch nach frühem Tod. Sie verdarb Maude das Geruchsvergnügen, das von der bunt karierten Decke aufstieg.

»Ich verstehe allerdings gar nicht, warum Sie sich Sorgen machen.« Die rote Frau schien es nicht zu stören, dass Beth stank und schwieg. »Hier ist es doch absolut traumhaft. Jeder würde sich hier wohlfühlen.«

»Ich nicht«, sagte Beth. »Niemand aus Glennkill würde sich hier wohlfühlen. Es sind schreckliche Dinge passiert. Ich sollte das nicht sagen, ich sollte Sie ja überzeugen. Aber ich sage es trotzdem. Ich lasse mich nicht mehr einschüchtern. Der Herr steht mir bei.«

»Schreckliche Dinge?«, fragte die Frau unbekümmert. »Umso besser. Die Menschen lieben schreckliche Dinge. Ein Heiliger wurde von Heiden gefoltert? Wunderbar! Ein Heide wurde von Heiligen ins Meer gestürzt? Noch besser! Wenn es um Verbrechen geht, kann man in der Tourismusbranche kaum etwas falsch machen.«

Die rote Frau hatte keine Probleme mit Worten. Cordelia hörte ihr bewundernd zu. Die Frau steckte voller Geschichten.

Beth gluckste. Es klang wie ein unterdrücktes Kichern, aber wer in Beths Gesicht sah, konnte ahnen, dass es ein verzweifelt verborgenes Schluchzen gewesen sein musste.

Die Frau bemerkte es und wurde ernst. »Ach, Sie meinen den Mord? Entschuldigen Sie, ich wusste nicht, dass es hier passiert ist.« Sie legte ihr angebissenes Butterscone zurück auf die Decke.

»Es ist hier passiert«, sagte Beth mit Grabesstimme. Wieder wackelte das Mayonnaisetöpfchen.

»Ein Verwandter von Ihnen? Ein Freund?« Die Stimme der Roten klang jetzt sanft.

Beth schüttelte sich. »Kein Verwandter. Ganz sicher kein Freund. Er hätte gelacht bei dem Gedanken. Er hat immer über mich gelacht. Aber wir waren zusammen auf der Schule, auf der Grundschule hier im Dorf. Es war ein furchtbarer Tod, ein heidnischer Tod.«

»Ich habe in der Zeitung davon gelesen«, sagte die rote Frau nachdenklich. »Mit einem Spaten. Nicht schön. Um die Touristen müssen Sie sich trotzdem keine Sorgen machen. Aber eine Verhaftung wäre natürlich gut. Gibt es denn schon einen Verdächtigen?«

Die Rote griff nach dem Tomatensalat. Ein lautloser Seufzer ging durch die Schafsherde. Für den Tomatensalat interessierten sie sich mehr als für alle anderen Dinge auf der Decke. Sie hatten gehofft, dass sich die Frau an Scones überfressen und den Tomatensalat unabgeweidet zurücklassen würde. Jetzt sah es schlecht aus.

»Manche sagen, es ging um Geld oder um Drogen oder noch schlimmere Dinge.« Beth errötete. »Aber das ist nicht das Schrecklichste. Das Schrecklichste ist, dass hier in Glennkill ein Mensch herumläuft...« Ihre Stimme schnappte in eine höhere Tonlage, so dass sie eigentlich gar nicht mehr nach Beth klang. Die Schafe zuckten zusammen und schlackerten nervös mit den Ohren. »Von außen ein Mensch wie alle anderen auch, aber innen ein wildes Tier, zerfressen von einer solchen Krankheit der Seele, einer solchen Gottlosigkeit, einer solchen Verzweiflung...«

Beth starrte der Fremden in die Augen, und die Fremde starrte einen Moment lang furchtlos zurück. Dann steckte sie ihre Gabel in die Schüssel mit dem Tomatensalat und zog eine winzige, ganze Tomate hervor. Die Schafe staunten. Noch nie hatten sie so kleine Tomaten gesehen. Selbst die mickrigen Tomaten in Georges Gemüsegarten (George hatte nie besondere Erfolge mit der Tomatenzucht erzielt) waren Riesen im Vergleich zu dieser Babytomate. Aber sie duftete wie eine große. Duftete – und verschwand mit beängstigender Geschwindigkeit zwischen den makellosen Zähnen der roten Frau.

Jetzt, da Beth einmal mit dem Reden angefangen hatte, war sie nicht mehr zu bremsen.

»Verstehen Sie, das ist kein praktischer Mord. Keiner von denen, die man im Fernsehen sieht. Wo es um Geld geht oder Macht. Ich habe so lange darüber nachgedacht. Ich spüre das einfach. Ich verteile diese Heftchen, wissen Sie, wunderbare Texte über die Gute Nachricht, und wenn man das lange genug tut, bekommt man ein Gespür für die Menschen. Sie mögen mich auslachen, aber ich habe das Gespür.«

Beths Stimme, die gar nicht mehr klang wie Beths Stimme, zitterte. Die Hand der Frau, die gerade eine Gabel mit *zwei* kleinen Tomaten zum Mund führte, zitterte nicht.

»Ich könnte Ihnen Sachen erzählen… Das ist ein Mord, bei dem es um Seelen geht, so viel kann ich sagen. Um Schuld. Wer auch immer es getan hat, er wusste, was richtig und was falsch ist, aber er hatte nicht die Kraft, das Richtige zu tun. Das ist so schrecklich, wenn man nicht die Kraft hat, das Richtige zu tun, so schrecklich, dass man sich die eigene Schwäche herausschneiden möchte, mit einem Messer. Einem Messer… Aber die Schwäche bleibt, und irgendwann sieht man keine Möglichkeit mehr, als das Starke zu zerstören. Zerstören, was man nicht errei-

141

chen kann – das ist die schlimmste Sünde des Menschen. Gott steh mir bei.«

Beth hatte direkt in den Himmel hineingesprochen, mit erhobenem Kopf, so als hätte sie die rote Frau völlig vergessen. Aber jetzt sahen sich die beiden wieder an. Die Augen der Frau waren schmal, eine Gabel mit zwei weiteren Babytomaten schwebte vergessen vor ihren roten Lippen. Beths Augen waren rund und weit geöffnet wie Kinderaugen. Sie lächelte traurig. Die Schafe vergaßen für eine Sekunde die Tomaten. Eine lächelnde Beth hatten sie noch nie gesehen. Hübsch sah sie aus. Besser jedenfalls.

»Ich kann mir denken, dass Ihnen das seltsam vorkommt, schließlich habe ich das Gespür.«

Die Rote schüttelte den Kopf. Sie wollte etwas sagen. Aber Beth ließ sie nicht zu Wort kommen. Beth, die jemanden nicht zu Wort kommen ließ, war eine völlig neue Erfahrung.

»Sehen Sie, ich habe mit der Polizei gesprochen. Ich war die Einzige, übrigens. Können Sie sich das vorstellen: ein ganzes Dorf – und ich bin die Einzige, die nachfragt. Wir werden hier alle am Schweigen ersticken.« Beth holte tief Luft.

»Die Polizei also. Sie sagen, dass George zuerst vergiftet wurde. Ganz friedlich ist er eingeschlafen. *Dann* erst der Spaten. Nachdem er schon tot war, verstehen Sie? Warum, kann man sich fragen, und die Kriminalpolizei aus der Stadt denkt sich wahrscheinlich nicht so viel dabei. Aber ich bin jahrelang mit meinen Heften von Tür zu Tür gegangen. Ich weiß, was für Heiden diese Menschen hier im Grunde sind.«

Zwei rote Lippen schlossen sich um zwei ebenso rote Tomaten.

»Wissen Sie, es gibt einen alten Aberglauben. Wenn jemand gestorben ist, darf man seiner Leiche in der ersten Stunde nicht zu nahe kommen. Es heißt, dass die Hunde des Teufels dort Wache halten, um die Seele des Toten zu verschlingen. Und

142

Georges Seele war des Teufels, o ja! Können Sie sich vorstellen, was für ein Grauen dieser Verlorene gefühlt haben muss, an der Leiche, mit dem Spaten? Was es braucht, um dieses Grauen zu überwinden? Sie sagen, der Mord hat keine Bedeutung für den Tourismus. Aber ich spüre, dass Glennkill erst wieder leben kann, wenn dieses schwarze Schaf unsere Herde verlassen hat.«

Beth stand abrupt auf, mit überraschend fließenden Bewegungen. Othello sah ihr böse zu. Einmal auf ihren zwei Hinterbeinen, verlor Beth den kleinen Anflug von Eleganz so schnell, wie er gekommen war.

»Wenn Sie Fragen haben – über den Tourismus, meine ich –, kommen Sie doch bitte in das Pfarreibüro. Täglich zehn bis zwölf, mittwochs ab neun.«

Sie wollte sich umdrehen, aber die Rote fasste sie sanft am Ärmel. Ihre Augen waren noch immer schmal.

»Und wenn ich Fragen über George habe?«, flüsterte sie zu Beth hinauf. Eine tiefe Stimme. Rau und schön. Eine Vorlesestimme.

Beth erstarrte. Wieder suchten ihre Augen den makellos blauen Himmel ab. Als sie endlich zu der Frau hinuntersah, lag der Hauch eines Lächelns auf ihren Lippen.

»Dann«, flüsterte sie, »kommen Sie heute Abend zu mir. Das blaue Haus gegenüber der Kirche. Vorne ist ein Take-Away. Hinten wohne ich.«

Beth drehte sich um und war bald nur noch eine scharf geschnittene schwarze Silhouette, die vor dem Hintergrund des Nachmittagshimmels immer kleiner wurde. Die rote Frau sah ihr regungslos nach. In der Salatschüssel lag vergessen die letzte Tomate.

*

143

Othello hatte die letzte Tomate bekommen. Er stand versonnen da und beobachtete, wie die fremde Frau alle anderen Futtersachen wieder in ihrem Korb verschwinden ließ und nachdenklich an den Klippen entlang Richtung Dorf wanderte. Um ihn herum sah man neidische Schafsmienen. Woher wusste Othello immer, was zu tun war? Wer hatte ihm beigebracht, so gut mit Menschen umzugehen? Sich einfach vor die Frau hinzustellen, nicht drängend und nicht scheu, genau als sie die Salatschüssel wegpacken wollte? Die Frau hatte gelacht, mit ihrer guten, rauen Georgestimme, und Othello die Schüssel hingehalten. Und Othello hatte ohne Eile die letzte Babytomate verspeist.

Jetzt war die Laune schlecht. Keiner hätte gewagt, was Othello gewagt hatte, noch dazu bei einer völlig fremden Frau, aber keiner gönnte ihm die Tomate. Nur Miss Maple machte ein nachdenkliches Gesicht. Sie graste tiefsinnig, graste geradewegs an einem stattlichen Kleebüschel vorbei. Daran konnte man sehen, wie nachdenklich sie war.

»Sie ist nicht dumm«, murmelte Miss Maple, mehr zu sich selbst als zu irgendeinem anderen Schaf, »Beth ist nicht dumm. Sie denkt zu viel an Seelen und zu wenig an Menschen, aber dumm ist sie nicht.«

»Die rote Frau ist auch nicht dumm«, sagte Othello, fast ein bisschen zu stolz.

»O nein.« Miss Maple nickte. »Die rote Frau ist kein bisschen dumm.«

»Ich hätte nicht gedacht, dass George ein Kind hat«, sagte Maude. »Ihr habt es doch gerochen?« Jetzt hatten sich einige Schafe um das interessante Gespräch zwischen Maple, Othello und Maude versammelt. Sie nickten. Der Familiengeruch. Schweiß und Haut und Haar. Unverkennbar Georges Tochter.

»Man kann nicht sagen, was es bedeutet«, sagte Cordelia. Das stimmte. Den Schafen ist es nicht wichtig, wer der Vater ist, der Bespringer. Doch wer konnte sagen, wie das bei den Menschen war? In den Pamela-Romanen hatte es einen Vater gegeben, der seine Tochter eingesperrt hatte, damit sie nicht mit einem Baron davonlaufen konnte.

»Die Apfel-Pamela ist jedenfalls nicht die Mutter«, sagte Cloud. Wieder sahen sie sich ratlos an. Was konnte das bedeuten? War es wichtig?

»Sie hat etwas Wichtiges gesagt«, fuhr Miss Maple fort. »Sie ist wie George, sie sagt wichtige Sachen so, dass ein Schaf sie versteht. Sie hat gesagt, dass Menschen Herdentiere sind. Es kommt mir ganz passend vor.«

Jetzt hatte Miss Maple das Grasen vollkommen vergessen und trabte konzentriert auf und ab.

»Sie wohnen alle an einer Stelle, im Dorf. Sie kommen zusammen, um den Spaten anzusehen. Sie sind Herdentiere. Aber warum...«

Miss Maple blieb stehen.

»Warum kommt uns das so neu vor? Warum wussten wir nicht, dass Menschen Herdentiere sind? Die Antwort ist einfach.«

Miss Maple blickte die Schafe um sie herum scharf an. An ihren Mienen konnte sie erkennen, dass die Antwort nicht einfach genug war. Aber gerade als sie weitersprechen wollte, blökte Sir Ritchfield aufgebracht.

»Er hat die Herde verlassen! George hat die Herde verlassen!«

Einige Schafe blökten nervös, aber Miss Maple nickte nur.

»Ja«, sagte sie, »George muss die Herde verlassen haben. Er war nie mit der Menschenherde zusammen. Oder er wurde aus der Herde verjagt. Er war immer wütend auf die Menschen im Dorf, das wissen wir alle. War er wütend, weil sie ihn verjagt haben? War er schon vorher wütend auf sie und hat deshalb die Herde verlassen? Es könnte sein, dass er als Einziger ungeschützt war, weil er die Herde verlassen hat. Es könnte sogar sein, dass sein Tod eine *Strafe* dafür ist, dass er die Herde verlassen hat.«

Die Schafe schwiegen entsetzt. Es kam ihnen schrecklich vor, dass ihr Schäfer die Herde verlassen hatte.

»Aber die Hunde des Teufels«, flüsterte Cordelia, »das hat er nicht verdient.«

Lane schauderte. »Es müssen furchtbare Hunde sein, wenn sogar die Menschen vor ihnen Angst haben. Vielleicht war der Wolfsgeist in Wirklichkeit ein Hund des Teufels.«

Bei dem Gedanken an den Wolfsgeist kroch den Schafen trotz sonnigem Weidewetter eine neblige Furcht in die Wolle. Unwillkürlich drängten sie sich näher zusammen. Cloud begann, ängstlich zu blöken.

Nur Maude machte ein spöttisches Gesicht. »*Groß* müssen die Hunde des Teufels ja nicht unbedingt sein«, sagte sie, »wenn man sich überlegt, wie klein die Menschenseelen sind. Nicht höher als ein Schafsknie – allerhöchstens –, würde ich sagen. Dafür reicht schon ein sehr kleiner Hund aus.«

Die Schafe dachten an den kleinsten Hund, den sie je gesehen hatten. Er war etwa so groß wie eine große Rübe gewesen, mit goldenem Fell und platter Nase, und hatte die Schafe vom Arm einer Touristin aus angekläfft. Sahen *so* die Hunde des Teufels aus? Oder der Wolfsgeist? Die Schafe entspannten sich. Vor solchen Hunden mussten sie sich nicht fürchten.

Miss Maple schüttelte ungeduldig den Kopf.

»Wichtig ist, dass die Menschen *glauben*, ihre Seelen wären groß«, sagte sie. »Beth hatte Recht. Die Menschen müssen sich die Hunde des Teufels groß und schrecklich vorstellen. Warum also hatten sie nicht zu viel Angst, um den Spaten in George hineinzustecken?«

Die Schafe überlegten erfolglos.

Maple dachte weiter nach. »Wir wissen jetzt, warum niemand Georges Schreie gehört hat: weil er nicht geschrien hat. Weil er schon tot war, als der Spaten in ihn gesteckt wurde. Darum das friedliche Gesicht. Darum so wenig Blut auf der Weide.«

Die Schafe staunten. Jetzt, wo Miss Maple es sagte, lag es vor ihnen, klar wie eine saubere Pfütze.

Miss Maple schlackerte mit den Ohren, um einige aufdringliche Fliegen zu verscheuchen. »Aber das erklärt noch gar nichts. Das ist nur ein neues Rätsel. Bisher haben wir immer gedacht, der Spaten war da, um George zu töten. Aber warum steckt jemand einen Spaten in George, wenn der schon tot ist?«

Betretenes Schweigen. Wie konnte ein Schaf die Antwort auf eine so schwierige Frage finden? Aber Miss Maple schien gar nicht entmutigt, sie trabte wieder munter auf und ab.

»Jetzt gibt es natürlich neue Möglichkeiten. Vielleicht gibt es zwei verschiedene Mörder – einen, der George vergiftet hat, und einen anderen, der *dachte*, er würde George umbringen, mit dem Spaten. Oder der Spaten war da, um den richtigen Mord zu vertuschen. Aber für mich ...«, Miss Maple machte eine Pause und rupfte ein paar Gänseblümchen, »sieht der Spaten aus wie eine Dummheit. Wie etwas, was ein paar Lämmer zusammen aushecken. Vielleicht hatte der Mörder nur Mut für den Spaten, weil er nicht *alleine* war.«

*

Später, als die anderen Schafe sich grasend auf der Weide zerstreut hatten, stand das namenlose Lamm noch immer wie festgewurzelt am Ort der Schafsbesprechung. Es hatte – sicher in Clouds weiche Wolle geschmiegt – alles mit angehört. Anfangs war es

147

ihm mehr um die Wärme gegangen. Aber dann hatte es doch zugehört. Tief in Clouds Wolle hatte es angefangen zu zittern. Es
hatte sich Mut gewünscht, sehr viel Mut, genug, um vor all den
alten erfahrenen Schafen ein zweites Mal zu sprechen. Aber hätten sie ihm geglaubt? Hätten sie ihm überhaupt zugehört? Am
Ende hatte es sich doch nicht getraut.

Es hatte ihnen sagen wollen, dass alles falsch war. Dass Miss
Maple, das klügste Schaf von ganz Glennkill und vielleicht der
Welt, einen schrecklichen Fehler gemacht hatte.

Denn der Wolfsgeist war nicht golden. Der Wolfsgeist war
grausig und zottig und grau. Das Lamm wusste, dass man den
Wolfsgeist nicht vergessen durfte, auch nicht klein sprechen. Der
Wolfsgeist jagte weiterhin durch die wilden Hügel jenseits der
Weide. Abends, wenn der Mond schon aufgegangen, der Himmel aber noch nicht verblasst war und alle Dinge ihren tiefsten
und ehrlichsten Geruch von sich gaben, konnte man ihn spüren.
So wie man selbst bei geschlossenen Augen die Dunkelheit spüren konnte. Es war falsch, den Wolfsgeist im Kopf zu bekämpfen,
wenn er doch dort draußen war. Das Lamm dachte daran, wie
der Wolfsgeist am Dolmen seine schwarzen Schwingen ausge-
breitet hatte, und hörte zum zweiten Mal seinen heiseren Schrei.

Um es herum grasten friedlich die anderen Schafe.

*

Doch wer genauer hinsah, konnte bemerken, dass der Frieden auf
der Weide trog. Dass sich langsam aber sicher ein kleines Grüppchen besonders verwegener Schafe hinter dem Schäferwagen
versammelte, dort, wo Ritchfield sie nicht sehen konnte.

Diese Schafe dachten darüber nach, die Herde zu verlassen.

Miss Maple hatte sie angestiftet.

148

Sie war ganz versessen darauf, sich abends in das Dorf zu schleichen und das Gespräch zwischen Beth und der roten Frau zu belauschen. Aber noch mal allein – das traute sie sich nicht mehr. Also hatte sie die mutigsten Schafe der Herde zusammengerufen, Zora und Othello, Lane, weil sie praktisch denken konnte wie kein anderes Schaf, Cloud, weil sie ohnehin immer zusammen grasten, und Mopple, das Gedächtnisschaf.

Bisher war ihr Vorschlag auf keine große Begeisterung gestoßen.

»Kein Schaf darf die Herde verlassen!«, blökte Cloud. Damit schien ihr alles gesagt.

»Aber wir verlassen die Herde ja nicht«, erklärte Maple. »Wenn ein *einzelnes* Schaf weggeht, dann verlässt es die Herde. Das war falsch von mir. Ich werde es nicht wieder tun. Kein Schaf kann das aushalten.« Maple schüttelte sich.

»Aber wenn mehrere Schafe gehen, zwei oder drei, dann können sie die Herde nicht verlassen. Dann sind sie nämlich selbst schon eine kleine Herde!« Sie blickte triumphierend in die Runde.

»Wir könnten ja alle gehen«, blökte Cloud. »Wenn alle gehen, geh ich mit!« Sie machte ein verwegenes Gesicht.

Maple schüttelte den Kopf. »Wir können nicht alle gehen. Das wäre zu auffällig. Der ganze Garten von Beth wäre dann voller Schafe – wenn Beth überhaupt einen Garten hat. Sie würde Verdacht schöpfen.«

Das leuchtete allen ein.

»Es dürfen nur ganz wenige Schafe sein«, fuhr Miss Maple fort. »Sie können sich unter Büschen und im Schatten der Bäume verstecken, und wenn sie wirklich jemand sieht, wird er denken, sie haben sich verlaufen. Wir traben einfach zu Beths Haus, hören zu und traben wieder zurück. Ganz einfach!«

»Und wo ist Beths Haus?«, fragte Zora. »Es könnte überall sein!«

»Es ist neben dem Take-Away. Bei der Kirche. Und es ist blau«, sagte Miss Maple.

»Aber wie wollen wir den Take-Away finden? Oder die Kirche? Wir wissen nicht einmal, was das ist«, fragte Lane.

Die Schafe machten sich auf ein längeres betretenes Schweigen gefasst, ein bisschen enttäuscht und ein bisschen erleichtert, dass sich nun doch niemand auf diese gefährliche Expedition wagen musste. Nach einer angemessenen Pause würden sie sich wieder dem Grasen zuwenden.

Dann machte ausgerechnet Mopple the Whale den Mund auf.

»Im Take-Away gibt es Pommes«, murmelte er gedankenverloren zwischen zwei Wiederkäubewegungen. Man konnte sehen, dass er nicht richtig aufgepasst hatte. Erst als ihm das Schweigen der anderen Schafe auffällig wurde, hob er den Kopf und blickte direkt auf Maple, die ihn mit leuchtenden Augen anstarrte.

Mopple war das einzige Schaf der Herde, das Erfahrung mit Pommes hatte. George hatte ihm einmal eines der fettigen gelben Stäbchen hingehalten, um ihm zu beweisen, dass es ihm nicht schmecken würde. Der Beweis war fehlgeschlagen, und seither wusste Mopple, wie Pommes rochen, und sogar, wie sie schmeckten. Und er würde sich an den Geruch erinnern.

Mopple auf Futtersuche: Er würde ihr Orientierungsschaf sein. Es war ein todsicherer Plan.

10

In der Mitte von Glennkill gab es einen kleinen, langweiligen Platz: vier vernachlässigte Bäume, eine Parkbank, eine Marmorsäule mit Aufschrift, eine Hecke, die ein Schaf gut als Deckung nutzen konnte. Die Hecke warf zwei Schatten: einen matten in goldenem Licht, einen scharfen, grellbleich umrissenen.

Auf der einen Seite des Platzes lag ein spitzes Haus, golden im Scheinwerferlicht. Auf der anderen Seite leuchtete das kalte Neonlicht des Take-Aways.

Hinter dem Take-Away wartete die Dunkelheit.

Und in der Dunkelheit warteten drei Schafe.

Maple, Othello und Mopple the Whale hatten sich in der Abenddämmerung aufgemacht, um das Gespräch zwischen Beth und der roten Frau zu belauschen. Mopple machte ein böses Gesicht. Man hatte ihm Pommes versprochen, um ihn zu dieser Expedition zu bewegen, aber dann hatten Maple und Othello ihn ganz schnell an der Tür des Take-Aways vorbeigescheucht. Jetzt starrte er durch ein Fenster in Beths Haus und musste mit ansehen, wie Beth einen Teller Rohkost verzehrte: Kohlrabi, Karotten, Radieschen, Sellerie und als Nachspeise einen dicken roten Apfel. Um überhaupt etwas zu sehen, musste Mopple die Vorderhufe auf eine umgedrehte Blumenbank vor dem Fenster

stellen und den Hals lang machen. Durch die ungewohnte Haltung begann sein Rücken zu schmerzen. Das Leben war ungerecht.

Von der Straße kamen beunruhigende Geräusche, Autobrummen, Männerlachen, Hundegebell. Der Hof fing diese Geräusche ein und warf sie zwischen der Hauswand, der Mauer und der kahlen Wand der Garage hin und her.

Nach dem Essen stand Beth auf. Sie hatte eine Karotte, drei Radieschen, eine Stange Sellerie und die Hälfte des dicken roten Apfels übrig gelassen. Mopple schöpfte wieder Hoffnung. Doch Beth trug den Teller aus dem Raum und kehrte bald darauf mit leeren Händen zurück. Dann setzte sie sich in einen Lehnstuhl und machte sich an einer Kette aus Holzperlen zu schaffen. Beth ließ sich die Perlen durch die Finger gleiten und murmelte vor sich hin. Vaterunserderdubist...

Als dann endlich entschlossene Schritte am Take-Away vorbei in den Hof kamen, schien es Beth nicht einmal zu bemerken, so beschäftigt war sie. Aber die Schafe wussten sofort, wer hier zielstrebig um die Ecke bog und einen klaren Neonschatten auf den Boden zeichnete. Sie roch noch immer gut, nach Erde, Sonne und Gesundheit, auch wenn jetzt Zigarettenrauch diese schönen Gerüche etwas verschleierte.

Mopple begann, unruhig nach ihrem Fluchtweg in den Hinterhof zu schielen. Aber alle Schafe hielten ihre Stellung. Sie hatten es vorher ausprobiert. Wenn die rote Frau wirklich nur bis zur Tür ging, waren sie hier, verdeckt von einem Ginsterstrauch, ganz gut vor ihren Blicken geschützt.

Die Frau klopfte, und Beth schrak in ihrem Lehnstuhl zusammen. Sie legte hastig das Ding weg, malte sich mit dem rechten Daumen ein Zeichen vor die Brust und eilte zur Tür. Dann verschwanden Beth drinnen und die Frau draußen aus dem Blick-

feld der Schafe, und sie hörten nicht mehr als undeutliches Gemurmel. Es war spannend. Sie hatten noch nie in ein Menschen-
haus von innen gesehen. Offenbar war es nicht dasselbe, hinein-
zugehen und innen herauszukommen.

Endlich ging die Tür im Zimmer auf. Die rote Frau kam
herein, gar nicht rot, in blauer Hose und einem grünen Hemd,
gefolgt von Beth.

»Rebecca«, sagte die Frau. »Sie können ruhig ›Rebecca‹ zu mir
sagen.«

Doch Beth sagte gar nichts, und beide sahen sich eine Weile
stumm an.

»Sie sind nicht wegen des Tourismus hier«, sagte Beth schließlich. »Sie sind wegen George hier.« Es war eine Feststellung.

Rebecca nickte. »Ich möchte möglichst viel über sein Leben
erfahren. Und über seinen Tod. Wenn ich nebenbei noch dem
Tourismus auf die Sprünge helfe, soll es mir recht sein.« Ein spöttisches Lächeln, aber Beth war zu konzentriert, um es zu bemerken.

»Warum? Sind Sie von der Polizei? Gott weiß, es wird Zeit,
dass die endlich etwas unternehmen.«

Rebecca errötete. »Nein«, sagte sie, »ich bin hier aus … aus sehr
persönlichen Gründen.«

Beths Augen wurden schmal. »Und doch wissen Sie kaum
etwas von ihm«, sagte sie. »Viele Möglichkeiten lässt das ja nicht
offen …«

Rebecca hatte ihre Augen gesenkt und schwieg.

»Und damit kommen Sie zu mir!« Beths Stimme war aufgeregt, ein bisschen so wie früher, wenn sie George die Heftchen
in die Hände drückte. »Ausgerechnet zu mir! Ich dachte, Sie
wären anständig. Ich sollte Sie wegschicken, mit der Frohen Botschaft, aber wegschicken. Was haben Sie hier zu suchen?«

153

Rebecca hatte wieder aufgeblickt. Sie lächelte noch immer, aber es sah jetzt viel trauriger aus. »Sie würden es wohl Vergebung nennen«, sagte sie leise.

Was keine von Georges giftigen Bemerkungen je fertig gebracht hatte – Rebeccas Antwort schaffte es mühelos: Beth stand da wie vom Donner gerührt. Eine Weile sagte niemand etwas. Rebeccas schmale Hände malten gewundene Linien auf die Kommode.

Mopple wurde es langweilig. Er reckte den Hals, probierte eine der Geranien im Blumenkasten und kaute geräuschvoll. Othello warf ihm einen gereizten Blick zu. Mopple blickte aus unschuldigen Augen zurück.

Hinter der Glasscheibe war Beth weiß wie Milch geworden.

»Mein Gott«, flüsterte sie. »Mein Gott.« Dann schien ihr ein neuer Gedanke zu kommen. Sie beruhigte sich etwas.

»Tee?«

Rebecca nickte.

Draußen rumpelte es. Mopple hatte sich auf der Suche nach einer Geranienknospe zu weit vorgebeugt, das Gleichgewicht verloren und saß nun verdutzt auf seinem Hinterteil.

Othello schnaubte. »Mopple, wenn du noch ein einziges Blatt frisst, jage ich dich morgen über die Weide, bis du dünn bist wie eine alte Ziege.« Mopple hörte auf zu kauen und kletterte wieder auf die Füße. Maple warf den beiden Widdern einen vorwurfsvollen Blick zu. Die drei nahmen wieder ihre Beobachtungsposition im Schatten der Geranien ein.

Aber Beth und Rebecca waren verschwunden. Stattdessen klimperte Porzellan.

»Sie werden nichts finden«, sagte Beths Stimme. »Nicht, wenn Sie die Leute fragen.«

»So ein Skandal?«, fragte Rebeccas Stimme.

154

»Unaussprechlich«, sagte die Stimme von Beth. »Unaussprechlich schon deshalb, weil niemand etwas weiß. Nur viele harmlose Dinge, die nicht zusammenpassen. Das ganze Dorf ist verrottet, wie ein Apfel, von innen heraus, verstehen Sie? Wie ein Apfel.«

Mopple verzog das Gesicht. Es war ein Fehler gewesen, in dieses Dorf zu traben. Er wollte gerade von der Blumenbank klettern, als Miss Maple herausbekam, was mit Beth und Rebecca passiert war. Sie waren überhaupt nicht verschwunden. Sie waren nur in zwei Sesseln versunken, und jetzt verdeckten die Geranien die Sicht. Ärgerlich.

»Sehen Sie sich das an«, sagte Beth. Etwas raschelte auf der Tischplatte.

»Oh«, sagte Rebecca.

Beth lachte ein welkes Lachen. »Richtig interessant wird es erst, wenn ich Ihnen sage, wo ich es gefunden habe.«

Maple hielt es nicht mehr aus.

»Mopple«, blökte sie leise, aber entschlossen wie ein Leitwidder, »friss die Geranien. Friss einfach ein Loch in die Geranien. Schnell.« Mopple war der schnellste Fresser von ganz Glennkill. Ein paar Büschel Geranien waren für ihn eine Kleinigkeit. Aber Mopple rührte sich nicht. Er stand zwischen Maple und Othello und sah aus, als hätte er sich den Magen verdorben.

»Mopple the Whale!!!« Miss Maple war zornig wie schon lange nicht mehr. Mopple sah sie unglücklich an. Dann drehte er den Kopf zu Othello.

»Friss sie«, knurrte Othello zwischen zusammengebissenen Zähnen.

Kurze Zeit später war dort, wo einst die Geranien gediehen waren, Wüste. Jenseits der Wüste konnten die Schafe Beth und Rebecca am Tisch sitzen sehen. Von innen musste es aussehen, als hätte Beth drei Schafsköpfe in den Blumenkasten gepflanzt.

Glücklicherweise kam keine der beiden Frauen auf die Idee, aus dem Fenster zu sehen. Dazu waren sie beide viel zu sehr ins Gespräch vertieft.

»Man könnte sagen, ein Dumme-Jungen-Streich«, sagte Beth.

»Hmmm«, sagte Rebecca.

Beide blickten auf das Strohbüschel, das zwischen ihnen auf dem Tisch lag. Jemand hatte das Stroh so zusammengebunden, dass es Arme, Beine und einen Kopf hatte. Jemand hatte einen Zweig mitten durch den Strohleib gesteckt.

»Wissen Sie, wie die Kinder George genannt haben? *Koboldkönig!* Das muss man sich einmal vorstellen. Wo sie das herhatten... Diese Heiden! Nur hinter seinem Rücken natürlich. Oh, sie haben ihn gefürchtet wie den Leibhaftigen...«

Rebecca nickte. »Und da haben Sie gedacht...«

»Ein Dumme-Jungen-Streich. Es wäre ja nicht das erste Mal.« Beth seufzte. »Ich habe es letzte Woche am Morgen auf den Stufen von Georges Schäferwagen gefunden. Ich habe ihn nie aufgegeben, wissen Sie, obwohl er mich ausgelacht hat. Aber er war nicht da. So selten war er da in letzter Zeit. Da habe ich das Ding mitgenommen. Ich dachte mir, die Kinder und ihr Unsinn vom Koboldkönig sind den Ärger nicht wert.«

»Und jetzt denken Sie...«

»Jetzt denke ich, dass es eine Warnung war. Und ich bin schuld daran, dass er sie nicht bekommen hat.« Beth lächelte traurig. »Aber so schlimm ist das nicht. George hätte sowieso nicht darauf gehört. Das weiß ich, dass George nie auf Warnungen gehört hat.«

Sie schwiegen.

»Warum war er oft nicht da, in der letzten Zeit?«, fragte Rebecca. »Was hat er gemacht, wenn er nicht da war?«

Beth faltete ihre Hände. »Wenn ich das wüsste. Er hat sich anständig angezogen, wenn er wegfuhr, so viel weiß ich. Einen richtigen Anzug mit weißem Hemd. Zehn Jahre jünger sah er damit aus, ein richtiger Gentleman. Da reden die Leute natürlich. Aber ich glaube kein Wort davon. Ich glaube, er ist in die Stadt gefahren, nach Dublin, auf Ämter, zu Banken, solche Dinge. Er wollte hier weg, weg von Glennkill, verstehen Sie?«

»Aber irgendjemand wollte nicht, dass er weggeht?«, fragte Rebecca.

Beth nickte.

»Eine Frauengeschichte?«

Beth schüttelte entrüstet den Kopf. Rebecca zog die Augenbrauen hoch.

»Glauben Sie, es ging um Geld?«, fragte sie dann.

Beth lachte wieder ihr welkes Lachen. »Das fragen sich hier wohl alle. Geld, das ist alles, an was die denken können. Diese Heiden! Hatte George überhaupt Geld? Nein, würde ich normalerweise sagen. So wie er gelebt hat. Ein Stück Land, ein paar Schafe, ein Häuschen und keine großen Geschäfte. Die meisten hier haben mehr. Die meisten verdienen ganz gut am Tourismus, obwohl sie natürlich alle jammern. Aber andererseits. Manchmal hatte George Dinge. Teure Dinge, richtig teure Dinge. Eine Uhr, kein Mensch in ganz Glennkill hätte sich so eine Uhr leisten können, nicht einmal Baxter, der Wirt, obwohl der langsam fett wird mit seinem Bed & Breakfast. Ich meine bildlich gesprochen. Wenn Sie ihn sehen, werden Sie wissen, warum ich sage, bildlich gesprochen.« Beth kicherte ein Schulmädchenkichern.

»Und George hat gar nichts auf die teure Uhr gegeben. Hat mit ihr Radieschen eingepflanzt.« Beths Hände spielten mit dem Strohmännchen. Verstohlen hatte sich so etwas wie Bewunderung in ihre Stimme gemischt.

»Jetzt warten natürlich alle auf die Testamentseröffnung. Diesen Sonntag ist es so weit, unter freiem Himmel, ein Anwalt aus der Stadt. George hat alles genau festgelegt. Geld, das interessiert sie, diese Heiden. Sie können mir glauben, noch nie ist hier irgendein Ereignis mit mehr Spannung erwartet worden, nicht einmal dieser schwachsinnige Schafswettbewerb.«

»Der Smartest-Sheep-of-Glennkill-Contest«, sagte Rebecca, ebenfalls lächelnd. »Der Tourismusmagnet schlechthin. Und George stiehlt ihnen die Show.«

»Sie sollten sich das ersparen«, sagte Beth. »Was die mit den Tieren machen. Lächerlich. Ich muss ja hin – wegen der Wohltätigkeit.«

Ein Arm des Strohmännchens war aufgegangen. Es sah aus, als würde es einen Heubüschel in der Hand halten. Beths schmale Finger wickelten geübt einen einzelnen Strohhalm um das Büschel, bis das Männchen wieder ganz war.

Maple bemerkte, dass sie ein schlechtes Gefühl hatte, durch und durch, von den Hufen bis in die Haarspitzen. Es war, als wären ihre Ohren mit Wolle verstopft, als wäre die Glasscheibe zwischen ihnen und Beth blind wie Rauch. Sie hörte und sah, aber sie hatte die ganze Zeit das Gefühl, im Nebel zu stehen. Es dauerte einen Augenblick, bis sie verstand, woher dieses Gefühl kam. Durch die Glasscheibe konnte sie Beth und Rebecca nicht *riechen*. Keine Witterung verriet ihr, ob sie die Wahrheit sagten, was sie fühlten und fürchteten. Eine gespenstisch unvollkommene Welt. Für die Menschen mit ihren kleinen Seelen und ihren hervorstehenden nutzlosen Nasen musste es immer so sein. Maple überlegte, was das bedeutete. Misstrauen. Unsicherheit. *Angst*. Es bedeutete Angst.

»…wankelmütig, launisch«, sagte Beth gerade. »Ich glaube das nicht. Das menschliche Herz ist ein merkwürdiges Ding. Es kann sich nur an eine Sache hängen im Leben, und wo es hängt, da bleibt es, zum Guten wie zum Schlechten.«

Die Schafe staunten. Sonst hatte Beth nur immer von der »Frohen Botschaft« und »guten Werken« gesprochen und alles andere »eitles Geschwätz« genannt. Und auf einmal schwätzte sie eitel mit, ohne Rebecca auch nur ein einziges Heftchen in die Hand zu drücken. Ihre neue Sorglosigkeit hatte etwas Lämmerhaftes. Kühn und verletzlich zugleich. Sie musste sehr aufgeregt sein.

»Ham zum Beispiel«, sagte Beth. Rebecca sah sie verständnislos an.

»Ham?«

»Abraham Rackham, der Metzger«, erklärte Beth. Sie verzog ihr ernstes Gesicht zu einem Lachen. »Wenn Sie hier etwas herausfinden wollen, müssen Sie erst einmal verstehen, wie die Leute hier denken. Abraham ist ihnen natürlich zu lang. Mehr als zwei Silben im Namen – keine Chance.«

Sie überlegte einen Moment. »Natürlich gibt es auch Ausnahmen. Gabriel. Komisch, darüber habe ich noch nie nachgedacht. Niemand hier würde sich trauen, ihn ›Gabe‹ zu nennen.«

»Aber ›Ham‹?«

»Wenn Sie ihn sehen, werden Sie es schon verstehen. ›Abe‹ wäre wahrscheinlich normal gewesen, sehr einfallsreich sind sie ja nicht. Aber wir haben schon einen ›Abe‹, und dann die zwei ›-hams‹ und der Beruf. Oh, Sie sollten ihn sehen!«

»Was ist mit Ham?«

»Bei dem würde ich anfangen, wenn ich Sie wäre. Immer tut er so fromm, als hätte er als Einziger auf der ganzen Welt die Bibel gelesen. Aber die Leute haben Angst vor ihm. Und er selbst – er hat auch Angst. In seiner Metzgerei… da hat er eine Überwachungskamera. Schon seit Ewigkeiten. Schon als wir solche Sachen sonst nur aus amerikanischen Filmen kannten. Aber wozu braucht eine Metzgerei so eine Kamera? Nicht mal auf der Bank haben sie eine. Da müsste er schon krankhaft ängstlich sein.

Aber das ist er nicht, man braucht ihn nur anzusehen, um zu wissen, dass er das nicht ist. Ich glaube, er hat wirklich Angst. Und das bedeutet, er hat was zu verbergen. Das ist es, was ich glaube. Ich habe ihn einmal darauf angesprochen, bei der Weihnachts-kollekte.«

»Und?«

»Er ist rot geworden. Ärgerlich. Verlegen. Und Ham ist kein Mann, der leicht verlegen wird. Ich möchte nicht wissen, was man in seinem Schlachthaus so alles finden würde. Gott steh uns bei!«

Mopples Magen gab seltsame Geräusche von sich. Othello sah ihn vorwurfsvoll an.

Rebecca fuhr sich mit der Zunge über die Lippen. »Es ist ein seltsamer Ort hier. So hatte ich es mir nicht vorgestellt. Ich dachte, es wäre friedlich.«

»Es war friedlich«, sagte Beth. »Früher war es hier einmal fried-lich.«

»Offensichtlich nicht friedlich genug.«

Beth schüttelte den Kopf. »Ich meine nicht vor Georges Tod. Ich meine sehr viel früher. Vor Jahren.« Beth dachte kurz nach. »Vor sieben Jahren. Ich war ein halbes Jahr in Afrika gewe-sen. Und als ich zurückkam, war alles anders. Mehr Aberglau-ben. Weniger Gottesfurcht. Und George hat es am schlimmsten erwischt, damals. Seitdem hat er sich immer mehr zurückgezo-gen. Seitdem – ach, ich weiß auch nicht...«

»Und was ist damals passiert?«

»Nichts natürlich«, sagte Beth bitter. »Jedenfalls nach dem, was sie mir erzählt haben. Aber seither«, wieder beugte sich Beth vor, »seither warten sie auf Erlösung.«

Mopples Knie begannen zu zittern. Er rutschte von der Blu-menbank herunter und starrte glasig auf die Garagenmauer. Sein

Geruch war auf einmal sauer wie gegorene Vogelbeeren. Mopple verdrehte die Augen. Eine Kolik! Mopple the Whale, der ganz viel frischen Klee auf nüchternen Magen fressen konnte, hatte eine Kolik. Diese Geranien mussten ein Wolfszeug sein!

Othello und Maple flankierten Mopple und hinderten ihn daran, sich hinzulegen. Auf und ab gehen war das Einzige, was bei so einer Kolik helfen konnte. Das wussten sie von George.

»Vorwärts, Mopple«, flüsterte Maple. »Der nächste Schritt, der nächste Schritt.«

»Nicht blöken, Mopple«, raunte Othello.

Mopple taumelte vorwärts, mit starren Augen, aber er blökte nicht. Maple und Othello trieben ihn auf dem Hinterhof des Take-Aways auf und ab.

Dann ging auf einmal die Tür auf. Viel säuerlicher Beth-Geruch schwappte heraus. Es war, als würde Beth ihren geballten Geruch zu Hause aufbewahren und nur immer eine kleine Portion davon bei sich tragen. Geschmeidig wie ein Frettchen wand sich Rebeccas voller, warmer Geruch durch diese Witterungswüste. Dann stand sie auch schon auf dem Hof. Mopple, Maple und Othello schafften es gerade noch hinter den Ginsterstrauch.

»Vielen Dank«, sagte Rebecca zu der desolaten Witterung im Türrahmen. »Das hat mir sehr geholfen, vor allem das, was Sie mir zuletzt gesagt haben.«

Sie lächelte spitzbübisch. »Jetzt habe ich Hunger. Glauben Sie, dass der Take-Away noch offen hat?«

»Hier doch nicht«, klang es aus dem Türrahmen. »Da müssen Sie schon froh sein, wenn er tagsüber offen ist. Aber Sie könnten bei mir eine Kleinigkeit essen. Brot und Salat?«

»Nein, vielen Dank.« Rebecca lächelte wieder und machte ein paar Schritte Richtung Straße. Dann drehte sie sich noch einmal um.

»Eines verstehe ich nicht«, sagte sie. »Sie halten offensichtlich gar nichts von Glennkill. Warum sind Sie hier geblieben?«

Schweigen aus der Tür. »Sagen wir, aus sehr persönlichen Gründen«, hauchte dann eine Stimme, die keines der Schafe als Beths Stimme erkannt hätte.

»George?«, fragte Rebecca, aber die Tür war schon zu. Rebecca wanderte nachdenklich über den Hof und verschwand um die Ecke.

Es war höchste Zeit. Mopple krümmte sich. Wieder trieben sie ihn über den Hof, Maple raunte ihm Tröstendes, Othello Drohendes ins Ohr.

Irgendwann blieb Mopple stehen.

»Vorwärts!«, blökte Maple. Othello gab Mopple einen gar nicht so sanften Stoß mit der Schnauze.

»Nein!«, sagte Mopple mit schwacher Stimme.

»Du musst«, knurrte Othello.

»Nein«, sagte Mopple. »Ich muss nicht. Versteht ihr nicht? Es ist vorbei. Ich hab Hunger!«

❊

Als die drei Schafe den Hof des Take-Aways wieder verließen, war es still in den Straßen. Mopple war noch immer etwas wackelig auf den Beinen, fraß aber ein paar Blumen, die ein unvorsichtiger Mensch um die Marmorsäule auf dem kleinen Platz gepflanzt hatte.

Miss Maple schlug den Weg zurück zur Weide ein, aber schon nach wenigen Schritten merkte sie, dass Othello ihnen nicht folgte. Der schwarze Widder stand wie eine kleine Wolke Dunkelheit neben der Marmorsäule. Maple blökte ihm aufmunternd zu, aber Othello schüttelte den Kopf.

»Ich bleibe«, sagte Othello. Maple klappte neugierig ihre Ohren nach vorne. Doch Othello machte nur ein geheimnisvolles Gesicht, und im nächsten Augenblick war er im Schatten der Hecken verschwunden. Miss Maple wäre ihm gerne gefolgt, aber Mopple the Whale roch verwirrt, nach Augentränen und Kniezittern, und sie wollte ihn jetzt nicht alleine lassen. Gemeinsam trabten sie zurück Richtung Weide.

Mopples Augen waren noch ein bisschen glasig. Maple trabte munter wie lange nicht neben ihm her.

»Das war interessant«, sagte sie. »Möchtest du nicht auch gerne wissen, was vor sieben Jahren passiert ist?« Sie überlegte. Sieben Jahre. Eine ungeheuer lange Zeit. Maple war das klügste Schaf von ganz Glennkill, aber sich sieben Jahre vorzustellen, das schaffte sie doch nicht. Sie versuchte es mit sieben Sommern. Keine Reaktion. Sieben Winter? Wirklich erinnern konnte sie sich nur an den letzten Winter, als George einen alten Teppich vor die Tür des Heuschuppens genagelt hatte, um sie vor dem kalten Wind zu schützen. Davor gab es noch einen Winter und davor noch einen. Die Spur der Winter verlor sich im Dunkel.

Mopple war inzwischen seinen eigenen Gedanken nachgegangen.

»Der Metzger war's!«, ächzte er.

»Warum?« Maple sah Mopple besorgt an. »Weil er eine Überwachungskamera hat? Wir wissen nicht einmal, was eine Überwachungskamera ist.«

Mopple machte ein trotziges Gesicht.

»Niemand mag den Metzger«, überlegte Maple weiter. »Aber trotzdem hatten die Männer unter der Linde Angst vor seinem Tod.« Sie schüttelte den Kopf. »Es gibt so viel Angst hier. Alle Menschen haben Angst. Es ist ein Wunder, dass George so wenig Angst hatte.«

»Aber sie wollten ihm Angst machen«, sagte Mopple. »Mit Stroh.« Er schüttelte den Kopf über so viel menschlichen Unverstand. Es gab viele furchtbare und schreckliche Dinge auf der Welt, aber Stroh gehörte sicher nicht dazu.

Maple nickte. »Eine Warnung.« Ein Gedanke kam ihr, und sie blieb stehen. Mopple sah sie fragend an.

»Mopple«, sagte Maple, »wenn so eine kleine erstochene Figur eine Warnung für George sein sollte, könnte es dann nicht sein, dass ein erstochener George eine große Warnung für jemand anderen ist?« Mopple sah ratlos drein, aber Maple erwartete nicht wirklich eine Antwort. Sie war mit ihren Gedanken schon wieder weiter.

»Und die Kinder hatten Angst *vor* George. Warum? Wieso *alle* Kinder? Was war so furchtbar an George, dass sich so viele vor ihm fürchten konnten?«

»Mopple«, sagte sie, »merk dir ›Koboldkönig‹.«

»Koboldkönig«, schnaufte Mopple.

11

Das Haus Gottes zu finden war kein Problem für Othello: das größte im Dorf, hoch und spitz – genau wie Cloud es gesagt hatte. Schwieriger schien es schon, sich an Gottes Haus heranzuschleichen. Anders als alle anderen Häuser war es von vorne beleuchtet. Nur unter dem Türbogen gähnte ein Schatten. Othello lauschte. Irgendwo in der Ferne winselte ein Hund, und Musik spielte dazu. Sonst nichts. Othello trabte zügig über den hellen Hof. Zwei lange Schafsschatten trabten neben ihm her, ein dritter, längerer, sehr blasser folgte. Sogar zu viert machten sie kaum ein Geräusch.

Im Schatten der Tür war Othello dann wieder allein. Er witterte. Draußen roch es nach Straße, Auto und samtiger Sommernacht, aus dem Inneren kamen kühle, herbe und nüsternkitzelnde Gerüche durch die Ritzen ins Freie gekrochen.

Kein Mensch, überhaupt kein Lebewesen.

Oder?

Wenn du anfängst, dir zu trauen, solltest du damit aufhören, flüsterte die Stimme in seinem Kopf. Othello witterte noch einmal.

Ein oder zwei Mäuse vielleicht. Sicher nichts Größeres. Nur die Tür selbst machte ihm Sorgen. Höher und breiter als alle anderen Türen, die er je gesehen hatte. Die Griffe waren so hoch,

dass er selbst auf die Hinterbeine gestellt mit den Vorderfüßen nicht herankommen konnte. Es sah aus, als würden hinter dieser Tür Riesen hausen. Gott war groß, dachte Othello, aber so groß war er nun auch wieder nicht.

Vielleicht konnte er sich am Griff festbeißen? Er stemmte die Vorderbeine gegen die Tür und machte den Hals lang. Die Tür gab nach. Nicht viel, aber es reichte, um es Othello zu verraten: Die Tür war offen und die Türgriffe überflüssig.

Er ließ sich wieder auf alle vier Beine herab und senkte den Kopf. Mit seinen Widderhörnern ließ sich die hohe Tür ohne Probleme aufschieben.

Lauschen.

Stille.

Othello setzte einen Vorderhuf ins Innere, auf kalten, blanken Stein, dann einen zweiten. Er wollte gerade einen Hinterhuf nachziehen, als sich die Stimme wieder meldete.

Jeder Weg ist in Wahrheit zwei Wege, sagte die Stimme. »Hin und zurück«, dachte Othello. Er erstarrte. *Der Weg zurück ist immer der wichtigere*, fügte die Stimme etwas spöttisch hinzu.

Der schwarze Widder schnaubte ungeduldig. Er war ärgerlich auf sich selbst. Wenn sich die Tür nach innen aufdrücken ließ, war es noch lange nicht sicher, dass das in die andere Richtung ebenso leicht gehen würde.

Othello tat ein paar Schritte zurück, bis sein Hinterteil wieder im Licht war und drei lange Schattenhinterteile warf. Senkte die Hörner. Dann preschte er los. Angriff – Aufprall – Parade mit erhobenen Hörnern. Eine elegante Bewegungssequenz, die ihm in jedem Widderduell Respekt eingebracht hätte.

Die schwere Holztür schwang weit auf. Einen Moment lang sah Othello Bänke im Mondlicht, aufstrebende Pfeiler, eine hohe Kuppel. Eine Manege?

Die Tür schwang zurück und schob einen Hauch von Staub vor sich her. Schwang über den Türstock hinaus nach draußen. Wieder zurück. Wieder nach draußen. Hin und her. Jetzt war er sich sicher: Er würde die Tür von innen genauso leicht aufdrücken können wie von außen.

Othello wartete im Schatten des Eingangsportals, bis wieder Stille eingekehrt war. Dann wartete er weiter. Seine Wut war einer kalten Geduld gewichen. Bald würde er Gott für die Schmerzen, das Leid und die vielen gierigen und gleichgültigen Augen dieser Welt zum Duell fordern.

Als er dann auf dem glatten Steinboden stand und die Tür hinter ihm das Licht abschnitt, war Othello doch unheimlich zumute. Zu vieles hier erinnerte ihn an den Zirkus. Die Orgel, die zu den schrecklichsten Dingen fröhliche Musik machen konnte. Die leeren Zuschauerbänke. Die Plattform. Dort standen Requisiten der Vorstellung: ein Mikrofon, ein Podest, ein Bänkchen. Ein Spalier aus Eisenspitzen und brennenden Kerzen. Othello konnte sich gut vorstellen, wie Tag für Tag unglückliche Kreaturen über dieses Hindernis getrieben wurden. Zur Freude der Zuschauer. Zweifellos hatte Cloud damals so eine Vorstellung erlebt. Othello war froh, dass er Gott aufgespürt hatte. Das Zuschauen musste aufhören.

Er trabte zwischen den Bankreihen hindurch. Ein dicker roter Teppich dämpfte jeden Huftritt. Der rote Teppich war nur für die Artisten gemacht. Die Menschen. Wehe dem Tier, das aus Versehen einen Fuß daraufsetzte. Othello war das jetzt egal.

Dann hörte er ein Geräusch. Ein kleines gequältes Geräusch, wie von einer schlecht geölten Tür. Oder konnte es ein Tier gewesen sein? Ein Mensch? Othello spähte vorsichtig durch die Bankreihen. Vor ihm tanzte dicker Staub im Mondlicht. Dahinter wartete ein Gestell. Und darauf hing, mehr tot als lebendig, eine menschliche Gestalt. War das Geräusch von ihr gekommen? Othello schauderte: das Opfer einer Messerwerfernummer! Es sah nicht wie ein Unfall aus. Wer immer die Messer geworfen hatte, hatte genau gewusst, was er tat.

Als Othello noch näher gekommen war, wurde ihm klar, dass das Geräusch nicht von dem Menschen gekommen sein konnte. Cloud hatte Recht. Man konnte kein Blut riechen, und Othello verstand auf einmal, warum: Die Gestalt war aus Holz.

Seltsamerweise beruhigte das Othello nicht. Er wusste, dass Menschen Dinge aus Holz formen konnten. Warum sie aber *solche* Dinge formen *wollten*, war mehr, als ein Schaf verstehen konnte.

Irgendwo in Gottes Haus knarrte eine Tür.

Schritte.

Gott?

Der Langnasige war am anderen Ende des Raums durch eine Seitentür erschienen. Er trug ein kleines, tanzendes Licht.

Othello glitt lautlos wie ein Schatten zwischen den Bänken hindurch. Über einen Streifen Mondlicht zur Wand. Dort stand ein hölzerner Verschlag. Davor ein schwerer samtener Vorhang. Dahinter ein Geruch von Stein, Holz und Staub und ein bisschen Angst. Othello zögerte.

Das tanzende Licht kam näher.

Othello kletterte eine Holzstufe hinauf und verschwand in dem Verschlag. Die Falten des Vorhangs schwangen. Hin und her.

Doch der Mann ging vorbei.

»Er weiß nicht alles!«, dachte Othello triumphierend.

Der Vierhörnige bewegte keinen Muskel. Als sich der Vorhang beruhigt hatte, sah er sich vorsichtig in dem Holzverschlag um. Eine Bank. Seitlich eine vergitterte Öffnung. Zur Belüftung vielleicht. Eine Transportkiste für Menschen? Der Geruch passte dazu. Hier hatten Menschen Angst gehabt.

Von draußen kam ein metallischer Ton. Nicht zu nah.

Othello beschloss, einen Blick zu wagen. Zwischen den Stoff-
falten hindurch konnte man hervorragend ins Freie spähen.

Der Langnasige stand auf dem Podest. Er machte sich halbherzig an dem Kerzenspalier zu schaffen. Zwischendurch sah er
auf seine Uhr. Er war gespannt.

Eine Weile passierte gar nichts.

Dann war von draußen ein Knarren zu vernehmen, Schleifen
über Kies, näher und näher.

Gott drehte sich erwartungsvoll um.

Die große Tür flog in weitem Schwung auf, schleifte über
Stein, blieb an einer Unebenheit im Boden hängen. Zitterte
vom Aufprall. Durch die hohe Öffnung fiel Licht herein, kein
kaltes Mondlicht, sondern das gelbe Licht der Scheinwerfer im
Hof.

Othello wartete gespannt. Wieder das Knarren und Schleifen.
Eine Gestalt erschien im Licht, klein wie ein Kind, aber so breit,
dass sie kaum durch die Tür passte. Sie rollte. Eine absonderliche
Mischung aus Mensch und Maschine. Ein gedrungener schwarzer Umriss mit einem Kranz aus wirrem Haar, golden im Scheinwerferlicht. Rollte. Jetzt lautlos auf dem glatten Steinboden.
Regungslos und doch bewegt, beinahe schwebend. Eine verwirrende Witterung von Metall und bitterer Medizin. Öl und hei-
lenden Wunden. Und darunter ein bekannter Geruch.

»Ham.« Der Langnasige lächelte mild. »Wie schön, dass es dir
besser geht. Wie schön, dass du auch in deinem Unglück zu mir
gekommen bist.« Seine Hände gruben sich in warmes duftendes
Wachs. Aber aller Duft konnte nicht den Gestank von bitterem
Schweiß übertönen, der urplötzlich von ihm herabströmte.

Othello wurde mit einem Mal klar, dass Gott den Metzger
hasste, mehr als alles andere, mehr als er George gehasst haben

musste. Der Metzger schien es auch zu wissen. Er rollte an dem Langnasigen vorbei, kindsgroß, ohne auch nur aufzusehen, direkt auf die hölzerne Gestalt zu.

»Ich komme nicht zu dir«, sagte er. »Ich komme zu ihm.«

Der andere zog die Schultern zusammen wie gegen einen plötzlichen Frost. Er schwieg. So erfuhr Othello, dass Gott den Metzger auch fürchtete.

Während Ham stumm auf die Holzfigur starrte, drückte der Langnasige sich nervös in einer Nische herum. Er wartete darauf, dass der Metzger verschwand. Othello spähte vorsichtig zwischen den schweren Vorhängen hervor und wartete ebenfalls. Die Zeit verstrich, und Othello konnte riechen, wie der Langnasige immer nervöser wurde.

Schließlich drehte sich der rollende Stuhl des Metzgers um. Rollte lautlos zurück zur Tür, über die Schwelle, knarzend und schleifend über den Hof, davon. Erleichterung hing wie zitternder Nebel in der Luft. Vorsichtig schritt Gott zur Tür. Spähte nach draußen. Er musste sich mit seinem ganzen Gewicht gegen die Tür stemmen, um sie wieder vom Stein loszubekommen. Als die Tür sich geschlossen hatte und das goldene Licht nach draußen verbannt war, ging es dem Langnasigen merklich besser. Er summte sogar.

Sein seltsames Kleid bewegte sich im Mondlicht wie Wasser, als er durch die Stuhlreihen auf Othellos Verschlag zukam. Othello zog blitzschnell den Kopf zurück, aber irgendetwas musste Gott doch bemerkt haben. Er blieb direkt vor dem Kasten stehen. Der weiche Stoff raschelte, als eine Hand den Vorhang zurückschob. Othello senkte die Hörner. Der Kasten bebte, aber kein Licht fiel herein. Gott hatte die andere Seite des Verschlags betreten, und Othello entschied, dass es Zeit war, zu gehen.

Aber als er sich umdrehte, knarzten die Bretter unter seinen Hufen.

»Aha«, sagte der Langnasige, »du bist schon da. Tut mir leid, dass du gewartet hast. Aber du siehst ja, wie es ist. Kaum sperre ich die Kirche einen Abend nicht zu, ist er schon drin.« Er lachte.

Othello bewegte keinen Muskel.

»Du willst die Beichte ablegen?« Die Stimme klang zäh und triefend wie das Harz an den Kiefern.

Othello schwieg.

»Nur ein Scherz«, flüsterte es durch das Holzgitter. »Ich bin wirklich froh, dass du gekommen bist. Ich hatte schon befürchtet, du würdest nicht kommen. Aber die Sache ist wichtig, hörst du. Bei George habe ich noch den Mund gehalten. Noch einmal tu ich es nicht. Ich habe auch ein Gewissen.«

Othello schnaubte unwillkürlich.

»Lach nicht«, jammerte es von drüben. »Lasst bloß Ham in Frieden. Ich weiß nicht, ob ihr das wart mit den Klippen. Wenn ja, dann war das eine Riesendummheit. Aber jetzt ist Schluss damit, hörst du? Wenn es Ham erwischt, kommt alles raus, so viel sollte dir auch klar sein. Außerdem ist Ham keine Gefahr. Warum sollte er jetzt auf einmal was machen? So gern hat er George auch wieder nicht gehabt. Der hat seine Kamera und seine Metzgerei und den Fernseher, und damit ist er zufrieden. Nein, nein, um Ham brauchst du dir keine Sorgen zu machen.«

An Gottes Stimme war leicht zu erkennen, dass er sich große Sorgen um Ham machte. Das kam Othello seltsam vor, nachdem er vorher gerochen hatte, wie sehr der Langnasige den Metzger hasste. Othello begann, nachdenklich auf einem Stück Leder herumzukauen, das von der Polsterung der Sitzbank herabhing. Auf einmal hatte er keine Angst mehr. Er freute sich sogar darauf, sich bemerkbar zu machen.

»Kate«, sagte Gott, »das ist doch todsicher. Solange Kate hier ist, wird Ham sich hüten, die Pferde scheu zu machen. Gerade jetzt, wo sie wieder frei ist. Der ist vielleicht sogar dankbar, dass George tot ist. Lass Ham aus dem Spiel, hörst du?«

Othello gab ein räuspernde Geräusch von sich. Der Langnasige nahm es als Zustimmung.

»Ich bin froh, dass du es auch so siehst«, sagte er. Plötzlich war sein Gesicht ganz nah am Holzgitter. »Und was die Sache mit dem Gras betrifft ...«, raunte er.

Othellos Kopf wanderte ebenfalls nahe an das Holzgitter, bis er nur noch einige Zentimeter von Gottes Nase entfernt war. Gottes Nase schnupperte unruhig. Othello wunderte sich, dass er auf einmal über so vernünftige Sachen wie Gras sprach.

Doch jetzt hatte der Langnasige aufgehört zu sprechen. Er starrte mit glitzernden Augen durch das Gitter.

»Bist du das?«, fragte er.

Othello blieb stumm. Plötzlich sprang Gott aus seinem Kasten und zog den Vorhang vor Othello weg. Mondlicht strömte herein. Einen Atemzug lang bewegte sich keiner von ihnen. Dann blökte Othello los, ein schauriges, angriffslustiges Blöken, das durch den ganzen Raum hallte.

Der Langnasige stieß einen hohen, spitzen Schrei aus. Er rannte durch die Bankreihen, stolperte, kam wieder auf die Beine, sprang in einem großen ungelenken Satz über das Eisengestell mit den Kerzen hinweg und verschwand in der kleinen Tür, durch die er gekommen war. Othello sah ihm zufrieden nach.

Als Othello das Haus Gottes verließ, trabten wieder zwei Schafsschatten neben ihm her, und ein langer, sehr blasser trabte ihm voran. Aber die Nachtvögel in den Bäumen sahen etwas Seltsames, etwas, das die Schattensymmetrie des Lichtes gründ-

172

lich durcheinander brachte. Denn es gab noch einen vierten Schatten, einen Schatten, der in einigem Abstand *hinter* Othello hertrabte. Einen sehr zottigen Schatten, der lange, gewundene Hörner hatte.

✻

Wie die Wolken, ruhig und vollgefressen wie die Wolken, süß duftend nach jugendlicher Vielheit, grasten sie über die morgendämmrige Weide. Ahnungslos vor der Nacht, die sich über das Gras geschlichen hatte. Unter dem Dolmen hockte sie noch, ihre Sterne tote Augen auf Gebein, kein Wunder, dass sie nicht glänzten. Er wusste, dass der Dolmen für den Tod gebaut war, ein Schäferwagen für den Tod, ohne Räder natürlich, denn der Tod kann warten. Ein Singsang von modrigen Fängen lauerte dort. Es braucht keine Spaten, um die Geduld des Todes zu beweisen.

Jenseits des Dolmens graste die Jugend, seine eigene, mit starken Gelenken und schwimmender Freude im Bauch, aber so dumm, so dumm, dass sie einem leidtun konnte in ihrem Glück. Jenseits des Dolmens war die Weide, die es nicht geben konnte: das Zurück. Er hatte es auf der ganzen Welt gesucht. Unter glatten Steinen, hinter dem Wind, in den Augen der Nachtvögel und auf dem Wasser weicher Teiche. Dort hatte er nur sich selbst gesehen, und es war ihm schnell zu viel der Gesellschaft geworden – wenn er nicht das Zurück entdeckt hätte. Hinter seinen Ohren saß es und lachte, kein Wunder, dass er es nicht hatte finden können in der Welt. Das Zurück war ein Weg. Er hatte es die ganze Zeit mit sich getragen, aber nur in den Haarspitzen, wo der Regen es kühlte, wo es kitzelte, ohne dass er es merkte. Zu viele Parasiten in der Wolle, und man konnte sich nicht sicher sein, dass das Zurück keiner von ihnen war.

Der Weg zurück ist immer der wichtigere, erzählte das Laub. Überall erzählte es dasselbe, und man musste ihm glauben, dem duftenden, atmenden Fell der Welt, auch wenn es selbst immer wegwuchs, auf der

173

Flucht vor dem Braun. Doch wenn die Luft begann, nach kaltem Rauch zu riechen, Schwalbenziehzeit, Zeit der dunklen Tage, kam das Braun doch über den Boden. Dann hieß es aufpassen, dass es nicht an den Hufen Halt fand und die Beine heraufkroch wie kleine Spinnen. Die Beine juckten ihm, es war nicht gut, an die Spinnen zu denken. Sie versuchten, das Herz kalt zu machen, und krochen ihm in die Nase. Das Laub hatte ja doch Recht. Selbst in der Schwalbenziehzeit flüsterte es aus den Hecken, von den Stechpalmenbüschen, dem nimmersatten Efeu im Unterholz, den kleinen Kiefern und aus der eigenen fröstelnden Seele: Der Weg zurück ist immer der wichtigere. Er glaubte es ihnen allen. Er glaubte es auch den Krähen, die seinen Rücken von Parasiten befreiten, das Zurück aber unversehrt ließen. Schwarze Schwingen auf seinem Rücken, heisere Glanzaugen. Denn auch die Schwalben kehrten mit dem Laub zurück.

Jetzt hatte sich der Weg zusammengerollt wie eine Assel, war zu einem einzigen Schritt geworden. Nach dem Schritt grasten sie und waren wie Wolken von Winteratem, warm und lebendig in einer leeren Welt. Er sah den Schwarzen unter ihnen, mit der wütenden Seele und den vielen Wunden unter der Wolle. Der Schwarze gehörte jetzt hierher. Wer konnte dafür sorgen, dass jemand an einen Ort gehörte? George hatte es gekonnt, verbinden und trennen, besser als jeder Schäferhund. George hätte ihn zusammentreiben müssen, all die vielen verstreuten Schafe, mitten ins Zurück hinein. Aber George hatte zu tief unter den Dolmen gesehen, Stein und Bein. Er sah den, der wie ein Spiegel aus glattem Wasser war, und sah, dass sein Bauchfell schlaff herabhing. Aber die Hörner waren gewunden wie der Weg, gewunden und stolz wie seine eigenen.

Seine Seele galoppierte los.

Doch er stand noch. Stand da und sah ihr nach. Nur noch ein Schritt, ein einziger Schritt. Niemand hatte ihm gesagt, dass es der unmögliche Schritt war. Traurigkeit, genug um den Mond anzuheulen, wie es seine Krähen heimlich taten, wenn sie dachten, er würde es nicht merken. Es gab keine Brücke, die ihn über diesen letzten Schritt bringen konnte, keine Furt, wo das Wasser seichter gewesen wäre. Am letzten Schritt zu ertrinken, das hatte er nicht erwartet. Seine Hörner bohrten sich wie Schrauben in die vergehende Nacht. Und doch, doch… es gab eine Furt, man konnte sie bauen, mit Worten, alten Worten, liebevoll bewahrt in der Seele, die vielen Jahre, gedacht wie Zauberformeln, immer und immer wieder. Jetzt suchte er nach ihnen. Aber seine Seele war so groß geworden, so verwirrend und eng, Wege um Wege um Wege, alle Wege, die er je gegangen war, und er konnte die Worte nicht mehr finden. Musste er aber. Schnell musste es gehen, denn die Wolligen waren vergänglich wie der Winteratem, und unter dem Dolmen saß schon der stumme Schäfer, und seine blauen Augen glänzten. Der Tag kam langsam übers Meer gefahren und drohte ihn zu vertreiben, wie ihn schon vier andere Tage vertrieben hatten. Der fünfte Tag. Der fünfte Tag war der Tag des Zurücks. Er zögerte.

12

Im Morgengrauen war Miss Maple das erste Schaf auf der Weide. Sie konnte sich nicht daran erinnern, überhaupt geschlafen zu haben. Irgendetwas ließ ihr keine Ruhe. Ein Traum? Nein, kein Traum, eher die Erinnerung an einen Traum, den Traum von den halben Schafen. Ihr war so, als läge wieder diese Witterung in der Luft, wie von vielen Schafen, nur unvollständig, fremd.

»Gabriels Schafe«, dachte Miss Maple. Aber im gleichen Augenblick wusste sie, dass es das nicht sein konnte. Gabriels Schafe waren einfach auszuwittern, eine Herde aus jungen ein- und zweijährigen Schafen und Widdern, undifferenziert, flach. Die halben Schafe waren nicht jung. Zumindest nicht alle. Einige sehr alte Widder waren dabei, Mutterschafe und Lämmer, Erinnerungen, Erfahrungen, Raffinesse, jugendlicher Übermut, Unschuld. Eine komplette Herde eben. Nur nicht wirklich komplett, sondern halb. Seltsame Geruchsfäden hingen in der Luft.

Dann sah sie Ritchfield im Morgennebel stehen. Auf *George's Place*. Maple dachte einen Moment, er wäre tot. Nicht, weil er so regungslos dastand, das war nichts Ungewöhnliches bei alten Widdern. Sondern wegen der Vögel. Auf Ritchfields Rücken saßen drei Krähen. Und welches lebende Schaf hätte geduldet, von Krähen als Aussichtsplatz missbraucht zu werden? Sicher nicht Sir Ritchfield. Eine der Krähen breitete die Flügel aus und krächzte heiser in die morgenkühle Luft. Es sah aus, als wären Ritchfield kurze schwarze Schwingen gewachsen. Maple lief ein Schauer über das Fell.

Plötzlich spürte sie eine Bewegung in ihrem Rücken. Sie fuhr herum, mit allen vier Beinen zugleich in der Luft, wie es nur ein junges Lamm oder ein sehr erschrockenes Schaf kann. Hinter ihr trat Sir Ritchfield aus dem Nebel. Und vor ihr stand Sir Ritchfield auf *George's Place*. Maple trat ehrfürchtig ein paar Schritte zurück.

Die beiden Widder standen sich gegenüber wie die Spiegelbilder diesseits und jenseits einer Pfütze. Nur dass die schwarzen Vögel kein Spiegelbild warfen. Maple erinnerte sich an das Feenmärchen, daran, dass auch die Toten keine Spiegelbilder haben. Beide Widder senkten die Hörner und kamen langsam aufeinander zu, völlig im Gleichtakt, wie es auch Spiegelungen getan hätten. Maple überlegte, wer von beiden wohl der echte Ritchfield, wer das Spiegelbild war. Die Hörner stießen zusammen, mit einem vollen, klingenden Ton. Beide hoben wieder die Köpfe.

»Ich habe mich getraut«, sagte Ritchfield mit den Krähen.

»Du hast dich getraut«, bestätigte Ritchfield ohne Krähen.

Auf einmal sah er verwirrt aus. »Kein Schaf darf die Herde verlassen«, blökte er. »George kam zurück, und er roch nach Tod.« Er schüttelte verstört den Kopf. »Hätte ich nur den Mund gehalten, so eine Dummheit…«

Und Ritchfield ohne Krähen drehte sich um und trottete mit fahrigen Bewegungen auf die Klippen zu. Der andere Ritchfield stand da und sah ihm mit einem beinahe zärtlichen Ausdruck in den Augen nach. Wie auf ein Kommando hoben sich alle drei Krähen zugleich in die Lüfte, und es gab wieder nur einen Ritch-

177

field auf der Weide. Einen sehr zottigen Ritchfield. Einen Ritchfield, der roch wie eine Herde halber Schafe.

Miss Maple sah besorgt hinter dem anderen Ritchfield her, der verwirrt an den Klippen entlangwanderte. Sie drehte sich um und lief ihm nach.

✻

Normalerweise waren Cloud und Mopple jeden Morgen die ersten Schafe auf der Weide. Mopple, weil er früher Hunger bekam als alle anderen, Cloud, weil sie der Überzeugung war, dass Morgenluft die Wolle zum Wachstum anregt.

»Glaubt ihr etwa, ich bin von Natur aus so wollig?«, pflegte sie zu fragen.

»Jaa!«, blökten dann die Lämmer und einige der älteren Schafe, die sich immer noch für Clouds überlegene Wolligkeit begeistern konnten.

Cloud verdrehte dann geschmeichelt die Augen. »Vielleicht ist das so«, sagte sie, »aber glaubt nicht, dass ich nicht auch etwas dafür tue!« Alle Schafe, die sich dafür interessierten, konnten sich dann einen längeren Vortrag über die Segnungen der Morgenluft anhören. Aber seltsam: Obwohl Clouds Predigten sehr beliebt waren, fand sich nie auch nur ein einziges Schaf bereit, sich für seine persönliche Wolligkeit früher als die anderen aus der flauschigen Umarmung der Herde zu stehlen.

Diesen Morgen schlief Mopple the Whale noch die Strapazen seiner ersten Kolik aus, und Cloud stand allein auf der taufrischen Weide. Allein? Nicht wirklich. Natürlich gab es Gabriels Schafe, die ohne Heuschuppen zwangsläufig früh auf waren und Clouds Theorie von der natürlichen Wolligkeit der Morgenstunden einen herben Schlag versetzten.

Aber zu Clouds großer Überraschung war auch Sir Ritchfield schon wach. Er stand auf *George's Place* und graste würdevoll vor sich hin. Cloud vergaß vor lauter Empörung ihren morgendlichen Seelenfrieden. Sie plusterte sich vor Ritchfield auf.

»Weißt du eigentlich, wo du hier bist?«, fragte sie.

»Zurück«, sagte Ritchfield gerührt. Er senkte wieder den Kopf in die noch unversehrten Kräuter von *George's Place* und graste vorsichtig um einige der leckeren Nasenwohlblumen herum.

»Du weidest auf *George's Place*!«, blökte Cloud. »Wie kannst du nur!«

»Einfach«, sagte Ritchfield. »Über die Hügel, übers Feld, durch den alten Steinbruch, über die Leiche, durch die Welt und zurück. Sich nicht vom Metzger erwischen lassen. Einfach, denn der Aasfresser fürchtet die Toten. Den Kopf in den Wind, die Augen frei und die Erinnerungen nicht aus dem Fell schütteln. Unmöglich. Einfach, wenn man es tut.«

Cloud starrte Ritchfield ängstlich an. Ihre Empörung war verraucht. Irgendetwas stimmte mit Ritchfield ganz und gar nicht. Sie blökte unruhig. Ritchfield schien das nicht zu gefallen. Er trat näher zu ihr heran und raunte ihr ins Ohr. »Keine Sorge, Wollige. Das ist nicht *George's Place*. Kein Schaf wird an *George's Place* rühren, denn *George's Place* ist unter dem Dolmen, wo kein Gras mehr wächst, wo der Schäfer mit den blauen Augen sitzt und wartet. *George's Place* ist sicher, bis der Schlüssel warm ins Licht kommt. Wer hat den Schlüssel?«, fragte er.

Seine Worte waren ganz offensichtlich zur Beruhigung gedacht. Ritchfields Stimme klang sanft. Trotzdem floh Cloud verwirrt Richtung Heuschuppen.

*

Wenig später hatte sich die ganze Herde auf *George's Place* versammelt. Sie standen in respektvollem Abstand um Sir Ritchfield herum, der keine Anstalten machte, *George's Place* zu verlassen. Die vielen Schafe schienen Ritchfield zu irritieren.

»Manchmal ist Alleinsein ein Vorteil«, sagte er.

»Wie meint er das?«, fragte Heide. Die anderen Schafe schwiegen.

»Es klingt gar nicht nach Ritchfield«, sagte Lane schließlich.

»Er riecht seltsam«, sagte Maude. »Krank. Oder vielleicht nicht krank, aber nicht wie Ritchfield. Überhaupt nicht wie ein Schaf. Oder zumindest nicht wie *ein* Schaf. Wie ein junger Widder mit nur einem Horn. *Und* wie ein erfahrenes Mutterschaf. *Und* wie ein junges Schaf, das noch keinen Winter gesehen hat, mit ganz dichter Wolle. *Und* wie ein sehr alter Widder, der keinen Winter mehr sehen wird. Aber dann doch wie keines davon. Irgendwie – halb.« Maude war mit ihrer Weisheit am Ende.

»Auslauf!«, platzte Mopple hervor. »Ritchfield läuft aus!«

Das musste es sein! Ritchfields Erinnerungsloch war in der Nacht so groß geworden, dass alle möglichen und unmöglichen Erinnerungen nun einfach so aus ihm herausströmten.

Kein Schaf wusste, was zu tun war. Ritchfield war der Leitwidder, aber natürlich konnte man nicht erwarten, dass er selbst etwas unternehmen würde. Maple war verschwunden. Othello war nirgends zu entdecken. Mopple, das Gedächtnisschaf, hatte sich auf die andere Seite der Weide geflüchtet, weil er befürchtete, das Erinnerungsloch könne auf irgendeine Art ansteckend sein. Zora starrte Ritchfield einen Moment lang mit seltsamen Augen an, dann floh sie auf ihren Felsen. Schließlich nahm Ramses die Sache in die Hand. Er führte die Herde ein Stück von Ritchfield weg, damit er nicht hören konnte, was sie beratschlagten.

Zuerst einmal beratschlagten sie gar nichts. Niemand wusste, wie man ein Erinnerungsloch stopft. Wenn sie ehrlich waren, konnten sie sich nicht einmal vorstellen, was ein Erinnerungsloch war.

»Wir müssen ihn von *George's Place* wegbekommen, bevor er ihn ganz wegfrisst«, sagte Ramses.

»Wie?«, fragte Maude. »Er ist der Leitwidder.«

»Er ist *nicht* der Leitwidder, nicht mehr«, sagte Ramses. »Wir müssen es ihm nur noch klar machen.«

Es war immerhin ein Vorschlag. Die verwirrten Schafe hätten sich für so gut wie jeden Vorschlag begeistern können. Ehe Ramses wusste, wie ihm geschah, war es schon beschlossene Sache, dass er Ritchfield klarmachen sollte, dass es nun mit der Leitwidderei vorbei war.

Die Schafe ballten sich gespannt zusammen, während Ramses zögernd zu Ritchfield hinübertrabte. Ramses schluckte. Es kam ihm vor, als hätte Ritchfield nie majestätischer und ehrfurchtgebietender ausgesehen als heute. Er wollte gerade einen respektvollen Gruß murmeln, als Ritchfield ihn auch schon unterbrach.

»Ungewundener, Kurzhörniger«, sagte er zu Ramses. Das saß. Ramses' Hörner waren tatsächlich noch kaum mehr als zwei kleine Spitzen. »Spar dir den Atem. Spar dir das Klarmachen. Merkst du nicht, wie klar der Tag ist? Klarer als alle Tage. Meine Vögel wissen es und erheben sich früh. Ritchfield weiß es und sucht seine Erinnerungen. Klar, dass ich kein Leitwidder bin. Klar, dass mich kein Schaf auf der Welt von dieser schönen Weide bringen wird, wenn ich nicht will. Nur ihr«, sein Blick streifte die anderen Schafe, die mit großen, verwirrten Augen Richtung *George's Place* starrten, »ihr könntet klarer sein.«

Ohne ein einziges Wort gesagt zu haben, trabte Ramses zurück zu seiner Herde.

»Er hat es gehört«, blökte Maude. Anscheinend hatte das Erin-

181

nerungsloch Ritchfields Ohren geschärft. Sie nahmen sich vor, in Zukunft mit abfälligen Bemerkungen wieder vorsichtiger zu sein. Zur Sicherheit trabten sie noch weiter von *George's Place* weg, bis hinter den Dolmen.

Dort trafen sie Othello, der sich im Schatten des Dolmens versteckt hatte und mit großer Aufmerksamkeit zu Sir Ritchfield hinüberblickte.

»Othello«, seufzte Heide erleichtert, »du musst ihn von *George's Place* vertreiben!«

Othello schnaubte spöttisch. »Ich bin doch nicht verrückt«, sagte er. Mehr war aus ihm nicht herauszubekommen.

Othellos seltsame Antwort verunsicherte die Schafe noch mehr. Othello kannte die Welt und den Zoo. Er wusste etwas, was sie nicht wussten. Deshalb stand er im Schatten des Dolmens und rührte sich nicht. Sie überlegten weiter.

»Immerhin hat Ritchfield gesagt, dass er seine Erinnerungen sucht«, sagte Lane optimistisch.

»Wenn es ein Erinnerungsloch ist, müsste man es doch mit Erinnerungen stopfen können«, sagte Cordelia plötzlich. »Ein Erdloch stopft man doch auch mit Erde.«

»Aber ein Rattenloch nicht mit Ratten«, sagte Cloud.

»Man könnte«, beharrte Cordelia. »Mit sehr dicken Ratten.«

Ein paar Minuten später hatten sie einen Plan. Sie würden Sir Ritchfield eine Erinnerung machen, so groß und dick, dass sie das Loch einfach stopfen musste. Eine große Erinnerung mit möglichst vielen Schafen. Sie lockten Zora von ihrem Felsen und überredeten Mopple, sich wieder in Ritchfields Nähe zu wagen. Mopples Fülle konnte der Größe der Erinnerung nur gut tun. Allein Othello weigerte sich beharrlich, mitzuhelfen.

»Es muss etwas ganz Besonderes sein«, blökte Heide aufgeregt. »Etwas, was noch nie eine Herde getan hat.«

182

Kurz darauf lagen alle Schafe der Herde vor *George's Place* auf dem Rücken, streckten alle vier Beine in die Luft und blökten aus voller Kehle. Ritchfield hatte aufgehört zu grasen und sah ihnen aufmerksam zu. Wenn sie sich nicht so angestrengt hätten, wäre ihnen aufgefallen, wie amüsiert er aussah.

»Was ist denn das für ein Unsinn«, schnaubte auf einmal Ritchfields bekannte Stimme. »Seid ihr verrückt geworden?«

Die Schafe warfen sich triumphierende Blicke zu, so gut es in dieser Lage eben ging. Sir Ritchfield klang wieder ganz gesund. Langsam rappelte sich die Herde zurück auf die Beine, etwas durcheinander von der ungewohnten Haltung, aber stolz auf ihren Erfolg.

Ritchfield trabte von den Klippen her auf sie zu. »Ordnung!«, schnaubte er. »Haltung! Kann man euch denn überhaupt nicht alleine lassen?«

Ritchfield stand auf *George's Place* und begann, wieder um die Nasenwohlblumen herumzuweiden.

Die Augen der Schafe wanderten fassungslos zwischen den beiden Ritchfields hin und her.

»Das ist Ritchfield«, flüsterte Heide mit Blick auf den nach Ordnung brüllenden Ritchfield von den Klippen, »aber *das* ist auch Ritchfield.«

»Nein«, sagte Miss Maple, die wie ein neugieriger Schatten neben Ritchfield aufgetaucht war, »*das* ist Melmoth.«

*

Melmoths Ankunft versetzte die Herde in Aufruhr, wie es sonst wohl nur die Ankunft eines echten Wolfes getan hätte. Melmoth war mehr als ein verschollener Widder: Er war eine Legende, wie Jack-der-ungeschoren-Davongekommene oder der sieben-

183

hörnige Bock, ein Geist, der aufmüpfige Lämmer das Fürchten lehren musste, wenn alle anderen Warnungen nichts mehr halfen. Ein Beispiel dafür, wie es einem Schaf ergeht, wenn es sich von der Herde entfernt, zu nah an die Klippen geht, fremdes Futter frisst oder das Warnblöken der Mutterschafe nicht beachtet.

»Genauso hat sich Melmoth vorgebeugt, und er kam nicht wieder«, hieß es, wenn ein Lamm sich vorwitzig an den Abgrund wagte.

»Genauso viel Wehkraut hat Melmoth auch gefressen, und jetzt ist er tot.«

Als Spukgespenst der Lämmererziehung war Melmoth tausend gewisperte Tode gestorben, und jetzt stand er kraftstrotzend und bei bester Gesundheit vor ihnen. Die Mutterschafe fragten sich, wie sie ihre Lämmer künftig noch im Zaum halten sollten. Und kein Lamm hatte mehr grausige Melmoth-Geschichten zu hören bekommen als das Winterlamm. Jetzt drückte es sich im Schatten der Hecken herum und starrte mit rätselhaft schimmernden Augen zu Melmoth herüber.

»Ritchfield ist doppelt!«, sangen die anderen Lämmer, alle bis auf eines, das stumm blieb und sich in Clouds weiche Wolle schmiegte, so oft es nur ging.

Allen war klar, dass Melmoth etwas Besonderes war. Den »Ungeschorenen« nannten ihn manche und wussten dabei nicht so recht, ob es eine Beleidigung oder eine Ehrenbezeichnung sein sollte. Doch nachdem Ritchfield ihm beigebracht hatte, warum kein Schaf mehr auf *George's Place* grasen durfte, wurde Melmoth zunächst freundlich aufgenommen.

»Er ist wollig«, sagte Cloud anerkennend. »Ein bisschen zottig vielleicht, aber wollig.«

»Er hat eine schöne Stimme«, sagte Cordelia.

»Er riecht – interessant«, sagte Maude.

»Er lässt uns die Nasenwohlblumen übrig«, sagte Mopple optimistisch.

Natürlich tauchte bald die Frage auf, wer nun eigentlich Leitwidder war.

»Wir können nicht zwei Leitwidder haben«, sagte Lane. »Selbst«, fügte sie nachdenklich hinzu, »wenn sie beide derselbe sind.«

Sie hätten gerne Sir Ritchfield als Leitwidder behalten. Aber ein Leitwidder, bei dem man nicht auf den ersten Blick erkennen konnte, ob er auch wirklich der Leitwidder war, kam ihnen unpraktisch vor. Außerdem hatte Ritchfield sich verändert. Er war fröhlicher geworden, verspielter, beinahe jungwidderhaft verwegen. An der Leitwidderei schien er nicht mehr besonders interessiert zu sein. Die meiste Zeit verbrachte er dicht neben Melmoth. Noch nie hatten sie ihn so glücklich gesehen. Ritchfield hatte eine neue Regel aufgestellt. »Kein Schaf darf die Herde verlassen«, sagte er jedem, der es hören wollte, »außer es kommt zurück.«

*

In aller Frühe, früher als George je gekommen war, tauchte Gabriel wieder auf der Weide auf. Ohne seinen Hirtenstab. Ohne Hunde. Sogar ohne Hut. Aber mit Pfeife im Mundwinkel. Und mit einer Leiter. Die Schafe waren stolz, dass sie schon bei der Arbeit waren. Gabriel sollte gleich sehen, dass es unter ihnen keine Faulpelze gab.

Doch Gabriel schien nicht besonders erfreut. Mochte er Melmoth nicht? Aber Gabriel schien den neuen Widder in der Herde gar nicht zu bemerken. Er warf einen kurzen Blick auf seine eigenen Schafe, die ihren umzäunten Weideflecken schon halb kahl gefressen hatten. Dann marschierte er mit der Leiter zum Krähenbaum.

Auf ihrer Weide selbst gab es keine Bäume. Dafür war die Wiese nach zwei Seiten hin von Hecken begrenzt. Die Hecken waren kein ernst zu nehmendes Hindernis, wenn sich ein Schaf erst einmal entschlossen hatte, die Weide zu verlassen. Aber sie versperrten den Blick auf das saftige Grün der Umgebung und hinderten die Schafe so daran, die Weide verlassen zu wollen. »Psychologische Hindernisse«, hatte George das genannt.

In diesen Hecken hatten sich zwischen dem Ginster drei Bäume gehalten: Der Schattenbaum, unter dem es im Sommer wunderbar kühl war, ein kleiner Apfelbaum, der – zum großen Ärger der Schafe – seine Äpfel immer schon abwarf, wenn sie nur so groß wie ein Schafsauge waren und sauer wie Willow an ihren schlechtesten Tagen. Außerdem gab es den Krähenbaum. Dort wohnten Vögel und schrien vom Morgengrauen bis zur Abenddämmerung. Mittags waren sie still.

Auf den Krähenbaum steuerte Gabriel jetzt mit seiner Leiter zu. Er stellte die Leiter neben den Stamm. Kletterte auf die Leiter. Kletterte auf den untersten Ast. Die Vögel bemerkten, dass es ihm ernst war, und flogen auf, rund und unbeholfen wie Wildtauben, glänzend und spöttisch wie Krähen oder eben schwarzweiß und verstohlen – wie Elstern.

Gabriel kletterte eine ganze Weile auf dem Baum herum. Die Schafe beobachteten ihn.

»Er mag Elstern«, sagte Mopple. Es war das erste Mal, dass er etwas über Gabriel sagte. Mopple the Whale schämte sich ein bisschen dafür, dass ihm die ganze Gabriel-Sache nicht besonders wichtig war. Wenn es nach ihm gegangen wäre, hätten Gabriel und seine seltsamen Schafe nie hier auftauchen müssen. Jetzt fraßen die unheimlichen Fremden mit beängstigender Geschwindigkeit einen Teil der Weide kahl, und unter ihnen gab es einen Widder, zu dem Zora immer wieder mit unruhigen Augen hinüberschielte. Gabriel selbst schien auch nicht besonders nützlich zu sein. Was hatte er denn bisher für sie getan? Keine Rüben, keinen Klee, kein trockenes Brot, noch nicht einmal Heu. Er hatte den Wassertrog nicht sauber gemacht, obwohl es Mopples Meinung nach dringend nötig gewesen wäre. Gestern war Gabriel die ganze Zeit nutzlos über die Weide gehüpft. Und heute: Bäume! Die Vögel veranstalteten natürlich ein Gezeter, und das zu Recht. Wenn es *das* war, was Gabriel unter seinen Pflichten verstand, standen ihnen unruhige Zeiten bevor.

Gabriels drahtige kleine Schäferfigur turnte von Ast zu Ast, immer höher hinauf. Wie eine Katze. Wie eine Katze spähte Gabriel in die Vogelnester.

Es wurde den Schafen bald langweilig. Wenn Miss Maple nicht darauf bestanden hätte, Gabriel genau zu beobachten, wären sie bald wieder auf andere Gedanken gekommen. Doch so starrten sie durch die Zweige in die Höhe, bis ihnen von der ungewohnten Kopfhaltung schwindelig wurde. Sogar Melmoth spähte mit einem seltsamen Vogelblick zu Gabriel hinauf.

Aber dann war es doch Sir Ritchfield, der das Entscheidende sah. In einem der Nester hatte Gabriel anscheinend gefunden, was er suchte. Außer Ritchfield sahen noch Zora, Maple und Othello, dass Gabriel einen Schlüssel in der Hand hielt. Aber nur Ritchfield konnte erkennen, dass es *nicht* der Schlüssel war, den Josh gestern aus der Haferkeksdose entführt hatte.

»Klein und rund«, sagte Sir Ritchfield. »Der Schlüssel aus dem Nest ist klein und rund. Und der Schlüssel gestern war lang und eckig.« Die Schafe staunten. Besonders über Ritchfield. Vor Stolz über seine Beobachtung bemerkte er nicht einmal, dass er sich an

187

den Schlüssel von gestern überhaupt noch erinnern konnte. Melmoths Anwesenheit tat ihm ganz offensichtlich gut.

Gabriels Gedächtnis schien schlechter zu sein als das von Sir Ritchfield. Vielleicht hatte er den Schlüssel gestern auch gar nicht richtig angesehen. Jedenfalls kletterte er gut gelaunt wieder vom Krähenbaum herunter. Gut gelaunt trabte er zurück zum Schäferwagen, und gut gelaunt steckte er den Schlüssel in das Schloss. Dann war es mit der guten Laune schlagartig vorbei. Gabriel stieß einen kleinen ärgerlichen Pfiff durch die Zähne. Als die Gabriel-Schafe diesen Pfiff hörten, brach eine stumme, grundlose Panik unter ihnen aus, die noch anhielt, als Gabriel schon längst über den Feldweg zurück ins Dorf gestapft war. Georges Schafe sahen ihnen beunruhigt zu, bis ein anderes Geräusch ihre Aufmerksamkeit ablenkte.

Melmoth stand neben dem Dolmen und kicherte.

✲

Die Schafe merkten bald, dass Melmoth nicht einfach nur ein Schaf mehr in der Herde war. Sie konnten sich nicht genau erklären, wieso. Das Erste, was ihnen auffiel, war Melmoths zerstreuende Wirkung. Wenn Melmoth unter ihnen graste, war es ihnen kaum möglich, die normale Herdenformation zu halten. Unwillkürlich strebten sie auseinander, als wäre ein Wolf in ihre Herde eingebrochen. Nur im Weidetempo natürlich, also sehr langsam, fast ohne es zu bemerken. Es begann, ihnen unheimlich zu werden.

Eine andere Sache waren die Vögel. Keine rundlichen Singvögel, sondern raustimmige Aasfresser wie Krähen und Elstern. Melmoth ließ sie auf sich herumturnen und trug sie beim Grasen spazieren. Natürlich fürchteten die Schafe sich nicht vor

Krähen (außer Mopple vielleicht), aber sie rochen ihnen ein bisschen zu sehr nach Tod. Als sie Melmoth fragten, schnaubte er spöttisch.

»Eine Herde wie ihr, eine kleine, schwarzbeschwingte Herde. Sie wachen und weiden und kraulen das Fell. Das ist nicht ihre Schuld, dass sie den Tod weiden. Sie lassen die Erinnerung in Frieden. Sie sind klüger als ihre eigene Stimme. Sie verstehen den Wind.«

»Verrückt!«, dachten manche, aber das laut zu sagen, traute sich eigentlich niemand. Melmoths Sprache war zwar seltsam wie das Meckern einer Ziege, aber einen verwirrten Eindruck machte er deswegen noch lange nicht. Es war so, als würde Melmoths Rede das, was er sagen wollte, in sonderbaren Linien umkreisen. Umständlich kam es ihnen vor, aber nicht verrückt. Nur Cordelia bestand darauf, dass Melmoths Sprache *genauer* war als die aller anderen Schafe.

»Er sagt die Dinge nicht einfach, wie er sie denkt. Er sagt die Dinge, wie sie *sind*«, pflegte sie zu sagen, wenn sich irgendwo wieder einmal ein kleines Grüppchen melmothskeptischer Schafe zusammengefunden hatte. Diese Grüppchen wurden häufiger – und geheimer. Sie merkten schnell, dass Melmoth geradezu unheimlich viel von dem mitbekam, was auf der Weide passierte.

»Die Vögel erzählen es ihm«, blökte Heide, und die Schafe begannen, ein wachsames Auge auf den Himmel zu haben. Sie beobachteten Melmoth genauer als je zuvor.

Melmoth graste über die Wiese wie ein einsamer Wolf. Auch sein Gesichtsausdruck hatte etwas Wölfisches. Es schien absurd, und doch kam es ihnen manchmal so vor, als wäre Melmoth gar nicht wirklich ein Schaf. Die Kühneren unter ihnen dachten kurz an die Geschichte vom Wolf im Schafspelz und schauderten.

Und dann gab es da noch ein einzelnes Lamm, ein Lamm, das auf seinen wackeligen Beinen stand und Melmoth mit großen, scheuen Augen beobachtete. Kurze Zeit später begann ein Gerücht sich über die ganze Herde auszubreiten, das Gerücht, dass Melmoth *doch* ein Geist war. Sie wussten aus dem Feenmärchen, dass die Geister der Toten manchmal zurückkehren, um sich zu rächen. »Koboldkönig« und »Wolfsgeist« wisperte es durch die Herde.

*

Othello ärgerte sich. Tagelang hatte er dem Alten nachgespürt. Genau genommen jahrelang. Seit der regnerischen Nacht beim Zirkus, als Melmoth wie der Wind durch die Zeltgassen galoppierte, Othello durch Gitterstäbe dabei zusah und der grausame Clown im Schlamm lag und nach Licht brüllte, hatte Othello gewusst, dass er Melmoth wiederfinden musste. Nun hatte Melmoth *ihn* wiedergefunden. Othello war unzufrieden. Er wusste nicht, was er tun sollte. Freudig auf ihn zustürmen, so wie Sir Ritchfield? Melmoth hatte Othello Geduld beigebracht, ihn gelehrt, von Wasser und Feuer zu lernen, die Schleimspur der Schnecke zu betrachten, Wut und Furcht in die Welt zurückzujagen, wo sie herkamen, er hatte ihm gezeigt, wie man Gedanken beobachten konnte. Melmoth hatte ihm das Kämpfen beigebracht. Seine Stimme hatte Othello begleitet und ihm mehr als einmal das Leben gerettet.

Aber Melmoth hatte ihn auch zurückgelassen, allein mit dem grausamen Clown. »Manchmal ist Alleinsein ein Vorteil«, schnaubte Othello wütend. Von allen Dingen, die Melmoth ihm gesagt hatte, hatte er nur diesen einen Satz niemals geglaubt.

Unfähig, zu einer Entscheidung zu kommen, hatte Othello

sich bisher vor Melmoth versteckt, so gut es ging. Oh, Melmoth wusste, dass er hier war, darüber hatte Othello keinerlei Illusionen. Aber aus irgendeinem Grund hatte sich der Graue dafür entschieden, ihn in Ruhe zu lassen. War Othello ihm einfach egal – eines von unzähligen Schafen, die seine einsamen Wanderungen gekreuzt hatten, versunken in einer gesichtslosen Herde, die Melmoth nicht weiter interessierte? Von allen Möglichkeiten kam Othello diese am schrecklichsten vor.

Aber jetzt hörte er dem furchtsamen Gewisper seiner neuen Herde zu – seiner ersten richtigen Herde – und begann, sich Sorgen zu machen. Was, wenn es stimmte, dass George Melmoth früher einmal auf Leben und Tod gejagt hatte, wie in der Herde geraunt wurde? Was dann? Wenn er in der Zeit beim Zirkus eines gelernt hatte, dann, dass Melmoth zu allem fähig war.

*

Auch Miss Maple überlegte fieberhaft. Sie glaubte keinen Moment daran, dass Melmoth ein Geist war. Aber konnte er nicht etwas mit Georges Tod zu tun haben? Was wusste Ritchfield? Maple war sich sicher, dass Ritchfields seltsames Verhalten in den letzten Tagen mit Melmoth zu tun haben musste.

Als Melmoth gerade unter dem Krähenbaum eingedöst war, hielt es Maple nicht länger aus. Mit entschlossenen Schritten weidete sie sich neben Sir Ritchfield.

»Wer hätte gedacht, dass Melmoth überlebt hat«, sagte sie beiläufig.

Ritchfield schnaubte belustigt. »Ich«, sagte er, »ich habe ihn gespürt. In der Regennacht. Zwillingsgespür. In der Regennacht wusste ich, er ist zurückgekommen. Von da an habe ich gewartet.«

191

»Aber uns hast du nichts gesagt«, sagte Maple.

Ritchfield schwieg.

»Uns hast du immer erzählt, dass du seinen Tod an Georges Händen gerochen hast«, bohrte Maple.

»Ich habe den Tod an Georges Händen gerochen«, sagte Ritchfield nachdenklich. »Dann war es wohl ein fremder Tod.«

»Oder beinahe ein Tod«, sagte Maple. »Vielleicht ist Melmoth entkommen, mehr tot als lebendig. Er muss sehr wütend auf George gewesen sein...«

Ritchfield schwieg. Miss Maple rupfte ein Büschel Löwenzahn.

»Du hast uns nichts erzählt«, sagte Miss Maple, als sie fertig gekaut hatte. »Du hast Mopple eingeschüchtert, weil du dachtest, er hätte etwas von Melmoth mitbekommen. Damit er nichts verrät. Warum?«

Ritchfield machte ein bekümmertes Gesicht. »Es war nicht richtig, Mopple the Whale einzuschüchtern«, sagte er. »Aber ich dachte...«

Miss Maple hielt es nicht mehr länger aus. »Du dachtest, dass Melmoth vielleicht etwas mit Georges Tod zu tun haben könnte. Ein so seltsames Verhalten, sich nachts heimlich auf die Weide zu stehlen, und das ausgerechnet nach Georges Tod. Du konntest dir denken, dass damals in der Nacht nach Melmoths Flucht etwas Schreckliches passiert sein musste. Melmoth könnte die Wut darüber noch immer mit sich herumtragen, nicht wahr? Du hast dich entschlossen, Melmoths Ankunft geheim zu halten.«

Maple hob selbstbewusst den Kopf. Eine richtige Schlussfolgerung. Aus Indizien. Genau wie in dem Krimi. Sie war stolz auf sich. An Ritchfields betretenem Gesicht konnte sie erkennen, dass sie es genau getroffen hatte.

»Ich wollte ihm helfen«, sagte Ritchfield. »Zwilling für Zwilling.«

»Zwilling für Zwilling«, schnaubte Melmoth, der plötzlich auf der anderen Seite von Miss Maple aufgetaucht war. Maple blickte zwischen den beiden Widdern hin und her. Egal wie sie den Kopf drehte, immer stand derselbe Widder vor ihren Augen. Es tat dem Verstand weh. Es machte sie schwindlig.

Melmoth sah Ritchfield scharf an. »Wut auf George?«, schnaubte er. »Elsterngeschwätz. Windgeheul. Lämmergefasel. Magst du mitkommen in die Nacht, in die du nicht mitkommen wolltest? Eine Geschichte?« Er blökte laut, damit es alle Schafe auf der Weide hören konnten. »Die Geschichte der fünften Nacht?«

Die Sonne war hoch in den Himmel geklettert, und vom Meer kam kein Wind. Die Einzigen, denen die Hitze nichts auszumachen schien, waren die Fliegen, die den Schafen unermüdlich um die Nüstern schwirrten und in die Ohren krochen. So bot sich auch für die skeptischeren Schafe ein Vorwand, sich ganz beiläufig unter den kühlen Ästen des Schattenbaums einzufinden, wo Melmoth auf einem weichen Polster alter Blätter ruhte und seine Geschichte erzählte. Sogar das Winterlamm lugte irgendwann hinter dem Stamm des Schattenbaums hervor, und da die anderen Schafe zu träge waren, es fortzujagen, blieb es.

So kam es, dass allen Schafen von Georges Herde an diesem makellosen Sommertag ein Frösteln über das Fell kroch. Melmoth erzählte, wie die Schafe noch nie erzählt bekommen hatten, nicht nur mit Worten, sondern mit Wind in der Wolle und mit zitterndem Herzen, so dass bald alle Schafe mit ihm durch die Dunkelheit jagten.

Und in Melmoths Geschichte war es bitterkalt.

13

Über Stock und über Stein, Stock und Stein, Stock und Stein, Stein und Bein, Stein und Bein, Gebein, Gebein. Melmoths Hufe hämmerten auf den winterlichen Boden. Sein Herzschlag galoppierte ihm voran. *Stock und Stein.* Die Metzgershunde heulten. Hinter ihnen kam der Aasfresser selbst. Melmoth und Ritchfield nannten den Metzger »Aasfresser«, weil er nach Tod roch und ihnen zu behäbig vorkam, um selbst etwas zu erlegen. Jetzt aber sah es so aus, als wäre der Metzger doch unter die Jäger gegangen, und Melmoth rannte um sein Leben. *Stein und Bein, Stein und Bein.*

*

»Du traust dich nicht«, hatte Ritchfield gesagt, mit der ganzen Überheblichkeit des Älteren. Dass Ritchfield nur ein paar Augenblicke älter war als Melmoth, machte die Sache nicht leichter. Zuerst hatte er sich nur geärgert. Melmoth war nicht auf die Idee gekommen, zu fragen, ob Ritchfield sich trauen würde. Darum ging es auch nicht, das wurde ihm auf einmal klar. Es ging um keines der anderen Schafe. Es ging nur um ihn selbst. Melmoth hatte aufgehört zu grasen. Er drehte den Kopf und sah dorthin, wo die Landschaft begann, sich sanft von der Weide zu entfernen, Hügel an Hügel an Hügel. »Ich trau mich doch«, hatte er gesagt, mitten hinein in Ritchfields spöttisches Gesicht.

*

Gebein, Gebein, Stock und Stein. Melmoth konnte sich nicht mehr erinnern, wann und wo er diese Worte gelernt hatte. Es waren einfach die richtigen Worte. Sie halfen ihm, nicht an den Aasfresser zu denken. Denn sogar der Metzger war im Grunde unwichtig. Er musste nur weiter, rennen, über Stock und Stein, rennen, mit fliegenden Beinen und entschlossenem Atem. Solange es weiterging, war der Metzger unwichtig. Aber Melmoths Atem war nicht länger entschlossen. Zu viel kalte Luft draußen. Zu wenig warme Luft in den Lungen. *Stein und Bein. Stein und Bein,* seit Ewigkeiten.

*

»Drei Tage und drei Nächte«, hatte Ritchfield gesagt, »sonst gilt es nicht.«

»Nein«, hatte Melmoth gesagt. »Nicht drei.« Ritchfield schnaubte spöttisch.

»Sonst gilt es nicht. Jedes Milchlamm kann sich eine Nacht auf dem Feld verlaufen. Oder auch zwei.«

»Fünf«, sagte Melmoth. »Fünf Tage und fünf Nächte.« Er genoss es, Ritchfields verdutztes Schafsgesicht zu sehen.

»Fünf Tage und fünf Nächte«, sang er, »fünf Sonnen und fünf Monde, fünf Amseln und fünf Nachtigallen.« Er tänzelte um Ritchfield herum und keilte übermütig aus. Einen Augen-

195

blick sah Ritchfield besorgt aus. Dann ließ er sich von Melmoths guter Laune anstecken. »Fünf Amseln und fünf Nachtigallen«, sang auch er, und im nächsten Moment tollten sie übermütig über die Weide. Keiner von beiden hatte auch nur einen Herzschlag lang daran gedacht, dass man Melmoth jagen würde.

*

Über Stock und über Stein. Vor allem über Stein. So viele Steine. Und sie machten das Laufen nicht leichter. Melmoth stolperte über Geröll, stieß sich die Beine an scharfkantigen Zacken und musste immer wieder größeren Felsbrocken ausweichen. Noch nie hatte er so viele Steine gesehen. In diesem Moment wusste er, dass er sich hoffnungslos verirrt hatte. Die Metzgershunde bellten. Es waren jetzt mehr als zuvor. Ein ganzes Rudel. Ihr Geheul hallte wie der Wind hinter ihm her. Wind hinter ihm her. Hinter ihm her. Hall! Es waren nicht mehr, aber sie klangen wie ein Rudel. Es musste eng sein um ihn herum. Sehen konnte er das nicht. Plötzlich verstummten die Hunde. Melmoth hörte nur noch ihr Hecheln und das Spritzen von Kies auf Stein. Zu nah, um zu bellen. Zu eifrig.

»Stein und Bein!«, schnaubte Melmoth.

»Ganz allein«, flüsterten die Felswände zurück.

*

»Erkälte dich nicht«, hatte Ritchfield zum Abschied gesagt, etwas unbeholfen. Melmoth warf stolz den Kopf hoch. Seine Augen funkelten. Was wusste Ritchfield von den Gefahren des Alleinseins? Erkältungen gehörten bestimmt nicht dazu. Melmoth hatte tagelang darüber nachgedacht, und er war zu dem Entschluss gekommen, dass es diese Gefahren gar nicht gab. Hirngespinste. Schreckgespenster verängstigter Milchlämmer, Schauergeschichten besorgter Mutterschafe. Was taten die Schafe in der Herde? Grasen und ruhen. Was würde er ohne Herde tun? Grasen und ruhen natürlich. Der Rest war Einbildung. Es gab keine Gefahr. Keine einzige.

*

Felswände. Der Mond war für einen Moment am Himmel aufgetaucht, und Melmoth konnte sie zu seiner Linken und Rechten vorbeifliegen sehen. Nicht wirklich hoch, aber zu hoch und zu steil für ein Schaf. *Stock und Stein, Stein und Bein.*

Stein.

Jetzt war alles vorbei. Die Felswände schlossen sich um ihn. Eine Sackgasse, ein Blindweg. Er musste irgendwie die Felswände hochklettern. Musste. Links von ihm gab es eine Stelle, wo es nicht ganz so steil aussah. Eine Ladung Geröll, eine natürliche Rampe. Melmoth stolperte hinauf. Zuerst ging es ganz gut. Aber dann lösten sich kleine Steinlawinen, losgetreten von seinen Hufen. Es war, als würde er versuchen, auf fallendem Regen zu laufen. Unmöglich. Melmoth wusste das. Der Aasfresser schien es auch zu wissen. Ein furchtbarer Schrei. Er rief seine Hunde zurück. Die Hunde waren jetzt nicht mehr nötig. Schritte schlurften durch die Stille. Melmoth war geschlagen. Auch seine Angst war geschlagen. In den letzten Sekunden seines Lebens entschloss sich Melmoth, ein wirklich mutiges Schaf zu sein. Er würde dem Metzger entgegentreten. Langsam und zitternd kletterte er die Geröllrampe wieder hinunter. *Stein… und Bein… Stein und… Bein… und…*

Bein.

197

Aus dem Geröll, das er auf seiner Flucht losgetreten hatte, ragte ein Menschenbein.

✳

Natürlich hatte er sich doch erkältet, gleich in der ersten Nacht, an eine stachelige Weißdornhecke geschmiegt und nur notdürftig vor dem eisigen Novemberwind geschützt. Geruht hatte er in dieser Nacht nicht. Nur auf die Geräusche ringsumher gelauscht. Und sich nach dem Tag gesehnt. Einem Tag, der sicherlich großartig werden würde. Tagsüber war es dann tatsächlich besser gewesen. Zeitweise. Melmoth war mit tropfender Nase durch das Graugrün der winterlichen Heide gestreift und hatte vorsichtig an strohigen Grasbüscheln genagt.

Gegen Mittag hatte er dann auf einem Hügel gestanden, von dem aus ein Schaf mit guten Augen sehr weit sehen konnte. Melmoth hatte hervorragende Augen und richtete sie sofort auf den blauen Meeresstreifen am Horizont. Vorgeblich, um sich zu orientieren. Insgeheim, um nach wolligen, weißen Punkten Ausschau zu halten. Aber er sah nichts. Nichts. Nicht einmal eine Wolke am Himmel. In keiner Richtung. Melmoth war bis zum Horizont allein. Eine unsinnige Euphorie kroch ihm vom Kopf in die Glieder, und er strengte seine Augen noch stärker an, um immer weiter in seine Einsamkeit zu spähen. Als die Euphorie begann, sich in Panik zu verwandeln, galoppierte Melmoth in wildem Zickzack durch die leeren Hügel.

✳

Er kletterte vorsichtig über das Menschenbein, *Bein und Stein*, bis er wieder festen Boden unter den Füßen hatte. Erleichterung.

Melmoth verschwand im Schatten am Fuße des Geröllhaufens und horchte. Die Hunde hechelten, und der Metzger schnaufte.

»Er ist in den alten Steinbruch«, sagte der Metzger. »Jetzt haben wir ihn.«

»Hmmm hmmm«, sagte eine bekannte Stimme.

Melmoth sah zu, wie zwei weiße Lichtwolken aus der Dunkelheit auftauchten, sah den heiß dampfenden Atem der Hunde und die massige tiefschwarze Gestalt des Metzgers. Melmoth zitterte, aber er zitterte nur vor Erschöpfung. In seinem Inneren war es erstaunlich ruhig. Er konnte alles hören, alles. Das Winseln der Hunde und ihren geifernden Herzschlag, das klirrende Geräusch des Mondlichts auf dem kalten Boden, den Flügelschlag eines Nachtvogels, sogar das samtige Schleifen der langsam verstreichenden Nacht. Es war seine fünfte Nacht – und seine letzte.

Der Metzger hatte ein Licht mitgebracht. Melmoth sah zu, wie es Haken schlug, die Felswände emporkletterte und dabei immer näher kam. Am Fuße des Geröllhügels zögerte das Licht einen Augenblick. Dann hüpfte es entschlossen die Rampe hinauf, über Stein und Bein, ohne dass dabei auch nur ein einziger Stein ins Rollen gekommen wäre. Das Licht war ein guter Jäger. Von der Rampe aus sprang das Licht in den Schatten, direkt auf Melmoth zu. Einen Moment lang stand er blinzelnd in blendendem Weiß. Dann wurde es schwarz um ihn.

»Oh shit!«, sagte der Metzger.

»Was ist, ist ihm was passiert?«, sagte George, der ein bisschen hinter dem Metzger zurückgeblieben war. »Ich hab dir gesagt, du sollst ihn nicht so hetzen, nicht in der Nacht, wenn er…«

George war einen Moment still.

»Oh shit!«, sagte er dann.

Durch entschlossenes Augenaufreißen gelang es Melmoth allmählich, das Schwarz wieder zurückzudrängen. Jetzt konnte er sehen, was passiert war. Das Licht hatte wieder von ihm abgelassen. Es war zurück auf das Geröll gesprungen und hatte sich an dem einsamen Menschenbein festgebissen. Erst jetzt wurde Melmoth klar, wie unpassend das Menschenbein an diesem Ort war. Es ragte bleich und unbefellt in den Nachthimmel und roch nach Tod.

Das Licht begann zu zittern. Der Metzger trat ein paar Schritte zurück. Nur die Hunde schienen sich noch für Melmoth zu interessieren, der schwer atmend im Schatten der Geröllrampe stand.

»George?«, sagte der Metzger. Seine Stimme klang gar nicht furchtbar. »Glaubst du, wir sollten ... gehen?«

Georges hagere Gestalt stand eingefroren in der Dunkelheit. Er schüttelte den Kopf.

»Wir haben es gesehen. Nicht gerade schön. Wär mir auch lieber, wenn wir bloß Melmoth gefunden hätten und sonst nichts. Zu spät. Jetzt müssen wir durch. Shit!«

»Shit!«, bestätigte der Metzger. Er war noch einen Schritt zurückgetreten.

»Fasst du ihn an?«, fragte er.

George drehte sich halb zu dem Metzger um, und Melmoth konnte riechen, dass er nicht mehr wütend war. Nicht auf Melmoth und auch auf sonst niemanden.

»Ham«, sagte er, »du bist *Metzger*. Du machst so was jeden Tag. Theoretisch. Ich hatte gehofft, dass du ... «

»Das ist was anderes. Was komplett anderes. Mein Gott, George, das ist eine *Leiche*.«

George zuckte mit den Schultern. »Glaubst du etwa, du arbeitest mit so einer Art Obst?«

Er stieg auf die Rampe. Steine kamen ins Rollen. Holte Arbeitshandschuhe aus den Taschen seiner Jacke. Zog sie an. Zog an dem Bein. Etwas bewegte sich unter dem Geröll. Viele Steine rollten, als ein großer Körper der Oberfläche zustrebte. Melmoth trat einen Schritt zurück, damit ihn die Steine nicht an den Beinen trafen. *Stein und Bein.*

Der Metzger gab ein Geräusch von sich, das ein bisschen wie ein saugendes Lamm klang, lang, feucht und schnalzend.

»Das Wiesel«, sagte der Metzger. »Wiesel McCarthy!«

George, der bisher verbissen an dem Bein gezerrt hatte, sah nach unten. Neben dem Bein war ein zweites hervorgekommen, darüber ein magerer Rumpf, zwei magere Arme und ein überraschtes, totes Wieselgesicht. Arme und Beine standen in seltsamen Winkeln ab.

»Steif«, sagte George. Der Metzger nickte.

»Nach ungefähr acht Stunden. Bis dahin müssen sie verarbeitet sein.« Er fuhr sich verlegen mit der Hand über den Mund, so als wollte er seine Worte wieder aus der klaren Nachtluft fangen.

George zuckte wieder mit den Schultern. »McCarthy war schon immer ein bisschen steif«, sagte er. Sie sahen beide aus, als hätten sie lieber nichts gesagt.

Die Hunde schnüffelten neugierig an McCarthy. Melmoth hätte jetzt einfach davongehen können. Niemand interessierte sich mehr für ihn. Aber Melmoth war zu müde. Er hörte dem samtigen Schleifen der Nacht zu, stand da und schwieg.

George beugte sich zu McCarthy herunter.

»Also, natürlich ist das nicht. Schau dir das an, Ham.« Ham nickte, aber er kam nicht näher.

»Und wenn wir einfach die Polizei holen?«, fragte er.

George nickte. »Bei jedem anderen, aber nicht bei McCarthy. Überleg doch mal, Ham. Irgendwas stimmt hier ganz und gar nicht. Und wie gesagt, natürlich ist das nicht.«

Melmoth konnte an McCarthy nichts Unnatürliches erkennen. Viele kleine Wunden am Oberkörper und an den Armen.

Einige davon harmlos, kaum mehr als blaue Flecke. Aber es gab auch einige glatte Stiche, wie von einem Messer. Die eigentlich tödliche Wunde war wahrscheinlich die am Kopf, dickes, kaltes Blut auf fettigem Haar. Alles vollkommen natürlich.

»Also, ich seh hier einfach zu wenig! Ham, kannst du nicht besser leuchten? Hierher, nicht da hinten hin.« George klang gereizt.

»Du stehst im Licht«, sagte Ham. »Ich kann nicht durch dich durchleuchten. Du musst auf die Seite.«

»Ich kann nicht auf die Seite!«

Das stimmte. George stand in der Mitte der schmalen Rampe, die einzige Stelle, an der ein großer Zweifüßler wie er Platz finden konnte, ohne abzustürzen.

»Dann muss er hier runter!«, schnaufte der Metzger. »Sonst geht es nicht.«

George versuchte, McCarthy von dem Geröllhaufen herunterzuzerren, aber der sträubte sich mit steifen Gliedern.

George drehte sich zu Ham um.

»Ham, bitte, steh nicht einfach so rum!«

Der Metzger seufzte. Er nahm Georges Handschuhe, zog sie notdürftig über seine riesigen Metzgerspranken und kletterte auf die Rampe. Sehr viele Steine rollten. Er packte die Leiche mit geübtem Griff an einem Vorder- und einem Hinterbein und wuchtete sie in einem einzigen Schwung vor Georges Füße. Einen Augenblick lang bewegte sich der Metzger elegant wie ein Seehund im Wasser. Etwas Schweres klimperte über die Steine hinter McCarthy her.

»Hier.« Der Metzger zeigte auf McCarthys Hinterkopf. »Schlag auf den Hinterkopf. Vermutlich damit.« Der Metzger zeigte auf das Ding, das hinter McCarthy hergeklimpert war. Melmoth witterte vorsichtig – ein einfacher Spaten, so wie George ihn im Gemüsegarten benutzte.

»Eigentlich eine saubere Sache. Wozu es den Unsinn hier gebraucht hat« – der Metzger zeigte auf McCarthys Oberkörper –, »kann ich mir nicht vorstellen. Das macht sie nur nervös.«

»Nicht natürlich.« George schüttelte den Kopf. »Ein richtiger Mord. Nicht zu glauben.«

Der Metzger sah George erschrocken an. »Wir sollten endlich zur Polizei.«

»Moment«, sagte George. »Moment. Erst denken. Wir sind hier in eine Riesenschweinerei gestolpert. Überleg doch mal, ausgerechnet McCarthy. Was da alles mit dranhängen kann. Wen würden sie verdächtigen? Wer hätte Grund gehabt, McCarthy umzubringen?«

»Josh natürlich, Sam, Patrick und Terry«, sagte der Metzger. »Michael und Healy.«

George nickte. »Eddie, Dan, Brian, O'Connor, Sean und Nora.«

»Adrian und Little Dennis«, sagte der Metzger.

»Leary.«

»Harry und Gabriel.«

»Du auf alle Fälle«, sagte George.

»Du auch«, sagte der Metzger ein bisschen beleidigt. »Eigentlich alle. Bis auf Lilly vielleicht.« Der Metzger machte eine wegwerfende Handbewegung.

George beugte sich wieder über McCarthy.

»Könnte wahrscheinlich jeder gemacht haben.«

Ham nickte. »Die einen besser, die anderen schlechter.«

»Du besser«, sagte George. »Wenn wir jetzt zur Polizei gehen, müssen wir erst mal beweisen, dass wir es nicht selbst waren. Ein …« Er schob seine Mütze aus der Stirn. Melmoth wusste, dass George sehr nachdachte, wenn er die Mütze aus der Stirn schob.

»Ein Alibi brauchen wir. Fragt sich nur, für wann. Kannst du ungefähr sagen, seit wann er tot ist?«

»Hmmm«, sagte der Metzger, »bei mir sind sie natürlich im Kühlhaus. Aber warm ist es hier ja auch nicht gerade. Also, wenn das ein Schwein wäre, würde ich sagen, mindestens, hmmm, sagen wir vier Tage. Passiert natürlich nur, wenn man schlampig ist und nicht sofort verarbeitet, und dann hat man die Schweinerei.«

»Und wenn er längere Zeit in der Wärme war und man ihn erst vor kurzem hergebracht hat?«

»Auch dann«, sagte der Metzger. »Drei Tage, mindestens. Siehst du die Flecken hier? Zwei Tage, bis sich die überhaupt bilden, und so ausgeprägt wie hier… Drei Tage, würde ich sagen.«

Georges Mütze wanderte noch weiter aus der Stirn. »Drei Tage. Vor drei Tagen war Sonntag. Da war ich im Schäferwagen, wollte endlich mal wieder einen Tag Ruhe haben. Und du hast wahrscheinlich alleine vor der Glotze gesessen?«

Ham nickte verschämt.

»Schlecht, ganz schlecht«, murmelte George. »Wenn wir das jetzt melden, stellen die uns alles auf den Kopf. Stöbern im Schäferwagen rum. Das fehlt mir gerade noch. In den Knast, wegen McCarthy? Nicht mit mir! Ich sage, wir lassen ihn liegen. Soll ihn doch finden, wer will!«

George drehte sich um und stapfte entschlossen in die Richtung, aus der sie gekommen waren. Der Metzger pfiff seine Hunde herbei und folgte ihm mit großen hektischen Schritten. Melmoth stand neben McCarthy und sah ihnen nach. Selbst in seiner tiefen, wollenen Müdigkeit wunderte er sich. Der Aasfresser – in die Flucht geschlagen von einem Toten! Nicht zu glauben. Melmoth sah zu, wie sich sein sicherer Tod mit stapfenden Schritten entfernte. *Stapf. Stapf. Stein und Bein. Stapf.*

Der Metzger blieb stehen und drehte sich um. Eine tödliche Kälte kroch über die Hörner in Melmoths Kopf. Einen zweiten Tod konnte er heute nicht mehr ertragen. Zuerst die Angst, sauer und dampfig, dann der Mut vor dem Tod, starr aber klar, die Erleichterung, weich und faulig, und jetzt wieder Angst. Melmoth wusste, dass er kein zweites Mal mutig sein konnte. Nicht jetzt.

»Was ist?«, fragte George. Auch er war stehen geblieben.

»Ich hab ein komisches Gefühl«, sagte der Metzger. »Als ob wir irgendwas übersehen hätten.« Melmoth erstarrte.

George lachte bitter. »Wenn du mich fragst, hätten wir ruhig noch ein bisschen mehr übersehen können.«

Aber der Aasfresser setzte sich in Bewegung. In Melmoths Richtung. *Stapf. Stapf. Stein und Bein.*

»Irgendetwas stimmt nicht«, murmelte der Metzger. »Irgendetwas passt nicht. Wenn ich nur wüsste, was!«

Melmoth schloss die Augen. Es war die endgültige Kapitulation vor dem Aasfresser. Gleich würde ihm wieder einfallen, was nicht stimmte. Melmoth stimmte nicht. Und dann… Es nützte nicht viel, die Augen geschlossen zu halten. *Stapf. Stapf. Über Stein.* Melmoth konnte riechen, wie der Raubtierdunst des Metzgers heiß und ranzig auf ihn zukroch.

»In der Metzgerei, in der Metzgerei«, murmelte der Metzger. »Heute in der Metzgerei, drei Schweinelendchen für Kate und dann Josh, holt seine zehn Kilo Rindsgehacktes ab. Josh braucht's für die Wirtschaft, dann zwanzig Würstchen für den Geburtstag von Sam, nein, das war's nicht. Josh. Josh und seine zehn Kilo.«

Wieder blieb der Metzger stehen, so plötzlich, dass George gegen ihn stolperte und fluchte.

»Verdammt, Ham, spinnst du?« Aber Ham ließ sich nicht beirren.

»Die eingelegten Rippchen haben's auch gesagt. Weiß nicht

mehr genau, wer die gekauft hat. Dan vielleicht. Oder Eddie. Und dann noch irgendwer. Aber bei Josh bin ich mir sicher. Josh hat mir erzählt, dass McCarthy gestern im *Mad Boar* war, besonders mies drauf war, erzählt hat, dass er alle seine Pläne bei den Behörden durchgekriegt hat, dass man jetzt wohl nichts mehr machen kann. Gestern, hat er gesagt. *Gestern*.«

George pfiff durch die Zähne. Es war der Pfiff, mit dem er normalerweise Tess befahl, Ordnung in die Schafe zu bringen. Tess war noch ziemlich jung, und manchmal nützte es nichts. Aber heute war Tess nicht hier, und bei den Metzgershunden nützte es noch viel weniger.

»Ich versteh das nicht«, sagte der Metzger. »Wer hat gestern im *Mad Boar* ein Bier getrunken? Er« – der Metzger leuchtete kurz zu McCarthy hinüber und streifte dabei Melmoth mit dem Lichtstrahl –, »er war's jedenfalls nicht!«

»Bist du dir sicher, dass er ›gestern‹ gesagt hat?«, fragte George.

Der Metzger nickte. »Gestern. Wenn du mir's nicht glaubst, ich hab's bestimmt auf dem Überwachungsvideo.«

»Da ist doch kein Ton dabei, oder?«, sagte George.

»Doch«, sagte Ham.

George hob die Augenbrauen, doch der Metzger fuhr unbeirrt fort. »Ich hab mich noch gewundert. Wochenlang ignorieren sie McCarthy, und auf einmal sprechen drei, vier Leute von ihm. Na ja, dachte ich mir, wenn's jetzt raus ist…«

George schlug sich mit der flachen Hand gegen die Stirn. Melmoth wusste, dass diese Geste den großen Ideen in Georges Leben vorbehalten war. Die Idee, Ratten mit Leuchtfarbe zu bemalen, um im Dunkeln zu beobachten, durch welches Loch sie in den Schäferwagen kamen. Die Idee, dass Maple den Sirup vom Brot gestohlen hatte. Die Idee, dass man Melmoth fangen konnte, indem man Ritchfield fing. Denn Melmoth und Ritchfield hielten zusammen wie Sandboden und Sandgras. Wenn George sich mit der flachen Hand auf die Stirn schlug, hatte er immer Recht.

»Sie waren es«, sagte George. »*Alle zusammen.*«

Der Metzger sah ihn verständnislos an.

»Wer, sie?«, fragte er.

»Ich weiß nicht, wer«, sagte George. »Aber viele. Richtig viele. So viele, dass alle, die gestern im *Boar* waren, mit drinstecken. Mein Gott, Ham, überleg doch mal. Sie haben es einfach beschlossen, so wie sie beschlossen haben, dass das Bürgerhaus ein neues Dach bekommen soll. Diese Schweine. Haben ihn hier versteckt. Und jetzt laufen sie durch die Gegend und erzählen allen, dass er gestern im *Boar* war. Und wenn sie ihn ein bisschen später finden, wenn man die Todeszeit nicht mehr so genau festlegen kann, haben sie ab gestern alle wunderbare, hmm, Alibis. Anwälte, Arzttermine, Fahrten in die Stadt. Du brauchst sie nur zu beobachten in den nächsten Tagen, du wirst schon sehen.«

»Aber...«, der Metzger wackelte hilflos mit seinen dicken Armen, »du meinst, alle? Auch O'Connor? Auch Fred?«

»Ich weiß nicht genau, wer, Ham«, sagte George etwas gereizt. »Jedenfalls alle, die gestern im *Mad Boar* waren. Und wahrscheinlich einige, die nicht dort waren. Könnte mir gut vorstellen, dass sich die echten Drahtzieher aus der Wirtshaussache rausgehalten haben.«

»Und wenn ich in den *Boar* gegangen wäre? Hab's mir überlegt gestern, nichts im Fernsehen.«

»Dann wäre McCarthy eben schon wieder weg gewesen. Oder noch nicht da. Oder sie hätten ihn im Supermarkt gesehen. Oder auf dem Spielplatz, wie er den Kindern von seinen miesen Plänen erzählt. Wenn genügend mit drinstecken, ist das eigentlich egal.«

»Ich glaub das einfach nicht«, jammerte der Metzger. »Die kaufen doch alle meine Würste. Meine Rippchen. Und auf einmal sind das *Mörder*? Ich glaub's nicht.«

»So sind die Menschen. Gewöhn dich besser dran«, sagte George, aber der Metzger hörte ihm nicht wirklich zu.

»Mein Roastbeef. Wie kann ich denen weiter mein Roastbeef verkaufen, wenn ich genau weiß, dass die einen umgebracht haben?«

Einen Augenblick lang stand Hams Atem lautlos in der kalten Luft.

George erstarrte. »Ham, sei still!«, knurrte er zwischen den Zähnen hervor. Sehr leise. Wenn George sehr leise war, war es wichtig. Aber Ham ließ sich nicht bremsen.

»Nichts kriegen die mehr von mir, gar nichts!«, schimpfte er.

»Ham!«, fauchte George. Etwas an Georges Gesichtsausdruck ließ Ham innehalten. Wieder der lautlose Atem. Und Schritte. Schritte über Stein. Schritte, die sich hastig entfernten. Dann Stille.

»Shit!«, sagte George.

»Shit!«, sagte der Metzger.

Beide schwiegen einen Augenblick.

George seufzte. »Jetzt wissen sie es! Bis eben war das gar nichts. Jetzt stecken wir so richtig in der Scheiße.«

Die Augen des Metzgers weiteten sich. Sein Geruch veränderte sich ins Bitter-Säuerliche. Der Aasfresser hatte Angst.

»George, du meinst doch nicht, dass sie uns...? George, die mögen uns. McCarthy haben sie nicht gemocht.«

George schüttelte den Kopf. »Sie haben McCarthy umgebracht, wegen ihrer traurigen paar Kröten. Kannst du dir vorstellen, was die machen, wenn es um ihre *Haut* geht?«

»Diese Schweine!« Ham ballte die Fäuste. »Sicherheit, man

muss sich absichern, immer absichern. So einfach mache ich es ihnen nicht!«

Immer absichern, dachte Melmoth.

»Aber wie?«, fuhr der Metzger fort. »Wir sind hier reingestolpert wie Idioten. Jetzt wissen sie's. Was kann uns jetzt noch helfen?«

»Denken hilft«, sagte George. »Wir müssen ihre Schwachpunkte finden.«

Schwachpunkte finden, dachte Melmoth, *Denken hilft*.

»Die haben keine Schwachpunkte«, seufzte der Metzger. »Die sind so viele. Du weißt doch, wie es ist, George, eine Krähe hackt der anderen kein Auge aus, und wenn so viele unter einer Decke stecken...« Er ruderte ratlos mit den fleischigen Armen.

»Ham, bitte keine Panik. Denk nach. Es gibt immer Schwachpunkte.«

Es gibt immer Schwachpunkte, dachte Melmoth. Er hätte nie gedacht, dass George und der Metzger so viele kluge Sachen sagen konnten.

George schob sich wieder die Mütze aus der Stirn. »Hmmm, wir haben ein bisschen Zeit. Die werden sich erst besprechen müssen. Alleine traut sich keiner von denen was.«

»Jetzt sind wir draußen«, sagte der Metzger. Seine Stimme zitterte. »Verstehst du das, George? Jetzt gibt's kein Zurück. Einmal draußen, immer draußen. Oh, *shit!*« Nun zitterte der ganze fleischige Metzger.

George legte ihm beschwichtigend eine Hand auf die Schulter. Es sah ein bisschen komisch aus, weil Ham viel größer war als George. »Ham, hast du schon mal Schafe gehütet?«

Ham schüttelte den Kopf.

»Eine Herde Schafe kannst du hüten, weil du etwas über sie weißt. Du weißt, dass sie zusammenbleiben wollen. Sie werden alles tun, um zusammenzubleiben. Deshalb kannst du sie hüten. Ein einzelnes Schaf kannst du nicht hüten. Das ist unberechenbar. Manchmal ist Alleinsein ein Vorteil.«

Melmoth und der Metzger hörten George mit großen Augen zu.

»Wenn wir draußen sind, nützen wir das eben aus«, fuhr George fort. »Finden Beweise. Dein Überwachungsvideo – das ist doch gar nicht so schlecht. Du verkaufst doch diese Zeitungen...«

Ham sah George zweifelnd an. »Zeitungen? Ja, schon, aber...«

»Gut!« George nickte zufrieden. »Und sieht man die auf dem Video? Dann können wir nämlich das mit dem Datum beweisen.«

Ham nickte mit offenem Mund. Langsam schien ihm zu dämmern, worauf George hinauswollte.

Aber George hatte schon wieder weitergedacht. »Sehr gut«, murmelte er. »Sehr gut. Die sind viele. Und viele zusammen riskieren nichts. Wir sorgen dafür, dass die Polizei McCarthy sofort findet. Du machst von dem Video Kopien. Dann verstecken wir die Kassetten. Und wenn uns was passiert, kommt alles raus!«

»Wenn uns was passiert, kommt alles raus«, wiederholte der Metzger. »Richtig! Die werden mich kennen lernen. Morgen sind meine Sachen beim Anwalt. Mit Testament. Bei meinem Tode zu öffnen!«

George nickte. »Nur müssen die auch möglichst bald davon wissen, sonst nützt es uns gar nichts mehr.«

»Morgen früh!«, sagte der Metzger entschlossen. »Der Erste, der in meinen Laden kommt, erfährt's.«

Sie drehten sich wieder um und stapften davon, noch eiliger als das erste Mal.

Doch dann drehte sich George um und leuchtete Melmoth an.

»Melmoth«, sagte er mit freundlicher Stimme. »Komm!«

Ham schnaufte ärgerlich.

»Wie kannst du jetzt nur an das Vieh denken?«

»Weil es mein Vieh ist. Mein entlaufenes Lamm. Wer von uns rennt hier jeden Sonntag in die Kirche? Komm, Melmoth!«

George lockte ihn mit seiner freundlichsten Ich-hab-einen-Rübenschnitz-in-der-Hand-Stimme. Melmoth konnte riechen, dass George keinen Rübenschnitz hatte. Trotzdem wäre er gerne gekommen. Zurück zur Herde.

Aber er konnte nicht.

Kein Zurück. Einmal draußen, immer draußen.

Melmoth war allein. Er musste allein bleiben.

Manchmal ist Alleinsein ein Vorteil.

Er wich vor George zurück, Schritt für Schritt, bis sein Hinterteil gegen einen Felsen stieß. George ging weiter auf ihn zu. Er packte ihn mit einer Hand an seinen jungen Hörnern, freundschaftlich, wie er es schon viele Male getan hatte. Melmoth kämpfte gegen diesen Griff, wie er noch nie im Leben gegen etwas gekämpft hatte.

Irgendwann gab George auf.

»Soll ich?«, fragte Ham.

George schüttelte den Kopf. »Es hat keinen Sinn«, sagte er. »Er will nicht.«

Auf einmal hatte George ein Messer in der Hand. Wieder ging er auf Melmoth zu. Er fasste in seine Wolle, direkt an der Kehle und suchte etwas. Melmoth stand starr. Dann hatte George gefunden, was er suchte. Einen schmalen Faden, tief in Melmoths Wolle. Er schnitt ihn durch. Ein Schlüssel klirrte auf den Boden, glatt und glänzend. George bückte sich und hob ihn auf. Er seufzte.

Melmoth konnte sich an den Tag erinnern, an dem George ihm diesen Schlüssel umgebunden hatte. »Weil du der Wildeste

211

bist«, hatte George gesagt. Nicht Ritchfield, obwohl er die Hörner so hoch trug. Melmoth. Es war ein großer Tag für Melmoth gewesen.

George ging von ihm weg, ohne sich noch einmal umzudrehen.

»George, bist du verrückt?«, rief Ham. »Erst suchen wir das Vieh tagelang, und jetzt lässt du es einfach da. Was soll das denn werden? Das läuft der ersten besten Herde zu, die es finden kann. Schade drum. Ein Schaf ohne Herde? Das geht doch gar nicht! Das schafft es nie!«

»Der schafft es!«, hörte Melmoth George sagen, als zwei bleiche Lichtkegel in der Dunkelheit verschwanden.

14

In den Abendstunden war es auf der Weide ganz still geworden. Wildtauben wanderten auf der Suche nach Insekten durch
das Gras, der Himmel war blass und rosig, das Meer lag glatt wie
Milch um die Klippen. Sogar das monotone Rupfgeräusch der
Gabriel-Schafe hatte aufgehört. Bleichäugig drängten sie sich in
stummer Anstrengung gegen den Drahtzaun, dort, wo sich einer
der Pfosten aus seiner Verankerung gelöst hatte.

Georges Schafe bemerkten von all dem nichts. Sie saßen noch
immer unter dem Schattenbaum und staunten.

»Du hast es geschafft«, sagte Cordelia bewundernd. Die anderen Schafe schwiegen. Ihre Herzen klopften noch hinter Melmoths abenteuerlichen Erlebnissen her, dem blitzenden Messer,
dem Geruch des Aasfressers, dem Heulen der Metzgershunde.

Auch Melmoth schwieg. Er sah ein wenig so aus, als würde er
noch immer durch den Steinbruch irren. Er sah auf eine merk-
würdige Art jung aus.

»Weiter!«, blökte eine quäkende Stimme. Das Winterlamm.
Melmoth drehte blitzschnell den Kopf.

»Was weiter, junger Graser?«

Das Winterlamm verschwand erschrocken hinter dem Stamm
des Schattenbaums.

»Ich meine, wie geht die Geschichte weiter?«, blökte es von dort.

»Die Geschichte geht nicht weiter«, sagte Melmoth. »Eine Geschichte ist immer genau dann zu Ende, wenn sie zu Ende ist. Wie ein Atemzug. Jetzt. Aber das Leben ist weitergegangen, über Hügel und Moore, fernab der Straßen, entlang an salzigen Stränden und schimmernden Flüssen, in die nebligen Berge, wo die wilden Ziegen von Wicklow grasen, durch viele Herden hindurch wie durch Schneeflocken, bis ans Nordmeer, wo die Welt zu Ende ist, und weiter – und ich bin ihm nur gefolgt, in endlosen Schleifen, wie eine Maus durchs Gras läuft.«

»Dann erzähl uns vom Nordmeer!«, blökte es hinter dem Stamm hervor.

Doch Melmoth hörte nicht hin.

»Ich wollte auch immer, dass die Geschichte weitergeht«, raunte er einem schwarz glänzenden Käfer zu, der auf einem langen Grashalm direkt vor seine Nase spaziert war. »Im eigenen Fell, im Zurück, nicht bei den Fremden, in der Welt. Aber dazu braucht es einen Hirten, und der Hirte ist tot.« Zähne schnappten zu, und der feiste Käfer verschwand samt seinem Grashalm zwischen Melmoths Kiefern. Der graue Widder kaute nachdenklich. Mopple rümpfte die Nase.

»Woher weißt du, dass George tot ist?«, fragte Maple plötzlich.

Melmoth sah sie erstaunt an. »Wie könnte ich es nicht wissen? Meine Vögel wissen es, die Luft weiß es. Der Blauäugige bringt seine Bleichäugigen hierher. Ihr habt den Gemüsegarten geplündert. Die Menschenherde trampelt über das Gras, wie es ihr gefällt. Außerdem«, fügte er nach einer Weile beinahe belustigt hinzu, »wer ihn so gesehen hat, in der Nacht, mit seinem stillen Herzen und lautem Blut und dem Spaten mitten durchs Leben, der kann sich ziemlich sicher sein, dass er tot ist.«

»Du warst da in der Nacht?«, blökte Cloud aufgeregt. »Du hast gesehen, wer den Spaten in George gesteckt hat?«

Melmoth schnaubte ärgerlich. »Ich habe es nicht gesehen«, sagte er. »Oh, wenn ich es gesehen hätte ...«

»Aber nachher?«, fragte Maple. »Kurz danach?«

»Die Nachtvögel hatten noch nicht wieder zu singen angefangen. Ich habe ihn vor den Aaskäfern gefunden. Ich habe ihn gefunden, als noch nicht alle Lebenswärme in die Dunkelheit geflohen war.«

»Und dann?«, fragte Maple gespannt. »Was hast du dann getan?«

»Dreimal nach links umkreist, dreimal nach rechts umkreist, drei Sprünge in den Himmel, wie es die wilden Ziegen von Wicklow tun, wenn ein Weiser aus ihren Herden verstummt ist. Meinen Huf auf sein Herz gesetzt. Schwer zu sagen, bei den Menschen, wo das Herz sitzt. Ob da ein Herz sitzt. Aber bei ihm konnte man es wissen. Ich wäre gerne noch einmal von ihm gesehen worden. Nur von weitem. Nur kurz. Damit er weiß, dass ich es geschafft habe. Einen Sonnenuntergang zu spät. Nur einen einzigen. Seit dem letzten Schwalbenflug habe ich die vergehende Zeit gehört, rieselnd wie Sand im Wind. Dachte, es sei meine Zeit. Konnte nicht wissen, dass es seine war.«

Melmoth sah traurig aus.

Maple stellte sich seine zottige Gestalt in der Dunkelheit vor, seine glimmenden Augen, seine fließenden Bewegungen, einige schwarzbeschwingte Krähen auf dem Rücken. Das Rätsel des Hufabdrucks. Sie nickte.

»Wolfsgeist.«

Sie sah es deutlich vor sich.

Die anderen Schafe blickten sie beunruhigt an. Sie dachten nicht gerne an den Wolfsgeist – nicht einmal am helllichten Tag, wenn die Sonne ihnen auf die Wolle schien und die Möwen kreischten. Maude witterte misstrauisch nach allen Seiten.

Die Klügeren sahen Melmoth an. Langsam dämmerte es ihnen: Kein Wolfsgeist auf der Weide. Nur Melmoth. Obwohl das »nur« in Melmoths Fall nicht so passend schien. Sie überlegten, jedes für sich, ob sie sich vor Melmoth so sehr fürchten sollten wie vor dem Wolfsgeist oder vor dem Wolfsgeist so wenig wie vor Melmoth. Oder umgekehrt?

Unbehagen erfasste die Herde. Lane und Mopple, die bisher bequem auf dem Boden geruht hatten, erhoben sich nervös. Sonst bewegte sich niemand. Ritchfield, der als Leitwidder in solchen Situationen ein Vorbild sein sollte, war ihnen diesmal auch keine große Hilfe.

»Pah!«, sagte er nur.

Pah? Bedeutete es, dass an der Geschichte von Melmoth und dem Wolfsgeist kein wahres Wort war? Dass da schon mehr als ein Wolfsgeist kommen musste, um Ritchfield aus der Fassung zu bringen? Dass er einfach nur etwas nicht richtig verstanden hatte?

Sie sahen sich ratlos an. Einige Schafe blökten verwirrt.

Schließlich rettete sie der Hunger.

Während Melmoth von der Nacht im Steinbruch erzählt hatte, hatte kein einziges Schaf gegrast. Sie waren geflohen, mit klopfendem Herzen, sie hatten gezittert, sie hatten gehofft. Jetzt hatten sie eigentlich hauptsächlich Hunger. Es war ein Glück, dass die Pamela-Geschichten nicht so gewesen waren wie Melmoths Geschichte, sonst hätten sie wahrscheinlich einen mageren Haufen abgegeben. Wolfsgeist hin oder her – die Schafe begannen, mit gutem Appetit zu grasen. Bei der Arbeit, mit mahlenden Kiefern und rupfenden Lippen, Nüstern und Gedanken tief ins Gras versenkt, verflog ihre Spannung wie Nebel.

*

Doch dann bewegte sich etwas in Clouds Wolle. Das Lamm schlüpfte heraus. Seine Beine zitterten, aber es machte ein entschlossenes Gesicht. Es sah sich auf der Weide um. Melmoth stand nur wenige Meter von ihm entfernt, als hätte er es erwartet.

Seltsamerweise machte ihm das keine Angst, sondern Mut. Die beiden sahen sich an.

»Sie sagen, dass du der Wolfsgeist bist«, sagte das Lamm, noch etwas zögernd.

»Ich bin Melmoth«, sagte Melmoth.

»Dann gibt es keinen Wolfsgeist?«, fragte das Lamm mit großen Augen. Melmoth senkte sein zottiges, graues Gesicht zu dem Lamm herunter. Seine Mundwinkel kräuselten sich wie Lefzen. Die Krähe auf seinem Rücken keckerte spöttisch.

»Wenn du ihn aber gesehen hast, mit deinen eigenen runden Augen, kleiner Graser?«

»Ich habe ihn gesehen«, sagte das Lamm ernsthaft. »Er war nicht wie du. Er war schrecklich.«

Melmoth schnaubte belustigt, aber bevor das Lamm anfangen konnte, sich albern vorzukommen, wurde er wieder ernst.

»Hör zu, kleiner Graser, hör genau zu, mit diesen schön geformten Ohren, mit den Augen, mit den Hörnern, die noch nicht gewachsen sind, mit der Nase und mit Kopf und Herz.«

Das Lamm sperrte sogar den Mund auf, um noch besser zuhören zu können.

»Wenn du einen Wolfsgeist gesehen hast«, sagte Melmoth, »dann hast du ihn gesehen. Ich war in dieser Nacht bei George. Aber wer will sagen, dass *nur* ich da war? Es war ein besonderer Hirte, der da lag, im Fell der Dunkelheit. Er hat viele Welten durchwandert, er war in vielen Welten zu Gast. Jetzt tanzen die Bleichen im Dorf, und die Rote ist gekommen. Die schwarzen Schweiger klopfen vergeblich am Schäferwagen, und die Aas-

217

fresser fallen vom Himmel. Wer will sagen, wer noch alles um seinen toten Leib getanzt ist? Nicht du! Nicht ich!«

»Cordelia meint, es ist ein Trick«, sagte das Lamm. »Cordelia meint, es gibt keine Geister. Aber sie glaubt selbst nicht daran – Angst hat sie auch.«

»Es ist kein Trick«, sagte Melmoth. »Glaube Melmoth, der auch in vielen Welten gegrast hat. Es gibt Geister auf der Welt. Wasserlochschrecken und Heckenkriecher, Meerfinger und Heugespenster sind noch die harmlosesten. Aber das weinende Lamm... Wenn das weinende Lamm im Nebel schreit, kann kein Mutterschaf widerstehen. Sie müssen zu ihm, verstehst du, es zieht sie an Fäden wie Spinnen. Und keines kommt zurück.«

Das Lamm schauderte. »Keines?«

»Keines. Und hüte deine Augen vor der Roten Ziege. Wenn ein Schaf die Rote Ziege sieht, wird bald ein Widder seiner Herde im Duell sterben, und nicht einmal der Wind kann etwas dagegen tun. Die Rote Ziege sollte ein Schaf besser nicht sehen. Doch den einsamen Dunst...« Melmoth verengte die Nüstern. »...den einsamen Dunst, den Nasenverführer, sollte ein Schaf besser nicht riechen, kleiner Graser. Ein himmlischer Geruch, wie alle guten Dinge auf einmal, Kräuter und Milch und Sicherheit, der Duft der Aue im Herbst, der Geruch des Sieges nach dem Duell, es zieht und lockt und flüstert mit samtiger Stimme. Aber nur *ein* Schaf der Herde kann es riechen. Nur ein einziges. Das folgt ihm dann, über Stock und Stein, weg von der Herde ohne einen Blick zurück, ins Moor, bis zu einem schwarzen See im Sumpf. Einem bösen kleinen Auge von einem See, und es starrt dich an...«

»Und dann?«, flüsterte das Lamm heiser.

»Dann?« Melmoth rollte die Augen. »Nichts dann. Weiter als

218

bis zu dem bösen Auge ist noch niemand gekommen – jedenfalls niemand, der dann wieder heil davongetrabt ist. Entkommen ist dem einsamen Dunst nur ein einziges Schaf.«

Die Krähe auf Melmoths Rücken drehte den Kopf, und ihre kleinen blanken Augen starrten das Lamm ausdruckslos an.

»Du?«, flüsterte das Lamm.

»Ich?« Melmoth zwinkerte. »Wichtig ist die Geschichte, nicht wer sie erzählt. Höre auf die Geschichten, lausche sie aus, horche sie auf, sammle sie von der Wiese wie Butterblumen. Es gibt die Heulenden Hütehunde, Thul den Geruchlosen, das Vampirschaf, den kopflosen Schäfer...«

»Und den Wolfsgeist«, sagte das Lamm, das sich jetzt wieder gut an die schaurige Nachtstunde am Dolmen erinnerte.

»Und den Wolfsgeist«, bestätigte Melmoth. »Den Wolfsgeist, beharrlicher kleiner Geisterseher, gibt es auch.«

Und wie zur Bestätigung spreizte die Krähe auf seinem Rücken ihre schwarzen Flügel in die Abendsonne.

Melmoth aber drehte sich um und lief an Maude vorbei, die ihm nachwitterte. Er lief an Cordelia vorbei und an Maple, an Zora und an Sir Ritchfield, der ein verschwörerisches Gesicht machte. Dann verschwand Melmoth in der Ginsterhecke, und einen Moment später kam es den Schafen vor, als hätten sie von dem seltsamen grauen Widder nur geträumt.

Doch Ritchfield blinzelte vergnügt. »Er wandert nur ein bisschen herum«, sagte er. »Er hat die Nächte schon immer geliebt. ›Zu schade zum Schlafen‹, hat er immer gesagt. Er kommt zurück. Kein Schaf darf die Herde verlassen – außer, es kommt zurück«, fügte er vorsichtshalber hinzu.

*

Nachdem Melmoth verschwunden war, kam den Schafen die Weide seltsam leer vor, unheimlich wie glattes, tiefes Meer. Sie drängten sich alle auf dem Hügel zusammen und lauschten zuerst der Stille und später Miss Maple. Miss Maple ermittelte.

»Jetzt wissen wir, warum George die Herde verlassen hat«, sagte sie. »In der Nacht, von der Melmoth erzählt hat, hat er herausgefunden, dass es die *falsche* Herde war. Seine Herde hatte McCarthy gerissen. Stellt euch vor, ihr lebt in einer Herde, und eines Tages entdeckt ihr, dass die anderen gar keine Schafe sind – sondern Wölfe.«

Die Schafe starrten Maple entsetzt an. So einen schrecklichen Gedanken hätten sie freiwillig nicht einmal im Traum gedacht. Nur das Winterlamm meckerte spöttisch.

»Aber es war ein Geheimnis«, fuhr Miss Maple fort. »Wölfe, die man nicht einfach so auswittern konnte – Wölfe im Schafspelz. Und das durfte nicht herauskommen. Ich glaube, das ist für die Menschen Gerechtigkeit: wenn etwas herauskommt.«

»Woraus?«, fragte Othello, den die Sache interessierte.

Miss Maple dachte angestrengt nach. »Ich weiß nicht, woraus«, gab sie schließlich zu. »Wenn wir wüssten, woraus, könnten wir ja versuchen, es einfach herauszulassen.«

»Gerechtigkeit!«, blökte Mopple, dem der Gedanke gefiel, einfach etwas irgendwo herauszulassen. Zumindest klang es ungefährlich: Ein kleiner Tritt gegen die richtige Pforte oder Lanes geschickte Schnauze, und die ganze Mordgeschichte wäre endlich vorbei. Doch dann überlegte er, warum man die Gerechtigkeit wohl eingesperrt hatte. War sie gefährlich? Nur für Menschen, oder auch für Schafe? Mopple hielt den Mund und machte ein sehr schafshaftes Gesicht. Er beschloss, sich zukünftig bei solchen Versammlungen auf das Schweigen und Wiederkäuen zu verlegen.

»Es ist interessant, wenn man sich überlegt, wer in Melmoths

Geschichte Angst hat – und warum«, sagte Miss Maple nach einer kleinen Weile. »George und der Metzger hatten zuerst Angst vor der Leiche. Das kennen wir. Die Leiche verrät, dass der Tod in der Nähe ist – und jeder fürchtet den Tod.«

Zögerndes, zustimmendes Blöken. Das Gesprächsthema war den Schafen entschieden zu morbid. Aber Miss Maple fuhr unerbittlich fort.

»Doch dann«, sagte sie, »haben George und der Metzger noch viel mehr Angst bekommen, sobald sie wussten, dass die Mörder wussten, dass sie wussten.«

Die Schafe sahen sich an. Wer wusste was? Miss Maple nutzte die allgemeine Verwirrung, um eine fette, goldene Butterblume zu rupfen und gewissenhaft zu zerkauen. Dann fuhr sie fort.

»Warum? Weil die Mörder auch Angst haben – Angst davor, dass es herauskommt. Das macht sie gefährlich – wie Hunde. Hunde, die sich fürchten, sind doppelt so gefährlich. Hunde, die Angst haben, beißen.«

Plötzlich schien ihr ein neuer Gedanke zu kommen. Sie blickte zu Mopple herüber, der sich noch immer auf das Wiederkäuen konzentrierte.

»Mopple, was solltest du dir merken?«

»Alles«, sagte Mopple stolz.

Maple seufzte. »Und was noch?«

Mopple dachte einen winzigen Augenblick lang nach.

»Koboldkönig«, sagte er dann.

Miss Maple nickte. »Jetzt wissen wir, warum die Kinder Angst vor George hatten – obwohl er niemandem etwas getan hat. Sie haben die Angst von den Alten gelernt – wie Lämmer. Für die Alten war George eine Gefahr, weil er das Geheimnis kannte.«

Die Schafe schwiegen beeindruckt. Miss Maple war wirklich das klügste Schaf von ganz Glennkill.

221

»Aber vielleicht hat das alles mit Georges Tod gar nichts zu tun«, sagte Zora. »Immerhin haben sie ihn viele Jahre lang in Ruhe gelassen – fast ein ganzes Schafsleben lang. Warum auf einmal jetzt?«

Miss Maple schüttelte heftig den Kopf. »Es muss etwas damit zu tun haben. Der Spaten hier – der Spaten da –, das ist zu auffällig. Normalerweise sind Spaten nicht gefährlich. Unserer hat viele Jahre im Geräteschuppen verbracht, und nie ist etwas passiert. Und auf einmal sollen zwei Menschen an Spaten sterben? Denn so sollte es aussehen, bei George, obwohl er in Wirklichkeit vergiftet wurde. Wer immer George ermordet hat – er wollte, dass irgendjemand an McCarthy denkt.«

»Was ist mit dem Metzger?«, blökte Mopple, der seinem guten Vorsatz vom ewigen Schweigen und Wiederkäuen schon wieder untreu geworden war. »Der Metzger wusste auch von McCarthy.«

»Der Metzger«, überlegte Maple. »Der Metzger.« Es war, als würde sie auf dem Wort herumkauen. »Der Metzger hat sich abgesichert. *Deswegen* bringt niemand den Metzger um! Sollte es eine Warnung für ihn sein – weil sie sich an ihn selbst nicht herangetraut haben? Andererseits«, Maples Ohren zuckten, »andererseits kann es auch gerade umgekehrt sein. Vielleicht will jetzt jemand, dass alles herauskommt. Vielleicht hat er George umgebracht, damit endlich alles herauskommt. Und jetzt, nachdem es bei George nicht geklappt hat, hat er es auf den Metzger abgesehen. Die Menschen im Dorf haben Angst um den Metzger. Wir haben gehört, dass sie sich Sorgen machen, obwohl keiner ihn mag.«

»Es ist eine Liebesgeschichte!«, blökte Heide trotzig.

»Nicht, wenn der Metzger vorkommt«, sagte Mopple.

Aber Miss Maple schien selbst dem Metzger eine Liebesgeschichte zuzutrauen. »Warum eigentlich nicht?«, sagte sie. »Immerhin scheint sich der Metzger für Kate zu interessieren. Und er wusste, was damals mit McCarthy passiert ist. Vielleicht hat der Metzger den Spaten in George gesteckt, damit es so aussieht, als wären es schon wieder die anderen gewesen. Alle zusammen! Keiner würde sich trauen, ihn zu verraten – weil er sich abgesichert hat.«

Den Schafen wurde fast schwindelig von Miss Maples vielen Gedanken. Überall, wo sie ihre Schafsnase hineinsteckte, schwirrten neue Möglichkeiten auf wie Fliegen am Futtertrog. Auch Miss Maple schien es jetzt zu viel zu werden. »Wir wissen noch immer nicht genug«, seufzte sie. »Wir müssen noch mehr über die Menschen erfahren.«

Die Schafe beschlossen, sich im Heuschuppen gemeinsam vom anstrengenden Kriminalgeschäft zu erholen.

Nach dem heißen Tag war es dort dumpf und stickig. Die Hitze hatte alte Gerüche aus den Ecken, Winkeln und Nischen aufgeschreckt. Eine junge Maus, die im vergangenen Sommer unter den Holzplanken gestorben war. George, wie er schwitzend Heu durch die Luke im Dach auf sie herunterschaufelte, einen duftenden Regen aus Heu. Eine Schraube, die aus dem Radio gefallen war und die jetzt wieder roch, wie sie damals gerochen hatte, nach Metall und Musik. Blut und Brennsalbe, von Othellos Wunde auf den Boden getropft. Schwalbeneier unterm Dach. Der Geruch von Öl. Der Geruch vieler Lämmer. Der Geruch von Schnee. Puder vom Schmetterlingsflügel.

Die Gerüche geisterten durch den Heuschuppen wie neugierige Ratten.

Maple lauschte ihnen schläfrig nach. Trotz der Hitze war sie bald eingeschlafen.

In ihrem Traum war es kühl. Sie stand an einem Bach, und

der Bach murmelte ihr zu. Gluckste, summte, sang. Der Bach erzählte, dass alles dem Meer zufloss und nichts je zurückkam. Aber Maple traute dem Bach nicht. An seinem Ufer graste eine große Herde prächtiger weißer Schafe, und manchmal kam es vor, dass eines von ihnen über den Bach setzte. Jedes Mal kam es als schwarzes Schaf am anderen Ufer an. Schwarz von Kopf bis Huf. Die schwarzen Schafe starrten mit sehnsüchtigen Augen zurück zum Ufer der weißen Schafe, aber die weißen Schafe schienen sie nicht zu bemerken, so lange, bis eines der schwarzen Schafe Anlauf nahm und noch einmal über den Bach sprang. Aber es wurde nicht wieder weiß. Mitten im Sprung verwandelte es sich in einen großen, grauen Wolf. Die weißen Schafe stoben vor ihm davon, direkt in den Himmel hinein. In ihrem Traum beschloss Maple, sich genau zu merken, wie sie es taten, um es später Zora erzählen zu können. In ihrem Traum wusste Maple aber auch, dass sie das Geheimnis nicht über das Aufwachen hinüberretten konnte. Ein nervöser Geruch wehte vom Himmel herab.

*

Maple schreckte aus ihrem Traum auf, zurück in die dunkle Hitze des Heuschuppens. Der Geruch einer Schafherde! Fremde Schafe, ganz nah! Erst einen Moment später fiel ihr ein, dass jetzt Melmoth bei ihnen war. Melmoth, der wie eine Herde halber Schafe roch. Wahrscheinlich war er früher als erwartet von seinem nächtlichen Streifzug zurückgekommen. Maple beruhigte sich wieder. Sie dachte darüber nach, warum Melmoth so seltsam roch, anders als alle anderen Schafe, die sie kannte. Vielleicht lag es an seinem Wanderleben. Melmoth hatte nie so gelebt, wie es Schafe normalerweise tun. Warum sollte er dann wie ein gewöhnliches Schaf riechen?

Es konnte mit den Herden zusammenhängen, die er getroffen hatte, bei denen er sich eine kurze Zeit wohlgefühlt hatte. So viele angefangene Schafsleben in so vielen verschiedenen Herden. Und keines davon zu Ende gegrast. Maple wurde schwindelig bei dem Gedanken. Kein Wunder, dass Melmoth wie viele verschiedene Schafe roch.

Vielleicht war es aber auch ganz anders. Vielleicht hatte Melmoth auf seinen Wanderungen Schafe kennen gelernt, besondere Schafe, die er mochte und die er mit sich fortgenommen hatte, als Erinnerung, als Geruch, als Weidegewohnheit und als Stimme im Kopf. Hatte Melmoth sich doch eine Herde zusammengesucht, eine Herde von Geisterschafen, die er an unsichtbaren Geruchsfäden hinter sich herzog?

Der Gedanke machte sie unruhig. So ganz würde sie sich nie an Melmoths Geruch gewöhnen können. Kein Schaf konnte das. Wie zur Bestätigung witterte sie noch einmal nach der seltsamen Herde dort draußen.

Und war auf einmal hellwach.

Nicht Melmoth! Nichts Halbes, Geheimnisvolles, Unerklärtes. Eine junge, flache, gierige Witterung. Gabriels Schafe! Ganz nah.

Maple blökte alarmiert.

Es war ein durchdringendes Blöken, das die Schafe augenblicklich von ihren fetten Traumweiden zurück in die Nacht holte. Überall hoben sich Schafsköpfe und spähten umher. Kurze Zeit später stand Georges Herde an der Tür des Heuschuppens und beobachtete, was auf ihrer Weide passierte.

Eine geschlossene Front von muskulösen Hälsen und rupfenden Köpfen bewegte sich auf sie zu. Gabriels Schafe hatten es irgendwie geschafft, aus ihrem Weidestück auszubrechen, und grasten nun Richtung Heuschuppen, dicht an dicht, unaufhaltsam. In der Dunkelheit wirkten ihre Körper noch bleicher, ein fahles Licht schien von ihnen auszugehen. Jetzt, da sie nicht mehr hinter dem Drahtzaun eingesperrt waren, sah man zum ersten Mal, wie viele es eigentlich waren. Es war ein bedrohlicher Anblick, ein bisschen wie eine der knisternden, summenden Maschinen, die im Herbst über die Felder fuhren.

»Gabriel kann keine Zäune bauen«, sagte Zora trocken. »Er ist ein schlechter Schäfer.«

»Was tun wir jetzt?«, jammerte Heide.

»Nichts«, sagte Cordelia. »Wir bleiben hier im Heuschuppen. In den Heuschuppen werden sie nicht kommen.«

»Aber wir können sie doch nicht unsere ganze Weide fressen lassen!« Mopple war außer sich. »Wo sollen wir morgen grasen? Wir müssen sie vertreiben!«

»Siehst du, wie viele es sind? Wie sollen wir sie vertreiben?«, fragte Zora. »Ich konnte noch nicht einmal mit ihnen sprechen.«

»Aber es muss irgendwie gehen!« Mopple blieb hartnäckig. »Sie werden alles abfressen. Den Hügel. Den Klee an den Klippen. Die Kräuter des Abgrunds.«

»Nicht *alle* Kräuter des Abgrunds«, sagte Zora stolz.

»*George's Place*!«, blökte Mopple auf einmal. »Sie werden *George's Place* fressen!«

Die Schafe sahen sich erschrocken an.

»*George's Place*«, flüsterte Cloud. »Alles, was wir nicht fressen durften.«

»Das Mauskraut«, sagte Maude.

»Schafsohr und Süßkraut!«, sagte Lane.

»Milchgras und Hafer!«, sagte Cordelia. Es stellte sich heraus, dass die Schafe erstaunlich gut wussten, was auf *George's Place* so alles wuchs.

Der Gedanke an *George's Place* gab den Ausschlag. Schlimm genug, wenn Gabriels Schafe sich über das hermachten, was eigentlich *ihnen* zustand. Aber dass sie auch noch das fressen würden, was sie an George erinnern sollte... worauf sie selbst freiwillig verzichtet hatten! Was zu weit ging, ging zu weit!

»Nein!« Mopple sah wütend aus. »*George's Place* kriegen sie nicht!«

Damit war beschlossene Sache, dass sie *George's Place* verteidigen würden.

*

Geführt von Mopple trabte die Herde zu *George's Place* hinüber. Niemand hatte jetzt noch Angst. Wenn Mopple the Whale sich nicht fürchtete, konnte die Sache nicht so gefährlich sein.

Bei *George's Place* angekommen, standen sie erst einmal ratlos herum. Wie verteidigt man eine Weide gegen grasende Schafe?

Doch dann hatte Othello eine Idee. Er zeigte ihnen, wie sie einen Ring um *George's Place* bilden konnten, Schaf an Schaf an Schaf, Schulter an Schulter, die Köpfe in Richtung der fremden Schafe gewandt. Othello selbst blieb im Inneren des Rings. Von dort aus konnte er überall nachhelfen, Gabriels Schafe zurückzudrängen.

»Jetzt müsst ihr eigentlich nur noch so stehen bleiben«, sagte Othello. »Wenn sie nicht an euch vorbeikommen, werden sie *George's Place* nicht abfressen. So einfach ist das.«

Es schien verblüffend einfach.

Zuerst.

Als sie die bleiche Schafsfront auf sich zurollen sahen, kamen ihnen aber wieder Zweifel. Schon hoben einige von Gabriels Schafen die Köpfe und witterten in ihre Richtung. Georges Schafe

227

bemühten sich, Entschlossenheit auszuströmen. Ohne sichtbaren Erfolg. Ein fremder Widder blökte etwas. Dann trabten Gabriels Schafe auf sie zu. Blökend. »Futter!«, blökten sie.

Futter! Georges Schafe sahen sich unsicher an. Was bedeutete es eigentlich, eine Fleischrasse zu sein?

Die ersten von Gabriels Schafen hatten den Verteidigungsring erreicht und streckten die Nasen nach *George's Place* aus. Was sie dort rochen, schien sie zu überzeugen. Sie begannen, sich durch die George-Schafe hindurchzuzwängen, wie sie sich durch eine Hecke hindurchgezwängt hätten. Mopple blökte empört. Othello schnaubte.

Jetzt, da sie wussten, wo das beste Futter zu finden war, schwiegen Gabriels Schafe, so, als gäbe es auf der Welt nichts anderes mehr zu sagen. Unaufhaltsam wie Wasser drängten sie immer rücksichtsloser zu *George's Place*, mit unheimlichen Augen und unheimlichen blanken Gesichtern. Ohne Othello hätte Georges Herde es nicht lange durchgehalten. Nicht nur das unübersichtliche Gedränge, auch die Spannung. So stumm und gruselig hatten sie sich die Verteidigung von *George's Place* nicht vorgestellt.

Plötzlich blökte Cordelia empört: Einem besonders kurzbeinigen Jungschaf war es gelungen, sie zur Seite zu schieben und die Verteidigung zu durchbrechen. Othello galoppierte sofort hinterher und schob den Eindringling in einem einzigen großen Schwung auf der anderen Seite von *George's Place* wieder nach draußen. Zufrieden sah er trotzdem nicht aus.

»So geht es nicht«, knurrte er.

Egal wie sie sich anstrengten – Georges Schafe mussten Schritt um Schritt zurückweichen. Mopple stand als Einziger noch an seiner ursprünglichen Verteidigungsposition wie ein Fels in der Brandung. Er sah ängstlich nach allen Seiten, wo es Gabriels Schafen immer besser gelang, seine eigene Herde zurückzuschieben. Zora machte ein stoisches Gesicht, aber ihre Hinterbeine standen bereits zwischen verbotenen Kräutern. Gabriels Schafe waren einfach zu viele. Es sah schlecht aus für *George's Place*.

Plötzlich tauchte Othello neben Lane auf.

»Lane, lauf«, sagte er zu ihr. »Such Melmoth. Bring ihn her!«

»Wo?« Lane war ein Schaf, das wusste, worauf es ankommt.

»Ich weiß nicht«, schnaubte Othello gereizt. »Irgendwo!«

Es klang nicht gerade vielversprechend. Aber Lane war erleichtert, dass sie nicht länger wie eine lebendige Hecke herumstehen musste. Rennen konnte sie. Lane war das schnellste Schaf der Herde. Ohne ein Wort drängelte sie sich durch Gabriels Schafe hindurch und galoppierte los. Othello nahm ihren Verteidigungsplatz zwischen Heide und Miss Maple ein.

»Aber wie soll Melmoth sie von hier wegbringen?«, fragte Heide. »Er ist nicht ihr Leitwidder. Sie werden ihm nicht folgen.«

»Sie werden ihm nicht folgen«, sagte Othello. »Sie werden fliehen.«

Maple schnaubte ungläubig. Sogar Heide machte ein skeptisches Gesicht.

Gabriels Schafe hatten jetzt entdeckt, dass es einfacher war, sich seitwärts zu stellen und sich mit dem ganzen Gewicht gegen den Verteidigungsring zu lehnen. Georges Schafe ächzten.

Dann verlor Zora die Geduld. Sie kniff einen Eindringling kräftig in die empfindliche Schafsnase. Das Schaf blökte alarmiert. Alle fremden Schafe hoben die Köpfe. Einen bedrohlichen Moment lang passierte gar nichts.

Dann ging es weiter mit Schieben und Zwängen, Gegendrängen und Widerstehen. Immerhin hatten sie einen Augenblick Luft gehabt. Aber das gekniffene Schaf hatte so verletzt geklungen, so erschrocken und arm, dass keines von Georges Schafen Lust hatte, es noch einmal mit Gewalt zu versuchen.

229

Dann – auf einmal – hörten Gabriels Schafe mit dem Drängen auf. Sie standen einfach nur da und lauschten in die Dunkelheit. Ihre Flanken hoben und senkten sich, zitternd von der Anstrengung – oder vielleicht von etwas anderem. Um sie herum, in immer engeren Kreisen, jagte ein dunkler Körper durch die Nacht.

*

Später konnte sich keines der Schafe genau erinnern, was passiert war. Eine Abfolge von Flucht und Atemlosigkeit, Sich-Zusammenballen und Auseinanderspritzen, blinder Aufregung und gespannter Erwartung. Niemals Panik, niemals Ausweglosigkeit. Es gab immer einen Schritt, der noch zu tun war, den einzig möglichen Schritt. Irgendwo dort draußen, unsichtbar, mehr geahnt als wahrgenommen, hütete sie jemand ganz meisterhaft.

Nach kurzer Zeit – es konnte nur eine kurze Zeit gewesen sein, denn ihr Atem war klar, und ihre Herzen pochten nur von der Aufregung – waren alle Schafe wieder da, wo sie hingehörten: Georges Schafe im Heuschuppen, Gabriels Schafe hinter ihrem Drahtzaun.

An den Klippen stand, mit vor Bewunderung glänzenden Augen, Lane, das schnellste Schaf der Herde, und sah verträumt in die Nacht.

15

Am nächsten Morgen trabten die Schafe schon früh auf die Weide, um sich *George's Place* bei Licht zu betrachten. Sie waren zufrieden. *George's Place* war unversehrt, und sogar das niedergetrampelte Gras drumherum begann, sich langsam wieder aufzurichten. Gabriels Schafe standen wieder dort, wo sie hingehörten, hinter dem Zaun, und kein einziges hatte sich ein zweites Mal durch die Lücke getraut. Die George-Schafe waren stolz auf sich. Gespannt warteten sie auf Gabriel. Er sollte sehen, was seine Schafe angerichtet hatten. Dann würde er endlich merken, was für unnütze Fresser er ihnen mitgebracht hatte.

Als Gabriel kam, war es schon spät. Sogar die morgenscheuen Hummeln waren bereits unterwegs, und auf der Steinmauer neben dem Tor sonnten sich Eidechsen. Sie verschwanden wie dunkle Blitze, als Gabriel endlich auf der Weide auftauchte. Gabriel kam nicht allein. Neben ihm lief ein Mann mit schnellen, unruhigen Augen, eine schwarze Tasche in der Hand. Gemeinsam machten sie vor dem Schäferwagen halt.

»Es wäre schon praktisch, wenn ich hineinkönnte«, sagte Gabriel. »Ich könnte meine Sachen drinlassen. Und vielleicht ab und zu über Nacht bleiben.«

»Ja«, sagte der Mann vielsagend und blinzelte mit seinen

schnellen Augen, »praktisch wäre es schon. Und interessant. Wollen wir mal sehen.«

Der Mann holte einige Werkzeuge aus seiner Tasche.

Eine Elster landete auf dem Dach des Schäferwagens und legte neugierig den Kopf schief.

Mit seinen Metalldingen machte sich der Mann an der Tür von Georges Schäferwagen zu schaffen. Bald schwitzte er. Auch die Schafe spürten die frühe Hitze des neuen Tages. Es war keine gute Hitze. Es war die stumme Hitze vor einem Sturm.

Nach einer Weile richtete sich der Mann wieder auf und wischte sich mit dem Hemdsärmel den Schweiß von der Stirn. Die Fliegen summten.

»Tut mir leid«, sagte der Mann.

»Das heißt?«, fragte Gabriel.

»Das kriege ich nicht so einfach mit ein paar Werkzeugen auf. Da brauchst du viel Zeit und einen Spezialisten.«

»Ich dachte, du wärst ein Spezialist, Eddie.«

»Aber nicht für so was. Ich habe es mal gelernt, das schon, aber wenn man es nur so nebenbei macht, neben der Landwirtschaft...« Eddie zuckte mit den Achseln.

»Wo ist das Problem?«, fragte Gabriel.

»Das Schloss ist das Problem. Sicherheitsschloss. Da macht man nicht so einfach einen Zweitschlüssel.«

»So«, sagte Gabriel.

»Schau mal, Gabriel. Wir beide wissen, warum du da hineinwillst. Deine Sachen können auch woanders hin. Warum brichst du die Tür nicht einfach auf, und wenn sie dann im Eimer ist, na und? Um die Türe wär's ja nicht schade. Eigentlich idiotisch: so ein Schloss an *so* einer Tür...«

»Also, rein könnte man?«

»Rein könnte man ohne weiteres.«

»Aber man würde es sehen?«

»Man würde es sehen.«

»Und bei den Fenstern?«

»Dasselbe. Kein kein Problem, aber man würde es sehen.«

Gabriel nickte. »Darum ging's ihm. Wir lassen das Ganze.«

Einen Augenblick sah ihn der Mann verständnislos an. Die Schafe merkten, wie sehr er in den Schäferwagen wollte. Beinahe ebenso sehr wie Gabriel selbst. Wieder einmal wurde ihnen klar, wie sich George doch von allen anderen Menschen unterschieden hatte. Er hatte sich nur für Schafe interessiert. Die anderen interessierten sich nur für den Schäferwagen.

Eddies Gesicht hellte sich wieder auf.

»Ah, du hast Angst. Vor denen. Drogenmafia. Wenn die dafür sorgen können, dass die Polizei den Wagen nicht durchsucht, dann wird es ihnen schon wichtig sein. Also ist doch was dran...«

»Ich habe keine Angst«, sagte Gabriel. Es war gelogen. Sogar durch Gabriels Wollkutte, die sich mit Pfeifenrauch vollgesogen hatte, fanden Angstfäden ihren Weg ins Freie. »Ich will nur kein unnötiges Gerede. Allerdings scheine ich da der Einzige zu sein.« Er sah den Mann scharf an.

»Ein bisschen mehr Gerede an der richtigen Stelle hätte vielleicht nicht geschadet«, sagte Eddie. »So macht ja doch nur jeder, was ihm gerade einfällt.«

Gabriel sah den Mann an, ein bisschen so, wie sich ein Leitwidder die Kapricen eines Jungwidders ansieht, beinahe mit Höflichkeit.

»Was hältst du davon?« Gabriel griff in seine Tasche und holte noch einen glänzenden Metallgegenstand hervor.

Der Mann pfiff durch die Zähne.

Gabriel bekam einen seltsamen Gesichtsausdruck. Gespannt. Zum ersten Mal, seit die Schafe ihn kannten, sah er gespannt aus.

Eddie bemerkte es.

»So etwas findet man aber nicht einfach auf der Straße«, sagte er. »Wo hast du ihn her?«

»Er ist vom Himmel gefallen«, knurrte Gabriel.

Der Mann schüttelte den Kopf. »So geht es nicht, Gabriel. Weißt du eigentlich, wie es im Dorf zugeht? Im *Mad Boar*? Alle sitzen sie da und saufen und warten. Sie reden über alles, lachen sogar über O'Malleys Witze. Nur über das hier reden sie natürlich nicht. Sie haben ein Recht darauf, zu wissen, was hier vorgeht.«

»Hier geht nichts vor«, sagte Gabriel. Er sah den Mann lange mit seinen blauen Augen an. »Ich sorge dafür, dass nichts vorgeht.«

Die Schafe schlackerten ungläubig mit den Ohren. Diese Nacht war hier eine Menge vorgegangen, und Gabriel war der Letzte gewesen, der etwas dagegen unternommen hatte. Sie begannen sich einzugestehen, dass sie ein bisschen enttäuscht von Gabriel waren.

Der Mann seufzte. »Na gut. Ein Tresorschlüssel. Aber kein Tresor, den du einfach mal so beim Versand bestellen kannst. Ein richtig guter. Teuer. Richtig teuer meine ich. Vielleicht ist noch eine Zahlenkombination dabei. Vielleicht braucht es mehrere Schlüssel. Jedenfalls ziemlich raffiniert.«

Gabriel nickte, als hätte er das alles schon vorher gewusst. »Wie groß wäre so was ungefähr?«

Eddie zuckte mit den Schultern. »Schwer zu sagen. So groß wie eine Mikrowelle? So groß wie ein Kühlschrank? Auf die Größe kommt es nicht an, soweit ich weiß. Die Großen haben den Vorteil, dass man sie nicht einfach wegtragen kann. Die Kleinen kannst du nicht sprengen, ohne den Inhalt zu zerstören. Je nachdem, worauf es ankommt.«

Er sah Gabriel neugierig an. Gabriel blickte nur gleichgültig zu seinen Schafen hinüber, als hätte er das alles schon vorher gewusst.

»Danke«, sagte er. »Das wär's dann wohl.«

Aber Eddie ließ sich nicht so einfach wegschicken. »Es ist ja schon fast Mittag«, sagte er. »Weißt du was? Ich esse meinen Lunch einfach hier.«

»Wie du magst«, sagte Gabriel abwesend. Er hatte jetzt die Lücke im Drahtzaun entdeckt und begann, unter dem Schäferwagen nach einem neuen Stück Maschendraht und einem Pfosten zu suchen.

»Du hast Glück, dass sie dir nicht abgehauen sind«, sagte Eddie.

»Gut erzogen«, sagte Gabriel.

»Mit *Tieren* kannst du, das muss man dir schon lassen.«

Die Schafe waren empört. Gut erzogen! Wenn nicht ein kleines Wunder geschehen wäre, könnte Gabriel seine wunderbaren Schafe jetzt in allen Gemüsegärten Glennkills suchen. Nur dank Melmoth standen sie noch immer hinter dem Drahtzaun und trauten sich nicht heraus.

Während Gabriel den Zaun reparierte, schickten seine Schafe hungrige Blicke zu *George's Place* hinüber.

»Die haben Hunger«, sagte Eddie mit vollem Mund.

Gabriel nickte, fast ein wenig stolz. »Ja, die fressen ganz schön, aber dafür legen sie auch ordentlich zu. Muss man eben zufüttern.«

Gabriel stapfte zu dem winzigen Geräteschuppen hinter dem Schäferwagen und kramte darin herum. Als er wieder hervorkam, hielt er eine Sense in der Hand.

Georges Sense. Die Schafe kannten das seltsame Gerät aus Holz und Metall. Zu was es gut war, wussten sie nicht. »Wer Schafe hat, kann sich die Sense sparen«, hatte George immer gesagt, wenn er die Klinge mit einem rot-weißen Lappen polierte. Nur so, aus Gewissenhaftigkeit.

Gabriel sparte sich die Sense nicht.

Er ersparte *ihnen* die Sense nicht.

Am Fuße des Hügels, auf der meerabgewandten Seite, begann er zu grasen.

Die Schafe wurden still. Zum ersten Mal sahen sie einen Menschen grasen. Es war ein grausiger Anblick. In Gabriels Hand verwandelte sich das seltsame Werkzeug in eine riesige Eisenklaue, die mit einem feindseligen Singsang durch das Gras fuhr. Seltsame Geräusche, wie von tief fliegenden Vögeln mit spitzen Schnäbeln, zischten über die Weide. Wo die Sense gewesen war, legten sich die Halme widerstandslos zu Boden. Das war das Schauerliche: Gabriel graste, und zugleich verschmähte er das Gras. Es war ein Bild sinnloser Zerstörung. Der gute Geruch, der von dem toten Gras aufstieg, machte die Sache nur schlimmer.

Trotz der Sommersonne wurde den Schafen kalt. Mopple begann, leise zu zittern, irgendwo zwischen Empörung und Entsetzen.

Außer dem bösen Geräusch der Sense war kein Laut zu vernehmen. Auch Gabriels Schafe hatten mit ihrem »Futter«-Blöken aufgehört und sahen mit Hunger in den bleichen Augen zu Gabriel hinüber.

»Warum schneidest du nicht da hinten?«, fragte der Mann. »Da steht es doch viel höher.«

Er deutete auf *George's Place*.

Die Schafe hielten den Atem an.

»Lieber nicht«, sagte Gabriel. »Wenn die anderen da nicht fressen, ist vielleicht irgendein Gift im Boden. Das fehlt mir gerade noch, dass sie mir jetzt eingehen, nach der ganzen Mästerei.«

»Du kennst dich aus«, sagte der Mann, »mit Tieren. Besser

236

als ich mit Schlössern.« Gabriel warf ihm einen unfreundlichen Blick zu.

Irgendwann war Gabriel zufrieden mit dem Zerstörungswerk. Er schob sich einen einzigen langen Grashalm zwischen die Zähne, dorthin, wo sonst die Pfeife steckte, und schlenderte zum Schäferwagen, um den Schubkarren zu holen. Eddie saß noch immer auf den Stufen des Schäferwagens. Sein Brot hatte er längst aufgegessen. Gabriel beachtete ihn nicht. Er fuhr das Gras zu seinen Schafen hinüber und warf es ihnen über den Zaun. Gabriels Schafe hatten jetzt ihr »Futter«-Blöken wieder angestimmt, und sie blökten so lange, bis auch das letzte von ihnen seine Nase in das tote Gras stecken konnte.

Dann war Ruhe. Gabriel ging wieder zum Schäferwagen hinüber, wo Eddie noch immer auf den Stufen saß. Sie sahen sich lange an.

»Du willst die Testamentseröffnung am Sonntag also einfach so abwarten?«, fragte Eddie.

Gabriel nickte. Eddie stand abrupt auf, packte seine Tasche und marschierte davon Richtung Dorf.

*

Die Schafe brauchten eine Weile, bis sie sich von dem Erlebnis mit der Sense wieder erholt hatten. Niemand behauptete jetzt noch, dass Gabriel ein guter Schäfer war.

»Er ist überhaupt kein Schäfer«, sagte Heide. »Wir sollten einfach so tun, als sei er nicht da. Er sieht uns ja auch nicht an.«

Ein guter Plan. Bald darauf zeigten sehr viele Schafshinterteile in Richtung des Schäferwagens. Sie hatten beschlossen, mit demonstrativer Verachtung an Gabriel vorbeizugrasen. George wäre empört gewesen, aber Gabriel schien es nicht einmal zu bemer-

ken. Dafür sah eines der Gabriel-Schafe ihnen mit Interesse zu. Es war der kräftige Widder, den Zora schon früher bemerkt hatte. Er hatte aufgehört, das abgesenste Gras in sich hineinzustopfen, und spähte konzentriert zu den George-Schafen hinüber.

Zora bemerkte ihn als Erste. Eigentlich hatte sie sich vorgenommen, nie wieder mit den Gabriel-Schafen zu sprechen oder unnütz über sie nachzudenken. Nach ihrem verunglückten Gesprächsversuch hatte sie es beschlossen, und ein zweites Mal diese Nacht, als die Gabriel-Schafe wie fahle Raupen über ihre Weide hergefallen waren.

Aber dieser eine Widder interessierte sie. Er war älter als die anderen und – wie es Zora vorkam – verständiger. Außerdem witterte Zora irgendwo zwischen seinen bleichen Augen einen Abgrund. Möglichst unauffällig begann sie, in seine Richtung zu grasen. Sie weidete einmal an ihm vorüber. Dann ein zweites Mal. Seine Augen verfolgten sie, aber sonst passierte nichts. Zora beschloss, es noch ein drittes Mal zu versuchen, ganz dicht am Drahtzaun entlang.

Diesmal hatte sie Erfolg.

»Futter«, sagte der Widder. »Tod.« Er hatte eine schöne Stimme, sanft und melodisch. Sie passte nicht zu seinem kurzbeinigen, gedrungenen Körper. Es war die Stimme eines sehr eleganten Schafs.

»Ja«, sagte Zora mitfühlend. »Euer Gras ist tot. Er hat es geschnitten. Mit einer Sense.«

Der Widder schüttelte den Kopf. »Wir sind Futter. Er ist Tod. Lauft weg!«

»Gabriel?«, fragte sie. »Der Tod? Unsinn. Er ist ein Schäfer. Wenn auch ein schlechter.«

Wieder schüttelte der Widder den Kopf.

»Wir sind Fleisch«, sagte er.

Zora sah ihn seltsam an. Etwas in ihr begann zu zittern. Der Abgrund war da, irgendwo vor ihr, aber noch konnte sie ihn nicht sehen. Nur wittern.

»Fleisch ist Futter«, fuhr der Widder fort.

Zora schüttelte den Kopf. »Gras ist Futter«, sagte sie.

Der Widder rammte frustriert seinen hornlosen Kopf gegen den Drahtzaun. Ein metallisches Klirren flog über die Weide. Gabriel sah kurz zu ihnen herüber.

»Gras ist Tod«, sagte der Widder mit Nachdruck. »Gras *bringt* den Tod.« Er sah Zora fast flehend an. Zora überlegte, ob der Widder vielleicht einfach nur verrückt war. Das ganze Gefasel von Fleisch und Tod. Noch nie zuvor hatte sie ein Schaf über Fleisch sprechen hören. Sie wollte sich gerade umdrehen und Gabriels Schafe endgültig abschreiben, als ein einzelnes Wort aus dem Abgrund zu ihr heraufgeweht kam.

»Fleischrasse«, dachte Zora.

Sie blieb. Die Luft war auf einmal sehr drückend. Unbehaglich atmete Zora die Hitze des nahenden Sturms ein. Der Widder sah zu seiner eigenen Herde hinüber, die noch immer ohne Sinn und Verstand das geschnittene Gras in sich hineinstopfte.

»Sie fressen. Sie werden fett. Sie sterben«, sagte der Widder. »Und ich …« Er senkte den Kopf und sprach nicht weiter. Zora stemmte sich in Bergschafmanier gegen den Boden, um besser mit den Wortfetzen fertig zu werden, die der Abgrund zu ihr heraufwirbelte. »Mopple«, dachte sie, »fett werden, eine Fleischrasse … unter das Messer … legen ordentlich zu … Mästerei.« Plötzlich riss der Nebel auf, und Zora konnte den Abgrund vor sich klaffen sehen. Es war der tiefste Abgrund ihres Lebens.

Der fremde Widder blickte sie erwartungsvoll an. Er erkannte an Zoras geweiteten Augen, dass sie verstanden hatte, und sah erleichtert aus.

»Lauft weg!«, sagte er wieder.

»Warum warnst du nicht *sie*?«, fragte Zora, zitternd vor Wut auf den Widder, der ihr so schreckliche Dinge verriet. »Warum lauft *ihr* nicht weg? Gestern zum Beispiel – statt über *George's Place* herzufallen?« Sobald sie es gesagt hatte, tat es ihr leid. Der Widder sah so traurig aus, wie sie noch nie ein Schaf traurig gesehen hatte.

»Angst«, sagte er. »Zäune und Angst. Zäune aus Angst. Sie sind jung. Sie verstehen nicht. Sie sollen nicht sehen. Die Mutterschafe vergessen. Jedes Jahr. Sie *wollen* vergessen. Seine Zäune sind hoch. Seine Hunde sind schnell.« Er sah mit leeren Augen zu Gabriel hinüber.

Zora verstand ihn. Ihre Augen wurden feucht. Vor ihr stand das mutigste Schaf, das sie je kennen gelernt hatte. Ein Schaf, das Tag für Tag ganz allein in den Abgrund sah. Hoffnungslos allein.

»Du wirst ein Wolkenschaf werden«, flüsterte sie hastig. »Du wirst sehen, für dich wird es ganz leicht sein. Bald werde ich dich am Himmel sehen.«

Dann hielt sie es nicht mehr aus und galoppierte davon, kreuz und quer über die Weide. Wohin sollte sie fliehen? Auf ihren Felsen? Der Abgrund am Meer kam ihr läppisch vor. Sie schämte sich vor dem Fremden und vor sich selbst. Aber dann fiel ihr wieder ein, wieso er mit ihr gesprochen hatte: eine Warnung. Ein Auftrag. Sie musste ihre Herde warnen.

*

»Er ist verrückt«, blökte Heide.

»Er hat *was* gesagt?«, fragte Cloud.

»Dass sie sterben werden«, wiederholte Zora ungeduldig. »Dass Gabriel sie töten wird. Bald.«

»Er ist verrückt«, wiederholte Heide. »Gabriel ist ein Schäfer. Er sorgt für sie – besser als für uns.«

»Vorhin hast du noch gesagt, dass er kein Schäfer ist«, sagte Maude.

»Habe ich nicht«, blökte Heide schnippisch und marschierte mit erhobenem Haupt davon.

»Warum sollte Gabriel sie töten?«, fragte Sara ungläubig.

»Wegen ihrem Fleisch.« Zora konnte verstehen, dass der fremde Widder seiner Herde den Abgrund nicht begreiflich machen konnte. Selbst ihre eigene Herde wollte es nicht glauben – obwohl sie um so vieles klüger und verständiger waren als die Gabriel-Schafe. »Er gibt ihnen Gras, damit sie schnell fett werden. Und dann … Es passt doch alles zusammen. Sie sind eine Fleischrasse, weil sie schnell fett werden. Wie Mopple. Der ist auch eine Fleischrasse. George hat es gesagt. ›Unter das Messer‹, hat er damals gesagt. Bitte, glaubt es mir einfach.«

»Das hat der fremde Widder erzählt?«, fragte Cordelia.

»Nein«, gab Zora zu. »Nicht direkt. Aber er hatte Angst.«

Die anderen Schafe schwiegen. Der fremde Widder tat ihnen leid. Aber musste man deswegen gleich seine seltsamen Geschichten glauben?

Zora sah ihren Gesichtern an, dass sie nicht überzeugt waren. »Bitte«, sagte sie, »ich weiß einfach, dass es stimmt!«

»Hmmm«, sagte Miss Maple. »Das würde erklären, warum sie nicht wollig sind. Wisst ihr noch, wie wir uns darüber gewundert haben, warum sich Gabriel mit so unwolligen Schafen abgibt? Wenn es Gabriel nun gar nicht um ihre Wolle ginge … das wäre eine Erklärung.«

Zora sah dankbar zu Miss Maple hinüber. Die anderen dachten erneut über Zoras Theorie nach. Wenn sogar Maple, das klügste Schaf von ganz Glennkill und vielleicht der Welt, sich dafür interessierte, konnte an der Sache – so unglaublich sie klang – doch etwas dran sein.

Ausgerechnet Mopple fiel Zora in den Rücken.

»Ich glaube kein Wort davon«, blökte er. »Dieser Widder ist einfach nicht bei Trost. Gestern wollten sie *George's Place* fressen, und heute versuchen sie, uns auf andere Art Angst zu machen. Ich muss es doch wissen. Ich bin eine Fleischrasse. Hat George vielleicht versucht, mich unter das Messer zu bringen?«

»George war anders«, warf Zora ein. »Er wollte wollige Schafe, so wollige wie die norwegischen Schafe.«

Aber Mopple ließ sich nicht bremsen. »Fleischrasse bedeutet etwas ganz anderes«, blökte er. »Fleischrasse bedeutet…« Mopple durchforstete mit schief gelegtem Kopf seine Erinnerungen. Aber ihm fiel nichts ein. »Etwas ganz anderes«, wiederholte er stur.

Damit hatte er die anderen überzeugt – von Zoras Theorie. Wenn sogar Mopple the Whale mit seinem grandiosen Gedächtnis keine andere Erklärung einfiel, musste Zoras Geschichte wohl stimmen.

Panik brach aus.

Maude blökte »Wolf! Wolf!« und floh im Zickzack über die Weide. Lane und Cordelia steckten sich wechselseitig den Kopf in die Wolle. Die Mutterschafe blökten aufgeregt ihre Lämmer zu sich.

»Wir sind jetzt seine Herde«, jammerte Ramses. »Es ist aus!«

»Er bringt uns um«, flüsterte Cloud. »Er ist wie der Metzger. Wir müssen hier weg!«

»Wir können nicht weg«, sagte Sara. »Das ist unsere Weide. Wo sollen wir denn hin?«

Mopple sah aufgebracht von einem zum anderen. »Glaubt ihr wirklich?«, blökte er. »Glaubt ihr wirklich? Ich auch?«

»Du zuerst!«, schnaubte Zora, die noch immer wütend war, weil Mopple ihr nicht geglaubt hatte.

Sogar Miss Maple wusste keinen Ausweg. Ängstlich spähte sie zum Schäferwagen hinüber, um zu sehen, ob Gabriel schon die Messer wetzte.

»Die Widder müssen es wissen«, flüsterte sie.

Die Schafe sahen sich nach ihren erfahrensten Widdern um. Ritchfield und Melmoth spielten gerade ein Fang-das-Schaf-Spiel wie zwei Milchlämmer, und Othello hielt sich noch immer sorgsam vor Melmoth verborgen. Doch als er ihre Unruhe bemerkte, trabte er zu ihnen herüber.

»Wolf!«, blökte Maude.

»Der fremde Widder«, hauchte Cordelia.

»Er bringt uns alle um«, blökte Mopple. »Mich zuerst.«

Es dauerte eine Weile, bis Othello alles verstanden hatte. Auch er erschrak. Othello kannte die Welt und den Zoo, aber Fleischschafe kannte er nicht.

»Wir müssen es Melmoth sagen«, sagte er. »Melmoth kennt sich aus.«

Sie sahen zu Melmoth hinüber. Er und Ritchfield waren zu einem Duell-Spiel übergegangen. Melmoth hatte sich zum Spaß von Ritchfield besiegen lassen und kugelte wie ein junger Hund durch das Gras.

»Bist du sicher?«, fragte Cloud.

*

Othello trabte mit klopfendem Herzen und einem flauen Gefühl im Magen zum Hügel. Der Augenblick der Wahrheit. Einerseits war er erleichtert. Schon seit Tagen suchte er nach einem Grund, Melmoth endlich wieder gegenüberzutreten.

Andererseits erfüllte ihn die Vorstellung, dem großen Grauen nach so langer Zeit wieder in die Augen zu sehen, mit Verlegenheit. Melmoth kannte ihn besser als sein eigener Schatten. Er hatte all die Fehler und Dummheiten seiner Jugend gesehen – und gnadenlos kritisiert. Die Verlegenheit ärgerte Othello. Schließlich hatte nicht *er* sich in aller Heimlichkeit nachts aus dem Stallwagen des grausamen Clowns davongestohlen, mit nur einem einzigen, blödsinnigen Spruch als Abschied.

»Manchmal ist Alleinsein ein Vorteil«, schnaubte Othello wütend. Es war *kein* Vorteil gewesen. Das Alleinsein hatte schrecklich wehgetan – ein einziges Schaf zwischen vier Hunden, zwei Frettchen und einer weißen Gans. Schafe waren für das Alleinsein nicht geschaffen. Traurigkeit machte sich zwischen Othellos Hörnern breit, und so etwas wie Mitleid mit Melmoth, der sein ganzes Leben lang durch die Einsamkeit getrabt war, im Grunde seines Herzens doch in allen Herden allein. Nun war geschehen, was Othello immer unvorstellbar vorgekommen war: Melmoth war alt geworden.

Er trug das Alter, wie Othello noch kein Schaf das Alter hatte tragen sehen, aber trotzdem war es ganz unverkennbar Erdenschwere, die dem Grauen jetzt den Bart lang machte. Othello überlegte, wie ein Duell zwischen ihnen beiden jetzt wohl ausgehen würde, und erschrak. Es war ein Gedanke, den er noch nie zu denken gewagt hatte. Als sie sich zum ersten Mal begegneten, schien Melmoth nichts von der steinernen Schwere des Lebens zu wissen. Seine Hufe berührten kaum den Boden, jede seiner Bewegungen bot ein Bild vollkommen beherrschter Kraft.

Und daneben er selbst, Othello, mit vier lächerlich jungen Hörnern und Verwirrung im Herzen. Kämpfen? *Er*, ein Schaf? Gegen *Hunde*?

»Ich kann nicht kämpfen«, hatte er mit seiner trotzigen Jung-
widderstimme geblökt.

»Nein«, hatte Melmoth erwidert, »aber das macht nichts.
Kämpfen ist nichts, was man kann. Kämpfen ist etwas, was man
will.«

Eine Frage des Wollens, so wie alles im Leben eines Schafs. Bewunderung für Melmoth stieg aus Othellos Hörnern herab, Bewunderung für all den Willen und die Weisheit, die ihn so lange
durch die Einsamkeit getragen hatten. Und dann – wie konnte es
anders sein – wieder Verlegenheit wegen seiner eigenen, ewigen
Begriffsstutzigkeit.

Othello blieb abrupt stehen.

Direkt vor seinen Hufen lag Melmoth im Gras, noch immer das beklagenswerte Opfer eines Spiel-Duells. Bernstein-
farbene Koboldsaugen funkelten Othello wie aus weiter Ferne
an.

»Schattenspender«, sagte Melmoth. »Es ist besser, einen Schatten zu werfen, als im Schatten zu stehen. Aber beschattet zu
werden, an einem heißen Tag wie heute – auch das ist nicht zu
verachten.«

Melmoth drehte den Kopf zu Ritchfield, der ein paar Schritte
entfernt stand, noch immer verdutzt über seinen Sieg beim Duell-
Spiel.

»Ich weiß ein neues Spiel«, sagte Melmoth. »Wer-hat-Angst-
vorm-schwarzen-Schaf!« Melmoth sprang graziös zurück auf alle
vier Beine und wandte sich wieder Othello zu.

»Wer hat Angst vorm schwarzen Schaf?«, fragte er Othello.
Seine Augen blickten ernst; unmöglich, dass sie vor wenigen
Herzschlägen noch schelmisch gefunkelt hatten. »Eine Menge
Hunde, würde ich sagen, und einige Schafe, wenn sie klug sind,
und natürlich der schwarze Mann. Ich sicher nicht.« Melmoth

musterte Othello eindringlich. »Aber das schwarze Schaf – wovor hat das Angst?«

Das war ihr Wiedersehen. Ein vertrautes Gefühl der Verwirrung machte sich in Othello breit. Er erklärte, was Zora über Gabriel herausgefunden hatte.

»Wir sollten fliehen«, sagte er. »Wenn du uns führst, können wir es schaffen.«

»Sie alle? So viele?« Melmoths Augen flogen wie eine Krähe über die Schafe, die aus respektvoller Entfernung gespannt zum Hügel heraufsahen. »Manchmal ist Alleinsein ein Vorteil.«

»Sie werden nicht alleine gehen«, sagte Othello. »Keines von ihnen.«

»Dann bleiben sie hier«, sagte Melmoth kurz.

»Aber…«

»Es ist auch besser so«, fuhr Melmoth fort. »Fliehen? Vor dem Blauäugigen? Vor dem Sensenmann? Lohnt sich nicht.« Er sah nochmals zu den Schafen hinüber. »Sie müssen nur ein wenig lernen, lernen zu lehren, den Blauäugigen das Tanzen zu lehren – und das Fürchten.«

16

Kurze Zeit später hatte Othello die Herde um den Hügel versammelt. Es war das erste Mal, dass sie den schwarzen Widder so eifrig sahen. Trotzdem blieben sie skeptisch. Es war eine Sache, sich langsam an Melmoths seltsamen Geruch zu gewöhnen und ihn für seine Abenteuer und seinen Mut zu bewundern. Aber es war etwas ganz anderes, sich von ihm etwas beibringen zu lassen. Schließlich sprach Melmoth beinahe wie eine Ziege. Und jedes Milchlamm weiß, dass Ziegen verrückt sind.

Melmoth hatte sich auf dem höchsten Punkt des Hügels postiert, so dass ihn alle sehen konnten. Ein heißer Wind fuhr ihm durch das zottige Fell und zerrte seine Wolle zu zitternden grauen Flammen. Seine Hörner blitzten im Sonnenlicht.

»Wer ist euer schlimmster Feind?«, fragte Melmoth.

»Der Metzger!« – »Gabriel!« – »Der Meisterjäger!« – »Der Wolf!«, blökten die Schafe im Chor. In letzter Zeit gab es so viele Feinde, dass man sich kaum noch zwischen ihnen entscheiden konnte.

»Der Abgrund«, sagte Zora philosophisch.

»Falsch«, sagte Melmoth. »Euer schlimmster Feind seid ihr selbst! Faul und behäbig, feige und furchtsam, gedankenlos und einfältig ihr selbst!«

Jetzt war es endgültig heraus: Melmoth war verrückt. Zeitverschwendung, ihm zuzuhören, während Gabriel die Messer wetzte. Und doch – niemand traute sich, Melmoth so einfach den Rücken zuzudrehen. Melmoth beobachtete sie scharf.

»Unglaube«, sagte Melmoth, »ist immerhin ein Anfang. Ihr sollt nicht glauben, was ihr nicht versteht. Ihr sollt verstehen, was ihr glaubt. Othello, mein Freund, der Vielhörnige, Schwarze, Kühnäugige, wird euch helfen, zu verstehen.«

Stolz trabte Othello zu Melmoth auf den Hügel. Melmoth gab Othello mit den Augen einen Wink. Othello begann zu grasen. Die Schafe sahen ihm eine Weile dabei zu, ungeduldig, weil sie selbst nicht grasen durften.

»Ihr seht ein grasendes Schaf«, sagte Melmoth nach einer Weile. »Gedankenverloren auf der Jagd nach dem Grün, verträumt auf der Weide zerstreut. Und jetzt« – Melmoth gab Othello wieder ein Zeichen – »ein aufmerksam grasendes Schaf, gespannt wie die Katze vor dem Sprung, mit allen Sinnen durch das Gras spähend, mit Fühlern in alle Richtungen, bis zum Himmel.«

Othello graste mit Inbrunst. Wieder sahen ihm die Schafe ein bisschen neidisch zu.

»Wo ist der Unterschied?«, fragte Melmoth plötzlich.

Sie dachten nach.

»Die Ohren«, sagte Zora. »Er zuckt öfter mit den Ohren.«

»Er hält die Hörner tiefer«, blökte Lane.

»Er wedelt seltener mit dem Schwanz«, sagte Heide.

»Der Geruch«, blökte Maude vage. Beim Geruch konnte man selten etwas falsch machen.

»Falsch«, sagte Melmoth. »Falsch, falsch und nochmals falsch.«

»Die Nüstern?«, sagte Sara. »Er hat die Nüstern geweitet.«

»Falsch«, sagte Melmoth.

»Das Futter«, blökte Mopple. »Er frisst andere Sachen. Mehr Klee. Weniger Hafergras.«

»Falsch!«

»Es gibt keinen Unterschied«, sagte Maple.

»Fal… Richtig«, sagte Melmoth und blickte die Schafe mit funkelnden Augen an. »Ihr lernt: Die Aufmerksamkeit sieht und wird nicht gesehen. Der Einzige, der für Aufmerksamkeit sorgen kann, seid ihr selbst. Wenn ihr es bleiben lasst, seid ihr euer schlimmster Feind. Denn es gibt doch einen Unterschied. Der aufmerksame Othello – überlebt.«

»Aber Gabriel…«, begann Sara vorsichtig, doch Melmoth unterbrach sie.

»Die Aufmerksamkeit wird euch helfen, die haarlosen Gedanken der Zweibeiner aufzuspüren. Geräuschheuchler, Geruchsverräter, aber gegen die Aufmerksamkeit kommen sie nicht an.«

Melmoth studierte die Gesichter der Schafe, um herauszufinden, ob sie ihn verstanden hatten. Aber die Schafe hatten dank Georges Erklärungen viel Übung darin, verständig auszusehen, und Melmoth merkte, dass ihnen nicht so einfach auf die Schliche zu kommen war.

Dann, als die meisten Schafe schon die Hoffnung aufgegeben hatten, begann der praktische Teil des Unterrichts. Er begann allerdings weit weniger spannend, als sie es sich vorgestellt hatten. Die erste Übung bestand darin, einen dicken, runden Stein böse anzustarren, mit aller Aufmerksamkeit, zu der sie fähig waren.

»Aber Steine sind nicht gefährlich!«, wandte Heide ein.

»Täusche dich nicht!«, knurrte Melmoth. »Wenn er dir an den Kopf fliegt, kann er dich umbringen.« Melmoth kicherte, wie über einen sehr gelungenen Spaß. Heide tat einen erschrockenen Sprung von dem Stein weg.

»Es geht genau darum, dass wir den Stein für ungefährlich halten«, erklärte Melmoth. »Jedes Lamm ist aufmerksam, wenn es erst einmal begriffen hat, dass es um seine Haut geht.«

Die Schafe starrten den Stein mit geballter Aufmerksamkeit an, und wäre der Stein nicht ein Stein gewesen, er wäre unter ihren bohrenden Blicken sicher zerschmolzen wie ein Fleckchen Schnee im Frühling. Während die Schafe mit dem Stein beschäftigt waren, löste sich über ihnen die Hitze des Tages in einem gewaltigen Gewitter auf. Der Stein wurde nass und glänzte im Licht der Blitze. Donner grollte, und die Schafe tropften.

Heide war die Erste, die die Geduld verlor. »Ich will nicht mehr aufmerksam sein«, murrte sie. »Ich will endlich lernen, Schafe zu hüten wie du. Ich will lernen, gefährlich zu sein.«

»Solange du dich nicht selbst hüten kannst, wirst du auch sonst niemand hüten«, sagte Melmoth. »Und gefährlich bist du schon – für dich selbst. Sobald du gelernt hast, es nicht mehr für dich selbst zu sein, wirst du es für alle anderen sein. Einfach, was?«

Nicht alle Schafe lernten an diesem Nachmittag die »nüsternbreite, himmelweite Kunst der Aufmerksamkeit«, wie Melmoth es nannte, aber alle Schafe lernten etwas. Maude lernte, dass sie am hellichten Tag mit offenen Augen schlafen konnte, Mopple lernte, dass es möglich war, einen Nachmittag ohne Grasen durchzuhalten, Sara lernte, wie man durch ein Zittern und Zucken verschiedener Muskeln Fliegen abschütteln konnte, ohne die Ohren zu bewegen, und Heide lernte es, still zu sein. Für den Anfang war Melmoth mit ihnen zufrieden.

Später, in der duftenden, klar gewaschenen Nachgewitterluft, begann er, ihnen kleine Aufgaben zu stellen. Sie sollten direkt an den Klippen entlangspazieren und dabei auf jeden Schritt achten. Diese Übung beaufsichtigte Melmoth von Zoras Felsen aus. Sie war sehr beeindruckt, und Mopple sah nachdenklicher aus als sonst. Später schickte Melmoth die Schafe los, um Gabriels tropfnassen Schäferhut von den Stufen des Schäferwagens zu stehlen, wo dieser ihn vergessen hatte, als er vor dem Wolkenbruch in den Heuschuppen flüchtete.

Die Schafe lernten schneller, als sie verstanden. Sie merkten, dass sie nur noch sehr wenig Zeit hatten, sich zu fürchten, wenn sie wirklich alle Dinge mit der von Melmoth verlangten Aufmerksamkeit beobachteten.

Natürlich klappte nicht immer alles. Mopple vergaß bei einem von Melmoths Scheinangriffen vor Aufmerksamkeit das Ausweichen und wurde von ihm umgerannt. Heide verschluckte sich beim Grasen, weil sie vor Aufmerksamkeit zum falschen Zeitpunkt geschluckt hatte.

Gegen Abend brachte Melmoth ihnen etwas höchst Unschafshaftes bei. Er brachte ihnen bei, sich nicht hüten zu lassen.

»Aber das geht nicht«, blökte Lane. »Es passiert einfach in den Beinen.«

»Es passiert, weil ihr es passieren lasst«, sagte Melmoth. »Sie können euch nur hüten, weil ihr euch nicht selbst hüten könnt. Vergesst die Herde. Vergesst die Hunde. Hütet euch selbst.«

Bis in die Abenddämmerung übten die Schafe, sich nicht hüten zu lassen. Melmoth hatte die Rolle des Schäferhundes übernommen und galoppierte wild blökend um sie herum, ein Wirbelwind aus Scheinattacken, Finten und Rückzügen. Ihre Aufgabe war es, einfach stehen zu bleiben.

Bald waren sie alle erschöpft, die einen vom Wegrennen wider Willen, die anderen vom heroischen Stehenbleiben.

»Sind wir bald fertig?«, fragte Maude.

»Fertig? Womit?« Melmoth blickte unschuldig zu Maude hinüber.

»Mit dem Lernen«, blökte Sara.

»Nein!«, sagte Melmoth.

»Wann sind wir denn fertig?«, stöhnte Mopple. Seine Sehnen schmerzten, und sein Rücken war steif. Hunger hatte er seltsamerweise nicht.

»Runder Widder«, sagte Melmoth, »sieh Melmoth an, der die Welt durchstreift auf der Suche nach Aufmerksamkeit, und glaube ihm, dass es noch keinen Tag in seinem Leben gegeben hat, an dem er nichts gelernt hätte – und keine Nacht.«

Mopple stöhnte. Jetzt konnten sie die gewohnte Nachtruhe wohl auch vergessen. Er machte sich auf weitere anstrengende Stunden gefasst. Aber Melmoth war noch nicht fertig.

»Andererseits«, sagte er, »andererseits kann man auch beim Grasen lernen. Beim Wiederkäuen. Sogar beim Schlafen. Wenn ihr mich fragt, lernt ihr jetzt am besten ein bisschen beim Grasen weiter.«

Die Schafe wurden sich schnell einig, dass es sich beim Grasen in der Abenddämmerung hervorragend lernen ließ. Später trabten sie in den Heuschuppen, um im Schlafen weiterzulernen. Aber obwohl sie müde waren wie lange nicht mehr, fiel ihnen das Einschlafen schwer. Leichter Nieselregen ließ die Blätter der Hecken in der Dunkelheit rascheln. Im Heuschuppen selbst war es geradezu unheimlich still. Erschöpft standen sie da, dachten an fremde Widder und Wanderschafe, Steine und Schäferhüte, Fleischrassen und Drahtzäune. Alles durcheinander. Sie trauten sich nicht einmal, sich zum Schlafen hinzulegen. Ein Käuzchen schrie, und sogar das machte sie nervös. Dann knirschte etwas nahe der Tür. Die Schafe drängten sich in einer Ecke zusammen, aber es war nur Melmoth, der da als schwarzer Schatten am Eingang des Heuschuppens auftauchte.

»Ihr lernt nicht«, sagte er. »Ihr schlaft nicht. Was ist los?«

»Angst«, sagte Maude.

»Angst«, blökten die anderen Schafe.

»Angst«, sagte Melmoth. »Sie ist nicht hier drinnen. Sie ist dort draußen, nicht wahr?«

Er hatte Recht. Irgendwo dort draußen waren Gabriel, der Metzger und alle Fleischfresser dieser Welt.

»Ihr solltet sie vertreiben«, sagte Melmoth. »Es ist eine Übung. Ihr sollt sehen, wozu Aufmerksamkeit gut ist.«

Noch einmal verteilte Melmoth Aufgaben.

Sara, Cloud und Maude sollten sich in den tiefschwarzen Schatten unter dem Krähenbaum stellen und den Vögeln bei ihren Nachtgedanken zuhören. Ramses, Lane und Cordelia mussten zu dem Loch unter der Kiefer und auf das kalte Meer in der Tiefe horchen, wie es Drohungen gegen die Klippen murmelte. Zora sollte in den Himmel starren und sich vorstellen, es ginge nicht nach oben, sondern nach unten in einen himmelweiten Abgrund. Heide sollte alleine im Heuschuppen bleiben und das Schweigen in den Ecken und Winkeln auswittern.

Und Othello, Maple und Mopple sollten ins Dorf gehen, dort den Metzger suchen und ihn so lange beobachten, bis sie keine Angst mehr vor ihm hatten.

*

Es nieselte noch immer. Wassertropfen perlten die Fensterscheibe hinunter. In jedem von ihnen war ein zitternder Funke Licht aus dem Raum jenseits der Scheibe gefangen.

Miss Maple, Mopple und Othello spähten zwischen den Tropfen hindurch. Drinnen saßen sich Gott und der Metzger an einem Tisch gegenüber. Zwischen ihnen standen eine braune Flasche und zwei Gläser mit goldener Flüssigkeit.

Ham hatte das Kinn in seine großen Metzgerspranken gestützt und stierte Gott an.

Gott tunkte seine Nase in das Glas mit der Flüssigkeit.

»Alles nur Eitelkeit«, sagte er, »*weibliche* Eitelkeit. Da färben sie sich ihre Haare und ziehen diese engen Sachen an, und dann soll man immer dran vorbeisehen. Es ist nicht gerecht.«

»Kate färbt nicht«, sagte Ham. »Alles Natur, und so eine Farbe.«

»Nicht gerecht«, sagte Gott. »Und mir geht es so schlecht dabei. Seelenqualen. Verstehst du, es geht mir *schlecht* dabei.«

»Hör mal«, sagte der Metzger, »wenn ich mit *dir* trinke, dann kannst du dir vorstellen, wie dreckig es *mir* gehen muss.«

Gott nickte verständnisvoll. »Glaubst du vielleicht, ich mag dich? Seit Jahren machst du mir das Leben zur Hölle, und alles wegen dieser…« Er schüttelte traurig den Kopf.

»Aber ich muss es irgendjemandem erzählen«, sagte der Metzger, »sonst werd ich noch verrückt.« Seine Stimme klang seltsam dick und träge. Vielleicht lag es auch nur an der Glasscheibe. »Wenn George noch leben würde, wäre ich zu ihm gegangen. George konnte den Mund halten, das muss man ihm lassen. Viel genützt hat es ihm am Ende nicht, armer Teufel. Und du, mein Lieber, du *wirst* den Mund halten, ob du willst oder nicht.«

Der Langnasige lächelte gequält. »Mein schwaches Fleisch. Weißt du, was es heißt, den Leuten Tag für Tag vom Himmel zu erzählen und selbst genau zu wissen, dass man schon da unten in der Hölle erwartet wird? Ach was, erwartet! Zu mir kommen sie *persönlich*.«

»Ja glaubst du, ich bin von allein von den Klippen gefallen? He? Einfach so? Der alte Ham wird eben ein bisschen zittrig?« Ham sah Gott wütend an.

Der schien eine andere Reaktion erwartet zu haben. Einen Moment lang fixierten seine Augen den Metzger. Dann nickte er mehrmals und übertrieben heftig mit dem Kopf und sah dabei wie ein riesiger Truthahn aus.

»Direkt aus der Hölle. Und sie sind fürchterlich. Heulen und Zähneklappern in alle Ewigkeit, und alles wegen des verdammten Fleisches.«

Maple und Mopple sahen sich an. Anscheinend hatte der Langnasige verstanden, was es mit dem Beruf des Metzgers auf sich hatte. Der Metzger selbst blieb davon natürlich unbeeindruckt.

»Ich meine, es sind doch bloß Schafe«, sagte er. »Ich hätte doch nie ein Pferd geschlachtet. Oder einen Esel. Ein Esel hat ein Kreuz auf dem Rücken. Im Fell. Hat am Palmsonntag den Herrn getragen. *Das* ist ein Zeichen. Aber Schafe? Die sind doch dazu da. Werden dafür gezüchtet und alles. Da muss man kein schlechtes Gewissen haben, habe ich gedacht. Ein sauberer Tod, und dann ab in die Auslage. So einfach war das. Aber dann, dann ...« Hams Wurstfinger klopften einen wilden Rhythmus auf den Tisch.

Gott schwieg. An seiner Nase hing ein kleiner klarer Tropfen und zitterte wie Tau im Wind. Hams Finger hörten auf zu trommeln. Einen Moment lang war es so still, dass die Schafe den Regen auf dem Fenstersims hören konnten, zart und nervös wie Mäusefüße. Dann griff Ham nach der Flasche und schenkte sein Glas randvoll mit goldener Flüssigkeit. Die Flasche gluckste. Ham schüttelte den Kopf.

»George«, sagte er, »der war anders. Hat ihnen Namen gegeben. Komische Namen. Hat mit ihnen gesprochen. Kam ja sonst mit niemandem zurecht. Einmal kam er zu mir und hat gesagt: ›Melmoth ist weg. Den dritten Tag. Jetzt ist Schluss. Wir nehmen deine Hunde und spüren ihn auf.‹ Dachte zuerst, das wäre irgendein Kind ...« Der Metzger schüttelte lachend den Kopf. »Verrückt. Aber anständig war er, George, anständiger als alle anderen zusammen.«

»George?« Der Langnasige hatte eifersüchtig nach der braunen

Flasche gegriffen und starrte den Metzger an. »Das glaubst du doch selbst nicht. Wir werden nie genau wissen, was er in seinem Schäferwagen so alles getrieben hat, aber eines kann ich dir sagen: Das waren nicht nur Schafe, die er getrieben hat. Anstand! Pah!«

Gott verdrehte die Augen. Er nahm einen tiefen Schluck aus dem goldenen Glas und hustete. Seine Augen quollen feucht zwischen den Lidern hervor.

»George. Hat mir immer nur Ärger gemacht. Kein Respekt. Keine Gottesfurcht. Auf den Hals geschickt hat er sie mir. Als Rächer. Soll er sie doch zu den anderen schicken! Die stecken doch alle viel tiefer drin als ich! Ich hab nur den Mund gehalten. Aber nein: Er hat's natürlich auf mich abgesehen. Weißt du, wann ich den Ersten gesehen habe? Auf der Beerdigung! Die Leute sind schnell verschwunden. Kann man verstehen, dass sie Besseres zu tun haben, als George unter die Erde zu bringen, und ich habe noch schnell… na gut, jetzt ist es auch egal, ich habe in so ein Magazin geschaut, nur ganz kurz, und dann höre ich etwas. Ich schau hoch, und direkt über Georges Grabstein grinst mich ein Schädel an. Hoch wie ein Mann, aber der Kopf, der Kopf war… war ein…« Die Stimme verschwand flatternd in dem Glas und kam kurz darauf als raues Flüstern wieder daraus hervor: »Ein Bock! Hat mir direkt in die Augen geblickt! Ein schwarzer Bock. Mit vier Hörnern!«

Ham nickte heftig. »Ein weißer Widder«, sagte er. »Greift mich an. Hat mich von den Klippen gestoßen. Riesengroß. Stark wie ein Eber. Und wild. Ist das normal? Ich meine, das sind doch bloß Schafe. Und dann das. Strahlend weiß. Hat im Nebel geleuchtet. Eins sage ich dir, das war kein normales Schaf. Aber warum? Seitdem sehe ich ihn vor mir und frage mich: Warum?«

Der Metzger nahm einen tiefen Schluck aus seinem Glas. Gott schnäuzte sich in ein Taschentuch.

»Ich wäre damit fertig geworden«, murmelte er. »Ich habe das Magazin verbrannt und gebetet. Aber dann. Gleich am nächsten Tag. Die neue Tourismusfrau war bei mir, endlich haben wir eine gefunden, und ich sollte sie einführen. Na ja, ich habe sie angesehen – das war denen wohl schon zu begehrlich. Jedenfalls taucht ein Dämon am Fenster auf. Wieder in Bocksgestalt. Kein schwarzer, nein, ein grauer, mit riesigen Hörnern und schwarzen Flügeln. Hoch, wie ein aufrecht stehender Mensch. Natürlich habe ich die Frau sofort weggeschickt, zu Beth. Ich sage dir, ich werde nie wieder ein Schaf sehen können, ohne dass es mir kalt den Rücken runterläuft.«

Der Metzger kippte sich den Rest der goldenen Flüssigkeit in den Mund und sah Gott mitfühlend an.

»Ich auch nicht«, sagte er. »Ich habe überlegt und überlegt. Die haben mir gesagt, dass ich nur eine Nacht im Krankenhaus war, aber für mich waren das Wochen. Ich habe die ganze Zeit überlegt: Kate, ja, die konnte ich nie vergessen, obwohl sie dann doch George geheiratet hat. Wegen ihr hab ich mir damals die Überwachungskamera gekauft, damit ich sie mir abends noch mal ansehen kann, wie sie ihre Putenbrust kauft. Und ihre Stimme …« Der Metzger starrte träumerisch ins Leere. »Du sollst nicht begehren … Aber ich hätte sie nie angefasst, das musst du mir glauben. Und sonst? Nicht mal die Schweinerei mit McCarthy habe ich mitgemacht, dabei hätte er mir doch am meisten geschadet. Das Einzige, was mir eingefallen ist, ist das Schlachten. Aber einer muss es doch machen.« Der Metzger knallte sein leeres Glas zurück auf den Tisch.

»Jetzt rächt sich alles«, flüsterte der Langnasige. »Jeder sündige Gedanke, jeder einzelne. Sogar in der Kirche. Das hat mir den Rest gegeben. Stell dir das vor, in Gottes Haus! Ich war im Beichtstuhl … ich wollte was mit Gabriel besprechen. Er kam,

wir haben gesprochen. Und dann… Grauen, Ham, ich sage dir, Grauen. Auf einmal war der Beichtstuhl von einem höllischen Gestank erfüllt. Die Stimme verwandelt sich in ein grässliches Meckern, und ich reiße den Vorhang auf und… sehe… statt Gabriel *den schwarzen Bock*, und seine Kiefer mahlen! Siebenhörnig, wie das Tier in der Apokalypse!« Er schluchzte.

Ham legte seine Fingerspitzen aneinander, ein Gewölbe aus dicken, rosigen Rippen, und sprach sehr sachlich.

»Entweder es war falsch, sie zu schlachten«, sagte er, »und ich bin schuldig. Dann ist das hier gerecht.« Seine Hände klopften auf den Rädersessel. »Oder es war richtig, und dann ist das hier eine himmelschreiende Ungerechtigkeit. Nun steht aber nirgends, dass es falsch ist, in der ganzen Bibel steht kein Wort davon, in der Bibel schlachten sie auch.«

»Rache«, hauchte der Langnasige und schauderte. »›Mein ist die Rache‹, sagt der Herr. *Das* hätte ich denen damals bei McCarthy klarmachen sollen. Das wäre meine Aufgabe gewesen. Zu spät. Jetzt ist die Rache eben die Sache von denen da unten.« Gottes Hand machte eine beklommene Geste Richtung Fußboden.

»Es gibt nur zwei Möglichkeiten«, sagte Ham. »Entweder ich werde Vegetarier, so wie Beth. Oder ich zeige denen, dass man so nicht mit mir umspringt. Ein weißer Widder. Ja, ja, nur ein dummes Tier, Instinkt und alles. Sage ich mir auch manchmal. Aber dann bin ich auch nur ein dummes Tier. Alles, was wir sehen, sind doch sowieso nur… irgendwie nur… so was wie Masken, verstehst du? Irgendwas wird schon dahinterstecken. Ich weiß nicht, was dahintersteckt, aber das weiß ich, dass es ein weißer Widder war. Den kann ich mir greifen. Das soll er mir büßen!« Ham stemmte seine Hände auf den Tisch, so als wolle er aufstehen. Aber dann hob er sich nur ein kleines Stück aus seinem seltsamen Stuhl und sackte seufzend wieder zurück.

Plötzlich bewegte sich etwas neben Maple. Kies knirschte. Mopple the Whale war von der Scheibe zurückgewichen und äugte Richtung Gartentor.

Maple sah ihn vorwurfsvoll an.

»Melmoth hat gesagt, nur so lange, bis wir keine Angst mehr haben«, sagte Mopple und versuchte, ein furchtloses Gesicht zu machen.

»Aber es ist wichtig«, sagte Maple. »Vielleicht werden sie weiter über George sprechen. Vielleicht erfahren wir etwas über den Mord. Du bist das Gedächtnisschaf!«

In diesem Moment krachte es im Haus des Metzgers, ein hartes, kaltes Geräusch mit einem erschrockenen Echo. Mopple zuckte zusammen.

»Da«, sagte Maple aufmunternd. »Es ist etwas passiert. Komm, du musst es dir merken!«

In der Dunkelheit sahen die Latten des Gartenzauns aus wie scharfe Zähne, und das Gartentor knarrte feindselig im Wind. Auf einmal schien der einsame nächtliche Rückweg keine so gute Idee mehr. Mopple zwängte sich wieder an den geschützten Platz zwischen Maple und Othello und starrte tapfer durch die Scheibe.

Drinnen war die Flasche umgefallen und gab glucksend Flüssigkeit von sich. Der Langnasige hielt sein Glas umklammert. Ham starrte fasziniert auf die Lache, die sich dunkel wie Blut auf der Tischplatte ausbreitete.

»Es geht hier nicht um deine miese kleine Seele«, sagte er, mit ganz leiser Stimme. Es klang gefährlicher als alles, was sie bisher vom Metzger gehört hatten. »Sünde oder nicht Sünde, büßt, und der Herr verzeiht's, glaubst du denn an gar nichts von dem Zeug, das du jeden Sonntag erzählst? Deine blöde Keuschheit interessiert mich kein bisschen. Dass dir Alice egal war, hinterher, das ist die Schweinerei. Und dafür werde ich dich schwitzen lassen, solange ich kann!«

Die Schafe konnten beobachten, wie die Wut des Metzgers Gott wieder aus seinem Glas emportrieb. Er richtete sich auf.

»Sie hat *mich* verlassen«, sagte er, nüchtern und traurig. »Nicht umgekehrt. Was hätte ich nicht alles für sie getan. Alles! Selbst heute sehe ich doch in jeder Frau nur sie. Das ist mein Verhängnis. Diese … Hexe.«

Die Hände des Metzgers ballten sich zu Fäusten. Ein bedrohliches Knacken. Mopple zuckte nervös mit den Ohren.

»Hexe? Alles, was meine Schwester wollte, war ein bisschen Ehrlichkeit!«

Vor dem kalten Zorn des Metzgers sackte der Langnasige wieder in sein Glas zurück.

»Du weißt ja gar nicht, was ich alles für dich tue«, jammerte er. »Glaubst du, die haben nie darüber nachgedacht, *dich* umzulegen? Wer hat da mit Engelszungen dagegengeredet? Ich! Und dann hatte sich einer von diesen Künstlern obendrein ausgerechnet, wie praktisch es wäre, wenn man dein Kettchen am Tatort fände. Das goldene von Kate.« Er grinste. »Gott sei Dank hat er gebeichtet. Ich bin natürlich sofort los, um das Ding zu finden.«

»Josh«, sagte Ham beinahe gelangweilt.

Gott hob überrascht die Augenbrauen. »Du weißt das?«

»Ich weiß nur, dass ich es noch umhatte, als Tom mich ins Wirtshaus gerufen hat. Und dann, als wir von Georges Leiche zurückkamen, war es weg. Ist doch klar, dass mir da einer was anhängen wollte. Wer kommt da schon anderes in Frage. Josh, die Ratte. Mag mich nicht, ich weiß nicht mal, warum.« Der Metzger schüttelte versonnen den Kopf.

»Du hättest ihn nicht so verprügeln sollen nach Georges Hochzeit«, sagte Gott.

»Und?«, schnauzte der Metzger ihn an. »Hast du meine Kette gefunden?«

»Nein«, gab Gott zu. »Aber ich wollte.«

»Nur weil du weißt, dass alles herauskommt, wenn mir was passiert«, sagte der Metzger verächtlich.

»Dann tu's!« Der Langnasige versuchte es wieder mit Kühnheit. »Nagle meine Liebesbriefe an die Kirchentür, die ganzen Schweinereien! Wenn das überhaupt noch jemanden interessiert, nach so vielen Jahren.«

»Glaube mir«, sagte Ham grimmig, »die interessiert's.«

Gott nippte nervös an seinem Glas.

»Um die Beichten, die du dir Woche für Woche anhören musst, beneide ich dich allerdings nicht«, murmelte Ham nach einer Weile. »Was die dir so alles erzählen müssen! Mit einem Spaten! Wer denkt sich denn so was…« Er schüttelte den Kopf.

Gott beugte sich weit über den Tisch, so dass es aussah, als würde er gleich nach vorne überkippen, und starrte Ham an. Während der Metzger langsam in seinen Rollstuhl zurückgesackt war, schien er wieder ganz munter zu sein.

»Niemand von ihnen hat was gesagt. *Niemand.* Kein Wort. Nicht einmal in der Beichte. McCarthy, ja, ich kann's nicht mehr hören! Aber George – kein Wort. Sie haben darüber nachgedacht, das schon. Aber getan haben will es keiner.«

Ham zuckte mit den Achseln, als würde ihn das nicht großartig überraschen. Doch der andere wurde mit jedem Wort aufgeregter.

»Bei diesem Schweigen überläuft es mich kalt, Ham! Nicht einmal vor Gott… Ich wünschte wirklich, sie würden beichten. Das sieht ihnen gar nicht ähnlich, weißt du. Die waren doch sonst immer ganz wild darauf, ihr schlechtes Gewissen bei mir

261

abzuladen. Vielleicht... ich meine, das mit dem Spaten ist doch krank.«

Seine Augen bekamen einen lauernden Ausdruck.

»Hör mal«, sagte er, »wieso warst *du* eigentlich noch mal am Tatort? Am Tag von Georges Beerdigung?«

Ham verzog das Gesicht. Anscheinend dachte auch er nur ungern an den Morgen im Nebel zurück. Glasig starrte er aus dem Fenster, direkt in Mopples braune Augen.

»Weil ich meine Kette wiederhaben wollte«, knurrte er. »Ich bin auf die gleiche Idee gekommen wie du – auch ohne Beichte. Josh, der Idiot. Und als keine Polizei bei mir aufgetaucht ist, dachte ich mir, die liegt da sicher noch...« Hams Augen fixierten etwas, und er verstummte.

Gott lachte. »Genau zur gleichen Zeit muss auch Josh nach dem Ding gesucht haben – Reue und so weiter. Hat auch nichts gefunden. Irgendetwas ist hier wie verhext, und ich glaube...«

Gott verstummte, als er das gefrorene Entsetzen auf Hams Gesicht sah. Er folgte dem Blick des Metzgers bis zum Fenster und erstarrte. Dann wurde er plötzlich sehr bleich, und seine linke Hand wanderte zur Brust.

»Das ist er!«, schrie Ham. »Jetzt kriege ich ihn!«

Mit einer geschickten Bewegung warf der Metzger seinen Rollstuhl herum und donnerte zur Tür. Gott starrte entgeistert auf das schwarze Rechteck, in dem einen Augenblick lang drei rötlich beleuchtete Schafsköpfe zu sehen gewesen waren.

*

Mopple, Maple und Othello trabten im Nieselregen zurück auf ihre Weide. Sie konnten zufrieden sein. Wenn sie die Angst auch nicht ganz vertrieben hatten – sie hatten sie immerhin erfolgreich auf Gott und den Metzger gehetzt.

Othello trabte stolz voraus. Er hatte Gott mit seinen vier Hörnern beeindruckt, allein dafür hatte sich die ganze Sache gelohnt. Sogar Mopple trabte mit erhobenem Haupt durch die Nacht. Melmoth hatte Recht! Mit ein bisschen Aufmerksamkeit und einem furchtlosen Schafsblick konnte man die Menschen ganz schön erschrecken.

In Gedanken an seine neu entdeckten Fähigkeiten vertieft, hatte Mopple ein forsches Tempo angeschlagen und trabte nun Schulter an Schulter mit Othello. Schüchtern wollte er gerade wieder ein paar Schritte zurückfallen, als Othello den Kopf wandte und ihn ansah.

»*Du* hast den Metzger von den Klippen gestoßen?«, fragte er.

Mopple hob den Kopf. Wie er den Metzger im Nebel angegriffen hatte… Stark wie ein Eber! Mit Aufmerksamkeit konnte ein Schaf wirklich alles erreichen…

Dann setzte die Erinnerung ein. Mopple war das Gedächtnisschaf. Er hatte sich alles gemerkt.

»Nein«, seufzte er. »Er hat mich durch den Nebel gejagt. Und dann ist er abgestürzt.« Mopple senkte den Kopf.

Othello schnaubte belustigt, aber er machte ein freundliches Gesicht.

»Es ist trotzdem eine Leistung«, sagte er.

Sie sahen sich nach Miss Maple um, die etwas zurückgeblieben war. Ab und zu blieb sie stehen und rupfte gedankenverloren ein paar Blätter von den Hecken am Feldweg. Die Widder warteten geduldig.

17

Viel früher, als Miss Maple noch keinen Winter gesehen hatte, aß George jeden Morgen ein Brot mit Butter und Ahornsirup. An schönen Tagen frühstückte er immer draußen, in aller Öffentlichkeit, unter den neiderfüllten Blicken seiner Schafe. Zuerst stellte er ein klappriges Tischchen vor die Stufen des Schäferwagens. Dann kochte er Kaffee. Dann brachte er den Teller mit dem bereits geschmierten Brot. Dann musste er wieder hinein, um die Kaffeemaschine zur Eile anzutreiben. In dieser Zeit lag das Brot unbeaufsichtigt in der Sonne. Alle Schafe hätten es gerne gefressen. Aber nur Maple konnte bis 50 zählen. Sobald die Kaffeemaschine klapperte, weil George mit der flachen Hand auf sie einschlug, ging es los. 1–15: Maple schlich sich zum Schäferwagen. 15–25: Sie spähte zur Sicherheit durch die Schäferwagentür. 25–45: Sie leckte sehr vorsichtig den Sirup vom Brot, so vorsichtig, dass auch nicht die Ahnung einer Schafszunge auf der Butter zurückblieb. Wichtig war auch, eine sehr dünne Schicht braunen Sirups zurückzulassen, damit George nichts merkte. 45–50: Sie rannte zurück zu den anderen Schafen und versteckte sich hinter dem wolligen Körper ihrer Mutter, der das Ganze etwas peinlich war. 51: George trat mit einem dampfenden Becher Kaffee vor den Schäferwagen und begann mit seinem Frühstück.

Eines Tages ging die Kaffeemaschine kaputt, und George stand bei 35 mit verschränkten Armen in der Tür. Es war der Tag, an dem George ihr noch vor ihrem ersten Winter einen Namen gab. Die anderen Schafe waren ein bisschen neidisch, und ihre Mutter war so stolz, als hätte sie persönlich den Sirup vom Brot gestohlen. Maple selbst stelzte bis zum Sonnenuntergang mit vornehmen Schritten über die Weide, als das jüngste Lamm, das jemals seinen eigenen Namen getragen hatte.

*

Mittlerweile war allen Schafen klar, dass Miss Maple das klügste Schaf von ganz Glennkill sein musste – und vielleicht der Welt. Deswegen blieben sie trotz ihrer Müdigkeit aufmerksam, als Maple, Mopple und Othello berichteten, was sie im Dorf mit Gott und dem Metzger erlebt hatten. Schon wieder ging es um Fleisch, und die mühsam niedergerungene Angst vor dem Messer regte sich erneut. Aber Miss Maple wollte auf etwas anderes hinaus.

»Gott hat etwas Wichtiges gesagt«, sagte sie. »Er hat gesagt, dass ihm niemand etwas erzählt hat. Er findet es unheimlich. Und ich glaube, er hat Recht. Wenn sie es als Herde getan hätten, würden sie sich sicher fühlen und es ihm erzählen. Wie bei McCarthy. Gott hat sie damals nicht verraten – warum sollte er es jetzt tun? Er mochte George nicht.«

»Vielleicht haben sie es vergessen?«, wandte Cloud ein.

Mopple the Whale schüttelte den Kopf. »Die Menschen vergessen nicht so leicht. George wusste im Frühling noch, wer im Herbst die Rinde der Bäume angenagt hatte. McCarthy ist schon sieben Winter tot, fast ein ganzes Schafsleben lang, und sie erinnern sich immer noch.« Es war deutlich zu erkennen, dass Mopple das Erinnerungsvermögen der Menschen Respekt einflößte.

265

»Am Gedächtnis liegt es nicht«, bestätigte Miss Maple. »Ich glaube, das Schweigen hat einen anderen Grund. Ich glaube, dass es nicht wie bei McCarthy alle zusammen waren. Sie sind nicht wie eine Herde, die gemeinsam etwas ausgefressen hat. Dann würden sie zusammenhalten, sich an einem Fleck zusammendrängen und abwarten. Aber das tun sie nicht. Sie laufen wirr durcheinander. Sie verdächtigen sich gegenseitig. Jeder will etwas über den anderen herausfinden. Deshalb kam Josh zu Gabriel, und deshalb war auch Eddie hier. Darum hat Gabriel beobachtet, wie sich Josh und Tom O'Malley und Harry nachts auf die Weide schlichen.«

Die Schafe blökten erstaunt. Das war ihnen neu.

Miss Maple schnaubte ungeduldig. »Wir hätten es viel früher herausfinden können. Dann wären wir nicht so lange auf ihn hereingefallen. Gabriel ist der Meisterjäger!«

Gabriel der Meisterjäger? Es überraschte die Schafe nicht wirklich. Mittlerweile trauten sie Gabriel jede Schandtat zu. Aber wie hatte Miss Maple ihn entlarvt?

»Es hätte mir gleich auffallen müssen«, erklärte Miss Maple. »Allein, dass Maude ihn nicht sofort auswittern konnte. Nur Gabriel kann seinen Geruch so verschleiern, hinter feuchter Wolle und Rauch. Außerdem …«

Miss Maple blickte energisch in die Runde. »Außerdem wusste er, dass die drei auf der Weide waren. Er hat es zu Josh gesagt. Und er wusste sogar, dass sie uns nervös gemacht haben. Wie könnte er das wissen, wenn er nicht dabei war?«

»Aber wieso jagt Gabriel Menschen?«, fragte Cloud.

»Vielleicht wollte er ihr Fleisch«, sagte Mopple. »Menschen sind auch nicht besonders wollig.«

»Kein Schaf darf die Herde verlassen«, blökte Ritchfield.

Maple nickte. »Ich glaube, Ritchfield hat Recht. Gabriel ist so etwas wie ihr Leitwidder. Er will nicht, dass sie alle kreuz und quer laufen. Sie sollen auf einem Fleck bleiben und still sein – so wie seine Schafe. Aber das tun sie nicht, und als Gabriel gemerkt hat, dass sich drei davongemacht haben, ist er hinterher.«

»Er ist kein sehr guter Leitwidder«, sagte Heide.

»Nein«, stimmte Miss Maple zu. »Er kann die Herde nicht zusammenhalten. Deswegen sitzt er hier und bewacht den Schäferwagen. Im Schäferwagen muss etwas ungeheuer Wichtiges versteckt sein. Etwas, das auf keinen Fall herauskommen darf.«

»Die Gerechtigkeit!«, platzte Mopple heraus.

Miss Maple legte den Kopf schief. »Vielleicht. Es ist eine sehr wichtige Frage. Was wollen all diese Menschen im Schäferwagen? Eddie, Gabriel, Josh, Tom und Harry. Was suchen sie?«

»Gras«, sagte Zora. »Tom hat gesagt, dass sie Gras suchen.«

Es kam den Schafen fast ein bisschen zu vernünftig vor. So einleuchtende Ziele verfolgten die Menschen normalerweise nicht.

Mopple machte ein skeptisches Gesicht. »Hier ist doch überall Gras. Die ganze Weide ist voller Gras, zumindest dort, wo die da« – ein böser Blick in Richtung der Gabriel-Schafe – »es noch nicht weggefressen haben. Warum sollten sie ausgerechnet im Schäferwagen nach Gras suchen, wenn sie sich nur zu bücken brauchen?«

Sie mussten zugeben, dass Mopple Recht hatte. Ein kleines bisschen Verstand war sogar den Menschen zuzutrauen. Es war ein sehr appetitanregendes Gesprächsthema. Einige Köpfe senkten sich, um im Stroh des Heuschuppens nach schmackhaften Halmen zu stöbern.

»Ich glaube nicht, dass sie alle das Gras wollen«, sagte Miss Maple, als ihr Kopf mit einer langen Rispe im Maul wieder aus dem Stroh aufgetaucht war, »was immer das auch ist. Ich glaube, dass es Gabriel viel wichtiger ist, dass *nichts* herauskommt. Nicht einmal Gras.«

Mopple starrte neidisch auf Maples Rispe. »Aber wieso?«

»Gabriel ist der Leitwidder«, sagte Miss Maple. »Ich denke, er war auch damals schon der Leitwidder, als sie McCarthy ermordet haben. Er weiß, dass George und der Metzger sich abgesichert haben. Wenn ihnen etwas passiert, kommt es heraus. Und jetzt ist George etwas passiert. Natürlich warten alle darauf, dass es herauskommt. Und ich glaube, sie denken, es kommt aus dem Schäferwagen.«

Die Schafe versammelten sich an der Tür des Heuschuppens und blickten skeptisch hinüber zum Schäferwagen, der wie ein dicker schwarzer Stein in der Dunkelheit schlief. Bisher war er ihnen immer harmlos erschienen, und das Einzige, was je aus ihm herausgekommen war, war George selbst gewesen.

»Ich weiß nicht«, sagte Cordelia.

»Was immer es ist, es wird nicht herauskommen«, sagte Lane. »Niemand kann die Tür öffnen. Gabriel hat es versucht, Eddie, Josh, Harry und Tom O'Malley. Und der Mann mit dem leisen Auto. Keiner hat es geschafft.«

»Wieso wollen sie die Tür öffnen, wenn sie doch alle wollen, dass nichts herauskommt?«, blökte Heide. Es war gar keine so schlechte Frage.

Miss Maple schlackerte nachdenklich mit den Ohren. »Wenn sie nicht in den Schäferwagen kommen, müssen sie immer Angst haben, dass es vielleicht ein anderer schafft und ihr Geheimnis herausfindet. Aber wenn sie selbst in den Schäferwagen kommen, können sie die Beweise finden und für immer verschwinden lassen.«

Eine Weile standen sie still da, grübelnd, nachdenkend oder einfach nur wiederkäuend. Gerade als es so aussah, als könne dieses Nachdenken in einen gemütlichen Schlummer übergehen, schreckte Miss Maple sie wieder auf.

»Stellt euch vor, dass es doch nur ein Einziger war, der George umgebracht hat«, sagte sie plötzlich. »Wer könnte das gewesen sein?«

Ein bisschen erschrocken blökten die Schafe wild durcheinander. Gabriel und der Metzger waren ihre Favoriten.

»Hmmm«, sagte Miss Maple. »Merkt ihr etwas? Früher hätte es Gabriel niemand zugetraut. Weil wir ihn mochten. Und jetzt ist er verdächtig. Weil wir ihn nicht mehr mögen. Vielleicht machen wir einen Fehler. Der Mörder könnte auch jemand sein, den wir mögen.«

»Wenn er der Mörder ist, würden wir ihn nicht mehr mögen«, erklärte Heide entschieden.

»Aber vielleicht mögen wir ihn jetzt noch«, sagte Miss Maple.

»Rebecca?«, blökte Cloud erschrocken.

»Was wissen wir schon von ihr – außer dass sie gut riecht«, sagte Miss Maple. »Sie taucht einfach nach Georges Tod auf. Sie tut so, als wäre sie wegen des Tourismus da, aber das stimmt nicht. Sie versucht, Dinge über George herauszufinden.«

»Sie will auch den Mörder finden«, sagte Othello.

»Oder verhindern, dass der Mörder gefunden wird. Sie hat gefragt, ob es Verdächtige gibt. Vielleicht will sie nur wissen, ob ihr jemand auf der Spur ist.«

Es schien nicht ganz unplausibel. In den Pamela-Romanen waren schöne Töchter häufig die Todesursache ihrer Väter. Trotzdem konnte sich kein Schaf mit dieser Theorie anfreunden.

»Sie hat mir die letzte Tomate geschenkt«, sagte Othello. Einige Schafe sahen Maple trotzig an. War jemand, der so etwas tat, zu einem Mord fähig?

Aber Miss Maple blieb störrisch. »Sie kommt nicht von hier. Sie hat keine Angst, dass etwas herauskommt. Sie weiß nicht einmal, dass etwas herauskommen kann. Und erinnert ihr euch daran, was Beth gesagt hat, von dem Spaten, der Leiche und den Hunden des Teufels?«

»Können Sie sich vorstellen, was für ein Grauen dieser Verlorene gefühlt haben muss, an der Leiche, mit dem Spaten««, sagte Mopple.

»Genau.« Miss Maple sah Mopple the Whale anerkennend an. »Aber Rebecca kommt nicht von hier. Sie hatte keine Ahnung von den Hunden des Teufels. Sie hätte bestimmt auch kein Grauen gefühlt.«

»Sie ist mutig, na und?«, schnaubte Othello. »Das beweist überhaupt nichts.«

»Das stimmt.« Miss Maple seufzte. Die Schafe konnten sehen, wie müde sie war. »Es beweist überhaupt nichts.«

Gedankenverloren begann sie, in der Enge des Heuschuppens auf und ab zu traben. Einige Schafe, die von ihr zur Seite gedrängt oder angerempelt wurden, blökten empört, aber Miss Maple schien sie nicht zu hören.

»Die kleinen Rätsel lösen sich«, murmelte Miss Maple. »Eines nach dem anderen, wie Knospen aufgehen. Wir wissen jetzt, warum der Metzger und Josh im Nebel auf der Weide waren – wegen dem Ding. Und wer sich gebückt hat und was er hingelegt hat: Josh das Ding. Wer der Wolfsgeist ist – und wer der Meisterjäger. Aber was ist mit dem großen Rätsel? Was ist mit dem Mord? Wieso passt das nicht?«

Sie trabte zügig auf Sara zu, die ihr im letzten Augenblick ausweichen konnte.

»Vielleicht muss ja auch nicht immer alles passen. Vielleicht ist es ein Fehler zu glauben, dass immer alles zusammenpassen muss. In dem Krimi sollte alles zusammenpassen, und dann hat es sich verheddert, und George hat das Buch weggeworfen. Vielleicht ist die Lösung ja, dass manche Dinge einfach nicht zusammenpassen. Dinge, von denen wir glauben, dass sie etwas miteinander zu tun haben, und die in Wirklichkeit doch nichts miteinander zu tun haben.«

Miss Maple war stehen geblieben.

»Wir müssen uns mehr auf das große Rätsel konzentrieren«, erklärte sie. »Das große Rätsel… ist… der Spaten!«

Miss Maple schwieg lange. Zuerst sah es so aus, als würde sie sehr gründlich über irgendetwas nachdenken. Aber bald darauf verrieten tiefe und gleichmäßige Atemzüge, dass das klügste Schaf von Glennkill eingeschlafen war.

*

Am Morgen fauchte draußen das Meer, und gelbliches Licht ließ die Luken des Heuschuppens glimmen wie Katzenaugen in der Dunkelheit. Doch die Vögel sangen unbekümmert ihre Morgenlieder. Schließlich mischte sich, erst von ferne, dann näher und näher, ein dissonanter Vogel in ihren Chor.

Die Schafe spähten aus dem Heuschuppen und sahen, wie Gabriel sich wieder einmal auf den Stufen des Schäferwagens niederließ. Er pfiff.

Durch zarte Morgennebelschleier blickten die Schafe böse zu ihrem neuen Schäfer hinüber.

»Er muss weg!«, sagte Heide.

Niemand widersprach ihr.

»Aber wie?«, fragte Lane.

Sie beobachteten Gabriel, der festgewurzelt wie eine Klippenkiefer auf den Stufen hockte und sich in Pfeifenrauch hüllte. Unvorstellbar, dass ein Schaf – oder sogar eine ganze Herde – etwas dagegen unternehmen konnte.

»Angst«, sagte Zora. »Wir müssen ihm Angst machen.«

271

Sie dachten darüber nach, was *ihnen* Angst machte: große Hunde, laute Autos, die Brennsalbe, Wolfsgeister, Raubtiergeruch. Nichts davon schien geeignet, Gabriel zu vertreiben.

Sie sahen sich ratlos an.

»Aufmerksamkeit«, schnaubte Melmoth plötzlich. »Wenn ihr aufmerksam gewesen wärt, wüsstet ihr schon längst, wovor Gabriel Angst hat – oder *um* was. Was machen die Menschen, wenn sie Angst haben?«

Miss Maple bekam große Augen. »Sie bauen Zäune«, sagte sie.

Alle Köpfe drehten sich zu Gabriels Schafen hinüber, die schon wieder hungrig durch das Drahtgitter starrten.

»Was kann ihnen schon passieren, hinter dem Drahtzaun, mit dem ganzen Futter, das Gabriel jeden Tag zu ihnen hineinwirft«, blökte Heide bitter.

»Sie könnten krank werden«, sagte Melmoth.

»Sie sollen nicht krank werden«, sagte Zora. »Sie haben es schwer genug.«

»Wenn sie krank werden, können sie uns anstecken!«, blökte Mopple erschrocken.

Melmoth zwinkerte verschwörerisch. »Und wenn *wir* krank werden?«

Cordelias Kopf war auf einmal voller Worte. All die unheimlichen Namen, die sie von George gelernt hatte, waren ausgebrochen und galoppierten wild durch ihre Gedanken: Prophylaxe, Klauenfäule, Meningitis, Creutzfeld-Jacob … Das Buch über Schafskrankheiten war voller seltsamer Worte gewesen. Und sie hatten alle etwas bedeutet.

Kurze Zeit später hatten die Schafe einen Plan.

*

Sie verschwanden zum Üben im Heuschuppen. Als sie eine ganze Weile später wieder ins Tageslicht trabten, waren sie selbst etwas benommen von dem großen Schrecken, den sie im Halbdunkel des Heuschuppens heraufbeschworen hatten.

Jetzt würden sie Gabriel das Fürchten lehren.

Aber Gabriel saß nicht mehr auf den Stufen des Schäferwagens.

Gabriel graste wieder.

Der kalte Gesang der Sense wehte über die Weide, und das Gras legte sich Gabriel zu Füßen. Die Schafe schauderten. Sie beschlossen zu warten, bis Gabriel mit seinem grausigen Grasegeschäft fertig war.

Und dann, auf einmal, brachte ihnen der Wind nicht nur Sensengesäusel und totes Gras. Etwas viel Schrecklicheres lag in der Luft, die der Morgenwind vom Dorf heraufwehte. Sie galoppierten auf den Hügel und beobachteten von dort, wie der Metzger holprig über den Feldweg rollte, dann über die Wiese direkt auf Gabriel zu.

Die Sense sang laut, und die Räder des Metzgers machten im Gras fast kein Geräusch. Es war schon möglich, dass Gabriel den Metzger wirklich noch nicht bemerkt hatte. Jedenfalls sah er nicht von seiner Arbeit auf.

Der Metzger schwitzte. Er sah eine ganze Weile zu, wie sich die Grashalme vor Gabriel in den Staub warfen.

»Denn alles Fleisch, es ist wie Gras«, sagte er dann.

Die Sense blieb mitten in der Luft stehen. Gabriel drehte sich zu dem Metzger um und lächelte sein gewinnendes Lächeln.

»Andersherum«, sagte er. »Alles Gras ist so gut wie Fleisch, wenn ich es erst an die Viecher verfüttert habe.«

Die Schafe warfen sich vielsagende Blicke zu. Als hätte er es gespürt, drehte sich der Metzger plötzlich Richtung Hügel und kniff die Augen zusammen.

Gabriel sah den Metzger lange an.

»Was führt dich hierher, Ham?«, fragte er vorsichtig.

Ham schwitzte von der mühsamen Fahrt durchs Gras, und seine Haare, die in Gottes Haus so schön und golden ausgesehen hatten, klebten ihm grau auf der Stirn. Nervös blickte er sich nach allen Seiten um.

»Kommst du eigentlich heute zur Testamentseröffnung unter der Linde?«, fragte er Gabriel plötzlich. »Mittags um zwölf. Ich war mir nicht sicher, ob du davon gehört hast.«

Ham rollte noch ein Stückchen näher zu dem Schäfer hinüber, bis er ihm direkt gegenübersaß. Er sah ihn forschend von unten an.

Gabriel schüttelte den Kopf. »Ham. Die Leute sprechen seit fast einer Woche von nichts anderem mehr. *Jeder* hat davon gehört. Und jeder wird kommen – jeder, der laufen kann«, er warf einen Blick zu Ham hinunter, »jeder, der noch nicht tot ist. Außer Father Will natürlich. Der wird uns wieder mal zeigen, dass ihn weltliche Dinge nicht interessieren. Diese Gelegenheit lässt er sich nicht entgehen. Entschuldige, aber du weißt das so gut wie ich. Du bist nicht gekommen, um mich nach der Testamentseröffnung zu fragen. Was willst du, Ham?«

Ham fuhr mit seinen Wurstfingern verlegen über das Rad seines Rollstuhls.

»Ich wollte dich warnen«, sagte er leise.

»Warnen?« Gabriels Augen wurden schmal. »Wovor solltest du mich warnen können, Ham?«

»Vor *ihnen*.« Ham warf einen schnellen Blick Richtung Hügel. Seine Augen fuhren nervös über die Herde hinweg, so lange, bis sie Mopple gefunden hatten. Mopple blökte unbehaglich. Die

Sache mit der Aufmerksamkeit funktionierte lange nicht so gut, wenn der Metzger nicht hinter einer Glasscheibe saß.

»Vor den Schafen?« Gabriel ließ die Sense sinken. »Ach, Ham. Wir sind unter uns. Lass die Anspielungen. Wenn du mir drohen willst, kannst du ruhig deutlicher werden.«

»Drohen? Warum sollte ich ausgerechnet dir drohen? Du hast ja keine Ahnung! Du bist einer der wenigen Anständigen hier. Ich will dich warnen.«

»Vor den Schafen?«, fragte Gabriel.

»Vor den Schafen«, bestätigte Ham. »Du denkst wahrscheinlich, ich bin verrückt. Ich denke das ja selbst immer öfter. Dass bei dem Sturz irgendwas in meinem Kopf passiert ist. Aber das stimmt nicht! Weil es nämlich vorher passiert ist! Der Widder ist vorher gekommen! Verstehst du? Vorher! Der ist schuld!« Ham deutete mit einem runden Finger zum Hügel hinüber. »Du denkst, das ist harmloses Viehzeug, die lassen alles mit sich machen. Habe ich auch mal gedacht. Ha!« Der Metzger lachte bitter.

»Und?«, fragte Gabriel irritiert.

»Irrtum«, sagte der Metzger. »Die wissen genau, was hier passiert. Frag mal Father William. Die haben uns gestern verfolgt! Vor allem der Dicke da. Das ist ein Teufel!«

»Der da hinten, der versucht, sich hinter dem Grauen zu verstecken?«

»Genau!« Ham wischte sich mit einem Taschentuch einige Schweißperlen von der Stirn. Gabriel, der eben noch hinter Hams Zeigefinger her zu den Schafen gestarrt hatte, schien plötzlich etwas anderes einzufallen. Seine Augen wurden wieder schmal.

»Du hast gestern mit Father Will gesprochen? *Du?* Mit *Will?* Es geschehen noch Zeichen und Wunder!«

Ham nickte. »Ein Zeichen. Genau. Aber für was? Fest steht,

dass ich mir das nicht gefallen lassen werde. Sieh sie dir an! Gestern waren sie zu dritt. Ich sage dir, das sind keine normalen Schafe! Schau dir an, wie sie die Köpfe zusammenstecken! Die überlegen die ganze Zeit, wie sie dich fertig machen können.«

Die Schafe sahen sich erschrocken an. Der Metzger hatte sie durchschaut.

Gabriel beschattete die Augen mit der Hand und sah wieder zu ihnen hinüber.

»Ich glaube, du hast Recht«, sagte er zu Ham.

Ein Seufzen ging durch die Herde. Jetzt wusste Gabriel Bescheid. Er würde nicht von hier verschwinden. *Sie* würden von der Weide verschwinden. Denn alles Fleisch war wie Gras, und zwar deshalb, weil alles Gras wie Fleisch war. Gabriel hatte es selbst zugegeben.

Ham sah Gabriel überrascht von unten an. »Wirklich?«, fragte er. »Du glaubst mir?«

Gabriel nickte gelassen.

Auf dem Hügel senkten sich Schafsköpfe schicksalsergeben ins Gras. Nur Maude blickte noch immer störrisch zu Gabriel und dem Metzger hinüber. »Wir versuchen es trotzdem«, blökte sie.

»Das sind wirklich keine gewöhnlichen Schafe«, sagte Gabriel. »Ungewöhnlich unrentabel. Eine uralte Rasse. Sie legen nicht richtig zu, sie werfen zu wenige Lämmer. Was George mit denen vorhatte, ist mir wirklich ein Rätsel.«

Ham drehte verlegen an seinem Westenknopf herum. »Vielleicht würdest du mir ja eins verkaufen? Den Widder da hinten?«

»Den mörderisch gefährlichen?«

Mopple stand starr vor Schreck. Doch plötzlich senkte der Metzger die Augen.

»Du glaubst mir nicht«, sagte er resigniert. Er schien keine Lust mehr zu haben, sich weiter mit Gabriel zu unterhalten.

Der Metzger wendete seinen Stuhl und rollte von Gabriel weg. Gabriel sah eine Zeit lang zu, wie er sich mühsam einen Weg durchs Gras bahnte. Dann formte er seine Hände zu einem Trichter und rief hinter Ham her.

»Ach, Ham!«, schrie er. »Kommst du eigentlich übermorgen zum Smartest-Sheep-of-Glennkill-Contest?«

Doch Ham drehte sich nicht zu ihm um. Er rollte nur schneller durchs Gras, schwitzend und schnaufend auf den Feldweg zu.

*

Sobald Ham auf den Feldweg gebogen war, begann Gabriel zu grinsen. Jetzt hatte es den alten Sack endgültig erwischt. Vollkommen durchgedreht. Er schüttelte den Kopf und hob die Sense wieder an. Doch etwas lenkte seine Aufmerksamkeit ab. Eines von Georges Schafen war gestolpert und purzelte ins Gras. Ein Schwarzköpfiges. Gabriels Grinsen wurde breiter. Alte Haustierrasse! Trittsicher! Von wegen! Das Schaf rappelte sich mühsam wieder auf. Ein paar Schritte weiter fiel es wieder um. Hinter ihm stolperte ein zweites Schaf. Ein dicker Widder scheuerte seinen Kopf wie besessen an der Wand des Heuschuppens. Gabriels Grinsen gefror auf den Lippen. Seine blauen Augen sahen plötzlich nicht mehr aus wie Eis, sondern wie Schmelzwasser, unstet und schmutzig. Die Sense fiel ins Gras.

»Shit!«, sagte Gabriel. »Scrapie. Shit! Shit! Shit!«

Die Schafe torkelten noch immer mit zittrigen, unnatürlich hochbeinigen Bewegungen durchs Gras, als Gabriel schon längst nicht mehr zu ihnen hinübersah. Die Sache machte ihnen ungeahnten Spaß. Gabriel hatte sofort seine Hunde herbeigepfiffen. Jetzt riss er eine Lücke in den Drahtzaun, den er erst vor wenigen Tagen so mühsam aufgebaut hatte. Was die Schafe dann sahen, war ein Meisterwerk der Hütekunst. Innerhalb weniger Herzschläge hatten Gabriels Hunde seine Schafe aus der Umzäunung getrieben, in feinster Ordnung, ohne dass auch nur ein einziges der nervösen Gabriel-Schafe in Panik geraten wäre. Einige Augenblicke später war eine Staubwolke auf dem Feldweg und die leere Drahtumzäunung das Einzige, was noch an Gabriel und seine Schafe erinnerte.

»Den sehen wir nie wieder«, sagte Heide zufrieden.

»Doch«, sagte Maple. »Den sehen wir wieder. Heute Mittag, wenn die Schatten kurz sind. Unter der alten Linde. Vielleicht kommt es heraus.«

18

Testament von George Glenn«, sagte der Anwalt. »Abgefasst und unterschrieben am dreißigsten April neunzehnhundertneunundneunzig im Beisein dreier Zeugen, einer davon vereidigter Anwalt, sprich: ich.«

Der Anwalt sah in die Runde. Hinter den Brillengläsern glitzerten zwei neugierige Augen. Nicht nur die Bewohner von Glennkill waren gespannt darauf, was nun passieren würde. Der Anwalt war es auch. Unter der Linde herrschte eine Stimmung wie vor einem Sommergewitter: böse wartend. Furchtsam gespannt. Stumme, drückende Hitze. Ein Gewitter in den Köpfen.

»Vorzulesen am Sonntag nach meinem Tode oder einen Sonntag später, um zwölf Uhr mittags unter der alten Dorflinde von Glennkill.« Der Anwalt blickte auf zu dem Blätterdach über ihm. Ein Blatt war herabgeschwebt und hatte sich auf seine makellos geschneiderte Schulter gesetzt. Er zupfte es ab und drehte es vor seinen Augen hin und her.

»Fraglos eine Linde«, sagte er. »Aber ist es auch die Dorflinde?«

»Jaja«, sagte Josh ungeduldig. »Das ist die Dorflinde. Fangen Sie schon an.«

»Nein«, sagte der Anwalt.

279

»Nein?«, fragte Lilly. »Sie haben uns alle hierher bestellt, um uns nichts vorzulesen?«

»Nein«, sagte der Anwalt wieder.

»Also doch?«, fragte Eddie.

Der Anwalt seufzte. Plötzlich glitzerte an seinem Handgelenk eine Uhr. Eine feine Uhr, wie sie George zur Arbeit im Gemüsegarten getragen hatte. »Es ist exakt elf Uhr sechsundfünfzig. Glauben Sie mir ruhig.« Das galt denjenigen unter den Zuhörern, die ihre eigenen Armbehänge gezückt hatten. »Vor zwölf Uhr kann ich Ihnen leider nicht dienen.«

Die Menschen begannen zu murmeln. Ärger, Empörung, Nervosität und sogar ein wenig Erleichterung schwangen in ihren Insektenstimmen mit.

Geführt von Othello wagten sich die Schafe näher heran. Sie waren zur Zeit der kurzen Schatten aufgebrochen, alle zusammen, um zu beobachten, ob aus dem Testament etwas Entscheidendes herauskommen würde. Der Mörder oder wenigstens ein wichtiger Hinweis. Niemand beachtete sie. Othello hatte ihnen eingeschärft, dass sie sich lautlos und beiläufig wie Hunde an die Menschen heranschleichen sollten. Aber selbst wenn sie laut blökend unter die Linde galoppiert wären, hätte es kaum jemand bemerkt. Die Menschen waren viel zu sehr mit ihren Uhren beschäftigt.

Die Kirchturmuhr schlug zwölf. »Jetzt!«, tuschelten die Menschen unter der Linde. Doch der Anwalt schüttelte den Kopf. »Sie geht falsch. Sie sollten das bei Gelegenheit richtig stellen.«

Wieder wütendes Gemurmel. Dann verstummten die Menschen, einer nach dem anderen. Mopple sah wieder die Angst, wie sie mit ihrer wehenden Mähne durch die Reihen spazierte, dem Wirt Josh um die Beine strich wie eine Katze, Eddie kalt in den Rücken atmete und grinsend an Kates schwarzem Kleid schnupperte.

Dann stimmten die Menschen noch einmal ein gedämpftes Gemurmel an. Rebecca war unter sie getreten, ihr Kleid ein Blutstropfen auf dem schwarzen Fell der allgemein vorherrschenden Trauerkluft. Blicke hefteten sich auf sie, Auge um Auge um Auge. Othello verstand gut, was hier gerade passierte: Rebecca war eine Augenweide, und die Männer grasten.

Der Anwalt ließ die Uhr wieder unter einer weißen Manschette verschwinden. Er räusperte sich, um die Aufmerksamkeit der Dörfler zurückzugewinnen.

Die Schafe waren gespannt. Zum ersten Mal seit langer Zeit bekamen sie wieder etwas vorgelesen. Und George selbst hatte es geschrieben.

»Meiner Frau Kate vermache ich meine Bibliothek, unter anderem 73 Schundromane, ein Kriminalroman, ein irisches Märchenbuch und ein Buch über Schafskrankheiten, sowie alles, was das Gesetz sonst noch vorschreibt.«

Der Anwalt sah auf. »Sie können das Haus behalten«, erklärte er, »und eine kleine Rente steht Ihnen auch zu.« Kate nickte mit zusammengebissenen Zähnen.

»Meiner Tochter Rebecca Flock …« Ein Raunen ging durch die Menge. George? Eine Tochter? Seitensprung? Ehebruch?

»… vermache ich meinen Landbesitz, bestehend aus Weideland in Glennkill, Golagh und Tullykinree.«

Othello blickte zu Rebecca in ihrem leuchtend roten Kleid hinüber. Wie eine Mohnblume stand sie zwischen den schwarzen und grauen Dörflern. Sie war sehr blass geworden und presste die Lippen zusammen. Niemand beachtete sie. Kate schluchzte. Ham sah betroffen zu ihr hinüber.

»Das war's dann wohl«, sagte irgendjemand.

»Nein«, sagte der Anwalt. »Das war es nicht.«

Mopple konnte förmlich sehen, wie sich unter der schwarzen

Kleidung Muskeln anspannten. Würde es jetzt herauskommen? Aber was? Mopple machte sich fluchtbereit.

»Beth Jameson bekommt meine Bibel.«

Die barmherzige Beth begann, in der dritten Reihe hinter vorgehaltener Hand unkontrolliert zu schluchzen.

»Abraham Rackham vermache ich meine Smith & Wesson samt Schalldämpfer, in der Meinung, dass er sie noch brauchen wird.« Ham saß in seinem Rollstuhl. Seine Augen waren feucht. Er nickte verbissen.

»Ich weiß, was ihr jetzt denkt«, sagte der Anwalt. »Nicht alle von euch, aber genug.«

»Wie können Sie das wissen?«, fragte Lilly.

»Ich zitiere«, sagte der Anwalt. Verständnislose Blicke. Der Anwalt seufzte wieder. Die Schafe konnten ihn gut verstehen. Sogar sie wussten, was »zitieren« bedeutete. Jedenfalls ungefähr. So etwas wie »vorlesen«.

»Ich habe es mir lange überlegt«, sagte der Anwalt, »aber ich werde es nicht tun. Lebt einfach euer kleines, mieses Leben weiter.«

Der Anwalt sah auf. »Damit können Sie wahrscheinlich mehr anfangen als ich.«

»Das war's?«, fragte Josh, spürbare Erleichterung in der Stimme.

Der Anwalt schüttelte den Kopf, räusperte sich und blätterte in seinen Papieren herum.

»Den Rest meines Vermögens, das sich derzeit auf« – der Anwalt nannte eine Zahl, die die Schafe noch nie gehört hatten – »beläuft, vermache ich …«

Der Anwalt ließ sich Zeit. Seine klugen Augen glitzerten durch die Brillengläser, während er die Menschen von Glennkill unter halb geschlossenen Lidern beobachtete. Die Menschen waren sehr still geworden. Mitten hinein in diese Stille platzte Kates hysterisches Lachen.

»Vermache ich meinen Schafen, damit sie, wie versprochen, nach Europa fahren können.«

Kate lachte in das Schweigen hinein, ein hässliches Lachen, das den Schafen wie kalter Regen durch das Fell troff. Ham blinzelte heftig, als hätte dieser Regen auch ihn erwischt.

»Ist das ein Witz?«, fragte Harry, der Sünder.

»Nein«, sagte der Anwalt, »das ist durchaus rechtskräftig. Das Vermögen verwalte ich. Natürlich brauchen die Tiere außerdem einen Bevollmächtigten, der als Schäfer mit nach Europa kommt. Seine Rechte und Pflichten sind genau im Testament festgelegt.«

»Und wer ist es?«, fragte Tom O'Malley gespannt.

»Das«, sagte der Anwalt, »ist noch nicht festgelegt. Ich soll das nach eigenem Ermessen regeln. Am liebsten jetzt gleich. Möchte vielleicht jemand von Ihnen?«

Schweigen.

Der Anwalt nickte. »Sie müssen natürlich wissen, was auf Sie zukommt. Ich habe hier etwas vorbereitet.« Der Anwalt verteilte bedruckte Zettel an die Dörfler.

Lilly kicherte. »Den Schafen ist jeden Tag mindestens eine halbe Stunde vorzulesen? Wer macht denn so was?«

»Der oder die Bevollmächtigte«, sagte der Anwalt. »Sämtliche Auflagen werden natürlich von neutraler Stelle – sprich: mir – kontrolliert.«

»Kein Schaf darf verkauft werden, kein Schaf darf geschlachtet werden? Bei Zuchtprojekten ist auf Wolligkeit zu achten?«, fragte Eddie. »Ökonomisch ist das ja nicht.«

»Muss es auch nicht«, sagte der Anwalt. »Ganz unten sehen Sie das Gehalt. Jedes Mal, wenn eines der Schafe stirbt, wird es zurückgestuft, aber ganz ansehnlich ist es trotzdem, würde ich meinen.«

283

»Und wenn sie alle gestorben sind?«, fragte Gabriel. »An einer Seuche, zum Beispiel?«

»In diesem Fall gibt es abschließend eine kleine Anerkennungsprämie, alle anderen Zahlungen werden eingestellt.«

Gabriel trat vor. »Ich mach's«, sagte er.

»Sehr schön«, sagte der Anwalt. »Sonst noch jemand?«

Die Bewohner von Glennkill sahen sich nervös an. Sie blickten auf ihre Zettel, dann wieder zu Gabriel und dem Anwalt. Manche schienen fieberhaft nachzudenken. Ein seltsames Leuchten war in ihre Augen getreten, und plötzlich lag ein feiner Schweißgeruch in der Luft. Erwartungsvoll. Hungrig. Aber sie blickten hinüber zu Gabriel, der mit den Händen in den Hosentaschen neben dem Anwalt stand, und blieben stumm. Wie ein Leitwidder, dachten die Schafe. Wenn der Leitwidder eine Aufgabe übernommen hat, kommt auch kein anderes Schaf auf die Idee, sie ihm streitig zu machen.

Aber ein Schaf kam dann doch auf die Idee.

»Wirklich niemand?«, fragte der Anwalt. In seinem glatten Ton schwang ein Hauch Enttäuschung mit.

»Ich würde gerne«, sagte eine warme Stimme. Eine Vorlesestimme.

»Hervorragend«, sagte der Anwalt und sah fast ein wenig dankbar zu Rebecca hinüber. Sie stand neben Beth, blass und strahlend. Die Schafe waren erleichtert. Mit Gabriel hätten sie nicht einmal nach Europa gewollt.

»Und wer entscheidet, wer es nun wird?«, fragte Lilly. »Sie?«

»Die Erben natürlich«, sagte der Anwalt.

»Die Schafe?«, fragte Ham atemlos.

»Die Schafe«, bestätigte der Anwalt.

»Dann müssen wir hoch zur Weide«, sagte Gabriel. Seine blauen Augen lachten Rebecca aus.

»Das glaube ich nicht«, sagte der Anwalt. »Wie mir scheint, sind die Erben schon unter uns. Ein schwarzer Hebridean-Vierhornwidder, ein Mountain Blackface, ein Merino, der Rest Cladoir mit Blackface-Einkreuzungen – die letzte Cladoir-Herde in ganz Irland. Eine alte irische Schafsrasse, eine Schande, dass sie sonst nirgends mehr gezüchtet wird.«

Die Menschen drehten sich um, zuerst nur überrascht. Aber dann sahen sie mit unverblümter Feindseligkeit auf Georges Herde hinunter. Gabriel musterte die Schafe mit kritisch gerunzelter Stirn.

»Schafe? *Die* Schafe?«, keuchte Ham. Niemand beachtete ihn.

Die Menschenherde und die Schafherde standen sich gegenüber. Die Blicke der Menschen liefen den Schafen wie Läuse über die Haut. Sie sahen unbehaglich zu Othello, Ritchfield und Melmoth hinüber. Die drei Widder waren vorsichtig etwas zurückgewichen, aber sie dachten nicht daran, davonzulaufen.

»Schön«, sagte der Anwalt. »Dann wollen wir mal sehen.«

»Wie wollen wir das denn sehen?«, fragte Lilly ein wenig spöttisch.

»So genau weiß ich es auch noch nicht«, sagte der Anwalt. »Da meine neuen Klienten nicht sprechen können, müssen wir es anders versuchen. Sie« – er wandte sich an Rebecca – »stellen sich bitte hier hin, und Sie« – Gabriel – »bitte da drüben. Schön.«

Er wandte sich an die Schafe.

»Schafe von George Glenn«, sagte der Anwalt, dem die Sache sichtlich Spaß machte, »wer soll euch als Schäfer nach Europa begleiten? Herr...« – er sah zu Gabriel hinüber.

»Gabriel O'Rourke«, sagte Gabriel zwischen zusammengebissenen Zähnen.

»Oder Frau...«

»Rebecca Flock«, sagte Rebecca.

Ein Raunen ging durch die Menge. Sogar der Anwalt hob die Augenbrauen. Kate begann wieder, hysterisch zu lachen.

»Herr Gabriel O'Rourke oder Frau Rebecca Flock«, wiederholte der Anwalt.

Die Blicke der Schafe wanderten stumm zwischen dem Anwalt und Rebecca hin und her. Sie wollten Rebecca, so viel war klar. Aber wie sollten sie es dem Anwalt sagen?

»Rebecca!«, blökte Maude.

»Rebecca!«, blökten Lane, Cordelia und Mopple im Chor. Aber der Anwalt schien sie nicht zu verstehen. Die Schafe schwiegen verwirrt.

»Das wird doch nichts«, sagte jemand halblaut. »Gebt sie Gabriel, der kennt sich wenigstens mit ihnen aus!«

Blitzschnell war die Überraschung der Dörfler in Feindseligkeit gegen Rebecca umgeschlagen.

»Die kann doch ein Schaf nicht von einer Puderquaste unterscheiden«, murmelte jemand.

»Flittchen«, zirpte eine Frauenstimme. Die Menschen zischelten.

Durch das Zischeln hindurch aber sang sich eine einfache, betörende Melodie. Gabriel hatte begonnen, auf Gälisch zu murmeln. Früher hätte es die Schafe haltlos entzückt, und auch jetzt hatte Gabriels sanfte Stimme einen unbestreitbaren Charme.

Othello trat einen Schritt nach vorne. Die Herde blieb dicht hinter ihm. Der schwarze Widder sah Gabriel kurz mit funkelnden Augen an. Dann drehte er sich gelassen um und trabte zu Rebecca hinüber. Gabriel gurrte sein Gälisch wie ein durchgedrehter Tauber, aber es half ihm nichts. Eines nach dem anderen ballten sich die Schafe um Rebecca zusammen.

Wieder begann Maude zu blöken.

»Rebecca!«, blökte sie.

»Rebecca!«, blökten alle anderen Schafe.

»Schön«, sagte der Anwalt. »Das nenne ich ein eindeutiges Ergebnis.« Er schloss seine Aktentasche und wandte sich den Schafen zu.

»Schafe von George Glenn«, sagte er sehr höflich, »viel Spaß in Europa.«

*

Schweigend, wie im Traum, trotteten die Schafe etwas später zurück auf ihre Weide. Viel hatten sie von dem Anwalt und seinem Testament nicht verstanden, aber das dann doch: Europa. Eine riesige Wiese voller Apfelbäume wartete auf sie.

»Wir fahren nach Europa«, sagte Zora benommen.

»Mit dem Schäferwagen. Und Rebecca«, ergänzte Cordelia.

»Es ist…« Cloud holte tief Luft. »Wunderbar« hatte sie sagen wollen, oder »seltsam« oder einfach nur »schön«. Aber auf einmal fielen ihr die Worte nicht mehr ein. Sie fürchtete sich ein wenig.

»Es ist, als hätte George Zuckerrüben und Brot gleichzeitig vor uns hingekippt«, sagte Mopple mit weisem Gesicht. »Und Äpfel und Birnen und Kraftfutter.«

»Und Kalziumtabletten«, sagte Lane.

Die Freude kam langsam, aber sie kam mit Wucht.

Zora zog sich auf ihren Felsen zurück, um in diesem besonderen Moment zu meditieren. Heide machte ein paar Luftsprünge. »Wir fahren nach Europa«, sangen die Lämmer, und wer nahe genug bei Ritchfield weidete, konnte hören, dass er leise mitsummte. Doch die meisten Schafe freuten sich still, grasenderweise, und nur auf den zweiten Blick war das Glitzern in ihren Augen zu erkennen.

Am meisten freute sich Othello. Jetzt würde er alles brauchen können, was George ihm immer in den Abendstunden hinter dem Schäferwagen beigebracht hatte: Eine Herde anzuführen, auf der Wanderschaft die Nerven zu behalten, die anderen forsch und vorsichtig an Hindernissen vorbeizuführen – oder über sie hinweg. »Auf dich habe ich gewartet«, hatte George immer zu ihm gesagt, wenn er wieder einmal alles richtig gemacht hatte. »Mit dir wird Europa ein Kinderspiel.« Und jetzt sollte es losgehen. Nicht mit George, leider, aber Rebecca war auch nicht zu verachten.

»Gerechtigkeit!«, blökte Othello zufrieden. »Gerechtigkeit!« Dann verstummte er. Irgendetwas stimmte nicht. Europa war wunderbar, aber trotzdem, trotzdem... Plötzlich hob der Schwarze den Kopf.

»Es ist nicht herausgekommen«, schnaubte er.

Die Schafe hielten mitten in ihrer Freude inne und sahen zu Othello hinüber. Er hatte Recht. In dem Testament hatten viele großartige Dinge gestanden, aber wer George ermordet hatte, wussten sie noch immer nicht.

»Es macht nichts«, blökte Heide fröhlich. »Wir fahren nach Europa, und der Mörder muss hier bleiben. Es ist nicht mehr gefährlich.«

»Es soll trotzdem herauskommen«, sagte Mopple tapfer.

Cordelia nickte. »Er hat uns vorgelesen. Er hat das Testament gemacht, damit wir nach Europa fahren können. Eigentlich hätte *er* mit uns fahren sollen.«

»Wir sollten uns das nicht gefallen lassen«, sagte Zora. »Er war unser Schäfer. Niemand darf so einfach unseren Schäfer umbringen. Wir sollten es herausfinden, *bevor* wir nach Europa fahren. Gerechtigkeit!«

Die Schafe hoben stolz die Köpfe. »Gerechtigkeit!«, blökten sie im Chor. »Gerechtigkeit!«

Mitten unter ihnen stand Miss Maple, und ihre neugierigen Augen funkelten.

*

Gegen Abend kam Rebecca aus dem Dorf. Georges Tochter. Die neue Schäferin. Sie kam zu Fuß, einen kleinen Koffer in der Hand. Ihr Gesicht war bleicher als die gekalkte Wand des Schäferwagens. Sie stellte ihren Koffer ins Gras und stieg die Stufen zur Tür des Schäferwagens hinauf.

»Ich werde jetzt hier wohnen. So lange, bis wir nach Europa fahren«, erklärte sie den Schafen. »Aber ganz sicher nicht in *diesem* Dorf.«

Sie rüttelte lange an der Tür, hebelte an den Fenstern, bohrte sogar mit einer Haarnadel im Schlüsselloch herum. Dann setzte sie sich auf die oberste Stufe des Schäferwagens und legte den Kopf in die Hände. George hatte auch manchmal so dagesessen, starr und einsam wie ein alter Baum. Es war den Schafen ein wenig unheimlich. Sie verstanden, dass Rebecca traurig war. Melmoth fing an, leise in den Wind zu summen.

Rebecca hob den Kopf, so, als hätte sie ihn gehört. Sie begann, ein Lied zu pfeifen, trotzig flatternd, taumelnd wie ein Schmetterling auf seinem ersten Flug.

Unbemerkt von ihr war eine schwarze Gestalt am Rande der Weide aufgetaucht. Die Schafe schlackerten nervös mit den Ohren. Dann drehte der Wind und verriet ihnen, dass es nur Beth war, die da auf ihre Weide kam. Beth auf der Suche nach guten Werken. Lautlos wie ein Geist glitt sie auf Rebecca zu. Wenn Rebecca sie bemerkte, zeigte sie es nicht. Sie saß da und pfiff und drehte nicht einmal den Kopf.

»Es tut mir leid«, sagte Beth. »Diese Heiden!«

Rebecca pfiff.

»Sie werden hier kein Glück haben«, sagte Beth. »Eddie sagt, das ist ein Sicherheitsschloss. Unmöglich, dass Sie das aufbekommen.«

Noch immer pfiff Rebecca, als sei Beth gar nicht da.

»Kommen Sie mit«, sagte Beth. »Sie können bei mir schlafen.«

»Ich gehe nie wieder in dieses Dorf«, sagte Rebecca mit ruhiger Stimme.

Sie schwiegen eine Weile.

»Wer war Wesley McCarthy?«, fragte Rebecca dann.

»Was?« Beth schreckte aus ihren Gedanken auf.

»Wesley McCarthy. Ich bin die Zeitungsarchive durchgegangen, wissen Sie. Vor sieben Jahren. Als Sie in Afrika waren. Wesley McCarthy ermordet im Steinbruch gefunden. Ein anonymer Anrufer hat es gemeldet. Keine Verdächtigen, keine Verhaftung, nichts. Sofort wieder aus den Schlagzeilen. Ich glaube, das ist es, was Sie gesucht haben.«

»Wesley McCarthy!« Beth griff nach ihrem glitzernden Halsgehänge. »*Wiesel* McCarthy. So haben sie ihn genannt!«

Rebecca hob die Augenbrauen.

»Es gab viel Gerede, seinerzeit. Keiner wusste, wo er herkam. Was er ausgerechnet in Glennkill zu suchen hatte. Aber Geld hatte er. Hat Whitepark gekauft und herrichten lassen. Eine Zeit lang hat er da ganz still gewohnt. Dachten wir. Beliebt war er damals. Nachher haben natürlich alle behauptet, dass sie gleich ein komisches Gefühl hatten.«

»Und dann?«

»Erst sah alles ganz gut aus«, sagte Beth. »Im *Mad Boar* haben sie alle an seinen Lippen gehangen, wenn er erzählt hat, wie er zu Geld gekommen ist. Als kleiner Bauer hatte er angeblich angefangen, und dann ...« Sie lachte spöttisch. »Die Leute haben ihm ihr Geld geradezu aufgedrängt. Geldanlage im Ausland. Die ersten haben sogar etwas davon wiedergesehen. Na ja«, sie zuckte mit den Achseln, »den Rest können Sie sich ja denken.«

Rebecca nickte.

»Aber danach ging es erst richtig los«, sagte Beth. »Er hat nach und nach Land zusammengekauft. Direkt hier neben der Weide, und dann bis fast zum Dorf. Alles seines, damals. Er hat gut gezahlt, und die Leute hatten eigentlich keine Wahl. Die hatten ja kein Geld mehr hier. Niemand hat gefragt, was er mit dem Land machen wollte. Nicht am Anfang, jedenfalls. Und dann war's zu spät.«

»Zu spät für was?«

»Ein Schlachthof sollte dort hin. Irlands größter Schlachthof. Als ich nach Afrika aufgebrochen bin, haben alle fieberhaft diskutiert, wie sie das verhindern könnten. Bürgerinitiativen, Petitionen. Und als ich zurückkam: nichts. Whitepark stand leer, und dass er ermordet wurde, höre ich heute zum ersten Mal.«

»Was ist so schlimm an einem Schlachthof?«, fragte Rebecca.

Beth lachte traurig. »Haben Sie schon mal einen gesehen? Der Gestank! Die Viehtransporte! Höllisch. Das hätte sie ruiniert, alle zusammen. Den Tourismus sowieso, alle Bed & Breakfasts, den *Mad Boar*, aber auch die ganzen Bauern, die wären ihr Fleisch doch nicht mehr losgeworden. Wissen Sie, so sind die Leute hier, sie mögen sich noch so sehr über den hergelaufenen McCarthy aufregen, aber ihr Fleisch hätten sie dann doch da gekauft, wo es am billigsten ist.«

»So war das«, sagte Rebecca. »Ich glaube, ich möchte es gar nicht so genau wissen. Jetzt nicht mehr.«

Sie blickte zu Beths schwarzer Vogelscheuchengestalt hinauf. »Ich bin hierher gekommen, weil ich alles über ihn wissen wollte. Vor allem, warum er ermordet wurde, so kurz bevor...« Sie brach ab und fuhr sich mit dem Zeigefinger den Nasenrücken hinauf bis zur Stirn. Es war eine Geste, die die Schafe von George kannten.

»Er hat mir einen Brief geschrieben«, sagte sie dann, »und ich habe mir Zeit gelassen, ihm zu antworten. Lass ihn schmoren, dachte ich mir.« Sie schluckte. »Wir hätten uns bestimmt versöhnt.«

»Das glaube ich auch«, sagte Beth.

»Wirklich?«, fragte Rebecca.

»Wirklich«, sagte Beth.

»Ich weiß jetzt ein bisschen, wie er gelebt hat, am Rande dieses… dieses Dorfes. Es ist das erste Mal, dass ich ihn bewundere.«

Sie schwiegen. Als hätten sie einen Ton gehört, drehten beide die Köpfe zum Meer, wo sich gerade ein glanzvoller Sonnenuntergang abspielte. Die Schafe sahen vorsichtshalber in die gleiche Richtung, aber sie konnten nichts Besonderes entdecken.

»Was werden Sie jetzt tun?«, fragte Beth nach einer Weile.

Rebecca zuckte mit den Achseln. »Schäfchen zählen. Und Sie?«

»Beten«, sagte Beth. »Ich werde hier für Sie beten.«

Dann tat sie aber doch nichts, sondern stand einfach nur da, mit geschlossenen Augen, und warf einen langen geraden Schatten in die Abenddämmerung. Grillen zirpten dazu. Eine weiße Katze spazierte mit erhobenem Schweif die Steinmauer neben dem Tor entlang. Erste Nachtvögel begannen zu singen. Die Schafe grasten das duftige Abendgras. Alle bis auf Melmoth. Melmoth summte noch immer. So lange, bis eine Elster vom Krähenbaum herübergeflogen kam und sich auf seinen Rücken setzte.

Aber dort hielt sie es nicht lange aus, sondern flog weiter zum Dach des Schäferwagens. Was sie im Schnabel trug, glänzte im Sonnenuntergangslicht wie Feuer. Dann stürzte es aus dem

Schnabel der Elster und landete klirrend auf der obersten Stufe des Schäferwagens.

Rebecca griff nach dem Feuerding. Sie stand schnell auf. Die Tür des Schäferwagens knarrte, und Beth öffnete die Augen. Rebecca lachte beinahe übermütig.

»Wow«, sagte sie, »wenn ich gewusst hätte, dass das *so* funktioniert! Bringen Sie mir doch bei Gelegenheit mal ein paar von Ihren Traktaten mit.«

Beth umklammerte den kleinen glitzernden Gegenstand auf ihrer Brust. Ihre Knöchel wurden weiß.

»Kommen Sie doch herein«, sagte Rebecca aus dem Inneren des Schäferwagens.

Doch Beth wich vor der Tür zurück und schüttelte heftig den Kopf. Auch die Schafe waren nervös. Würde jetzt etwas herauskommen? Was konnte das sein? Aber aus dem Schäferwagen kam nichts heraus, genauso wenig wie aus dem Testament etwas herausgekommen war.

»Ich sollte zurück«, sagte Beth. »Das ist besser so. Wenn ich Ihnen einen Rat geben darf: Machen Sie heute Abend kein Licht. Ich werde sagen, dass Sie fortgegangen sind.«

Sie drehte sich abrupt um und marschierte dünn und aufrecht zurück zum Dorf, wie sie es schon so viele Male getan hatte.

＊

Rebecca und ihr Koffer verschwanden im Schäferwagen. Die Schafe hörten, wie sich der Schlüssel im Schloss umdrehte. Sie steckten ihre Köpfe zusammen.

»Ob sie schläft?«, fragte Cordelia.

»Sie roch müde«, sagte Maude.

»Sie darf nicht schlafen«, sagte Heide ein wenig bockig. »Es steht im Testament. Sie muss uns vorlesen. Sie ist eine schlechte Schäferin.«

»Vorlesen, vorlesen«, blökten die Schafe.

Dann verstummten sie. Melmoth war zu ihnen getreten, zottig und unheimlich wie eh und je.

»Unsinn«, sagte er. »Versteht ihr denn nicht? Die Geschichte ist hier. Die Geschichte sind wir. Das Kind braucht den Schlüssel.«

»Aber sie hat den Schlüssel doch schon«, sagte Heide.

Melmoth schüttelte den Kopf. »Georges rotes Lamm braucht *alle* Schlüssel«, insistierte er.

»Du meinst den Schlüssel für die Kiste unter dem Dolmen?«, fragte Cloud.

»Unter dem Dolmen«, bestätigte Melmoth. »Wer hat den Schlüssel?«

»Ich«, sagte Zora stolz.

»Ah, Abgründige.« In Melmoths Stimme blitzte Respekt auf. »Wer noch?«

Niemand antwortete.

Melmoth nickte. »Entführt, in die Luft, mit diebischer Freude, glänzend gehütet, bis die Menschenkatze kam. Wir sollten uns beeilen.«

»Ich soll ihn *hergeben*?« Zora sah Melmoth entrüstet an.

»Für die Hirtin. Wie für George, den Hirten«, nickte Melmoth.

»Ich habe ihn auch George nicht einfach so gegeben«, sagte Zora. »Er hat vor dem Abgrund auf ihn gewartet.«

»George wusste. Sie ist ein Lamm. Sie weiß nichts. Wie einem Lamm führt man ihr das Maul zur Milch«, sagte Melmoth.

Zora machte ein bockiges Gesicht.

*

Wenig später trat Rebecca wieder aus dem Schäferwagen. Draußen schrie ein Lamm, und es ging ihr ans Herz. Als sie ihren Fuß auf die Stufen des Schäferwagens setzte, glitzerte dort wieder etwas. Nicht wie Feuer, dafür stand die Sonne schon zu tief. Eher wie hingegossenes Blut. Sie bückte sich. Ein Schlüssel an einem Faden. Sie steckte ihn achselzuckend in ihre Rocktasche. Heute war nicht der Tag, sich über irgendetwas zu wundern.

Das Lamm schrie noch immer. Sie folgte dem Geräusch bis unter den Dolmen.

Die Schafe beobachteten gespannt, wie Rebecca dort die versteckte Kiste fand. Othello hatte vorher die Erde aufgescharrt, um ihr die Entdeckung leichter zu machen. Rebecca begriff schnell. Wieder lachte sie. Sie fingerte den Schlüssel aus ihrer Tasche und öffnete die Kiste. Ein guter Geruch strömte von ihrem Nacken herauf, als sie sich auf die Knie niederließ, um eines der Päckchen aus der Kiste zu holen.

Sie biss einen Bindfaden mit den Zähnen durch. Plastik raschelte. Trockenes bröselte ihr durch die Finger.

Sie schnupperte. Die Schafe schnupperten auch. Es roch... fremd. Appetitlich. Mopple wusste sofort, dass man es fressen konnte.

»Gras!«, sagte Rebecca laut. »Jede Menge Gras!«

Die Schafe sahen sich an. *Das* also war das geheimnisvolle Gras, auf das die Menschen so wild waren. Jedes von ihnen hatte schon solch ein kleines Päckchen unter dem Bauch getragen, von einem Faden tief im Fell gehalten, wenn George sie für ein paar Wochen auf die andere Weide trieb. »Es geht wieder nach drüben«, hatte George dann jedes Mal zu ihnen gesagt. »Operation Polyphem.« Wenn sie damals gewusst hätten, dass in den geruchlos verschnürten Päckchen Gras war...

Jetzt kam es auf Rebecca an. Würde sie ihnen von dem Gras

etwas abgeben? Es sah nicht danach aus. Rebecca bildete mit ihrem Rock einen roten Sack und schaufelte alles hinein, was sie unter dem Dolmen fand. Viele, viele kleine Päckchen kamen zum Vorschein und ein etwas größeres, eckiges Päckchen. Und Papier. Eine Mappe Papier.

Vorsichtig trug Rebecca ihren schwer gebauschten Rock zurück zum Schäferwagen. Eine Weile blieb sie verschwunden. Dann saß sie auf einmal wieder auf den Stufen, einen glimmenden Punkt vor den Lippen.

Süßer, schwerer Rauch zog über die Weide. Er machte die Schafe schläfrig. Dafür war Rebecca auf einmal umso gesprächiger.

»Vorlesen soll ich euch also, Schafe«, sagte sie. »Ich werde euch vorlesen, wie euch noch nie jemand vorgelesen hat. Ich weiß auch schon, was. Mal sehen, wie euch das gefällt...«

Sie kletterte mit unsicheren Schritten zurück in den Schäferwagen und kehrte mit einem Buch in der Hand zurück. Irgendwo in der Mitte klappte sie es auf. Die Schafe wussten, dass es so nicht ging. Das Buch musste zuerst vorne aufgeschlagen werden, und erst im Laufe des Vorlesens würde das Papier langsam von der einen Umschlagseite zur anderen wandern. Einige Schafe blökten protestierend, aber die meisten waren zu müde, um sich über diesen kleinen Regelverstoß aufzuregen. Immerhin wurde endlich wieder vorgelesen. Man konnte nicht erwarten, dass die junge Schäferin gleich beim ersten Mal alles richtig machen würde.

Rebecca begann zu lesen.

»Catherine Earnshaw, mögest du keinen Frieden finden, solange ich lebe! Du sagtest, ich hätte dich getötet – nun, dann verfolge mich. Die Ermordeten pflegen ihre Mörder zu verfolgen. Ich glaube – ich weiß, dass Geister auf Erden gewandelt sind. Sei immer bei mir – in jeder Gestalt –, treib mich zum Wahnsinn! Nur lass mich nicht in diesem Abgrund, wo ich dich nicht finden kann! O Gott, das ist unaussprechlich! Ich kann nicht leben ohne mein Leben! Ich kann nicht leben ohne meine Seele!«

Der Mond verschwand hinter einer dunklen Wolke, und das einzige Licht, das nun die Seiten erleuchtete, war der kleine glimmende Punkt zwischen Rebeccas Lippen. Fasziniert umstanden die Schafe den Schäferwagen. Im Licht der Glut sah Rebecca ein wenig so aus, wie sich die Schafe den siamesischen Seeräuber aus »Pamela und der gelbe Freibeuter« immer vorgestellt hatten, schmaläugig und schwermütig. Das Buch klappte zu.

»Das ist zu dunkel«, sagte Rebecca. »Das ist zu traurig. Für traurige Geschichten brauche ich kein Buch, Schafe.« Sie schwieg eine Weile und blies süßen Rauch über die Weide. Dann sprach sie erneut, mit ihrer Vorlesestimme, aber ohne Buch.

»Es war einmal ein kleines Mädchen, das hatte nicht einen Papa, sondern zwei. Einen normalen und einen heimlichen. Den Heimlichen sollte sie nicht sehen, aber natürlich sahen sie sich doch, und sie mochten sich sehr. Die Mutter des Mädchens, die schöne Königin, hatte das nicht gerne. Aber sie konnte nichts dagegen tun. Niemand konnte etwas dagegen tun. Doch eines Tages haben sich das Mädchen und ihr heimlicher Papa dann zerstritten, furchtbar zerstritten, wegen einer dummen, dummen Sache, und das Mädchen tat alles, um ihn zu ärgern, sogar das, was ihr selbst wehtat. Dann haben sie lange nicht mehr miteinander gesprochen, kein einziges Wort. Endlich erhielt das Mädchen einen Brief. Darin stand, dass der Papa eine Reise nach Europa plante. Aber vorher wollte er sie sehen. Das Mädchen versteckte seine Freude und ließ ihn warten. Und so hat er sich zu Tode gewartet.«

Es war keine schlechte Geschichte. Aber auch kein Vergleich

mit dem, was Rebecca ihnen vorher vorgelesen hatte. Doch es machte den Schafen nichts aus. Sie waren auf einmal so müde, dass sie kaum noch zuhören konnten. Alle bis auf eines.

Mopple the Whale hatte keine Zeit, müde zu werden. Seit Rebecca das Gras unter dem Dolmen entdeckt hatte, war er besessen von der Idee, es zu probieren. Jetzt schien die Gelegenheit günstig. Rebecca saß mit halb geschlossenen Augenlidern in der Nacht und summte leise vor sich hin. Neben ihr, unbeachtet, lag ein offenes Päckchen mit dem Gras. Blitzschnell war Mopple neben ihr, blitzschnell hatte er seine Nase in das Päckchen gesteckt, blitzschnell den Inhalt heruntergewürgt. Als Rebecca bemerkte, dass etwas nicht stimmte, leckte Mopple gerade die letzten Krümel von den Stufen. Rebecca begann zu lachen.

»Kiffer«, sagte sie.

Mopple kaute schuldbewusst. Er war ein bisschen enttäuscht von dem Gras. Es roch viel besser, als es schmeckte. Es schmeckte lange nicht so gut wie das Gras auf der Weide, nicht einmal so gut wie Heu. Die Menschen hatten einen sehr schlechten Geschmack. Mopple senkte die Nase und beschloss wieder einmal, nie wieder etwas Unbekanntes zu fressen.

Das Glühwürmchen vor Rebeccas Gesicht erlosch.

»Schlafenszeit«, sagte sie zu den Schafen, machte einen kleinen Knicks und war im Inneren des Schäferwagens verschwunden. Diesmal knarrte kein Schlüssel im Schloss.

Ein klarer Nachtwind trug den Rauch fort, und die Schafe wurden wieder munterer.

»Höflich ist sie«, stellte Cloud lobend fest. Die Schafe nickten, alle bis auf Mopple, der mitten auf der Weide im Stehen eingeschlafen war.

Die anderen hatten noch keine Lust, schlafen zu gehen. Durch die Aufregungen des heutigen Tages war das Grasen zu kurz gekommen. Sie beschlossen, noch etwas draußen zu bleiben, ihr Tagespensum an Weidearbeit hinter sich zu bringen und dabei Mopple Gesellschaft zu leisten, der schlief wie eine Haselmaus und sich nicht wecken lassen wollte.

Es war Nacht geworden. Die Sterne funkelten, und irgendwo schrie sich ein Käuzchen die Seele aus dem Leib. Irgendwo quakte eine einsame Kröte. Irgendwo spielten zwei Katzen das Liebesspiel.

Irgendwo näherte sich schnurrend der Motor eines großen Autos. Lane hob den Kopf. Das Auto hielt am Feldweg bei dem Tor. Keine Lichter. Ein Mensch stieg aus und kam ohne Eile über die Weide auf den Schäferwagen zu. Kurz davor blieb er stehen und witterte geräuschvoll in die Luft. Dann stieg er die Stufen hinauf und klopfte an die Tür. Einmal, zweimal, noch einmal.

19

Im Schäferwagen rührte sich nichts. Der Mann legte seine Hand auf die Türklinke und drückte sie herunter. Weil er die Klinke die ganze Zeit gedrückt hielt, schaffte er es, Georges knarrende Tür vollkommen lautlos zu öffnen.

Und hinter sich wieder zu schließen.

Bald darauf glomm hinter den Fenstern des Wagens ein bleiches, nervöses Licht auf.

»Habt ihr es gerochen?«, fragte Maude. »Das Metall? Er hat auch so eine Pistole. Wie George.« Sie schauderte ein bisschen.

»Aber er hat keine Scheibe!«, sagte Ramses. Sie waren erleichtert. Ohne Scheibe würde der Mann mit seinem Schießeisen wenig anfangen können.

»Vielleicht will er Georges Scheibe«, sagte Lane nachdenklich, »vielleicht will er sie wegnehmen.«

Othello sah unruhig zum Wagen herüber. »Wir sollten herausfinden, was da drinnen passiert.«

Die Schafe rückten näher an den Schäferwagen. Maple und Othello begannen, unter dem einzigen offenen Fenster zu weiden.

»Warum sollte ich Ihnen das sagen?«, sagte die Stimme des Mannes, so leise, dass man keinerlei Betonung erkennen konnte. Eine karge Stimme.

Rebecca sagte nichts, aber die Schafe konnten ihren Atem hören, schnell und unregelmäßig. Etwas rumorte im Schäferwagen. Ein schwerer Gegenstand fiel zu Boden.

»Sie haben es also gefunden«, sagte der Mann. »Gratuliere.« Dann, nach einer Weile: »Wo?«

Rebecca lachte ganz leise. »Das glauben Sie mir nie.«

»Das glaube ich Ihnen«, sagte der Mann. »George war einer unserer Besten. Spezialist für den Irland-Nordirland-Transport. Einfallsreich. Nie ein einziger Zwischenfall.«

Wieder lachte Rebecca. Etwas lauter diesmal, ein bisschen erstickt.

»Das alles wegen... Gras?«, fragte sie, rau und tonlos, ganz ohne ihre Vorlesestimme. Othello sah besorgt zu dem Fenster hinauf.

»Hauptsächlich Gras. Manchmal Zigaretten. Manchmal anderes Zeug. Was gerade gut lief.«

»Sie sagen mir das, weil Sie glauben, dass es jetzt keinen Unterschied mehr macht, nicht wahr?«

»Ich fürchte schon«, sagte der Mann. »Sie haben ja auch die Mappe. Wissen Sie, was Sie mit den Informationen in dieser Mappe alles anrichten könnten? Ein schwerer Schlag für unsere Firma.«

»Werde ich aber nicht«, sagte Rebecca.

»Das glaube ich auch«, sagte der Mann.

Rebecca schwieg.

»Ich glaube Ihnen«, sagte der Mann nach einer Weile. »Nur reicht das leider nicht.« Er zögerte. »Es tut mir wirklich leid.«

»Hätten Sie was dagegen, Ihr Licht auszumachen? Es blendet mich.«

»Ja«, sagte der Mann. Trotzdem ging das bleiche Licht hinter den Fenstern des Schäferwagens aus. Maple witterte vorsichtig.

Ein seltsames Wetter herrschte dort drinnen: schwer, drückend und stürmisch. Ein Wetter, das die Wolkenschafe im Galopp über den Himmel treiben konnte. Wer sehr genau hinroch, konnte sogar einen Hauch von Regen spüren.

»Finden Sie das nicht ein bisschen unprofessionell?«, sagte Rebecca nach einer Weile. »Ich habe jetzt einen richtigen Job, als Schäferin, gut bezahlt. Und alles, was ich tun muss, ist, durch Europa zu tingeln. Ich habe nichts gegen das Zeug. Ich habe nichts gegen Sie. Das Letzte, was ich jetzt brauchen kann, sind neue Schwierigkeiten. Ich werde nichts sagen. Nie. Zu niemandem.«

»Das Risiko wäre unprofessionell«, sagte der Mann.

»Noch ein Toter auf dieser Weide wäre auch unprofessionell.«

»Nicht sehr. Wir kennen den ermittelnden Inspektor. Unfähig. Und sehr kooperativ. Was halten Sie davon: Illegitime Tochter mit zweifelhafter Vergangenheit bricht bei Nacht in einen Schäferwagen ein, findet dort eine Pistole, spielt damit herum und erschießt sich versehentlich. Oder aus Trauer um den geliebten Vater. So was mögen die Leute. Oder aus Schuldgefühl ...«

»Im Nachthemd?«, fragte die Frau.

»Wie bitte?«

»Na ja, das ist nicht gerade die richtige Kleidung für einen Einbruch, würde ich sagen – falls Sie das noch nicht bemerkt haben.«

»Hmm.«

»Außerdem ist das nicht Georges Pistole. Wenn Ihre Geschichte jemanden überzeugen soll, müssten Sie schon die hier nehmen.«

Die Schafe hörten, wie der Mann laut und erschrocken einatmete.

»Vorsicht. Legen Sie das sofort weg. Das ist keine Damenpistole, Miss.«

»Ich bin auch keine Dame«, flüsterte Rebecca. »Verschwinden Sie.«

Irgendetwas donnerte von innen gegen die Wand. Rebecca stieß einen kleinen Schrei aus. Der Mann fluchte.

Dann wurde es wieder still im Schäferwagen. Sehr still.

»Verdammt«, sagte Rebecca endlich.

»Machen Sie sich nichts draus«, sagte der Mann. »Einen Versuch war es wert, schätze ich.«

Ein Fuß begann, rhythmisch auf Holz zu tappen.

»Hätten Sie mich wirklich einfach so über den Haufen geschossen?«, fragte der Mann, Respekt in der Stimme.

»Warum nicht? Was ihr mit George gemacht habt...«

»Damit haben wir nichts zu tun. Glauben Sie mir. Zuverlässig. Korrekt. Ein großer Verlust für die Firma.«

Rebecca atmete langsam aus. »Wissen Sie, wer's war?«

»Nein«, sagte der Mann. »Jedenfalls niemand aus unserer Branche. So theatralisch – fast ein Ritualmord. Ich bitte Sie. So arbeiten wir nicht. Diese Art von Einschüchterung haben wir nicht nötig.«

»Ach nein?«

»Nein.«

Schweigen. Lange Zeit. Der Fuß tappte schneller.

»Kann ich noch irgendwas für Sie tun?«, sagte der Mann. »Haben Sie vielleicht einen letzten Wunsch?«

»Einen letzten Wunsch?«

»Na ja. Irgendwas. Ein Glas Wasser? Eine Zigarette?«

Rebecca lachte wieder, seltsam verkrampft. »Wo wollen Sie denn hier ein Glas Wasser finden? Sie haben so was noch nie gemacht, oder?«

»Ja. Nein. Machen Sie sich darum keine Sorgen.«

Rebecca seufzte. Es war ein Seufzen, das Othello bis in die

Spitzen seiner vier Hörner spüren konnte. Melmoth war neben ihm aufgetaucht. Beide sahen angespannt zu dem halb geöffneten Fenster empor.

»Verdammt«, sagte Rebecca. »Warum jetzt? Warum ausgerechnet jetzt? Ich glaub das einfach nicht. Es muss doch irgendwas geben, was ich tun kann, um Ihnen klarzumachen, dass ich nicht gefährlich für Sie bin!«

»Da bringen Sie mich auf ganz andere Gedanken«, sagte der Mann langsam. »Das klingt verlockend, aber *so* unprofessionell bin ich dann doch wieder nicht.«

»Was? Sie denken, ich hätte *das* gemeint?«, fauchte Rebecca. »Vergessen Sie's. Was bilden Sie sich eigentlich ein? Sie brechen hier einfach ein und… Sie glauben wohl, ich mache alles, was Sie wollen, nur weil Sie diese Pistole haben!«

»Nein«, sagte der Mann überrascht. »*Sie* haben doch… Ich hatte daran überhaupt nicht gedacht!«

»Ah ja. Tatsächlich?«

»Wenn Sie denken, ich hätte *das* nötig!« Auch der Mann klang jetzt wütend.

Schweigen, eine ganze Weile.

Dann lachten plötzlich beide zugleich.

Dann wieder Schweigen.

»Okay«, lachte Rebecca. »Dann müssen wir uns eben anders beschäftigen. Setzen Sie sich doch.«

»Hm«, sagte der Mann.

»Ich könnte Ihnen Geschichten erzählen. Wie Scheherazade aus Tausendundeine Nacht.«

»So lange wollte ich eigentlich nicht bleiben«, sagte der Mann. »Andererseits…«

Stille schwappte aus dem Fenster des Schäferwagens, dick und schwer wie warmer Atem.

Die Schafe sahen sich an. Vielleicht würde es dort drinnen nun doch noch interessant werden. Sollten sie zur Ermutigung ein aufmunterndes Geblök anstimmen?

Wie auf ein Kommando blökten Maude und Heide los.

»Geschichten!«, blökten sie. »Geschichten!«

Es dauerte eine Weile, bis Miss Maple wieder für Ruhe gesorgt hatte.

»Selbst wenn sie dort drinnen Geschichten erzählen«, sagte sie, »wie wollt ihr sie hören, wenn ihr so einen Krach macht?«

✳

Aber dann bekamen die Schafe doch keine Geschichten zu hören. Im Schäferwagen wurde überhaupt nicht mehr gesprochen. Es überraschte die Schafe nicht wirklich. Sie kannten die Situation aus den Pamela-Romanen. Wenn der geheimnisvolle Fremde – und um einen solchen handelte es sich hier ohne Zweifel – erst einmal mit einer Frau alleine war, konnte man darauf warten, dass die Geschichte im Nichts verlief. Der Mann und die Frau hörten einfach an irgendeiner Stelle auf zu sprechen, und dann war das Kapitel aus. Man erfuhr nie, was weiter passierte. Es war den Schafen ein Rätsel. Irgendetwas musste doch geschehen. Die Menschen verschwanden ja nicht einfach. Meist tauchten sie schon im nächsten Kapitel wieder auf, gesund, munter und guter Dinge. Trotzdem gab es in den Geschichten diese seltsamen Löcher.

Die Schafe taten, was sie auch bei Georges Vorlesestunden an solchen Stellen getan hatten: Sie grasten geduldig, bis es weiterging. Nur Maple hob noch einmal den Kopf, um vorsichtshalber das Wetter im Schäferwagen auszuwittern. Stürmisch, aber klar. Regen, der duftend auf Blätter tropfte. Maple senkte beruhigt ihre Nase ins Gras.

Sehr viel später, als die Beobachtung des Schäferwagens sogar Miss Maple langweilig geworden war, öffnete sich langsam die Tür. Der Mann trat heraus und sah dem Mond eine Weile beim Scheinen zu.

»Eine schöne Nacht«, sagte er. Rebecca war neben ihm auf den Stufen des Schäferwagens aufgetaucht. Ihr Kleid, das in der Dunkelheit schwarz aussah wie das von Beth, hatte sie wieder zu einem Beutel gerafft. Ein Träger war heruntergeglitten und legte eine mondlichtblaue Schulter frei.

Rebecca summte vor sich hin. Dann sahen sich die beiden an, und Rebecca hörte auf zu summen.

»Einen Joint hab ich geraucht«, sagte sie entschuldigend.

Der Mann machte eine wegwerfende Handbewegung.

Rebecca kicherte. »Und ein ganzes Päckchen ist weg. Das hat ein Schaf gefressen. Das dicke da.«

»Ich glaube, das ist ein Widder«, sagte der Mann. »Kostspieliges Tier. Aber damit werden wir leben können.«

Der Mann fing an, die Päckchen aus Rebeccas Rock zu fischen und in seinen Manteltaschen verschwinden zu lassen. Er zählte mit.

»…einundzwanzig, zweiundzwanzig, dreiundzwanzig. Abzüglich eines Pakets Schaffutter ist die Lieferung damit komplett. Die Mappe. Alles drin. – Was ist das?«

Der Mann hielt das eckige Paket in der Hand.

»Ich würde sagen, eine Videokassette«, sagte Rebecca. »Sie kennen sie nicht?«

»Nie davon gehört«, sagte der Mann, als er das eckige Paket in seine Manteltasche schob.

Er nahm Rebeccas Hand vorsichtig zwischen Daumen und Zeigefinger, hob sie empor, langsam, wie etwas sehr Schweres und Zerbrechliches, und küsste lautlos die Fingerspitzen. Dann drehte er sich um und ging grußlos wieder zurück zu seinem Auto. Der summende Motor entfernte sich.

*

Erst als man das Auto nicht mehr hören konnte, entspannten sich die Schafe. Der leise Mann hatte sie beunruhigt, warum, wussten sie selbst nicht so genau. Aber jetzt war wieder alles in Ordnung. So in Ordnung wie schon lange nicht mehr. Georges Tochter saß im Schäferwagen, Gabriel und seine gefräßigen Schafe waren verschwunden, und Europa wartete auf sie.

Leider hielt die Ordnung nicht lange an. Es war eine dieser Nächte, in der alle Welt über ihre Weide schlich. Diesmal tappte eine kleine, plumpe Gestalt ungeschickt und geräuschvoll um den Schäferwagen.

Dann stand auf einmal Rebecca in der Tür, Georges Schießeisen in der Hand.

Lilly gab einen kleinen, spitzen Schrei von sich.

»Was soll das?«, sagte Rebecca müde. »Was machen *Sie* denn jetzt hier?«

»Ich wollte nur... Ich dachte...« Lillys Augen starrten wie hypnotisiert auf die Pistole. »Ich wollte ein wenig an George denken.«

Rebecca schüttelte den Kopf. »Das glaube ich nicht. Ich glaube, Sie wollten da rein.« Die Pistole zeigte einen Moment auf die Tür des Schäferwagens, dann wieder zurück auf Lilly. »Und ich will wissen, wieso. Und dann möchte ich endlich schlafen.«

Einen Moment lang kämpfte Lilly mit ihrer Furcht. Dann gab sie auf. »Ich wollte doch nur die Quittung«, sagte sie. »Damit sie nichts gegen mich in der Hand haben. Nur die Quittung!«

307

Sie schwieg einen Moment, redete aber schnell weiter, als Rebecca eine aufmunternde Bewegung mit der Pistole machte.

»Ich arbeite manchmal im *Lonely Heart Inn*«, sagte sie. »Nur gelegentlich. Als ...« Sie verstummte.

Rebecca sah sie einen Augenblick irritiert an. Dann nickte sie plötzlich. »Schon gut. Was ist mit dem *Lonely Heart Inn*?«

»Die Kunden da, die kommen nicht nur zum ...« Lillys Hände fuhren verlegen über ihr Haar. »Die wollen auch was rauchen. Und ich kannte doch George, und George war eine gute Adresse ... Da hab ich eben immer bei ihm eingekauft. Nur dass die Wirtin ... So misstrauisch ist sie. So geizig. Die will eine Quittung. Mit meinem Namen drauf. Und in dieser verdammten Nacht habe ich sie einfach vergessen. Und dann war er tot. Und wenn sie sie finden, dann haben sie was gegen mich in der Hand. Darauf warten doch hier alle.«

Rebecca senkte das Schießeisen, und Lilly beruhigte sich ein bisschen.

»Sie waren hier?«, fragte Rebecca. »In der Nacht, in der George ermordet wurde?« Sie pfiff durch die Zähne. Genau wie George, wenn ihm etwas bemerkenswert vorgekommen war. »Wenn das rauskommt und Sie weiter hier rumschleichen, dann haben Sie bald mehr am Hals als nur eine Quittung über ein bisschen Gras.«

Lilly verzog das Gesicht. »Ham sagt das auch. Sagt, dass sie mir etwas anhängen werden, wenn ich nicht aufpasse. Aber ich brauche doch die Quittung.«

»Rackham? Der Metzger?«

Lilly nickte. »Der muss mich gesehen haben, als ich von George kam. Aber er sagt, ich muss keine Angst haben. Er weiß, dass ich nichts damit zu tun habe, sagt er. Er hat Beweise. Dabei hasst er mich eigentlich. Wegen Kate.«

»Ham ist der Einzige, der Sie gesehen hat? Und dann hatte er diesen Unfall an den Klippen. Sie müssen gute Nerven haben, wenn Sie sich noch Sorgen um eine Quittung machen.«

»Ich brauche sie aber«, sagte Lilly stur.

»Sie bekommen sie, wenn Sie mir genau erzählen, was an diesem Abend bei George passiert ist«, versprach Rebecca.

Lilly sah sie empört an. »Nichts ist passiert! Gar nichts! Alle denken das, und über mich können sie sowieso jede Lügengeschichte erzählen, die ihnen einfällt. Aber George war ein guter Kerl. Mit dem konnte man noch umgehen wie mit einem Menschen. Ich habe das Gras gekauft, und wir haben uns ein bisschen unterhalten. Fertig. Mehr war nicht!«

Rebecca seufzte. »Und über was haben Sie sich unterhalten?«

Lilly überlegte. »Über das Wetter. Dass so ein herrliches Wetter ist in den letzten Wochen. Aufbruchwetter, hat er gesagt. Er war guter Laune, richtig aufgekratzt. So habe ich ihn noch nie gesehen. Er hat gesagt, dass ich die Ware künftig woanders kaufen muss. Hat mir eine Telefonnummer gegeben. Und dann hat er plötzlich… na ja, fast geweint, glaube ich.«

Die Schafe konnten an Lillys Gesicht beobachten, wie ein neuer, unangenehmer Gedanke in ihr Hirn einzog.

»Oh, shit!«, sagte sie. »Die Nummer hab ich auch vergessen!«

»Sie bekommen auch die Telefonnummer«, sagte Rebecca.

»Wirklich?«

»Hat George gesagt, was er an diesem Abend noch vorhatte?«

Lilly kräuselte die Stirn. »Noch ein Guinness im *Mad Boar*. Das hat mich gewundert, weil er sonst nie in den *Boar* ist. Nie, nie! Er hat gesagt, dass er sich noch einmal das Volk dort ansehen will. Und anschließend wollte er sich noch von jemandem verabschieden.«

»Von wem?«

»Das weiß ich nicht. Er hat es nicht gesagt. Eine alte Geschichte, das hat er gesagt und ein bisschen gelacht.«

»Gut.« Rebecca stieg die Stufen des Schäferwagens hinauf, verschwand für kurze Zeit und kehrte dann mit einem Fetzen Papier zurück.

»300 Euro, erhalten für Wollwaren, von Lilly Thompson. Verräterisch. Und die Nummer steht auch drauf.«

Lilly stopfte das Papier glücklich in ihren Ausschnitt. Sie sah Rebecca dankbar an.

»Verschwinden Sie«, sagte Rebecca. »Und wenn Sie noch jemanden treffen, der auf dem Weg hierher ist, sagen Sie ihm, dass er besser umkehrt. Den Nächsten, der mich beim Schlafen stört, erschieße ich gleich.«

Lilly nickte erschrocken. Dann stöckelte sie zurück Richtung Tor. Als sie die Weide zur Hälfte überquert hatte, hörten die Schafe wieder einen ihrer kleinen, spitzen Schreie. Lilly war in ein Häufchen Schafsköttel getreten.

*

Die Schafe hielten es für das Beste, sich in den Heuschuppen zurückzuziehen. Wer konnte sagen, von was sich Rebecca alles beim Schlafen gestört fühlte?

»Und Mopple?«, fragte Zora. »Wir können ihn nicht einfach so allein auf der Weide stehen lassen.«

Mopple ließ sich noch immer nicht wecken. Dafür entdeckten die Schafe, dass er im Schlaf gehen konnte. Es genügte, dass Othello und Ritchfield ihn von hinten mit den Hörnern schoben, während der Rest der Herde vor ihm ein verlockendes »Futter«-Geblök anstimmte.

Vor dem Einschlafen dachten sie noch ein bisschen über Europa nach.

»Es wird sehr schön werden«, sagte Maude. »Überall stehen

Apfelbäume, das stimmt schon. Aber der Boden ist über und über mit Mauskraut bewachsen.«

»Unsinn«, sagte Zora. »Europa liegt an einem Abgrund, und jeder weiß, dass am Abgrund kein Mauskraut wächst.«

»Wie groß Europa wohl ist?«, fragte Cordelia verträumt.

»Groß«, sagte Lane mit Bestimmtheit. »Ein Schaf muss einen Tag und eine Nacht galoppieren wie der Wind, um es ganz zu durchqueren.«

»Und überall Apfelbäume?«, fragte Maisie staunend.

»Überall Apfelbäume«, bestätigte Cloud. »Aber mit richtigen Äpfeln dran, roten, süßen und gelben, nicht so wie unsere hier.«

Die Vorfreude hatte sie gepackt. Ungeduldig blökten die Schafe nach Europa.

Othello verdarb ihnen den Spaß.

»So einfach ist es nicht«, schnaubte er. »Nicht einmal in Europa. So ist es nirgendwo. Es ist schön, sicher, sonst hätte George da nicht hingewollt. Aber es ist auch gefährlich und fremd. Ein Schaf muss dort so wachsam sein wie überall sonst auf der Welt. Vielleicht sogar noch wachsamer.«

Sir Ritchfield stimmte ihm zu. »Nirgendwo auf der Welt gibt es nur Apfelbäume. Es gibt immer auch Stechginster und Sauerampfer, Dornkraut und Speiblatt. Es gibt überall kalten Wind in der Wolle und spitze Steine unter den Hufen.«

Ritchfield hatte seine Leitwiddermiene aufgesetzt und sah streng in die Runde. Die Schafe senkten die Köpfe. Wahrscheinlich hatten ihre erfahrensten Widder Recht. Kein Apfel ohne Sauerampfer. Kein Ort ohne Gefahr.

Als Ritchfield die vielen enttäuschten Gesichter sah, hielt er es für seine Leitwidderpflicht, noch etwas Ermutigendes hinzuzufügen.

»Wir können uns trotzdem auf Europa freuen«, sagte er.

»Nur eben nicht wie auf eine fette Traumweide, sondern wie auf eine... wie auf eine...« Ritchfield fiel kein Beispiel ein.

»Wie auf eine Schur?«, fragte Cordelia. »Es kneift und zwickt, und alles dreht sich. Aber hinterher ist einem leicht und kühl zumute.«

Sir Ritchfield sah Cordelia dankbar an. »Genau. Wie auf eine Schur.«

In wohlig-kühlen Gedanken an eine sommerliche Schur schlummerten die Schafe ein, eines nach dem anderen. Mopple tat etwas, das er noch nie getan hatte: Er gab im Schlaf schnaufende, schnarchende Geräusche von sich.

Langsam wurden diese Schnarchgeräusche rhythmischer, metallischer. Ab und zu gab es einen kleinen Knall. Miss Maple riss mühsam die Augen auf. Graues Licht fiel durch die Luken des Heuschuppens. Es musste früher Morgen sein. Das Schnaufen verwandelte sich plötzlich in Rattern und Knattern. Steine spritzten. Miss Maple waren diese Geräusche seltsam vertraut. Sie hatte sie jeden Morgen gehört, praktisch ihr ganzes Leben lang. Der Antichrist war von der Asphaltstraße auf den Feldweg gebogen.

Als sie sich durch die Tür des Heuschuppens gezwängt hatte, saß George bereits auf den Stufen des Schäferwagens. Miss Maple trabte neugierig näher. Als er sie bemerkte, hob George den Kopf und grinste.

»An die Arbeit, faules Viehzeug!«, sagte er.

Miss Maple senkte gehorsam den Kopf ins Gras. Jetzt, wo George so unverhofft zu ihnen zurückgekehrt war, wollte sie ihm gerne den Gefallen tun. Aber George schien nicht zufrieden mit ihr.

»An die Arbeit«, sagte er wieder. Diesmal klang es ernster. Miss Maple verstand, dass es diesmal nicht um die Weidearbeit ging, sondern um etwas anderes. Sie schlackerte hilflos mit den Ohren.

George sah, dass sie so ganz alleine nicht weiterkam, und stieß einen lang gezogenen Pfiff aus. »Ordnung in die Schafe«, bedeutete dieser Pfiff. Doch statt Tess sauste plötzlich der Spaten um die Ecke des Schäferwagens. Für einen Spaten gab er einen sehr guten Schäferhund ab. Er preschte bis auf wenige Schritte an Maple heran, dann duckte er seine Nase ins Gras. Die beiden Nägel, die die Schaufel am Griff befestigten, sahen auf einmal sehr wie Augen aus, lebendig und aufmerksam. Maple blökte unruhig. Aber der Spaten ließ nicht von ihr ab. Vorsichtig robbte er näher, Stück um Stück, die Nagelaugen immer auf Miss Maple gerichtet.

Der Spaten witterte auf eine schreckliche, nüsternlose Art in die Luft, sein dünner Holzrücken bog sich wie zum Sprung. Auf einmal hatte Miss Maple schreckliche Angst. Sie drängte sich Hilfe suchend an George, aber er war kalt wie gefrorene Erde.

»Warum bist du tot, George?«, fragte sie. Ihre Worte klangen über die Weide, laut und hallend wie die Menschenworte. George würde sie verstehen, Wort für Wort. Miss Maple dachte, dass es wunderbar war, von einem Menschen auf diese Art verstanden zu werden.

»Ich kann nicht leben ohne meine Seele«, sagte George.

Es war nicht wirklich eine befriedigende Antwort, aber es war die einzige Antwort, die sie von George noch bekommen würde. Während des Sprechens verwandelte sich George, ohne dass man wirklich eine Veränderung sehen konnte. Aber ein Schaf konnte es riechen. Als das letzte Wort über seine Lippen gerollt war, schleppend wie eine träge Welle, saß nur noch eine leere Hülle auf den Stufen des Schäferwagens.

Im selben Moment sprang der Spaten, sprang in einem einzigen, perfekten Bogen, seine metallische Schnauze genau auf Maple gerichtet…

*

Plötzlich war Miss Maple hellwach.

»Ich weiß es«, blökte sie Cloud zu, die sich im Schlaf an sie geschmiegt hatte.

»Was?«, fragte Cloud schläfrig.

»Alles!«, sagte Miss Maple. »Ich weiß alles über den Mord an George!«

20

Kurze Zeit später waren alle Schafe außer Mopple wieder auf den Beinen, verschlafen, aber aufgekratzt. Miss Maple war das klügste Schaf von ganz Glennkill. Und jetzt wusste sie alles! Alles über den Mord an George! Am liebsten hätten die Schafe einfach gleich den Namen des Mörders erfahren. Aber Miss Maple schien nicht zu wissen, womit sie anfangen sollte.

»Ich wäre nie darauf gekommen, wenn es nicht in dem Buch gestanden hätte«, sagte sie. »Es ist sehr gut, dass George im Testament gesagt hat, dass sie uns vorlesen muss.«

Die Schafe verstanden kein Wort. Sie machten sich Sorgen: Maple sah wirklich sehr aufgeregt aus.

»Sie wird uns wieder vorlesen«, sagte Cordelia beruhigend. »Sie muss. Es steht im Testament.«

»Aber es ist schon genug«, sagte Miss Maple. »Sie hat genau das Richtige vorgelesen. Erinnert ihr euch noch daran, was sie uns vorgelesen hat? Genau, meine ich?«

Die Schafe blickten Hilfe suchend zu Mopple the Whale hinüber. Aber er schlief wie ein Stein. Als Zora ihn unsanft in sein Hinterteil kniff, zuckte er nicht einmal mit den Ohren.

Miss Maple wartete geduldig, bis sich alle Mopple-Weck-Versuche in frustriertes Blöken aufgelöst hatten.

»Denkt nach«, sagte sie dann.

Die Schafe dachten gehorsam nach.

»Frieden finden«, sagte Maude. »Das hat sie vorgelesen.«

»Es ging auch um einen Abgrund«, sagte Zora.

»Die Ermordeten pflegen ihre Mörder zu verfolgen«, sagte Cordelia schaudernd.

»Genau«, sagte Miss Maple. »Es ist wie eine Fährte im Gras, versteht ihr? Warum der Spaten, haben wir uns gefragt, wenn George doch schon vorher tot war. Wozu?«

Miss Maple ließ ihre Herde ein bisschen überlegen, dann wurde sie ungeduldig und löste das Rätsel selbst auf.

»Der Mörder hatte Angst davor, verfolgt zu werden. Der Spaten sollte es verhindern. Wie konnte George seinen Mörder verfolgen, wenn er doch am Spaten auf der Weide feststeckte? Das muss sich der Mörder gedacht haben. Aber« – sie machte eine wirkungsvolle Pause – »er hat sich geirrt.«

Jetzt war es wirklich spannend geworden. Die Schafe drängten sich enger zusammen.

»Denn der Ermordete kann seinen Mörder *in jeder Gestalt* verfolgen. Auch das steht in dem Buch. Aber der Mörder hatte es nicht bedacht. George brauchte seine eigene Gestalt überhaupt nicht. Er konnte sich etwas aussuchen. Und wir alle wissen, was George gerne mochte.«

»Uns«, sagte Heide stolz. »Er mochte uns lieber als die Menschen.«

»Richtig«, sagte Miss Maple. »Das bedeutet, dass George seinen Mörder in Schafsgestalt verfolgt. Jetzt müssen wir nur noch wissen, wer von Schafen verfolgt wird.«

Es war einfach.

»Gott!«, blökten Lane, Cordelia und Cloud wie aus einem Munde.

»Richtig«, sagte Miss Maple.

»Aber«, sagte Zora zweifelnd, »war das nicht Othello?«

Maple nickte. »Einmal schon. Auf dem Friedhof. Aber er hat auch von einem grauen Widder gesprochen. Stellt euch George in Schafsgestalt vor – er könnte leicht wie ein grauer Widder aussehen.«

»Ich würde ihn gerne so sehen«, sagte Cordelia.

Miss Maple schüttelte den Kopf. »Ich glaube nicht, dass das geht. Wahrscheinlich kann nur der Mörder ihn sehen.«

Die Schafe seufzten. Sie hätten George gerne in ihre Herde aufgenommen.

»Aber wieso?«, blökte Heide.

»So ist das nun einmal«, sagte Cloud beschwichtigend.

»Nein!« Heide schüttelte störrisch den Kopf. »Ich meine: Warum hat der Langnasige George umgebracht?«

Alle Augen richteten sich auf Miss Maple. Warum?

»Auch das steht in dem Buch«, sagte sie. »›Ich kann ohne meine Seele nicht leben‹, steht da.«

Sie sah ihre Herde mit funkelnden Augen an.

»Na und?«, blökte Heide.

»Es hat mich daran erinnert, dass Sterben und Seele etwas miteinander zu tun haben«, erklärte Miss Maple, viel zu konzentriert, um sich über Heides freches Zwischenblöken zu ärgern. »Wenn man tot ist, muss die Seele den Körper verlassen. Weil der Körper nach Tod riecht und der empfindliche Geruchssinn der Seele das nicht aushalten kann. Dann ist die Seele verletzlich. Wir haben von den Hunden des Teufels gehört.

Jemand wollte Georges Seele. Jemand wollte sie aus George herausholen, bevor sie den Hunden des Teufels in den Rachen lief. Der Mörder wollte Georges Seele für sich selbst.«

Miss Maple holte tief Luft. Man konnte beinahe sehen, wie

317

ihre Gedanken durch den Heuschuppen galoppierten, hinaus auf die Weide bis zum Dolmen, weiter zum Abgrund und wieder zurück, hin und her, verwirrend schnell, geheimnisvollen Mustern folgend.

»Wir haben selbst gesehen, was für eine Angst Gott um seine eigene Seele hat. Da war es natürlich logisch, dass er versuchte, Ersatz zu bekommen…«

Die Schafe legten nachdenklich die Köpfe schief. So hatten sie es noch gar nicht betrachtet. Miss Maple schlackerte siegessicher mit den Ohren und fuhr fort.

»Der Spaten selbst hat etwas verraten. Woran denkt ihr, wenn ihr an einen Spaten denkt?«

»An einen Spaten natürlich«, sagte Cloud. Maple konnte manchmal sehr seltsame Fragen stellen.

Maple seufzte. »An was noch?«

»Mauskraut!«, sagte Maude sofort.

Die anderen sahen sie an.

»Wieso denn *Mauskraut*?«, fragte Zora.

»Wieso nicht?«, sagte Maude. »Ich denke oft an Mauskraut.«

»Aber es hat doch nichts damit zu tun«, sagte Heide.

»Sie hat ja auch nicht gesagt, dass es etwas damit zu tun haben muss«, sagte Maude beleidigt. »Ich kann an Mauskraut denken, so oft ich will.«

»Aber es bedeutet nichts«, sagte Heide.

»Es bedeutet sehr viel!« Maude sah ihre Herde mit böse funkelnden Augen an. »Ich werde jetzt die ganze Nacht an Mauskraut denken! Nur, damit ihr's wisst!«

Maude schloss die Augen und dachte ganz fest an Mauskraut. Die anderen Schafe überlegten weiter. Was hatte der Spaten zu bedeuten?

»Gemüsegarten!«, blökte Zora.

Das war offensichtlich. George hatte mit dem Spaten den Gemüsegarten umgegraben. Er hatte damit Unkraut gejätet und gerade Linien auf die Erde gezeichnet. Mit dem Stiel hatte er schmale Furchen gezogen und Samenkörner darin versenkt. Der Spaten und der Gemüsegarten gehörten zusammen.

Miss Maple nickte zufrieden. »Genau. Ich war sicher, dass der Spaten etwas zu bedeuten hat. Gottes Acker – erinnert ihr euch? Das war ein Hinweis. Der Gemüsegarten, in dem Tote gesät werden. Mit einem Spaten. Alles mit einem Spaten. Mit einem Spaten hat der Langnasige die Löcher gegraben und die Seelen eingefangen. Er wollte nicht nur eine einzige Seele. Er wollte einen ganzen Vorrat davon.«

Die Schafe staunten. Plötzlich passte alles zusammen, klar, schön und einfach, so wie Kastanien perfekt in ihre Schale passen. Miss Maple war wirklich das klügste Schaf von Glennkill.

»Aber...«, blökte es da schüchtern aus der letzten Reihe. Die Schafe drehten die Köpfe. Maisie! Ausgerechnet Maisie! Neugierig und ein wenig schadenfroh stellten die Schafe die Ohren auf, um zu hören, was Maisie wusste.

»Er kann es nicht gewesen sein«, blökte Maisie aufgeregt. »Er hat gesagt, dass George eine verlorene Seele ist. Wenn er dachte, dass George seine Seele sowieso schon verloren hatte, hat es doch keinen Sinn, sie ihm wegzunehmen.«

Maisie zuckte verlegen mit den Ohren.

Die anderen Schafe sahen sie böse an.

Aber Miss Maple war nicht beleidigt. Schließlich ging es um die Wahrheit und nicht darum, ihre Klugheit zu beweisen. Dass sie klug war, wusste sie längst. Die Wahrheit wusste sie anscheinend noch immer nicht.

»Ich bin mir sicher, dass es um die Seele geht«, sagte sie. »Es muss irgendwie anders zusammenpassen.«

»Beth hat keine Seele«, blökte auf einmal Maude, der beim Denken an Mauskraut schnell langweilig geworden war.

Obwohl die Schafe noch nie darüber nachgedacht hatten, leuchtete es ihnen sofort ein. Niemand, der so tot roch wie Beth, konnte einen Geruchssinn haben. Mit Geruchssinn war das nicht zu ertragen.

Miss Maple stand eine Weile lang ganz still. Nicht einmal die Spitzen ihrer Ohren zuckten. Sie stand, wie die sehr alten Widder stehen, in Gedanken versunken und vollkommen regungslos.

»Aber Beth wollte eine Seele«, sagte sie endlich. »Unbedingt. Weil man ohne Seele nicht wirklich leben kann. Es steht in dem Buch.«

Othello hob den Kopf. An seinen Augen konnten die Schafe sehen, dass er etwas verstanden hatte.

»Jahr für Jahr kam sie zu Georges Schäferwagen«, fuhr Miss Maple fort. »Sie hat ihm Bücher gebracht, weil sie wusste, dass George gerne Bücher mochte. Sie hat gehofft, dass George anfangen würde, sie zu mögen, so sehr, dass er ihr am Ende sogar seine Seele geben würde.«

»Aber George hat das nicht getan«, sagte Ramses. »George hat die Hefte verbrannt.«

»Genau«, sagte Maple. »Das war klug von ihm. Dann hat Beth angefangen, etwas von guten Werken zu erzählen und davon, dass Georges Seele in Gefahr sei. Sie wollte sie mitnehmen, an einen sicheren Ort, wo die Seele gute Werke tun konnte.«

»Zu Gott?«, fragte Heide neugierig.

»Es war natürlich nur ein Vorwand«, erklärte Miss Maple. »In Wirklichkeit hätte Beth die Seele behalten, und George hätte sie nie wiedergesehen.«

»Aber George hat es nicht getan«, sagte Lane erleichtert.

»George hat angefangen, im Gemüsegarten zu arbeiten. Mit dem Spaten.«

»Auch das war klug«, sagte Miss Maple. »Denn so konnte er seine eigenen guten Werke tun. Beth hatte keinen Vorwand mehr, seine Seele so einfach mitzunehmen.«

Die Schafe erinnerten sich. So viele Male war Beth vor den Stufen des Schäferwagens aufgetaucht und hatte sich um Georges Seele gesorgt. Sie waren immer arglos darauf hereingefallen. Erst jetzt konnten sie verstehen, was sie in Wirklichkeit im Schilde geführt hatte.

»Wie ein Fuchs«, sagte Cordelia. »Ein Fuchs, der ein verwundetes Lamm findet. Und es umschleicht, in immer kleineren Kreisen, bis es so schwach ist, dass es sich nicht mehr wehrt.«

»Aber George war nicht schwach«, sagte Othello stolz. »Er hat sich immer gewehrt.«

Miss Maple nickte. »Und Beth hat immer gewartet. Irgendwann, dachte sie, irgendwann... Und dann – erinnert ihr euch daran, was ich euch gesagt habe: Es hängt alles am Spaten? Es stimmt noch immer. Ich habe nur zuerst falsch verstanden, wie es zusammenhängt. Der Spaten bedeutet Gemüsegarten. Er bedeutet, dass George sich gewehrt hat. Er bedeutet, dass Beth nicht an seine Seele konnte.«

Miss Maple machte eine kleine Pause.

»Doch dann hat sie erfahren, dass George wegwollte. Nach Europa. Mit seiner Seele. All die Jahre hatte sie gewartet, wie eine Spinne in ihrem Netz. Sie musste irgendwas unternehmen, wenn ihr Warten nicht umsonst gewesen sein sollte. Und wir alle wissen, was sie unternommen hat.«

Die Schafe schwiegen beeindruckt. Alle bis auf Zora.

»Aber was ist mit den Ermordeten, die ihre Mörder verfolgen?«, fragte Zora. »Beth wurde nicht von einem Schaf verfolgt.«

Maple überlegte.

»So sieht es aus«, sagte sie nach einer Weile. »Aber so war es nicht. Wir haben sogar zweimal mit eigenen Augen gesehen, wie Beth verfolgt wurde.«

Die Schafe überlegten, aber sie konnten sich beim besten Willen an nichts erinnern. Und Mopple, das Gedächtnisschaf, gab nichts als schnarchende Geräusche von sich.

»Ihr müsst daran denken, dass wir das Geisterschaf wahrscheinlich nicht sehen können«, sagte Miss Maple. »Nur der Mörder kann das. Aber wir haben Beth dabei beobachtet, wie sie den Geist gesehen hat. Einmal beim Picknick. Erinnert ihr euch, wie Beth zu der Stelle gesehen hat, wo George gestorben ist? Sie hatte solche Angst, dass sie nicht einmal etwas essen konnte.«

Die Schafe erinnerten sich. Appetitlosigkeit trotz all der leckeren Sachen auf der bunten Decke war ein untrügliches Zeichen dafür, dass Beth tatsächlich schreckliche Angst gehabt haben musste.

»Das zweite Mal war, als Rebecca den Schäferwagen geöffnet hat. Wir alle haben darauf gewartet, dass etwas herauskommt. Aber Beth hat etwas herauskommen *sehen*.«

Sie dachten daran, wie Beth auf die Tür des Schäferwagens gestarrt hatte, mit geweiteten Augen, starr vor Schreck.

»Du glaubst…?«, fragte Cloud.

Maple nickte. »Beth hat Georges Geist gesehen. Einmal hat sie sich sogar fast verraten. Erinnert ihr euch, wie sie gesagt hat, dass sie erst wieder hier leben kann, wenn das schwarze Schaf die Herde verlassen hat? Was sollte Beth gegen Othello haben? Sie muss von Georges Geist gesprochen haben!«

Diesmal gab es gar keinen Zweifel. Miss Maple hatte die Sache lückenlos aufgeklärt. Die Schafe schwiegen beeindruckt.

»Ob sie sie bekommen hat?«, fragte Cordelia nach einer Weile.

»Was?«, fragte Zora.

»Georges Seele«, sagte Cordelia. »Ich frage mich, ob sie Georges Seele bekommen hat.«

»Wenn sie sie bekommen hat, muss sie sie wieder hergeben«, sagte Sir Ritchfield streng. Die Seele war das Gegenteil eines Dings. Etwas, mit dem man die Welt entdecken konnte. Sie war etwas sehr Wertvolles und Wichtiges, selbst wenn sie, wie bei den Menschen, nur sehr klein war.

Miss Maple schüttelte den Kopf. »Sie hat die Seele nicht. Seht sie euch doch an. Sie sieht aus wie jemand, der etwas Wichtiges für immer verloren hat.«

Sie hatte Recht. Die Schafe atmeten auf, weil Georges Seele Beth entschlüpft war. Aber war das schon Gerechtigkeit?

»Gerechtigkeit!«, blökte auf einmal das Winterlamm in die Stille hinein. Niemand verjagte es.

»Gerechtigkeit!«, stimmte Othello ein.

»Gerechtigkeit!«, blökten die anderen Schafe.

»Aber wie?«, fragte Lane.

»Sie ist schuld daran, dass George tot ist«, sagte Cloud. »Es wäre gerecht, wenn sie auch tot wäre.«

Es klang einleuchtend.

»Das ist nicht schwierig«, sagte Othello. »Wir können es vielleicht nicht genauso machen wie sie, mit Gift und Spaten. Aber wir können sie zum Beispiel von den Klippen stoßen.«

»Nicht von den Klippen«, sagte Zora.

»Auch sonst ist es nicht schwer«, beharrte Othello.

»Aber sie hat gesagt, dass sie sich vor dem Tod nicht fürchtet«, blökte Heide. »Erinnert ihr euch? Immer wieder hat sie das gesagt. Sie soll sich aber fürchten!«

Die Schafe blökten aufgebracht. Beth sollte sich fürchten!

Das war gerecht. *Sie* hatten sich auch gefürchtet in den letzten Tagen, vor den schrecklichen Dingen, die auf der Weide passiert waren.

»Wir könnten wieder so tun, als ob wir krank wären«, schlug Cordelia vor. »Bei Gabriel hat das gut geklappt.«

Aber irgendwie kam es den Schafen so vor, als wäre eine Schafskrankheit für Beth nicht das Richtige.

Miss Maple trabte in der Dunkelheit auf und ab. »Es muss herauskommen. Davor haben sie *alle* Angst. Wir müssen dafür sorgen, dass es herauskommt. Nicht aus dem Schäferwagen, sondern aus unseren Köpfen. Alle Menschen müssen es wissen. Das ist Gerechtigkeit.«

»Aber sie verstehen uns nicht«, sagte Cloud.

»Es ist schwierig«, gab Miss Maple zu. »Aber ich glaube, wir könnten sie dazu bringen, etwas zu verstehen, wenn sie nur auf uns achten würden. Aber sie achten nicht auf uns. Sie achten nur auf den Schäferwagen.«

»Bis auf den Metzger«, wandte Sara ein. »Der Metzger achtet jetzt sehr auf Schafe.« Aber keines von ihnen hatte Lust, sich mit Ham zu unterhalten.

Wieder trabte Miss Maple gedankenversunken auf und ab. Lange Zeit.

Dann blieb sie plötzlich stehen. »Es gibt eine besondere Sache, die die Menschen dazu bringt, auf Schafe zu achten!« Miss Maple spähte strahlend umher. Aber das einzige Schaf, das sich über ihren genialen Einfall zu freuen schien, war sie selbst. Die anderen waren während ihrer langen Zeit des Nachdenkens eines nach dem anderen eingeschlafen.

✳

»Es könnte funktionieren«, sagte Miss Maple.

Sie waren früh aufgewacht, blieben aber noch im Heuschuppen, um Mopple in seinem Haselmaustiefschlaf Gesellschaft zu leisten. Die Morgensonne fiel durch Löcher und Ritzen und malte den Schafen schimmernde goldene Zeichen auf das Fell. Die Stimmung war aufgekratzt. »Wenn sie das klügste Schaf suchen, werden sie Schafe sicher genau beobachten.«

Die Idee gefiel ihnen. Heimlich hatten sie sich schon immer für den Smartest-Sheep-of-Glennkill-Contest interessiert. Es gab das Gerücht, dass Schafe dort mit Klee und Äpfeln gefüttert und von allen Menschen bewundert wurden. George hatte sie nie daran teilnehmen lassen. »Das fehlt mir gerade noch«, sagte er einmal, als die Sprache auf den Schafswettbewerb kam. »Diese Säufer als Jury für meine klugen Schafe.«

Jetzt war George tot und konnte ihnen keine Vorschriften mehr machen. Aber Säufer hin oder her – wenn sie teilnahmen, konnten sie vielleicht für Gerechtigkeit sorgen.

»Wir machen mit«, blökte Sir Ritchfield. Damit war es beschlossen. Ritchfields Augen funkelten unternehmungslustig.

»Aber wie?«, fragte Cloud. Sie suchten ihr Wissen über den Smartest-Sheep-of-Glennkill-Contest zusammen.

»Es ist kompletter Schwachsinn«, sagte Maude.

»Es ist eine Touristenfalle. Wenn man sonst nichts zu bieten hat«, sagte Heide.

»Es ist im *Mad Boar*«, sagte Sara.

Das war immerhin ein Anfang. Die Schafe kannten den Pub noch von ihren Ausflügen zur anderen Weide. Der *Mad Boar* war ihnen jedes Mal aufgefallen, wegen des Whiskey- und Biergeruchs, aber auch wegen der Augen, die unweigerlich hinter den Fenstern auftauchten, um George zu beobachten, bis er und seine Schafe um die Biegung der Hauptstraße verschwunden waren.

325

»Wir gehen einfach hin!«, sagte Zora kühn. »Die anderen müssen ja auch irgendwie hinkommen.«

Die anderen! Andere Schafe! Alles würde voller Schafe sein – besonders kluger Schafe, von denen man eine Menge lernen konnte. Vielleicht würde man sich hinterher zu einer besonders großen Herde zusammentun. Sara schlackerte freudig mit den Ohren, Zora sog mit tiefen, genießerischen Zügen die kühle Morgenluft ein, und Cloud ließ sich mit einem zufriedenen Seufzen ins Stroh nieder.

»Aber wann?«, fragte Lane. Sie wussten, dass der Schafswettbewerb nur einmal im Jahr stattfand. Und so ein Jahr war lang, von einem Winter bis zum nächsten.

»Übermorgen!«, sagte Mopple. Die Schafe drehten sich zu ihm um. Mopple the Whale war wieder aufgewacht und blickte sie aus frisch glänzenden Augen an.

»Wie kannst du das wissen?«, fragte Heide. »Wieso ausgerechnet übermorgen?«

»Gabriel hat es gesagt«, sagte Mopple. »Zum Metzger. Als der Metzger ihn vor uns warnen wollte.«

Übermorgen also! Zweimal schlafen, und dann ging es los. Wenig Zeit, um sich vorzubereiten. Aber auch wenig Zeit, um ungeduldig und aufgeregt zu werden.

Nur Miss Maple sah Mopple skeptisch an. »Aber wir haben schon einmal geschlafen, seitdem. Es ist nicht mehr übermorgen. Es ist schon morgen.«

»Übermorgen«, wiederholte Mopple stur.

»Es hat sich verändert«, erklärte Miss Maple. »Im Schlaf hat es sich verändert. Jetzt ist es nur noch morgen.«

»Ich habe es mir aber gemerkt«, sagte Mopple. »Wenn ich mir etwas einmal gemerkt habe, dann verändert es sich nicht mehr. Auch nicht im Schlaf. Nie mehr.«

»Doch«, sagte Miss Maple. »Das schon.«

Mopple the Whale zog sich beleidigt in eine Ecke zurück und begann, geräuschvoll auf einem Büschel Stroh herumzukauen. Die anderen ließen sich ihre morgendliche Unternehmungslust nicht von ihm vermiesen. Morgen also!

»Wir brauchen nur noch ein Kunststück«, sagte Heide begeistert. Nur mit einem Kunststück durfte ein Schaf auf dem Smartest-Sheep-of-Glennkill-Contest auftreten.

»Was ist ein Kunststück?«, fragte ein Lamm.

Schweigen rieselte in den Heuschuppen und flockte um ihre Hufe wie Schnee im Winter. Irgendwo, sehr weit weg, konnten sie eine Kuh brüllen hören. Ein Auto brummte über die Landstraße, nicht lauter als ein Insekt. In der Heuluke rumorte eine kleine Maus, ihre Füße wie Regentropfen auf dem rauen, trockenen Holz. Eine große, braune Spinne stahl sich lautlos durch einen Wald aus Schafsbeinen.

»Vielleicht gibt es im Geräteschuppen ein Kunststück«, sagte Cordelia nach einer Weile. George hatte viele nützliche Dinge im Geräteschuppen aufbewahrt.

»Selbst wenn«, sagte Zora. »Wir würden das Kunststück gar nicht erkennen.«

»Wir könnten ja alles mitbringen, was wir nicht kennen«, sagte Heide, die um jeden Preis auf den Wettbewerb wollte.

Sie trabten neugierig zum Geräteschuppen, und Lane löste mit ihrer geschickten Schnauze den Riegel.

Die Tür schwang auf, und alte Luft schwappte heraus. Öl, Metall, Plastik und viele andere unangenehme Gerüche. Hoffnungsvoll blickten die Schafe ins Innere des Geräteschuppens. Es war ein winziger Raum, so klein, dass nicht einmal ein einziges Schaf ganz hineingepasst hätte, aber vollgestopft mit Dingen. Gut möglich, dass eines von ihnen ein Kunststück war.

Die Sense. Der Schäferstab. Die Schermaschine, ein Fläschchen Öl, der Werkzeugkasten, die Rattenfalle und Samen für den Gemüsegarten. Die Samen rochen gar nicht so schlecht. Ein Becher mit Schrauben, eine kleine Harke. Ein Flohhalsband für Tess. Eine Dose Rattengift, die George einst im Zorn gekauft und dann doch nicht verwendet hatte. Der rot-weiße Lappen und das Fensterleder. Alles Dinge, die die Schafe kannten. Sie wussten genau, was George mit ihnen gemacht hatte – jedenfalls keine Kunststücke.

Lane, die in der ersten Reihe stand, drehte sich zu den anderen Schafen um.

»Nichts«, sagte sie.

Auf einmal hörten sie hinter sich ein Kichern. Melmoth. Die Schafe drehten sich zu ihm um und erschraken. Es war, als hätte sich Melmoth auf einmal in ein völlig anderes Tier verwandelt. Er hatte sich auf die Hinterbeine erhoben und marschierte wie ein Zweifüßler auf und ab. Seine Bewegungen waren ungeschickt und ein wenig albern. Fremd, sinnlos und irgendwie verkehrt. Die Schafe schauderten.

»Was ist das?«, hauchte Cordelia.

»Das«, sagte Othello, der sich ebenfalls auf die Hinterbeine erhoben hatte, »ist ein Kunststück.«

*

Als die Sonne schon hoch stand und Rebecca barfuß aus dem Schäferwagen tappte und sich wie eine Katze streckte, diskutierten die Schafe noch immer.

Nichts, was sie konnten, schien ein Kunststück zu sein. Nicht Grasen, nicht Rennen, nicht Auf-dem-Felsen-Sitzen. Springen nicht und Denken nicht. Sich-alles-merken-Können nicht und Brot-Fressen sowieso nicht.

»Was ist mit Zuhören?«, fragte Heide.

Othello schüttelte ungeduldig den Kopf. »Es muss ganz sinnlos sein«, erklärte er zum hundertsten Mal, »sinnlos und auffällig. So wie Auf-den-Hinterbeinen-Laufen. Oder Mit-einem-Tuchzwischen-den-Zähnen-Herumwedeln. Oder Einen-Ball-Rollen.«

»Warum sollte ein Schaf einen Ball rollen?«, fragte Maude.

»Eben«, sagte Othello.

»Sie denken, dass Schafe klug sind, weil sie sinnlose Sachen machen?« Cloud schlackerte ungläubig mit den Ohren.

Othello schnaubte. »Wir müssen es nicht verstehen. Wir müssen es nur wissen.« Melmoth nickte beifällig.

»Wir haben keinen Ball«, sagte Lane, die ein sehr pragmatisches Schaf war.

»Ich glaube, wir können kein Kunststück«, sagte Zora gelassen. »Zum Glück.«

Einige Schafe ließen die Köpfe hängen. Aber Miss Maple war nicht so schnell zu entmutigen.

»Das macht nichts«, sagte sie. »Wir wollen ja nur, dass sie uns beachten. Wir wollen ja nicht gewinnen.«

»Ich schon«, sagte Heide.

Miss Maple ignorierte sie. »Wenn wir es schaffen, hineinzukommen, werden sie uns beachten. Und dann können wir sie vielleicht dazu bringen, zu verstehen.«

»Was sollen sie verstehen?«, fragte Maude.

»Dass Beth ihn umgebracht hat, mit Gift, und dann noch immer nicht zufrieden war, sondern seine Seele wollte. Dass sie den Spaten in ihn gesteckt hat, damit sein Geist sie nicht verfolgt«, erklärte Ramses eifrig.

»Das verstehen sie nie«, stöhnte Mopple.

»Einfacher!«, sagte Miss Maple.

»Dass Beth der Mörder von George ist. Zuerst mit Gift. Dann mit dem Spaten«, sagte Heide.

»Einfacher!«, sagte Miss Maple.

»Beth – Mörder – George«, sagte Zora entnervt.

»Genau«, sagte Miss Maple. »Wenn wir viel Glück haben, könnten sie das verstehen.«

Die Schafe sahen sich an. Drei so einfache Worte – und wie schwierig würde es werden, sie den Menschen begreiflich zu machen ...

Hilfe suchend sahen sie sich nach Miss Maple um. Aber die kluge Schafsdame war verschwunden. Dafür hörten die Schafe unheimliche, kratzende Geräusche aus einer Ecke des Heuschuppens. Einen Moment später war Miss Maple wieder unter ihnen, mit schmutziger Nase, das Ding des Metzgers zwischen den Zähnen.

Miss Maple hatte einen Plan.

21

Inspektor Holmes starrte frustriert in sein Guinness. Zu jedem anderen Zeitpunkt hätte ihn der Anblick aufgeheitert, aber nicht hier. Ein dienstliches Guinness sozusagen. Es verdarb ihm den ganzen Spaß an der Sache. Ausgerechnet hier, in diesem gottverlassenen Glennkill. Ausgerechnet bei diesem dämlichen Schafswettbewerb, eingekeilt zwischen Touristen und Einheimischen, alle natürlich in Festtagslaune. Die Stimmung gefiel ihm nicht. Ausgelassen war schön und gut, doch die Leute hier waren entschieden zu ausgelassen. Wahrscheinlich kam es ihm aber auch nur so vor, weil er selber keinen Spaß an der Sache hatte.

Er hätte nie zur Polizei gehen sollen. Nicht mit *dem* Namen. In Galway hatten sie einen Watson, den ließen sie auch nie in Ruhe, aber bei ihm erst... Blöde Sprüche waren noch das Wenigste. Alle aussichtslosen Fälle landeten auf seinem Schreibtisch. *Mit* dummen Sprüchen. Es war nicht seine Schuld, dass er die schlechteste Erfolgsquote im ganzen County hatte. Und keine Aussicht auf Besserung. Nicht mit Angelegenheiten wie dieser hier. George Glenn. Gleich am Anfang hatte er gewusst: Wenn es nicht die Familie war, kriege ich das nie raus. Die Familie bestand aus dieser hübschen rundlichen Rothaarigen. Natürlich mit Alibi. Dann kam die Sache mit der Erbschaft raus. Er hatte sich vorgenommen, einfach die Erben zu verhaften. Besser als gar keine Verhaftung, hatte er sich gedacht. Laufen lassen konnte man sie ja nachher immer noch.

Aber jetzt! Er konnte doch schlecht eine Herde Schafe verhaften. Um ehrlich zu sein, er konnte keine Schafe mehr sehen. Da war er beim Smartest-Sheep-of-Glennkill-Contest natürlich an der falschen Adresse.

Mitten in der Festhalle des *Mad Boar* hatten sie eine hölzerne Plattform aufgestellt. Keine Treppen, die hinaufführten, sondern Rampen. Alles für das Viehzeug. Dahinter standen die Schäfer mit ihren Champions. Wer von ihnen vor Aufregung den penetranteren Gestank verbreitete, war schwer zu sagen. Vielleicht waren auch die Touristen schuld. Manche waren in der Sommerhitze mit dem Rad gekommen. Das roch man natürlich. Was wollte er eigentlich noch hier? Wartete er darauf, dass der Mörder sich im Suff freiwillig stellte? Dass die Schafe ihm den einen, entscheidenden Hinweis lieferten? Eigentlich wollte er nur nicht zurück ins Büro, zur Ablage mit den ungelösten Fällen, das war das ganze Geheimnis. Lieber noch ein bisschen weiterermitteln.

Jetzt wurde es still. Stiller jedenfalls. Die Schafe blökten natürlich lustig weiter. Nicht besonders smart. Ein dürrer Mann stieg auf die Plattform. Wenn das der Wirt sein sollte, sprach das nicht gerade für das Essen hier. Da hätte er schon eher dem Dicken im Rollstuhl eine Mahlzeit abgekauft. Waren die beiden nicht bei denen dabeigewesen, die die Leiche gefunden hatten? Richtig. Baxter und Rackham.

Ein verschwiegener Bursche, dieser Baxter, hatte er sich damals gedacht, als er ihn befragt hatte. Aber jetzt sprach der Wirt schon minutenlang in die Menge hinein: Der heilige Patrick … Yeats und Swift … Tradition … Tradition … Glennkill ist stolz auf seine Schafe. Zum Abgewöhnen! Und das Guinness war auch schon leer.

Endlich war der dürre Wirt fertig. Der Wettbewerb eröffnet. Jetzt wurde es wirklich still. Erwartungsvoll. Sogar die Schafe hatten aufgehört zu blöken.

Mitten in diese Stille hinein fiel das Klopfen an der Eingangstür. Noch vor einer Minute hätte es nicht die geringste Wirkung gehabt, aber jetzt zog es alle Augen zur Tür. Ein bisschen unsinnig, an eine Kneipentür zu klopfen. Wahrscheinlich gehörte es zu diesem blödsinnigen Zeremoniell hier. Aber niemand im Saal rührte sich. Erneutes Klopfen. Eigentlich klang es mehr so, als würde jemand mit einem harten Gegenstand gegen die Tür donnern. Keine Reaktion. Erst beim dritten Klopfen erbarmte sich jemand. Große Nase. Mit dem hatte er auch gesprochen. Father… irgendwas. Der Pfarrer hier.

Der Pfarrer ging zur Tür und zog sie mit einem Lächeln auf. Aber dann missriet das geistliche Lächeln. Erstarrte. Verzerrte sich ins Entgeisterte. Entsetzt starrte das Pfarrersgesicht auf das, was da auf ihn wartete.

*

Als sich die Tür endlich öffnete, wären sie am liebsten wieder davongelaufen. Sie hätten nie gedacht, dass es so viele Menschen auf der Welt gab; mehr als damals auf ihrer Weide, sogar mehr, als unter der Linde Platz gefunden hatten. Und der Gestank. Die Gerüche der Einzelmenschen hatten sich zu einem riesigen Sammelgeruch zusammengetan, fettig und rauchig, sauer, ranzig und ungeheuer fremd. Der üble Gestank legte sich um ihre Nüstern wie Öl und nahm ihnen alle Möglichkeit, etwas auszuwittern.

Dazu lag dicker Zigarettenqualm wie Nebel um die Men-

schengesichter über ihnen. Er fuhr den Schafen beißend ins Gesicht und trieb ihnen Tränen in die Augen. Auch auf ihre Ohren konnten sie sich nicht mehr verlassen – es schien, als hätte sich ein merkwürdiger Schleier darübergelegt. Irgendwo spielte Musik, gedämpft wie durch Heckenlaub, und einige Füße scharrten unter den Bänken. Sonst nichts.

Die vielen Menschen starrten sie stumm an. Gott, der die Tür geöffnet hatte, war mit weit offenem Mund ein paar Schritte rückwärts gegangen, hatte sich auf einen Stuhl fallen lassen und hielt seine Hände auf die Brust gepresst. Othello machte einen Schritt nach vorne, mitten in den schmalen Gang zwischen den Tischreihen hinein. Die anderen blieben dicht hinter ihm. Nicht aus Überzeugung – am liebsten wären sie alle Hals über Kopf aus dieser schrecklichen Höhle geflohen –, sondern weil es das Einzige war, was ihnen noch einfiel. Anfangs hatten sich alle Schafe gewünscht, beim Smartest-Sheep-of-Glennkill-Contest aufzutreten, und die Hälfte der Herde war beleidigt zurückgeblieben, als sie sich endlich auf nur vier Schafe – Miss Maple, Mopple the Whale, Zora und Othello – geeinigt hatten. Inzwischen hatte die Furcht allen Stolz und alle Vorfreude weggewischt, bei Mopple, bei Zora und sogar bei Miss Maple. Othello war ihr Leitwidder. Jetzt konnten sie sich nur noch von ihm führen lassen.

Und er führte sie bravourös. Mit erhobenem Haupt schritt er durch die Tischreihen, ohne das geringste Anzeichen von Angst. Dicht hinter ihm kam Zora, anschließend Miss Maple und ganz hinten, rund und nervös, Mopple the Whale, den Lappen entschlossen zwischen zusammengebissenen Zähnen. Der stinkende Lappen war ihr wichtigstes Requisit.

Als sie den Saal etwa halb durchquert hatten, rief einer der Menschen etwas. Dann brach ein Höllenlärm los. Die Menschen schlugen rhythmisch ihre Hände aufeinander, brüllten und grölten. Die Schafe rückten noch enger zusammen, geschoben von Mopple the Whale, der an seiner empfindlichen Schlussposition in Panik geraten war und sich gegen Miss Maple drängte. Mopples Kopf lag jetzt auf Maples Hinterteil, Maples auf Zoras, und Zora wurde gegen Othello gepresst.

»Was ist das?«, raunte sie erschrocken.

»Applaus«, sagte Othello gelassen. »Das bedeutet, dass es ihnen gefällt.«

»Dieser Krach?«, fragte Zora, aber Othello war schon weitergeschritten, und Zora und Maple wurden von Mopple hinterhergedrängt.

Das Klatschen und Schreien wollte nicht aufhören. Es verfolgte sie durch die ganze Halle. Als Othello sie schließlich auf das Podest hinaufführte, wurde es unerträglich. Der schwarze Widder blieb stehen und drehte sich zu den Menschen um. Auf dem quadratischen Holzpodest hatten die Schafe endlich wieder ein bisschen Platz. Dafür waren sie plötzlich in blendendes Licht getaucht. Mopple, Maple und Zora nutzten die Gelegenheit, um Othello wieder zwischen sich und die Menschenhorden zu bringen. Sie trabten um ihn herum und drängten sich hinter ihm zusammen, Schulter an Schulter an Schulter. Othello senkte dreimal den Kopf bis zum Boden. Noch einmal wurde der Lärm lauter.

»Sie sollen aufhören«, jammerte Mopple undeutlich durch den Lappen zwischen seinen Zähnen. »Mach, dass sie aufhören.«

Aber Othello tat gar nichts. Er stand einfach da und blickte ruhig auf das Meer aus Menschenköpfen. Die anderen Schafe spähten unruhig nach allen Seiten. Auf der Hinterseite des Podests gab es noch eine zweite Rampe. Sie führte hinunter in eine Ecke, wo die anderen Schafe und ihre Schäfer untergebracht waren. Im Vergleich zu der Hölle vor ihnen sah es dort hinten ruhig und friedlich aus, dunkel und geborgen. Dorthin wollten sie. Aber

Othello machte keine Anstalten, sich zu bewegen. Er wartete auf irgendetwas. Allmählich wurde der Lärm leiser, dann verebbte er ganz.

Othello richtete sich auf die Hinterbeine auf.

Der Lärm begann erneut, lauter als je zuvor. Die Menschen johlten.

»Seht ihr«, sagte Othello, ohne sich umzudrehen. »Es ist ganz einfach. Wenn wir etwas tun, machen sie Lärm. Wenn wir nichts tun, machen sie keinen Lärm.«

»Dann sollten wir nichts tun«, sagte Mopple the Whale.

»Es ist ganz ungefährlich«, sagte Othello, als er sich wieder auf alle vier Beine niedergelassen hatte. »Das sind Zuschauer.« Damit drehte er sich um und führte seine kleine Herde die zweite Rampe hinunter, in die Ecke zu den anderen Schafen.

Um diese Ecke war ein niedriger Zaun gezogen, und in diesem Zaun gab es eine kleine Pforte. Othello öffnete sie mit dem Vorderhuf, führte seine Schafe hindurch und machte die Tür mit der Nase wieder hinter sich zu. Dann sahen sie sich um. Die anderen Schafe waren am Zaun angebunden. Die Schäfer saßen an einem Tisch in der Mitte der Umzäunung und starrten mit offenen Mündern zu ihnen herüber.

»Du hast Recht gehabt«, flüsterte Zora Miss Maple zu. »Hier bekommen Schafe wirklich eine Menge Aufmerksamkeit.«

In Gesellschaft der anderen Schafe fühlten sie sich wieder etwas wohler. Othello führte sie an ein ruhiges Plätzchen zwischen einem dicken, grauen Widder und einem braunen Mutterschaf. Sie warteten ab, was nun passieren würde.

Der Applaus hatte sich allmählich in ein aufgeregtes Gemurmel verwandelt. Verglichen mit dem Krach von vorhin war es fast eine Erholung. Ein fremder Mann mit Brille bahnte sich einen Weg durch die Menschenmenge, die sich neugierig um die abgezäunte Schäferecke drängte. Als die Schäfer ihn bemerkten, stürzten sie auf ihn zu.

»Gegen alle Regeln«, schrie einer.

»Wieso sagt uns das niemand? Wieso steht das nicht im Programm?«

»Sofort raus mit ihnen!«

»Was soll das? Ihr habt uns gesagt, mehr als ein Schaf anzumelden, geht nicht. Da hätte ich ja Peggy mitbringen können und Molly und Sue – dann hättet ihr was erlebt!«

»Sie sind nicht angemeldet.« Der bebrillte Mann grinste verlegen. »Um ehrlich zu sein, ich habe keine Ahnung, wo sie herkommen. Und wo ihr Schäfer bleibt.«

Die Schäfer sahen sich schweigend an.

»Der Schäfer wird nicht mehr kommen«, sagte dann einer von ihnen.

»Wie können Sie sich da so sicher sein?«, fragte der Bebrillte.

»Er ist tot«, sagte der Mann. »Das sind die Schafe von George Glenn.«

»Oh.« Der Bebrillte sah irritiert aus.

»Sie gehören ausgeschlossen«, schrie ein feister, rotgesichtiger Bauer. »Schaffen Sie sie wieder raus!«

Die Schafe erschraken. Der ganze Aufwand, nur um wieder fortgejagt zu werden, so kurz vor dem Ziel?

»So einfach ist das nicht«, sagte der Bebrillte. »Hören Sie die Leute? Die Touristen? Die sind *begeistert*. Wenn wir sie wieder rausschaffen, was glauben Sie, was dann hier los ist?«

»Das ist mir egal«, knurrte einer der Schäfer. »Regeln sind Regeln.«

»Nein.« Der Bebrillte schüttelte den Kopf. »Warum sollten wir jetzt die Leute um ihren Spaß bringen?«

»Spaß?«, schrie der Rotgesichtige aufgebracht.

»Wir lassen sie außer Konkurrenz auftreten«, sagte der Bebrillte beschwichtigend, »am Schluss, wenn niemand mehr aufpasst.«

Schlecht gelaunt setzten sich die Schäfer wieder an ihren Tisch und warfen böse Blicke zu Georges Schafen hinüber.

Mopple, Maple und Zora beobachteten mit großen Augen die fremden Dinge, die um sie herum vorgingen. Kinderhände griffen durch den Zaun und hielten ihnen Süßigkeiten hin, Brot, Kuchen und sogar Eis. Nicht einmal Mopple kam auf die Idee, dieses Futter anzurühren. Zum ersten Mal in seinem Leben hatte er keinen Appetit. Vielleicht lag es auch an dem Lappen, den er neben sich ins Stroh gelegt hatte, wo er immer noch seinen widerlichen Geruch verströmte.

Die Musik war jetzt sehr laut geworden. Sie kam diesmal nicht aus einem kleinen grauen Radio, sondern von einem Trupp Menschen, die auf das Podest marschiert waren und sich dort an seltsamen Geräten zu schaffen machten. Es war eine schöne Musik, und sie ließ ihre Herzen schneller klopfen, wie im Galopp. Die gaffenden Menschen am Rande der Umzäunung hatten kleine Apparate gezückt und schossen mit Lichtblitzen auf die Schafe. Maple blinzelte. Sie war das klügste Schaf von ganz Glennkill, aber in diesem Augenblick beschloss sie, dass das nie jemand herausfinden durfte.

Hilfe suchend sahen sich Maple, Zora und Mopple nach den anderen Schafen um. Das braune Schaf zu ihrer Rechten kaute nervös auf einem Strohhalm herum. Maple wollte ihm gerade eine Frage stellen, als sie den dicken samtgrauen Widder bemerkte, der sie neugierig musterte.

»Besonders klug seid ihr ja nicht«, sagte der Widder mit blitzenden Augen. »Hier so einfach hereinzuspazieren wie auf eine Sommerweide. Hier überhaupt teilzunehmen. Smart würde ich das nicht nennen.« Er blinzelte ihnen schelmisch zu.

»Die anderen nehmen auch teil«, sagte Mopple the Whale.

»Die anderen sind auch nicht besonders klug«, sagte der Fremde. Die beiden Widder sahen sich prüfend an. Mopple war noch nie einem Schaf begegnet, das dicker war als er. Der graue Widder flößte ihm sofort Respekt ein.

»Du nimmst auch teil«, sagte Miss Maple etwas beleidigt. Schließlich war der Smartest-Sheep-of-Glennkill-Contest ihre Idee gewesen. »Du bist dann wohl auch nicht besonders klug.«

»Falsch«, sagte der Graue. »Ich bin Fosco. Alle anderen sind zum ersten Mal hier. Die haben keine Ahnung, was auf sie zukommt. Bis auf den Gefleckten da hinten, der ist so lange dabei wie ich. Aber Ahnung hat er auch nicht. Der vergisst die ganze Sache jedes Jahr wieder. Wäre ja auch verrückt, hier noch ein zweites Mal mitzumachen.«

»Dann bist du also verrückt?«, fragte Miss Maple.

»Falsch«, sagte Fosco. »Ich bin Fosco. Die anderen machen mit. Ich *gewinne*.«

Maple wollte gerade noch etwas fragen, als die Musik verstummte. Der bebrillte Mann war auf das Holzpodest gestiegen. »Meine Damen und Herren. Endlich ist es so weit. Der traditionelle Smartest-Sheep-of-Glennkill-Contest wird in wenigen Minuten eröffnet. Eines nach dem anderen werden nun die klügsten Schafe von Glennkill ihre Kunststücke für Sie aufführen. Wer der Sieger ist, bestimmen Sie anschließend auf Ihrem Stimmzettel. Und natürlich gibt es dabei auch etwas zu gewinnen. Für Sie ist es eine kulinarische Lammspezialitätenwoche im *Mad Boar*. Für die Schafe ... auch.«

Die Menschen grölten.

»Verzeihen Sie mir den kleinen Scherz«, fuhr der Bebrillte fort. »Natürlich kommt das klügste Schaf von Glennkill bei uns nicht unter das Messer. Auf den Gewinner wartet ein Pint Guinness und ein Kranz aus irischem Klee. Anschließend wird er auf einer Tournee durch die Pubs von Ballyshannon, Bundoran und Ballintra zeigen können, was alles in ihm steckt.«

Der Bebrillte führte keine spektakulären Kunststücke auf. Applaus bekam er trotzdem.

»Der Schäfer bekommt eine kleine Anerkennung im Wert von 200 Euro. Einen Riesenapplaus bitte. Hiermit erkläre ich den Smartest-Sheep-of-Glennkill-Contest für eröffnet!«

Die Menschen im Saal machten gehorsam Krach.

Othello sah böse zu dem Bebrillten hinüber. Zora schlackerte mit den Ohren, und Mopple schluckte. Die Bemerkung über Lammspezialitäten hatte einen unangenehmen Nachgeschmack hinterlassen.

Fosco zwinkerte ihnen zu. »Das sagt er jedes Mal. Schaut mich an. Sehe ich vielleicht aus wie eine Lammspezialität?«

»Jetzt geht es los«, verkündete der Bebrillte. »Applaus für Jim O'Connor und Smartie.«

»O je«, kicherte Fosco. »Der gleich als Erster. Jetzt passt gut auf.«

Die Schafe reckten die Hälse. Der rotgesichtige Bauer war aufgestanden und führte den Gescheckten am Strick auf das Podest. Allmählich wurden die Menschen im Saal still.

Der Bauer verneigte sich. »Smartie, das einzige Fußball spielende Schaf der Welt«, sagte er. Er legte einen schwarzweiß gefleckten Ball vor Smartie auf den Boden.

Fosco drehte sich zu den George-Schafen um. »Es geht darum, den Ball mit dem Huf anzustupsen. Ich sage euch das nur, weil man es aus der Nummer nicht erraten kann.«

Smartie beschnupperte den Ball gewissenhaft von allen Seiten. Dann rieb er seinen Kopf an einem Vorderbein. Sein Bauer sah ihm mit einem Ausdruck vollkommener Siegesgewissheit zu.

Jetzt schlenkerte Smartie das Vorderbein hin und her. Dann starrte er wieder auf den Ball, als sähe er ihn gerade zum ersten Mal. Er ließ sich Zeit. Aus dem Publikum waren einzelne Pfiffe zu vernehmen. Der Bauer wurde langsam ungeduldig. Er ging zu Smartie hinüber und stupste den Ball selbst mit dem Fuß an. Der Stoß geriet ein wenig zu heftig, und der Ball rollte über die Bühne. Smartie trabte hinter ihm her und versuchte, hineinzubeißen. Dabei trieb er den Ball nur noch weiter an. Es geschah, was geschehen musste: Der Ball sprang von der Bühne, und Smartie sprang ohne einen Augenblick des Zögerns hinterher, mitten auf den ersten der Zuschauertische. Gläser klirrten, die Menschen am Tisch blökten protestierend.

Die Schafe verdrehten die Augen über so viel Unverstand.

»Seht euch den an«, schnaubte Fosco, »seit Jahren führt der hier denselben Unsinn auf. Der Einzige in seiner Herde, der noch dümmer ist als er, ist der Bauer.«

Smartie, das einzige Fußball spielende Schaf der Welt, erntete nur zurückhaltenden Applaus. Der Bebrillte lächelte entschuldigend, als er wieder auf die Bühne trat. »Simon Foster und Einstein. Der Titelverteidiger«, verkündete er.

»Das bin ich«, sagte Fosco. »Sie denken, ich heiße Einstein.« Seine kleinen Augen blinzelten verschwörerisch, als wäre der falsche Name ein besonders geschickter Schachzug von ihm.

Foscos Bauer war groß und kräftig und noch dicker als Fosco. Er hatte eine Tasche in der Hand und die andere Hand in der Tasche. Beide schritten gelassen auf das Podest. Für seinen Umfang bewegte sich Fosco überraschend leichtfüßig.

Der Bauer sagte nicht ein einziges Wort. Er holte eine Flasche Guinness und ein Glas aus seiner Tasche. Dann goss er das Guinness in das Glas und stellte es vor Fosco auf den Boden. Fosco nahm das Glas mit den Zähnen auf und hob es hoch. Dann kippte er seinen Kopf nach hinten und soff das Glas in tiefen Zügen aus. Applaus. Fosco setzte das Glas formvollendet wieder auf dem Boden ab. Der Bauer holte eine zweite Flasche aus der Tasche. Noch immer hatte er seine andere Hand nicht aus der Hosentasche genommen. Wahrscheinlich wollte auch er auf der Bühne Geschicklichkeit beweisen. Eine dritte Flasche folgte. Die Menschen johlten. Bei der vierten Flasche waren die Menschen von ihren Bänken aufgestanden und riefen »Einstein, Einstein«, immer wieder im Chor. Die fünfte Flasche bekam – noch immer einhändig – der Bauer. Dann nahm er seine andere Hand aus der Hosentasche und winkte beidhändig ins Publikum. Unter donnerndem Applaus marschierten Schaf und Bauer wieder zurück in die Ecke. Die anderen Schäfer sahen sie neidisch an. Fosco wurde neben den George-Schafen angebunden, und der Bauer setzte sich wieder.

»Und damit gewinnst du?«, fragte Miss Maple. »Mit *Saufen*?«

»Falsch«, sagte Fosco. »Mit *Guinness* saufen. Aus einem Glas. Das machen sie selbst alle. Sie sind natürlich davon überzeugt, dass das das Allerklügste ist, was man überhaupt machen kann. Darum gewinne ich. Jedes Mal.«

»Aber es ist nicht schwierig«, sagte Zora.

Fosco blieb ungerührt. »Das beweist nur meine Klugheit. Warum sollte ich etwas Schwieriges machen, wenn es auch einfach geht?«

»Und warum willst du gewinnen?«, fragte Mopple, der inzwischen überzeugt davon war, dass man von Fosco wirklich eine Menge lernen konnte.

»Wegen dem Guinness natürlich«, sagte Fosco. »Habt ihr nicht gehört, dass man ein Guinness gewinnen kann? Und in den anderen Pubs dann wieder das Kunststück. Und dafür wieder Guinness. Und natürlich gibt es vorher die Trainingswochen.« Seine Augen funkelten.

Als Nächstes waren Jeremy Tipp und Wild Rose an der Reihe. Georges Schafe reckten wieder neugierig die Hälse, aber Fosco schüttelte den Kopf. »Nicht der Rede wert«, sagte er. »Die guten Sachen waren dieses Mal am Anfang. Was jetzt kommt, könnt ihr vergessen. Am besten, ihr seht gar nicht mehr hin.«

Aber die Schafe sahen doch hin. Wild Rose lief im Kreis und änderte die Richtung, wenn der Schäfer pfiff. Ein anderes Schaf sprang ungeschickt über kleine Hindernisse. Ein besonders plumper Widder wackelte nur immer mit dem Kopf, wenn sein Schäfer ihm ein Zeichen gab. Bei einem anderen Zeichen blökte er. Sein Schäfer redete die ganze Zeit auf ihn ein. Erstaunlicherweise kam diese Nummer gut an. Applaus, wenn auch viel weniger als bei Fosco.

Am traurigsten war die Vorstellung des braunen Mutterschafs. Sie hatte nicht einmal einen Namen. Auf der Bühne verlor sie vor Angst die Orientierung und konnte nicht mehr durch den kleinen Hindernisparcours laufen, den ihr Schäfer aufgebaut hatte. Verwirrt blieb sie in der Mitte des Podests stehen. Der Schäfer schlug mit einem Stock nach ihr, und die Braune preschte in Panik über die Bühne und stürzte am anderen Ende herunter. Sogar hier klatschten ein paar Menschen.

Fosco schwieg grimmig.

Der Bebrillte trat wieder auf die Bühne. »Und jetzt, meine Damen und Herren, unsere Überraschungsgäste Peggy, Polly, Samson und der schwarze Satan.«

»Er hat einfach falsche Namen für uns erfunden«, blökte Zora empört.

Auch Othello schnaubte irritiert. »Sehe ich vielleicht aus wie ein Esel?«

343

»Es ist egal«, sagte Miss Maple. »Jetzt kommt es drauf an! Macht einfach alles so, wie wir es besprochen haben, und denkt immer daran, was uns Melmoth beigebracht hat.«

Und schon waren die Schafe von George Glenn auf das Podest getrabt, hinein in das blendende Licht, um endlich für Gerechtigkeit zu sorgen.

Die Menschen im Saal sahen ihnen erwartungsvoll entgegen. Das Stimmengewirr verwandelte sich langsam in ein gedämpftes Murmeln, ähnlich dem Summen der Insekten, fast vertraut. Endlich war es so ruhig geworden, dass die Schafe ihren eigenen Atem wieder hören konnten. Es war ein beruhigendes Gefühl.

Dann – plötzlich – ein lauter Knall. Ein Stuhl war umgefallen. Gleich darauf krachte eine Tür ins Schloss. Die Menschen drehten überrascht die Köpfe.

»Was war denn das?«, raunte es durch den Saal.

»Father William!«, antwortete jemand. »Keine Ahnung, was mit dem los ist! Einfach so zur Tür hinaus, als wäre der Teufel hinter ihm her!«

*

Unbemerkt von den anderen hatte sich zwischen Othellos Hörnern ein mulmiges Gefühl eingeschlichen. Waren es die vielen Zuschauer? Er spürte ihre Augen auf sich wie Zecken im Fell; genauso, wie er sie damals gespürt hatte, als Lucifer Smithley ihn zum ersten Mal in eine Manege zerrte. Othello wartete auf die Stimme. Sie würde etwas Beruhigendes sagen oder etwas Provozierendes oder etwas, das ihn zum Nachdenken brachte. In jedem Fall würde die Stimme das Unbehagen verscheuchen.

Aber Othello hörte nichts. Er lauschte in sein vorderes rechtes Horn. In sein vorderes linkes. In sein hinteres linkes und schließlich in sein hinteres rechtes. Nichts. Gar nichts. Schweigen. Othello blieb vor Überraschung stehen. Die Stimme war verschwunden! Zum ersten Mal nach so langer Zeit war er allein. Ein Zittern lief über Othellos Fell. Irgendwo zwischen den Zuschauern lauerte die Panik auf ihn. Doch gerade, als sie Othello anspringen wollte, spürte er einen sanften Schubs an seinem Hinterteil. Es war Zoras samtige Schafsnase, die ihn zum Weitergehen antrieb. Othello nahm sich zusammen. Er hatte den Hund schließlich besiegt. Viele Hunde. Er war der Leitwidder. Und heute, an diesem besonderen Tag, war er der Tod.

»Manchmal ist Alleinsein ein Vorteil«, dachte Othello und setzte seine schwarzen Hufe entschlossen auf das Podest.

Zora war erleichtert. Nach einem Moment des Zögerns hatte sich Othello wieder in Bewegung gesetzt. Endlich. Das lange Warten hatte sie nachdenklich gemacht, und heute, auf der Bühne des Smartest-Sheep-of-Glennkill-Contest, wollte Zora ausnahmsweise so wenig nachdenken wie möglich. Aber es war zu spät. Zora dachte an das, was der Mann mit der Brille gesagt hatte. Lammfleischspezialitäten. Sie dachte an den fremden Widder. Denn alles Fleisch, es war wie Gras. Sie weideten es ab wie das Gras. Deswegen hatten sie gelacht. Deswegen gab es den Metzger. Zora sah in all die Gesichter, die Lammfleischspezialitäten gewinnen wollten. Ein Abgrund, der schon immer da gewesen war, direkt vor ihr, und von dem sie nie etwas geahnt hatte. Die Möwen schwiegen. Zum ersten Mal in ihrem Leben fühlte sich Zora schwindelig.

Verwirrt spähte sie in alle Richtungen. Dann schwebte auf einmal einige Schritte von ihr ein vollkommenes kleines Wolkenschaf. Es war der Pfeife eines jungen Mannes in der zweiten Reihe entstiegen. Zora wusste, dass es nicht wirklich ein Wolkenschaf war. Aber es erinnerte Zora daran, wozu der Abgrund da war: Der Abgrund war da, um überwunden zu werden. Tritt-sicher kletterte sie hinter Othello her auf die Tribüne. Heute war Zora der Schäfer.

Miss Maple trabte hinter Zora und Othello her, guter Dinge, aber angespannt bis in die letzte Haarspitze. Es war ihr Plan gewesen. Würde er funktionieren? Würden die Menschen verstehen, was sie ihnen da zeigten? Die Schafe hatten es verstanden, alle, die ganze Herde. Einige waren bei den Proben sogar erschrocken auf den Hügel galoppiert, so schrecklich und echt war ihnen die Szene vorgekommen, die sich Miss Maple zusammen mit ihnen ausgedacht hatte. Maple dachte optimistisch, dass die Menschen an ihren guten Tagen auch nicht viel dümmer waren als Schafe. Zumindest nicht viel dümmer als *dumme* Schafe. Aber würden sie ihnen glauben? Und was würde dann geschehen? Miss Maple war sehr gespannt darauf, wie die Gerechtigkeit aussah. Neugierig betrat sie die Holzplanken und blinzelte furchtlos zu den Zuschauern hinunter. Miss Maple war der Wolf.

Mopple the Whale trabte etwas kurzatmig hinter den anderen her, den Lappen zwischen den Zähnen. Der widerliche Gestank war schuld daran, dass Mopple nur in kurzen, hastigen Atemzügen Luft holen konnte. Abgesehen davon ging es Mopple erstaunlich gut. Er wusste, was er zu tun hatte. Er hatte sich alles gemerkt. Und Mopple war *wichtig*. Selbst die begriffsstutzigsten Schafe hatten nach seinem Auftritt erkannt, wen Maple darstellte. Wer der Mörder war. Mit selbstbewusst erhobenen Hörnern und vorsichtigen Hufen trat Mopple auf die Bühne – und erstarrte.

Denn dort, in der ersten Reihe, nur wenige Schritte von ihm entfernt, die Hände um die Lehne seines Rollstuhls verkrampft, saß der Metzger.

22

Tom O'Malley beobachtete sein Guinness. Die letzten Tage waren gar nicht so schlecht gewesen. Die Leute hatten gerne mit ihm gesprochen. Weil er was zu erzählen hatte. Was das für ein Unterschied war, wenn die Leute gerne mit einem sprachen.

Wundervolle Farben. Wenn man ihn gefragt hätte, was er am Guinness am liebsten mochte, wären ihm zuerst die Farben eingefallen. Schwarz, das oft auch ein dunkles Rot oder ein Braun sein konnte. Tom hatte mal ein Pferd in so einem Braun gesehen. Guinnessbraun. Und darüber dieses cremige Weiß, wie süße Sahne. Unwiderstehlich. Obwohl er in den letzten Tagen gar nicht so viel davon gebraucht hatte. Auf einmal wollten sie alle etwas von ihm. Wo er sich doch kaum erinnern konnte. Nur an etwas Weiches am Fuß und einen heftigen Schrecken.

Seltsam, dass er jetzt, als nur noch selten jemand danach fragte, wieder anfing, sich zu erinnern. Wie lange er doch gebraucht hatte, um zu verstehen, dass der Spaten tatsächlich durch ihn hindurchging. *Durch ihn hindurch!* Kein Wunder, dass er jetzt wieder im *Mad Boar* saß und sich zukippte.

»Wenigstens hab ich die Augen nicht gesehen«, dachte er. »Wenn du die Augen nicht siehst, dann geht's noch.«

*

347

Mopple starrte zum dritten Mal in seinem Leben aus nächster Nähe in die Augen des Metzgers. Der Metzger starrte drohend zurück. Jetzt ohne Glasscheibe, ohne Nebel – nur durch ein bisschen Rauch. Dreimal war entschieden zu viel. Mopple machte eine Kehrtwendung und trabte wieder in Richtung Rampe. Gerechtigkeit schön und gut, aber der Metzger war der Metzger.

Othello stellte sich Mopple stumm in den Weg.

»Der Metzger«, japste Mopple. »Er bringt uns alle um. Mich zuerst!«

Othello schüttelte den Kopf.

»Er ist auch ein Zuschauer. Zuschauer tun nichts. Nie!«

Mopple schielte unruhig hinunter zu den Menschen. Aber Othello schien Recht zu haben. Der Metzger rührte sich nicht. Nur seine großen Hände öffneten und schlossen sich um die Lehnen seines Rollstuhls. Mit klopfendem Herzen trat Mopple wieder zurück an den Bühnenrand, wo Maple und Othello auf ihren Auftritt warteten, während Zora bereits in die Mitte des Podests getrabt war.

Zuerst musste sie den Menschen begreiflich machen, worum es ging: um George. Zora begann mit Georges charakteristischster Eigenschaft. Sie legte sich auf die Seite und machte die Beine steif.

Ein paar Menschen applaudierten.

Erschrocken war eigentlich niemand.

Miss Maple schüttelte unmerklich den Kopf. Sie hatten noch gar nichts begriffen. Zora stand auf und versuchte es erneut, diesmal mit einer sehr viel spektakuläreren Sterbeszene.

Während Zora langsam mit den Vorderbeinen einknickte und dramatisch blökte, musterte Mopple neugierig die Menschen. Das waren also Zuschauer. Sie taten tatsächlich nichts. Und was sich auf ihren Tischen abspielte, war gar nicht so uninteressant.

Da gab es jede Menge Guinness in Gläsern, Menschenfutter in kleinen Näpfen und seltsame Ascheschalen. Routiniert witterte Mopple das Menschenfutter aus. Das meiste davon roch ungenießbar, aber dort, in der Mitte des ersten Tisches, wehte sich ein süßer, vielversprechender Geruchsfaden durch den Rauch. Mopple sah sich nach Zora um, die jetzt auf der Seite lag und mit den Beinen zuckte. Noch viel Zeit bis zu seinem Auftritt.

Vorsichtig machte Mopple the Whale einen Schritt auf die Rampe zu. Das waren Zuschauer. Wenn sogar der Metzger nichts tat – wie harmlos mussten dann erst all die anderen sein! Während alle Aufmerksamkeit auf Zora gerichtet war, die gerade ihre letzten Atemzüge tat, legte Mopple seinen Lappen am Bühnenrand ab und stahl sich die Rampe hinunter, direkt vor den Tisch mit dem guten Geruch.

＊

Oben auf der Bühne sprang Zora wieder auf. Diesmal mussten sie es verstanden haben. Jetzt kam der Mord selbst an die Reihe.

Zora stolzierte mit langen, geraden George-Schritten über die Weide, einen An-die-Arbeit-faules-Viehzeug-Ausdruck in den Augen. Dann stellte sie die Ohren auf: eine Idee. George verließ die Stufen des Schäferwagens, um Beth einen Besuch abzustatten. Maple stand auf der anderen Seite der Plattform, ruhig wie ein Wolf, und wartete.

Die beiden begrüßten sich. Maple machte ein scheinheiligfreundliches Gesicht. Sie stupste Zora mit der Nase: Beth wollte George zu irgendetwas bewegen. Aber George wollte nicht. Er schüttelte ungeduldig den Kopf. Zoras Augen blitzten dabei belustigt, wie es die von George so oft getan hatten. Inzwischen war Beth ein Gedanke gekommen. Maple blökte freundlich, um Zora

349

zu einer Erfrischung einzuladen. Arglos tunkte Zora ihre Nase in den unsichtbaren, verdorbenen Tümpel und soff nach Herzenslust.

Dabei schielte sie verstohlen nach den Zuschauern. Die Menschen saßen mit blanken Gesichtern da, und nur Ham konnte man die Aufregung wirklich ansehen. Hatten sie Beths Plan durchschaut? In ihrer eigenen Herde hatte es an dieser Stelle einige aufgebrachte »George-tu's-nicht!«-Blöker gegeben. Aber es war bereits zu spät. George hatte das vergiftete Wasser schon getrunken. Zum dritten Mal an diesem Tag starb Zora einen dramatischen Bühnentod.

*

Da war es. Ein kleines Stück Kuchen, in dem eine Gabel steckte. Mopple hatte gute Erfahrungen mit Kuchen, aber nicht ganz so gute mit Gabeln. Er zögerte.

Das war ein Fehler. Der Mensch auf der anderen Seite des Kuchens hatte ihn bemerkt.

»Hey«, rief er. »Gschsch, gschsch!« Dazu machte er plötzliche Handbewegungen, die Mopple normalerweise erschreckt hätten.

»Du bist ein Zuschauer«, dachte Mopple the Whale und machte den Hals lang.

Der Mensch schnappte Mopple das Kuchenstück mit einer verblüffend flinken Bewegung vor der Nase weg und hielt es hoch über seinen Kopf, wo Mopple es nicht erreichen konnte.

Im selben Augenblick zuckten Zoras Beine zum letzten Mal in der Luft, dann lag sie still.

Im selben Augenblick sah Tom O'Malley zum ersten Mal seit längerer Zeit wieder von seinem Guinness auf, sah im Schattenriss eine längliche Form, in der ein Metallgerät steckte, sah dahinter ein Schaf – tot? – war das nicht das schwarzköpfige direkt am Abgrund? – daneben ein schwarzer Widder mit vier Hörnern – Georges Schafe – sein Fuß stieß gegen etwas Weiches...

»George!«, heulte Tom. Unter dem Tisch heulte Cuchulainn, Joshs alter Schäferhund, den er versehentlich in die Flanke getreten hatte.

Georges Name hing noch lange in der Luft, während die anderen Geräusche nach und nach verstummten. Etwas veränderte sich in der Atmosphäre des Saals. Es war, als hätte der Wind kalte Luft in den *Mad Boar* geweht und dabei ein paar Lichter gelöscht.

»Setz dich hin, Tom«, sagte Josh in die Stille hinein. Es klang streng. »Du bist besoffen. Setz dich einfach wieder hin.«

Aber Tom dachte nicht daran, sich hinzusetzen. Er deutete auf die Bühne.

»Die – Schafe! Das ist doch... Die wollen uns was über den Mord sagen!«

»Das ist nicht komisch«, knurrte eine zweite Stimme.

»Setz dich hin«, wiederholte Josh.

Tom sah sich mit bleichem Gesicht und rotglühender Nase im Saal um.

»Setz dich wieder hin«, wiederholte Joshs strenge Stimme zum dritten Mal. »Du bist besoffen.«

Es stimmte. Tom war besoffen. Er plumpste zurück auf seine Bank und tätschelte Cuchulainn tröstend den Kopf. Schon wieder besoffen. Der Saal um ihn herum verschwamm. Dabei war doch noch vor einer Sekunde alles vollkommen klar gewesen. Die Schafe... es hatte etwas zu bedeuten. Aber wahrscheinlich bedeutete es eben nur, dass er besoffen war. Schon wieder. Hoffnungslos.

✳

351

Auf der Bühne war inzwischen der Tod selbst in Gestalt eines schwarzen Widders erschienen. Eigentlich war Othellos Auftritt ja nicht wirklich nötig. Niemand, der Zora sterben gesehen hatte, konnte daran zweifeln, dass sie tot war. Aber Mopple, Maple und Zora hatten darauf bestanden, dass Othello mit in den *Mad Boar* kam. Othello kannte die Welt und den Zoo. Ohne ihn hätten sie sich nicht getraut.

So belauerten nun Othello und Beth die Leiche, beide gierig nach Georges kleiner Menschenseele. Irgendwann hatte Beth keine Lust mehr zu warten. Miss Maple rollte Zora zurück auf die Weide, auf die andere Seite der Tribüne. Es war der einzige Teil ihres Auftritts, der nicht täuschend echt wirkte. Damit Beth die Leiche überhaupt bewegen konnte, musste Zora selbst kräftig mit den Beinen nachhelfen. (An dieser Stelle waren sie bei den Proben durch aufgeregte »Er-lebt!-Er-lebt!«-Rufe unterbrochen worden.)

Aber George Glenn war schon tot, als die Schafe zum großen Finale ansetzten. Auf der Weide angekommen, blieb Zora starr auf dem Rücken liegen. Maple rammte ihr in Ermangelung eines Spatens einen Vorderhuf in die Brust. Es war ein atemberaubender Effekt, der Zora bei den Proben einige blaue Flecke eingebracht hatte. Der Tod in Gestalt eines schwarzen Widders streifte noch immer mit dämonisch funkelnden Augen um die Leiche herum.

*

Unten bei den Zuschauern ließ Mopple the Whale von seinem Kuchen ab und huschte zurück auf die Bühne. Auf einmal war er froh, dass er ihn nicht gefressen hatte. Sein Magen fühlte sich seltsam an, flau und flach. Mopple war wichtig. Jetzt kam der dritte und schwierigste Teil ihrer Aufführung: »Beth«. Pflichtbewusst hob Mopple das stinkende Tuch wieder zwischen die Zähne und stellte sich dicht neben Miss Maple, gerade noch rechtzeitig.

Sie hatten lange überlegt, wie sie den Mörder möglichst treffend darstellen konnten. Schließlich war Mopple the Whale auf die Idee mit dem Geruch gekommen. Es hatte natürlich Diskussionen gegeben, vor allem zwischen Mopple und Maude, über Seelengröße, Dinge und das Geruchsvermögen der Menschen. Doch Mopple hatte sich durchgesetzt. »Immerhin haben die Menschen Nasen«, sagte er. »Groß und mitten im Gesicht. Irgendetwas müssen sie damit riechen. Und Beth – jeder muss das riechen! Jeder, der eine Nase hat!«

Also hatten sie sich an die Arbeit gemacht. An dem Lappen im Geräteschuppen entdeckte Maude einen sehr schwachen, säuerlichen Geruch, der dem von Beth nicht unähnlich war. Um den Geruch zu verstärken, hatten sie den Lappen über Nacht in fauler Erde verscharrt, den kommenden Tag mit zerkautem Sauerampfer bedeckt (Sir Ritchfield hatte als alter Leitwidder die schwere Aufgabe des Sauerampferkauens übernommen) und dann noch eine Zeit lang um eine von Heide entdeckte, kürzlich verstorbene Spitzmaus gewickelt. Das Ergebnis war atemberaubend. Natürlich roch es nicht genau wie Beth, aber die Ähnlichkeit reichte für die Schafe aus, um sie eindeutig zu identifizieren. Für die Menschen mit ihren undifferenzierten Geruchsorganen musste es erst recht reichen.

Mopple schüttelte dramatisch den Lappen, und Wolken von scharf-fauligem Mördergeruch zogen durch den Raum. Es war der schwierigste Part. Sie hatten den Geruch, und sie hatten das Ding. Es war eine Kette mit einem glitzrigen Anhänger, ähnlich dem, den Beth trug. Am echtesten wäre es gewesen, Miss Maple das Ding um den Hals zu hängen. Sie hatten es ausprobiert, aber

die Kette verschwand jedes Mal augenblicklich in Maples dichter Wolle und war nicht mehr zu erkennen. Also nahm Miss Maple das Ding, das sie bisher in ihrem Maul verborgen gehalten hatte, zwischen die Zähne und trat damit an den Bühnenrand. Mopple hielt sich mit seinem Geruchsfetzen dicht hinter ihr.

*

Unten im Publikum rührte sich etwas. Ein gemurmelter Fluch. Etwas schepperte. Ein Glas klirrte zu Boden.

Der Metzger donnerte die Rampe hinauf. Die Räder seines Rollstuhls blitzten im Scheinwerferlicht.

Auf der Bühne angekommen, zögerte er einen Moment. Seine Augen wanderten zwischen Mopple und dem Ding in Maples Maul hin und her. Dann schoss er auf Mopple the Whale zu. Mopple verlor keine Sekunde. Er machte eine Kehrtwendung und galoppierte die hintere Bühnenrampe hinunter, den Lappen noch immer fest zwischen den Zähnen. Der Metzger war ihm dicht auf den Fersen. Es war erstaunlich, wie schnell er sich mit seinem rollenden Stuhl bewegen konnte. Die anderen Schafe sahen von der Plattform aus zu, wie der Metzger Mopple durch den Saal jagte, den einen Gang hinunter, den anderen Gang wieder hinauf.

Kein Schaf konnte sagen, ob es die blanke Verzweiflung oder ein genialer Einfall war, der Mopple schließlich dazu brachte, in eine schmale Gasse zwischen zwei Tischreihen einzubiegen. Erwartungsgemäß donnerte der Metzger hinterher. Doch nun zeigte sich, dass Mopple the Whale zwar ein sehr dickes Schaf, aber doch bedeutend dünner als der Metzger in seinem Stuhl war. Während Mopple unbehelligt durch die Gasse preschte, blieb der Metzger nach wenigen Schafslängen stecken. Die Schafe machten sich auf markerschütternde Flüche gefasst, aber

Ham sah nur mit verwunderten Augen hinter Mopple her und legte stumm die Hände in den Schoß.

Mopple the Whale kehrte mit zitternden Knien zurück auf die Tribüne, wo er sich zwischen den anderen Schafen sicherer fühlte. Den Lappen hatte er irgendwo auf seiner Flucht verloren.

Mopple sah Othello böse an.

»Zuschauer«, schnaubte er. »Die tun nichts!«

Othello machte ein verlegenes Gesicht.

*

Dann sahen sie sich stumm an, die Menschen von Glennkill und die Schafe von George Glenn. Niemand applaudierte. Mopple, der langsam wieder anfing, sich mutig zu fühlen, war etwas enttäuscht. Insgeheim hatte er Applaus erwartet. Vielleicht sogar mehr. Während der Vorstellung hatte er begonnen, unter den aufmerksamen Blicken der Menschen darüber nachzudenken, wie wohl so ein Guinness schmeckte.

Die Schafe blinzelten in den Tabaksqualm. Langsam wurde ihnen die Stille unheimlich. Zora spähte unruhig nach allen Seiten. Rauch füllte den Saal wie ein besonders bösartiger Nebel. Und irgendwo in diesem Nebel machte sich ein Raubtier zum Sprung bereit.

Doch kein Raubtier sprang. Langsam verwitterte die Stille. Zuerst hörte man einzelne Stimmen aus den hinteren Reihen, wo die Touristen saßen. Fragen und leises Lachen. Jemand stand auf und schob Ham wieder an seinen Platz zurück. Bald summte der ganze Saal wie ein Bienenstock. Der Moment der Aufmerksamkeit für die Schafe war vorüber, und die Gerechtigkeit war nirgends herausgekommen.

Der Bebrillte, der Othello »Satan« genannt hatte, trat wieder auf die Bühne. Die Schafe flüchteten vor ihm die hintere Rampe hinunter. Dort gruppierten sie sich, um zu beobachten, ob vielleicht doch noch irgendetwas Entscheidendes geschehen würde.

»Applaus für Peggy, Polly, Samson und den schwarzen Satan, die uns heute gezeigt haben, dass auch Schafe etwas von modernem Theater verstehen«, sagte der Bebrillte.

Der Applaus war bestenfalls halbherzig, aber die Schafe hatten das Gefühl, dass hauptsächlich der Bebrillte gemeint war, nicht sie.

»Sehr verehrte Damen und Herren. Gerade haben Sie erlebt, wie die begabtesten und geistreichsten Schafe von Glennkill um Ihre Gunst gespielt haben. Nun liegt es an Ihnen…«

Hinten, am anderen Ende des Saals, bewegte sich etwas. Beth kam langsam den Hauptgang herauf. In ihren Händen hielt sie, zärtlich wie ein Mutterschaf, den Lappen, den Mopple verloren hatte. Beth hatte ihn aufgefaltet, und selbst durch den Schmutz hindurch konnten die Schafe zwei rote Zeichen auf weißem Grund erkennen.

Beth schritt schnurgerade und unbeirrt auf die Tribüne zu, als würde sie einer geheimen Witterung folgen. Sie ging so ruhig und aufrecht, dass es eine Freude war, ihr zuzusehen.

Vor der Bühne blieb sie stehen.

Der Bebrillte blickte irritiert zu Beth hinunter.

»Entschuldigen Sie bitte«, sagte Beth. »Ich würde gerne etwas sagen.«

»Muss das denn jetzt sein?«, zischelte der Bebrillte zu ihr hinunter.

»Ja«, sagte Beth.

Der Bebrillte zuckte mit den Achseln.

»Meine Damen und Herren«, sagte er, jetzt wieder laut, »wir unterbrechen diese Sendung für eine Ansage der Charity.«

Seine Hand machte eine einladende Geste, aber Beth kam nicht zu ihm auf das Podest. Sie setzte sich einfach auf den Bühnenrand und strich Rock und Tuch mit ihren Fingern glatt.

»George«, sagte sie, »ich will euch etwas über George erzählen.«

*

Von da an war es mäuschenstill im Saal. Der Trick mit der Aufmerksamkeit, den weder der Bebrillte noch die Schafe wirklich fertig gebracht hatten – Beth schaffte ihn mühelos. Dabei führte sie kein Kunststück auf, sie saß nur still am Bühnenrand und sprach. Manchmal ließ sie ein wenig die Beine baumeln, manchmal streichelten ihre Finger behutsam über das Tuch.

Das Tuch war ihr anscheinend wichtig, obwohl es stank. Zuerst sprach sie gar nicht über George, sondern nur über das Tuch.

»Das habe ich ihm geschenkt«, sagte sie. »Vor Ewigkeiten. Ewigkeiten. Es war so leicht. Eine ganze Nacht lang habe ich daran gestickt. Ich wusste schon vorher ganz genau, wie es aussehen würde. Und am Morgen kam es mir so vor, als könnte ich schweben, alles tun, alles sagen. Es war …« Beth zögerte einen Moment lang, vielleicht, um ihre Stimme wieder einzufangen, die immer weicher und weicher geworden war und nun in Gefahr stand, sich ganz aufzulösen. »Gut.«

Einige Leute begannen zu murmeln.

»Und dann kam der Moment, und ich habe doch nichts gesagt, ihm nur stumm das Tuch in die Hand gedrückt. Er hat mich ein bisschen verständnislos angesehen, und ich konnte nichts sagen und nichts tun. Nie mehr. Es ist mir vorhin klar geworden, als ich es wieder gesehen habe, dass *das* die Schuld meines Lebens ist – nicht das andere.«

Die Schafe konnten sehen, wie Beth ein Schauer vom Nacken

357

über das Rückgrat in die Glieder kroch. Das Scheinwerferlicht um sie herum sah auf einmal sehr kalt aus.

»Vorletzten Sonntag, spätabends, klopfte es an meiner Tür. Ich war noch wach, also habe ich aufgemacht, und vor mir stand George. Ich habe angefangen, ihm etwas über die Frohe Botschaft zu erzählen, wie jedes Mal, wenn wir uns gesehen haben. Immer habe ich über die Frohe Botschaft gesprochen.«

Beth schüttelte traurig den Kopf.

»Aber dieses Mal war es anders. ›Beth‹, hat er gesagt, ganz sanft. ›Hör auf. Es ist wichtig.‹ Mir sind die Knie weich geworden, weil er es so sanft gesagt hat. Also habe ich aufgehört, und er ist in die Stube getreten. Es war fast ein bisschen so, wie ich es mir damals vorgestellt habe. Aber natürlich hat er an etwas ganz anderes gedacht.

›Ich möchte mich verabschieden‹, hat er gesagt.

›Natürlich‹, habe ich gesagt und tapfer gelächelt. Da kam es mir tapfer vor, aber jetzt weiß ich, dass es feige war.

›Natürlich. Europa ruft.‹

›Nein‹, hat er dann gesagt. ›Nicht Europa.‹

Ich habe ihn sofort verstanden. Es war beinahe schön, dass ich ihn so schnell verstanden habe. Aber natürlich war ich eigentlich fassungslos. Und dann hat er mir gesagt, wieso er zu mir gekommen ist. Ich weiß nicht mehr genau, was danach war. Nur, dass ich ihn angefleht habe, immer wieder, es doch sein zu lassen. Aber er war stur. Er war immer so stur.«

Beths dünne Finger zeichneten die Linien auf dem schmutzigen Tuch nach.

»Du hast dich doch so gefreut auf Europa«, habe ich gesagt.

›Ja‹, hat er gesagt, ›habe ich. Tu ich noch immer, irgendwie. Aber ich habe Angst, Beth. Ich kann nicht. Es ist so spät geworden.‹«

Beth zitterte nun so sehr, dass ihre Finger die Linien auf dem Tuch nicht mehr verfolgen konnten. Jetzt klammerten sich ihre beiden Hände Hilfe suchend aneinander, umschlangen und streichelten sich, als würden sie versuchen, sich gegenseitig zu beruhigen.

»Ich konnte ihm keinen Mut machen. Und dann habe ich ihm sogar geholfen, wie er es wollte. Wenn ich daran dachte, dass sie ihn sonst nicht begraben würden…«

Beths Stimme hatte sich in einem Wald verirrt und blieb einen Moment lang zitternd stehen.

»Ich wäre mit ihm gekommen, aber das wollte er nicht. ›In einer Stunde, auf der Weide‹, hat er gesagt. ›Dann bin ich soweit.‹ Und ich bin gekommen, in strömendem Regen. Da war er schon tot. Wenn ich das nicht für ihn tun kann, habe ich mir gedacht – was ist es dann wert?«

Beth lächelte mit feuchten Augen, und die Schafe waren überrascht. Doch dann versickerte das Lächeln wie Regen im Sand.

»Oh«, seufzte sie, »es war die Hölle. Und die Tage danach… Alles daran war falsch, eine solche Sünde, und doch, und doch…«

»Warum?«, sagte eine raue Stimme aus der ersten Reihe, fast ein Flüstern, aber klar und deutlich in der angespannten Stille.

Zum ersten Mal, seit sie zu sprechen begonnen hatte, sah Beth auf.

»Warum… so?«, krächzte Ham noch leiser.

Beth blickte ihn irritiert an. »Ich weiß nicht, warum. Es musste unbedingt der Spaten sein. ›Das wird ihnen zu denken geben‹, hat er gesagt. Er war nicht davon abzubringen. Es war furchtbar.«

Ham schüttelte den Kopf. »Nicht der Spaten – George.«

»Ist das so schwierig zu verstehen?«, sagte Beth. Auf einmal sah sie auf eine verletzliche Art zornig aus – wie ein junges Mutterschaf, das sein erstes Lamm verteidigt. »Damals, als ich ihm das Tuch gegeben habe, ging es mir auch so. Manchmal ist eine Hoffnung so groß, dass man sie kaum aushalten kann. So, dass die Angst noch größer ist. Er hatte zu lange auf Europa gewartet. Vielleicht… vielleicht hatte er einfach nicht mehr den Mut, auszuprobieren, ob er es wirklich schafft.«

»Aber…«

Doch Beth ließ ihn nicht zu Wort kommen. »Ist das so überraschend? War ich denn die Einzige hier, die gemerkt hat, wie einsam er war, immer allein, nur er und seine Schafe? Natürlich hat er sich immer über mich lustig gemacht, aber ich habe doch gemerkt, wie er sich Schritt für Schritt von allem entfernt hat, immer weiter auf etwas Schwarzes zu.«

Die Schafe sahen verunsichert zu Othello hinüber. Der Leitwidder machte ein verdutztes Gesicht.

Beth seufzte.

»Wie lange das schon geht! Vor sieben Jahren, als ich aus Afrika zurückkam, ist es richtig schlimm geworden. Ich weiß nicht, was damals passiert ist, ich will es auch gar nicht wissen. Aber seitdem ist er hier mit keinem Menschen mehr zurechtgekommen, und mit Gott auch nicht. Zuerst habe ich gedacht, es könnte etwas mit mir zu tun haben, mit meiner Abwesenheit, aber das war – Eitelkeit.

Was ich ihm nicht alles gesagt habe! Aber er hat mich gar nicht richtig gehört. Und das eine, was ich immer sagen wollte, habe ich doch nicht gesagt. Jetzt ist es ganz leicht.«

Es klang so, als hätten Beth und George über Georges Tod gesprochen. Aber wie konnte George wissen, dass er sterben würde? Und warum war er dann nicht weggelaufen?

Was Beth sagte, ergab keinen Sinn. Es war ein seltsames Erlebnis für die Schafe: Sie verstanden die Worte – es waren einfache

Worte, Worte wie »Leben« und »Hoffnung« und »einsam«, aber was Beth mit diesen Worten meinte, verstanden sie kaum.

Irgendwann gaben die Schafe auf. Es war anstrengend, sich auf die Worte zu konzentrieren, wenn sie den Sinn nicht verstanden. Nach einer Zeit war Beths Stimme für sie nicht mehr als eine traurige, leise Melodie.

Sie trotteten verwundert zurück ins Dunkel, in die Ecke zu den anderen Schafen.

»Wer ist denn nun der Mörder von George?«, fragte Mopple schließlich.

Niemand antwortete.

Dann hörten die Schafe ein Schnauben. Fosco stand hinter ihnen. Seine Augen glänzten fast ein bisschen zu hell, und sein Atem roch seltsam.

»George«, sagte Fosco.

Keines der Schafe reagierte auf das seltsame Echo.

Dann fragte Zora sehr langsam und vorsichtig: »George ist der Mörder von George?«

»Genau«, sagte Fosco.

»Aber George ist tot«, sagte Zora. »George wurde ermordet.«

»Richtig«, sagte Fosco.

»George hat *sich selbst* ermordet?«

»Richtig«, sagte Fosco wieder und sah auf einmal sehr eindrucksvoll und grau aus.

»Sie lügt«, blökte Mopple, der das stinkende Tuch den weiten Weg bis zum *Mad Boar* getragen hatte, um den Mord an seinem Schäfer aufzuklären. »Sie will nur nicht zugeben, dass sie es getan hat.«

Doch die Schafe konnten riechen, dass die barmherzige Beth nicht log. Kein bisschen.

»Ist das verrückt?«, fragte Zora.

361

»Nein«, sagte Fosco. »Das ist Selbstmord.«

Selbst-mord. Ein neues Wort. Eines, das George ihnen nicht mehr erklären konnte.

»Sie tun das manchmal – die Menschen«, sagte Fosco. »Sie sehen sich die Welt an und beschließen, dass sie nicht mehr leben wollen.«

»Aber«, blökte Mopple, »Leben und Wollen – das ist doch das Gleiche.«

»Nein«, sagte Fosco. »Bei den Menschen ist es manchmal anders.«

»Das ist nicht besonders klug«, sagte Mopple.

»Nicht?«, fragte Fosco. In seinen Augen lag ein Schimmer wie von taumelnden Glühwürmchen. »Woher willst du das wissen? Ich bin hier seit einigen Jahren dabei. Wenn ich etwas gelernt habe, dann, dass es nicht einfach ist zu sagen, was klug ist und was nicht.«

Niemand widersprach. Die Schafe schwiegen wieder eine Weile und versuchten zu verdauen, was sie von Fosco gehört hatten. Hinten im Saal hatte Beth aufgehört zu reden, und die Menschen blökten verstört durcheinander.

Zora hob den Kopf.

»Und der Wolf?«, fragte sie.

»Der Wolf ist innen«, sagte Fosco.

»Ist es wie ein Abgrund?«, fragte Zora. »Ein Abgrund innen?«

»Mhm, wie ein Abgrund«, bestätigte Fosco.

Zora dachte nach. In einen Abgrund fallen – das konnte sie sich vorstellen. Aber nach innen zu fallen?

Sie schüttelte den Kopf. »Das ist nichts für Schafe«, sagte sie.

»Nein«, sagte Fosco. »Für Schafe ist das eigentlich nichts.«

Miss Maple hatte lange geschwiegen, den Kopf schief gelegt, und nachgedacht. Jetzt schlackerte sie ratlos mit den Ohren.

»Es ist herausgekommen«, sagte sie endlich. »Wir gehen nach Hause.«

Die Schafe verabschiedeten sich von Fosco, der dunkle Dinge verstehen konnte und der zu Recht Jahr für Jahr zum klügsten Schaf von Glennkill gekrönt wurde. Sie trabten zum Hinterausgang, den Fosco ihnen gezeigt hatte. Erst Othello, dann Zora, dann Maple und schließlich Mopple the Whale.

Gerade als Mopple erleichtert hinter Maple her ins Freie schlüpfen wollte, legte sich eine fleischige Hand auf die Tür und schob sie sanft vor seiner Nase zu.

Mopple war in dem stinkenden Wirtshaus gefangen. Er erstarrte.

Neben ihm hockte der Metzger, mit bleichem Gesicht und schmalen, zusammengekniffenen Augen. Die Räder seines Rollstuhls stanken nach Gummi. Mopple äugte verzweifelt nach allen Seiten. Diesmal gab es keinen Ausweg.

Vor Schreck setzte Mopple sich auf den kalten Steinboden. Er saß in der Falle.

»Du«, sagte der Metzger mit gefährlich leiser Stimme. »Du…?«

Mopple the Whale zitterte wie Gras im Wind. Alles Fleisch, es war wie Gras.

Hams Hand fuhr in einer unbeholfenen Geste durch die Luft. Mopple zuckte zurück. Einen Moment lang fürchtete er, die Hand könnte sich vom Arm des Metzgers lösen und ihn anspringen.

Doch Ham nickte ihm nur zu, beinahe respektvoll. »Jetzt verstehe ich«, sagte er. »Jetzt weiß ich, dass ich das hier verdient habe. Hätte merken müssen, wie schlecht es ihm ging. Er hatte ja sonst keinen Freund – und ich auch nicht.«

Mopple starrte den Metzger mit geweiteten Augen an. Die Metzgerspranke vor seiner Nase hatte sich jetzt zu einer Faust geballt.

»Habe ich aber nicht«, sagte der Metzger. »Habe einfach weg-geschaut. Gleichgültigkeit. So was hat sich George zu Herzen ge-nommen.«

Die Metzgerspranke zitterte ein bisschen, dann zog sie sich vorsichtig zurück. Mopple wurde schwindelig.

Plötzlich war die Tür vor seiner Nase wieder offen.

Der Metzger sagte nichts mehr, aber er beobachtete Mopple mit glänzenden Augen. Seine Hände lagen weich und leblos auf seinen Schenkeln.

Es dauerte eine Weile, bevor Mopple begriff, worauf der Metz-ger wartete.

Dann stand Mopple the Whale benommen im Freien. Drau-ßen war es dunkel geworden. Dicke, samtige Nachtluft von einer unglaublichen Süße und Klarheit strömte in seine Nüstern.

*

Inspector Holmes sah fassungslos zu, wie sich auf der Bühne des Smartest-Sheep-of-Glennkill-Contest sein Fall von alleine löste. Selbstmord also. Und das mit dem Spaten war die grau-haarige Frau gewesen. Darauf wäre er nie im Leben gekom-men. Aber im Nachhinein kam es ihm gar nicht so unplausibel vor. Ein einsamer alter Mann, versponnen, Ehe gescheitert, Toch-ter weg. Das Übliche. Richtig verstehen konnte man es ja doch nie.

Ein dezentes Räuspern in nächster Nähe riss ihn aus seinen Gedanken.

Neben Holmes war ein Mann in dunkler Kleidung aufge-taucht. Diskret. Das war das Wort. Einer von den Burschen, bei denen man schon nach fünf Minuten keine ordentlichen Täter-beschreibungen mehr bekam.

»Mein Border-Collie heißt Murph«, sagte der Mann.

»Ah«, sagte Holmes, »ich hab's mir fast gedacht. Was wollen Sie denn noch? Ich habe Sie doch in Ruhe gelassen, wie abgemacht.«

»Zweifellos. Wir sind wirklich beeindruckt von Ihrer Fähigkeit, nichts zu tun.«

»Was halten Sie davon?«, fragte Holmes und nickte mit seinem Kinn in Richtung Bühne, wo die Grauhaarige gerade zu sprechen aufgehört hatte.

Der Diskrete zuckte mit den Achseln. »Betrifft uns nicht. Betrifft Sie aber auch nicht besonders, nicht wahr? Hätten Sie eigentlich gerne einmal einen echten Fahndungserfolg? Einen eigenen?«

Plötzlich lag eine Videokassette auf dem Tisch, direkt neben Holmes' Guinness. Das Guinness war schon wieder halb leer.

»Stecken Sie sie schon ein«, sagte der Mann. »Und finden Sie alles über diesen McCarthy heraus. Könnte gut sein für Ihre Karriere.«

Als Holmes die sperrige Kassette endlich in seiner Anzugtasche verstaut hatte, war der Mann längst verschwunden. Na und? Fragen hätte der ihm sowieso nicht beantwortet. Holmes starrte auf den Tisch, wo ein Bierdeckel Ruhm und Größe durch Guinness versprach. Ein seltsames Gefühl lag in seiner Magengrube, und es hatte nicht nur mit dem Fall Glenn zu tun.

Es hatte mit seinem Leben zu tun. Mit der Wache und dem sicheren Gefühl, dass er nicht wieder dorthin zurückwollte.

Sein Guinness ließ er halb voll stehen.

23

Vielleicht kam ihm das ja wirklich alles nur wie ein Trick vor, der Spaten und die große Aufregung im Dorf. Vielleicht ist es ihm leichter gefallen, wenn er an die Verwirrung gedacht hat, die er stiften würde.« Rebecca schniefte.

Die Schafe hatten sich um den Schäferwagen versammelt wie in alten Zeiten, doch mit den Pamela-Heften war jetzt Schluss. Stattdessen gab es großblättrige, raschelige Zeitungen aus noch dünnerem Papier. Das Wunderbare an den Zeitungen war, dass sie Geschichten über George enthielten, über Beth und sogar über ihren Auftritt beim Smartest-Sheep-of-Glennkill-Contest. Wunderbar war auch, dass Rebecca manchmal mehr wusste, als geschrieben stand. Weil sie mit Beth gesprochen hatte, die inzwischen aus Glennkill fortgegangen war, um den Rest ihres Lebens mit guten Werken auf einer Insel zu verbringen.

Am besten gefiel den Schafen die Geschichte »Schafe brachten die Wahrheit ans Licht«. Dazu hatte es ein Bild gegeben, auf dem klein, grau und geruchlos, aber unverkennbar Maple, Mopple, Othello und Zora auf der Bühne des *Mad Boar* abgebildet waren. Rebecca hatte es ihnen direkt vor die Nasen gehalten, damit sie es gut erkennen konnten, und Mopple hatte versucht, ein Stück Zeitung zu fressen. Seitdem durften sie die Bilder nur noch aus sicherer Entfernung ansehen.

Es gab ein Bild von George, wie er mit einem unbekannten Lamm im Arm auf dem Rasen stand und sehr jung und abenteuerlustig aussah. (Cloud behauptete, das Lamm auf dem Bild zu sein, aber die anderen glaubten es ihr nicht.) Beth, in einem Sommerkleid, ebenfalls jung und mit strahlenden Augen. »Eine tödliche Romanze«, hieß die Geschichte dazu. »Leichenschänderin aus Liebe« zeigte ebenfalls Beth, allerdings alt, so wie die Schafe sie kannten, mit steifem Kragen und steinernstem Gesicht.

Rebecca dachte viel über Beth nach. »Sie ist ganz anders seit diesem Abend«, sagte sie. »Ich glaube, sie ist der romantischste Mensch, den ich kenne...«

»Dieser Abend« – das verstanden die Schafe – war der Abend, an dem vier von ihnen am Smartest-Sheep-of-Glennkill-Contest teilgenommen hatten. Sie hoben stolz die Köpfe. Irgendetwas Entscheidendes hatten sie an diesem Abend fertig gebracht, wenn sie auch nicht so genau wussten, was es war.

Die Sache mit dem Selbstmord blieb den Schafen weiterhin ein Rätsel. Sie konnten nicht begreifen, wieso George etwas so Seltsames getan haben sollte – ausgerechnet George, der sonst immer alle Dinge so sagte, dass ein Schaf sie verstehen konnte.

»Wahrscheinlich wusste er selbst bis zum Schluss nicht genau, was er tun würde«, sagte Rebecca. »Manchmal hilft mir das – mir vorzustellen, dass er bis zum Ende gedacht hat, er würde wirklich nach Europa fahren. Und dann war es doch eine andere Reise...«

Sie schluckte und fuhr sich mit der Hand über ihre feuchten roten Augen. In der letzten Zeit waren Rebeccas Augen oft rot.

»Aber ich weiß selbst, dass es nicht so einfach gewesen sein kann. Er hat schon vorher das Testament gemacht, damit ihr auf

alle Fälle nach Europa fahren könnt. Er war ein guter Schäfer…
Er hat Tess ins Tierheim gebracht. Er hat mir… den Brief geschrieben.« Rebecca wischte sich mit der Hand eine einsame
Träne von der Wange. Sie starrte mitten durch Mopple hindurch,
der in der ersten Reihe stand und auf weitere Bissen von der
schmackhaften Zeitung hoffte. Ein abwesender Ausdruck war
in Rebeccas Augen getreten. Die Zeitung sackte nach unten.
Manchmal kam es vor, dass die neue Schäferin mitten im Vorlesen auf einmal das Vorlesen vergaß. Dann musste man sie zur
Arbeit antreiben.

Heide und Maude blökten laut und durchdringend, dann
stimmte auch Ramses mit ein.

Rebecca blickte auf und seufzte. Sie schlug die Zeitung knis-
ternd wieder auf und las weiter in »Der einsame Schäfer und die
große, weite Welt«.

*

Als die Glennkill-Geschichten in der Zeitung dann nach und nach
immer kürzer und langweiliger wurden, holte Rebecca wieder das
Buch hervor, das die Schafe schon bei ihrer ersten gemeinsamen
Vorlesestunde beeindruckt hatte. Jetzt, bei Tage besehen, konnten
die Schafe erkennen, was es für ein schönes Umschlagbild hatte:
jede Menge Grün, ein Bach, Berge, Bäume, Felsen.

Dann ging es natürlich doch wieder um Menschen. Mit ein
wenig Unruhe verfolgten die Schafe die Abenteuer einer kleinen
menschlichen Herde, die auf der Heide lebte. Die Erfahrungen
mit der Zeitung hatten den Schafen großen Respekt vor allem
Geschriebenen eingeflößt.

»Wenn Schafe und Menschen so einfach in Bücher hinein-
können, dann kann auch etwas aus Büchern herauskommen«,

sagte Lane, und Ramses und Heide begannen, das neue Buch misstrauisch zu beobachten, wenn Rebecca es nach dem Vorlesen auf den Stufen des Schäferwagens liegen ließ. Niemand hatte Lust darauf, plötzlich von dem wolfshaften Heathcliff-aus-dem-Buch beim Grasen überrascht zu werden.

Aber das Buch blieb friedlich.

Gegen Ende wurde es sogar richtig romantisch, mit zwei Geistern, die endlich frei über die Heide streifen konnten, wie sie es sich gewünscht hatten. Die Schafe dachten an George und hofften, dass auch seine Seele jetzt auf irgendeiner grünen Weide unterwegs war, vielleicht mit einer kleinen Herde, die er irgendwo gefunden hatte.

*

Eines Tages kam Ham den Feldweg herabgerollt. Die Schafe flüchteten sich in der üblichen Panik auf den Hügel. Von dort aus beobachteten sie, was am Schäferwagen passierte. Rebecca und der Metzger begrüßten sich.

»Hoffentlich verkauft sie uns nicht«, sagte Mopple.

»Das darf sie nicht!«, blökte Heide. »Es steht im Testament.« Trotzdem sahen die Schafe angespannt zu den beiden Menschen hinüber. So sicher waren sie sich ihrer Sache nicht.

Es sah nicht gut aus. Rebecca und der Metzger schienen sich zu vertragen. Die Schafe ließen den Metzger nicht aus den Augen. Er kam ihnen ernst vor, ein bisschen faltig und gar nicht mehr so gefährlich. Da ein salziger Wind vom Meer wehte, war von seinem Geruch glücklicherweise nichts zu bemerken.

Heide fasste den unerhört kühnen Entschluss, sich den Metzger aus der Nähe anzusehen. Die verdutzten Blicke der anderen Schafe folgten ihr den Hügel hinab.

369

»…da gibt es Zusammenhänge«, sagte der Metzger. »Überall Zusammenhänge, Seelenwanderung und solche Dinge. Ich lese jetzt viel, damit ich die Zusammenhänge verstehen kann, wissen Sie.« Er drehte den Kopf und sah Heide mitten ins Gesicht, halb verlegen, halb neugierig und sehr respektvoll. Vielleicht nickte er auch ganz leicht mit dem Kopf, wie zum Gruß. Heide vergaß vor Überraschung, eine furchtlose Miene zu machen, und starrte den Metzger verdutzt an.

Rebecca zuckte mit den Achseln. »Warum nicht? Sie waren so lange mit ihm zusammen. Da kann ich mir schon vorstellen, dass ein bisschen was von George in den Schafen steckt…«

Heide warf dem Metzger einen frechen Blick zu, dann trabte sie zurück zur Herde. Respektvolle Schafe erwarteten sie. Der Metzger und Rebecca schüttelten die Hände, dann rollte der Metzger zur allgemeinen Erleichterung wieder Richtung Asphaltstraße. Das Leben konnte weitergehen.

※

Und das tat es. Die Schafe machten sich wie gewohnt im Morgengrauen an die Arbeit und grasten bis in die Nachmittagsstunden. Dann versammelten sie sich für das Vorlesen um den Schäferwagen. Anschließend wurde wieder gegrast, bis sie sich in den Heuschuppen zurückzogen. Ein geregeltes Schafsleben.

Sie dachten gerne an George zurück und waren ihm dankbar für das Testament. »Er war doch ein guter Schäfer«, sagte Cloud.

Alle Schafe achteten *George's Place*. Niemand wäre auf den Gedanken gekommen, sich dort an Kräutern oder Gräsern zu vergreifen. Dennoch wurde *George's Place* auf unerklärliche Weise immer kleiner und kleiner.

»Das liegt daran, dass alles ein Ende hat«, erklärte Zora.

Eines Morgens, als die anderen Schafe noch schliefen, stahl sich ein runder weißer Fleck aus der schützenden Umarmung der Herde und schlich zu den Klippen. Mopple the Whale stand lange vor Zoras Felsvorsprung und dachte nach. Dann machte er einen Schritt nach vorne. Noch einen. Zora konnte es. Einen dritten. Melmoth konnte es auch. Vier. Fünf. Er hatte dem Metzger ins Gesicht gesehen. Sechs, und Mopple stand endlich auf Zoras Felsen. Vorsichtig senkte er den Kopf, um von den Kräutern des Abgrunds zu kosten.

*

Öfter als früher bildeten sich beim Grasen kleine Grüppchen, die sich über ihre Erlebnisse austauschten.

»Es war ein Trick«, sagte Cordelia.

»Kein Schaf darf die Herde verlassen«, sagte Sir Ritchfield. »Außer, es kommt zurück.«

»Manchmal ist Alleinsein ein Vorteil«, stichelte Melmoth.

»Es war eine Liebesgeschichte«, blökte Heide und wackelte triumphierend mit den Ohren.

24

Rebecca klappte das Buch mit einem Knall zu. Das war neu. Die Pamela-Romane waren aus weichem, dünnem Papier gewesen und hätten nie so einen stattlichen Knall zustande gebracht. Die Papierzeitungen sowieso nicht. Willow, die in der letzten Reihe eingeschlafen war, riss die Augen weit auf und drehte dann dem Schäferwagen schweigend den Rücken zu. Die anderen sahen Rebecca erwartungsvoll an.

»Das ist das Ende«, erklärte Rebecca. »Morgen fangen wir etwas Neues an.«

Die Schafe machten enttäuschte Gesichter. Jetzt, nachdem die ganzen Schrecken überstanden waren, konnte es doch erst so richtig interessant werden. Was würden Heathcliff und Catherine erleben, wenn sie über die Heide streiften? Warum erzählte jetzt niemand mehr, wie das Moor roch, wenn ein Regenschauer über es hinweggefegt war? Irgendwie musste es doch weitergehen!

Aber Rebecca saß einfach nur auf der obersten Stufe des Schäferwagens und dachte nicht daran weiterzulesen. Ihre Hand strich sanft über Tessys Kopf, und Tess wedelte ganz schwach mit dem Schwanz. Man konnte sehen, dass es das erste Schwanzwedeln seit langer Zeit war.

Eines Morgens hatte Rebecca Tess in einem Auto zurückgebracht. Tess mit fremden, traurigen Augen. Die Hündin war nicht wie sonst über die Weide gestürmt. Sie sprang auch nicht um den Schäferwagen und suchte nach George. Tess verschwand in Rebeccas Schatten und folgte ihrem roten Rock überallhin, so wie ein sehr junges Lamm seiner Mutter folgt.

»Schlafenszeit«, sagte Rebecca.

Die Schafe sahen sich an. Die Sonne stand noch hoch am Himmel, die Schatten waren nicht länger als zwei Galoppsprünge, und die tägliche Weide- und Wiederkäuarbeit war noch lange nicht getan. In den Heuschuppen? Um diese Zeit? Niemals! Außerdem hatte Rebecca ihnen weniger als sonst vorgelesen. Sie starrten die Schäferin bockig an.

»Meeehr!«, blökte Maude.

»Meeehr!«, blökten die drei Lämmer.

Rebecca blieb stur. Jeder konnte merken, dass sie Georges Tochter war.

»Die Geschichte ist aus«, sagte sie. »Das war's für heute.«

Maude roch die Entschlossenheit auf Rebeccas Stirn und verstummte, aber die drei Lämmer blökten unverdrossen weiter. Rebecca hob die Augenbrauen.

»Das nächste Mal lese ich euch ›Das Schweigen der Lämmer‹ vor«, versprach sie. Dann erhob sie sich von den Stufen des Schäferwagens.

»Das Schweigen der Lämmer«. Es klang vielversprechend. Vor allem die Mutterschafe erhofften sich einiges von der Lektüre.

»Geht schlafen«, sagte Rebecca. »Morgen geht es ab nach Europa. Sehr früh. Ich will keine verschlafenen Gesichter sehen.«

Damit verschwand sie im Schäferwagen, Tess an den Fersen.

»Morgen!«, blökte Heide.

»Europa!«, hauchte Maisie.

»Es ist schön, dass wir nach Europa fahren«, sagte Cordelia

373

nachdenklich, »aber es ist schade, dass wir dafür von hier weg-
müssen.«

Die anderen Schafe nickten zustimmend.

»Wenn man nach Europa fahren könnte und gleichzeitig hier
bleiben…«, sagte Mopple. »Das wäre schön. Dann könnte man
an zwei Stellen gleichzeitig grasen.«

Sie dachten ein wenig über die wunderbaren Möglichkeiten
des multiplen Grasens nach.

Dann hob Melmoth plötzlich den Kopf, als hätte er einen Ruf
gehört. Seine Augen wurden feucht und glänzend. Er begann,
aufgeregt zu tänzeln.

»Kommt mit zu den Klippen«, sagte er. »Ich will euch etwas
über den Abschied erzählen.« Die Schafe kamen gerne mit.
Wenn Melmoth erzählte, war es, als würde ihnen ein fremder
Wind um das Gesicht streichen, gewürzt mit Ahnungen und
geheimnisvollen Witterungen. Sie folgten dem Grauen zu den
Klippen.

Mit einem Mal fingen die Krähen auf dem Krähenbaum an zu
schreien. Markerschütternd, ein wahres Aasgeschrei. Unwillkürlich spähten die Schafe nach dem toten Tier, das der Anlass für
diesen Aufruhr sein musste. Aber sie konnten nichts entdecken.

Als sie sich wieder umdrehten, war Melmoth verschwunden.
Einfach so. Sie suchten unter dem Dolmen, im Heuschuppen
und hinter dem Schäferwagen. Sie suchten in den Hecken und
unter dem Schattenbaum, obwohl Melmoth bei den Klippen gestanden hatte und unmöglich in der kurzen Zeit bis zu den Hecken galoppiert sein konnte. Irgendwo musste er ja stecken, er
und seine Geschichte vom Abschied. Aber Melmoth war nirgends zu entdecken.

Dann blökte Zora überrascht. Sie hatte ihren Hals nach hinten gebogen und starrte mit schimmernden Augen in den Him-

mel. Dort eilte eine einzelne dunkelgraue Gewitterwolke von temperamentvollen Winden getrieben über das Meer.

»Er ist ein Wolkenschaf geworden!«, blökte Mopple.

»Wolkenschaf!«, blökten die anderen Schafe aufgeregt. Jemand aus ihrer Herde hatte es geschafft!

»Kommen Wolkenschafe wieder?«, fragte ein Lamm nach einer Weile.

✳

Othello riss seine Augen vom Strand los und drehte sich zu Mopple, Maple, Zora und Cloud um, die noch immer mit einer Mischung aus Verehrung und Traurigkeit zu der zottigen grauen Wolke aufsahen. Othello überlegte, ob er es ihnen sagen sollte. Natürlich war Melmoth nicht zum Wolkenschaf geworden. Etwas viel Geheimnisvolleres war geschehen: Er war einfach durch den steilen Felsentunnel unter der Kiefer nach unten geklettert und hatte sich davongemacht. *Manchmal ist Alleinsein ein Vorteil.*

Othello beschloss, den anderen nichts zu sagen. Sie hätten nicht mehr verstanden, sondern weniger. So wie er selbst. Je mehr er über Melmoth wusste, desto weniger verstand er. Zauberei. Und immer das beunruhigende Gefühl, dass Melmoth vollkommen verstand. Sich selbst, ihn, alle Schafe – sogar die Schäfer. Oder einfach nur verrückt war.

Othello schüttelte den Kopf, um die Traurigkeit zu verjagen. Doch das Kopfschütteln half ihm nicht, ebenso wenig wie das Hufescharren.

Was ihm half, war der Wind.

Denn der Wind brachte – wer konnte sagen, woher? – ein Blatt mit und legte es vorsichtig vor Othellos Hufe. Ein goldenes Blatt. Herbstgolden. Schwalbenziehzeit. Zeit der Düfte, Paa-

rungszeit. Wieder drehte er sich zur Weide zurück, wo Mopple, Maple, Zora und Cloud eine graue Wolke anhimmelten. Aber er sah keinen von ihnen. Was er sah, witterte, fühlte, mit allen sieben Sinnen und noch einigen neuen Herbstsinnen, waren drei verwirrend duftende, blendend weißwollige Schönheiten. Und ein Konkurrent, jung und kräftig, aber ohne Erfahrung.

Othello freute sich auf das Kräftemessen beinahe ebenso wie auf das, was danach kommen würde. Seine Hufe scharrten ungeduldig Erde auf, und sein Blut floss schneller als sonst.

Dann drehte der Wind und nahm die Witterung von Zora, Cloud, Maple und Mopple mit sich fort. Othello beruhigte sich. Wieder sah er hinunter zum Strand, wo sich Melmoth unmerklich in einen wandernden grauen Punkt verwandelt hatte, umgeben vom dunkleren Grau des Wassers. Wenn er es nicht besser gewusst hätte, hätte Othello ihn aus dieser Entfernung für eine kleine Welle gehalten, einen Fetzen Gischt, etwas Schaum auf der Weite des Meeres. Aber Othello sah keine graue Welle. Was er sah, war ein mächtiger Konkurrent, der sich von der Herde – seiner Herde – entfernte.

Und Othello war zufrieden.

Inhalt

Warnhinweis

Die Schafe von Glennkill sind Ausnahmeschafe. Gewöhnliche Woll- und Weideschafe vertragen weder Alkohol noch Drogen oder Tomaten. Ich möchte daher meine Leser bitten, Schafe nicht zum Genuss von Rauschmitteln oder Nachtschattengewächsen zu verführen. Wenn Sie einem Schaf eine Freude machen wollen, versuchen Sie es doch mit echtem Gras!

Danksagung

Für Anregungen und andere erfreuliche Reaktionen danke ich M.E. Frensch, meiner Familie (besonders Hilde und Werner), S. O'Donovan, Florian O., Chloé H., Laura von O., Renate G., Ortwin D., Stefanie W., Sonja T., Stefanie S., K. La Storia und A. Bohnenkamp.

Für ausführliches Auseinandersetzen mit dem Manuskript, Motivation und wertvolle Kritik geht besonderer Dank an Louise C., Tanja K. und Martin S.

Außerdem very special thanks an Orla O'Toole vom *Leenane Sheep & Wool Centre* (eine sehr gute Adresse für Schafsfreunde und -interessierte) in Connemara, Irland, für schafskundige Auskünfte und inspirierende Anekdoten.

Meiner Agentin Astrid Poppenhusen sowie meiner Lektorin Claudia Negele danke ich herzlich dafür, dass sie an dieses Buch geglaubt und ihm mit Engagement und Enthusiasmus zur Veröffentlichung verholfen haben.

*

Meinem Lebens-, Schreib- und Lesegefährten M. D. danke ich für die Zeit und Energie, die er in dieses Buch gesteckt hat, für unzählige gute Ideen, erzählerischen Sachverstand und treffende Worte, für Geduld, Begeisterung und entscheidende Ermittlungserfolge.

GOLDMANN